王元忠 著

吹过的风

为尊者言
听他者说
与身边人语
和较小者谈
写于女书
漫议杂聊

甘肃文学评论集

中国社会科学出版社

图书在版编目（CIP）数据

吹过的风：甘肃文学评论集／王元忠著 . —北京：中国社会科学出版社，2018.4

ISBN 978 - 7 - 5203 - 2578 - 3

Ⅰ . ①吹… Ⅱ . ①王… Ⅲ . ①地方文学—文学评论—甘肃—文集

Ⅳ . ①I209.942 - 53

中国版本图书馆 CIP 数据核字（2018）第 108958 号

出 版 人	赵剑英	
责任编辑	郭 鹏	
责任校对	韩天炜	
责任印制	李寡寡	

出 版	中国社会科学出版社	
社 址	北京鼓楼西大街甲 158 号	
邮 编	100720	
网 址	http://www.csspw.cn	
发 行 部	010 - 84083685	
门 市 部	010 - 84029450	
经 销	新华书店及其他书店	

印 刷	北京明恒达印务有限公司	
装 订	廊坊市广阳区广增装订厂	
版 次	2018 年 4 月第 1 版	
印 次	2018 年 4 月第 1 次印刷	

开 本	710×1000 1/16	
印 张	21	
字 数	336 千字	
定 价	88.00 元	

自　序

这是偶然形成的一本书。

有一天，翻检以前给身边朋友们写的文章，哇！自己也没想到会有那么多。一篇一篇翻着看，竟然还不时产生一些小激动——有时是因为认真的思考；有时是因为细致的分析；有时是因为勾起来的一些往事，甚至也因为想的、说的小深刻或小才情。

可以成为一本书啊！这是无意识冒出来的一个念头，然而这念头，冒出来了就好像开始长了；终了，在朋友们的鼓励之下，在同仁们的支持之下，慢慢也便成为了一个清晰和坚定的想法。

写出来的文章本来还要多，但在编校的过程中，围绕甘肃文学这个中心话题，把一些与此无关或者关系不是太过紧密的便都去除掉了，留下的 47 篇，按不同的对象来源、年龄身份，分作了五辑，成就了这本书的模样。

不是没有过担心。都是熟人，都是身边的师长或朋友，这样的书，近距离的审视，真的有价值吗？出来之后别人会不会说啊？

为此不断去看，而且不断地回想自己当初写作的动机，不断质疑自己也诘问自己。看着想着，想着看看，不期，担心就慢慢淡了，就没有了。因为在不断地看和想之中，自己非常清楚：第一，虽然是为身边的师长和朋友写的，有一些还是推介性的序跋，所以在文章中所说的话，难免多了正面的立论，难免多了一点鼓励和婉转，但是整体而言，这些文章的写作，不管是谈论谁的，还是做到了自己曾经确立的给别人写评论的原则——只写给自己觉得应该写的人；只写自己觉得能够谈的话题。缘此，时过境迁，回看这些曾经的文字，感觉自己还是没有说什么过头的话，许多的理解和意见依然是切合对象实际的。第二，甘肃文学只是文学的一种，甘肃只是由头，只是起飞的平台，重要的是对于文学的理解。而重新翻检这些文字，经由不同对象所引发的不同话题的论述，可以发现自己通过这些文字最想做的，依然和其他自己的著述一样，是对于文学本身持续不断的思考和体悟。

别一种修行！欣慰于自己曾为天水文学、甘肃文学，为身边的文友们说过那么多的话，同时，我也重新续接了先前自己思考过的许多话题，不由自主地起了再加努力、拓展和深化自己感知和思维空间的愿望。

文字的功能在于交流，从电脑里将这些原本沉睡的时间、真诚、感动、体悟和思想重新唤醒，借助于它们让我和更多的人进行交流，然后打包、总结、告别，开始一段新的旅途。

这就是我要为自己说的话。是为序。

目　　录

第一辑　为尊者言

诗与思合力而成的生命活力表达
　　——雷达散文集《皋兰夜语》感评 ……………………………（3）
我便期望一次蜕变
　　——李云鹏诗论 ……………………………………………（8）
再下边是诗
　　——简论何来的诗歌创作 ……………………………………（21）
绿叶对根的抒情表达
　　——周宜兴《秦州悲欢》简评 …………………………………（31）

第二辑　听他者说

内心浮现的月光
　　——《师榕诗选》解读 …………………………………………（37）
纷纭而出的一条远去的路
　　——徐兆寿长篇小说《荒原问道》的个人解读 ………………（42）
民间写实之上的精神抒情
　　——感评补丁小说集《1973 年的三升谷子》…………………（48）
即诗向佛
　　——包容冰诗歌评论 …………………………………………（52）
选择安静的一面去写
　　——独化诗简评 ………………………………………………（64）

日常生活场景中的草根情怀呈现
　　——郭晓琦诗歌创作简论 ·············· （69）
万物是时光落下的影子
　　——惠永臣诗歌的阅读印象 ·············· （74）
生命为此而无憾
　　——序胡家全诗文集《唱词里的河流》 ·············· （78）
腐朽的时间
　　——序《苏全洲诗选》 ·············· （85）

第三辑　同时代歌

行走在路上的书写
　　——感评王若冰新著《渭河传》 ·············· （91）
诗歌怎样呈现记忆中的土地
　　——周舟近作《渭南旧事》析论 ·············· （95）
还原与敞亮
　　——评刘雁翔新著《杜甫秦州诗别解》 ·············· （104）
生长的表达
　　——评雪潇新著《论文学语言的来历及其使命》 ·············· （112）
好看的诗
　　——读雪潇《大地之湾》 ·············· （120）
纸上的家园
　　——序彭有权中篇小说集《望天鸟》 ·············· （123）
好人的抒情
　　——王建兴《清水清音二集》序 ·············· （129）
山谷间生长的诗歌
　　——欣梓和他新近的诗歌写作 ·············· （133）
双眼的注视和心灵的驻守
　　——李继宗诗歌感评 ·············· （140）
场院人生:经验的回忆和文字的建构
　　——李继宗的近作《会飞的场院》和我所以为的李继宗的
　　诗歌写作 ·············· （156）

第四辑　和兄弟谈

絮叨而出的小忧伤
　　——苏敏近年来的诗歌写作 ……………………………（165）
置身于黄昏的瞭望
　　——叶梓诗集《馈赠》读记 …………………………（172）
地域文化的抒情表达
　　——简评叶梓《天水八拍》 …………………………（176）
真希望这是我写的
　　——薛林荣散文集《一个村庄的三种时间》的读后感 ……（179）
兴趣的考证
　　——序薛林荣《鲁迅的饭局》 ………………………（183）
照亮内心的凝望
　　——李王强组诗《低处的时光》简评 ………………（190）
内心的战争
　　——杨逍小说的个人解读 ……………………………（194）
从故事到叙事
　　——李彦周小说写作的历程观照 ……………………（197）
筐箩里的针头线脑
　　——序白尚礼散文集《泥土的味道》 ………………（202）
在时间被擦去以前
　　——评王选的南城根系列散文 ………………………（205）
伤痛与救治
　　——杨玉林诗歌简评 …………………………………（211）
苹果点灯
　　——莫渡诗评 …………………………………………（216）

第五辑　写于女书

这些让我们回到生命现场的词语
　　——感评离离的诗集《旧时的天空》 ………………（225）

从一己经验的抒写到地域文化的代言

　　——汪彤散文印象 ………………………………………（229）

现实主义的梦

　　——武强华诗论 …………………………………………（232）

几季梦深吟诗来

　　——王小敏诗简评 ………………………………………（248）

隔着时间的疼痛

　　——序董文婷散文集《幸福是一只青鸟》……………（255）

穿过尘埃的记忆

　　——序董文婷《暮雪飘散的村庄》……………………（266）

第六辑　漫议杂谈

甘肃文学的认同可能

　　——由"陇上文学八骏"活动的进行说起 ………………（275）

起步于缺失和危机之处

　　——有关甘肃文学的一些个人思考 ……………………（282）

我谈甘肃文学的品质提升问题 ……………………………（289）

寻找适合自己的写作

　　——以李继宗和离离的诗歌写作为例谈甘肃诗歌的发展……（296）

自然视域中的天水诗歌

　　——兼论杜甫"陇右诗"与时下天水诗人创作的关系 ………（308）

希望还在更新的人

　　——有关天水诗歌和诗人的一次访谈 …………………（318）

鸣谢 ………………………………………………………（327）

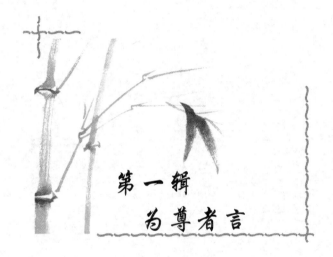

第一辑

为尊者言

诗与思合力而成的生命活力表达

——雷达散文集《皋兰夜语》感评

　　先前曾读过一些雷达老师的大作——如《新阳镇》《还乡》《多年以前》等，加之考虑到雷达老师已经过了 70 的年龄，特别是从《皋兰夜语》书名望文生义，在未阅读该散文集之前，我先入为主地以为《皋兰夜语》应该是一本关于家乡和回忆的书，是一本类似于常言所谓"叶落归根"的精神还乡之作。拿到书并急急阅读完之后，我发觉我错了，这本书比我想象的要远为驳杂。其中的内容，不仅有对故乡、对个人生活往事的回忆，而且还有、或者说更多其他的内容：他乡的游历、他人的纪念、读书的评论、时事的感喟，甚至因由冬泳、足球引发的内心思考；文章的书写体式也并不统一，有抒情散文、有时事评论、有文学漫谈，特别是《洮河纪事》一篇，甚至完全采用了小说的写法。读完书，我发现，《皋兰夜语》与其说是一本作者新近的散文创作集，还不如说是作者近年来所写的各种各类散文、随笔、漫谈等文章的编选集。

　　我这样的表达，无意于否定雷达老师对于散文写作的自觉追求，在其《我心目中的好散文》一文中，雷老师曾夫子自道："我也写散文，也想向我心仪的目标努力。"他的话已然表明了他对于散文写作的重视和自觉。证之于事实，我们也能够不断发现他极为精彩的写作实践和文本例证——如他很多年前所写的关于世界杯的那组散文写作，如在《皋兰夜语》中的《还乡》《新阳镇》《天上的扎尕拉》《重读云南》等等。我也无意于否决《皋兰夜语》的文学含量或散文质地，相反，通过该书稿所编选的文章的"杂"，我也进一步清楚了，散文本自没有定体，"条条道路通罗马"，借助于集子中多样不一的文章写作，一方面，正话正解，我们可以真正明白作者所言的散文写作的最佳实践就是"有什么话，就说什么话"的认知的真义；另一方面，反向推究，我们也可以发现作者多样的文化身份对于其散文写作的滋养、推助之功。学者？批评家？诗人？顽童？西部之子或者心灵的行游者？多重的身份给了他观察和审视生活的多样的视角和发现，也给了他随物赋形、依心立言的灵活和自由。"领时代风潮、观社会大景、入对象深处、表心灵体悟"，这是我曾经在讲课之时给学生概括雷达老师的评论时所讲的话。我觉得我的概括，也基本适用于我对《皋兰夜语》一书的印象描述。

在诸多关于雷达老师散文写作的评论之中，我较为赞赏广东省社会科学院、《中国当代散文史》一书的作者张振全先生所说的话。他讲："雷达的散文充满了诗的激情和理性的思考，每一篇又都是从自我的体验和感悟出发，不但写得情真意切，而且闪烁着智慧的理性的光芒，充满了生命的活力。"这段话有三个关键词：其一，"诗的激情"。这一特质或元素的形成，首先是和作者的个人遭遇和性情有关——幼年丧父、孤儿寡母生活的艰难和被凌辱、数次的死亡目睹、西部底层人家的身份自觉、孤独、倔强、敏感、叛逆，黑格尔曾讲："你走不出你皮肤的记忆"，被压抑和本能的反抗，生命内在至深处的张力给了雷老师从事写作的本质上的"诗的激情"；其次还是和时代背景密切相关，20世纪40年代的社会大动荡、大学时代的俄罗斯文学的阅读、"文革"的惨烈，以及20世纪80年代激情燃烧的岁月的裹挟，疼痛、不安的时代语境给了作者言词诉说的内在激情。其二，"理性的思考"。这一点更多源自于作者职业角色的自觉，资深编辑、评论家、评委和教师身份，理性地观审、思考乃至表达，也便自觉不自觉地成了雷达老师写作的自我要求，同时也籍此成就了他散文写作的显著个体特征。好议论和喜思辨，每每于生活小事之中能引发出宏阔深远的社会、历史之哲思，发人之未发，见人所未见，在对人情物理的追问分析之时显见其作为思想者和评论家的卓识和见地。理予情以骨，思赋文以实，富有质地和内涵的理性思考的多样存在，由此也便成了他的散文区别于一般以浅抒情见长的当下许多散文的显著特色。其三，"生命的活力"。首先是其文章的，它与作者深刻的社会洞察、深层的人生体悟、深入的对象感知和持续不断的审美创造力密切相关。在《雷达散文里的青春气象》一文中，以《还乡》为例，评论家杨光祖曾分析说："《还乡》就是这样一片掩藏着他许多文化密码的散文，有助于我们走进他的内心。他写了作家离家多年后的一次突然回乡，文章那么幽深、那么厚重，对故乡的那种复杂的感情，那种亲而远、无话可说又情系其中，真是写得入木三分。这种人生创伤记忆，给他的散文、评论更多宽容宏达。相对于评论的稳重、宽容，他的散文毫无疑问就是个人情感、情绪的痛快抒发，在这里就没有丝毫扭捏，有的却是大漠孤烟、长虹贯日、沉郁顿挫、无语凝思。"杨光祖先生的分析清晰地说明了他的散文所表现出的那种心理感受及其所营造的审美景象；其次是其精神层面的，是和作者的审美志趣或追求相关的。雷达老师曾说："我感兴趣的散文，首先必须是活文、有生命之文，而非死文、呆文、繁缛之文、绮靡之文、矫饰之文。"为此，他强调，"我写散文，创作的因素较弱，倾吐的欲望很强，如与友人雪夜盘膝对谈，如给情人写的信札，如郁闷日久、突然冲喉而出的歌声，因而顾不上推敲，有时还把自己性格的弱点一并暴露了"（见其《我心目中的好散文》）。鲁迅曾说："从喷泉里出来的都是水，从血管里出来的都是血。"想到雷达先生那么喜欢运动，喜欢熬夜看世界杯甚至亚锦赛，喜欢打乒乓球、冬泳，甚至不顾年龄一口气驱车三百公里的壮行，他的写作为什么会那样富有"生命的活力"？其中的缘由我们自然也就清楚了。诗和思合力而形成的生命活力表现，这自然是对雷达老师人生和文字表现的最好概括了。

当然，回到《皋兰夜语》本身，我觉得最打动我的、也最具文学意味的写作，自然还要推《新阳镇》《还乡》《皋兰夜语》《多年以前》《王府大街 64 号》《乘沙漠车记》《走宁夏》和《天上的扎尕拉》之类的文章了。在这类文章的写作里，退去许多时候作者本人不得不扮演的公共化、社会化名人身份，雷达老师一改其作为评论家所习惯的严肃、认真甚至宏大的叙述口吻，在其文字里显现出了其作为一个具体、个别且充满矛盾的真实存在体的内涵和魅力：独特的个人遭遇，悠远的历史触抚，疼痛的精神现场，真切的感知、体验和深入的拷问、质疑与思辨，一己生命的真切诉说与广阔的历史背景、时代风云以及地域文化的动情叙述多样交融，复杂的关系营造了极具张力的文本意义结构。"动之以情，晓之以理"，作品的阅读因之也带给了读者多样的意味和启示。

雷达老师持续不断地在阅读中或在别人身上发现一种诗意的存在。譬如因为难以有真正属于自己需求的无功利、自由的阅读而备感惆怅，时时产生一种回归西部放牧心灵的流浪冲动，甚至时过境迁了也难以忘怀自己曾经有机会成为一个剧作家的可能。不用说，文学之梦，是深存于雷达老师意识深处的精神理想，同时，由于这一至为真切的精神需求所内在萌生的明晰的文学性特征表现，因此也便成了他的学术研究和文学评论有别于一般的学院学术和批评的重要标志。不管我们如何强调和推崇这种文学理想和文学性的表现，但是因为职业分工和由此而致的职业写作习惯所带来的负面影响，所以如果从艺术或审美一域进一步要求，我觉得《皋兰夜语》一书所收集的文章在写作上也存在着些许的不足或者遗憾。其表现主要有二：一是理性太强，感性多少有些不够。文中的许多人事描述都非常精彩，予人以至为深刻的印象，但是，一方面是作者似乎不太习惯于对于对象进行充分的感性描绘，另一方面也是作者惯常的理性思维的不断干扰，所以，我们常常能够发现这样的情况，作者的描述甫一开始，其议论和思辨往往也便按捺不住地紧接着就出现了，太多的说理和议论，多少限制或影响了文章的艺术感染力的发散。二是一些文章写得多少有点太过随意，对于文章的结构作者似乎不是太过上心。这一表现符合了作者一贯倡导的无拘无束的自由写作理念，也在某种程度上给文章的写作带来了率性真挚的特殊审美效果，但是，对于雷达老师的这种结构和表达上的不是特别的上心，实话实说，我个人觉得它们也使得作者的写作因此多少也显现出了一些松散和小精致的缺憾。

对于自己的不足，雷达老师其实是有着极为清醒的自觉的，他曾说，"我也写散文，也想向我心仪的目标努力，却收效甚微。我写散文，完全是缘情而起，随兴所至，兴来弄笔，兴未尽而笔已歇，没有什么宏远目标，也没有什么可以追求，于是零零落落，不成阵势"（见其《我心目中的好散文》）。其实，问题没这么严重，他是太为谦虚。但问题毕竟存在，以我所知的雷达老师的要强性格和力求完美的人生态度，我们认这些意识到的问题其实并不是什么问题，他的清醒的自觉也许已经内含了他下一步写出更好、更为理想的散文的可能。

希望雷达老师不断有新的精彩，让他的读者能够持续喜悦并不断获取赞美的理由。

我便期望一次蜕变

——李云鹏诗论

见证过 20 世纪 80 年代甘肃文学历史的人，多半是很难忘记一份杂志及其历史作为的——那就是《飞天》文学月刊，它以招牌栏目"大学生诗苑"为阵地，为中国诗坛发现并培养了许多诗歌新锐。不夸张地讲，在很长一段时间内，"大学生诗苑"曾经是矢志于诗歌的校园青年们心中的一块圣地，现在国内叫得上名字的诗人，很多人就是从这个栏目开始他们最初的诗歌写作的。

李云鹏先生就是当时"大学生诗苑"兴起和鼎盛时期的《飞天》文学月刊的编辑。《飞天》文学月刊特别是它的"大学生诗苑"之所以能在人们心中留下美好的印象，甘肃诗歌之所以能成为今天这个样子，功劳自然不独是李云鹏先生一个人的，但在何来、李老乡等人之外，李云鹏先生因为对于诗歌的痴迷，特别是对于后学不遗余力的提携和奖掖，所以自然也是应该为人们记住的。谈到自己的人生角色定位，在诗集《零点，与壁钟对话》的"千字自白"中，李云鹏先生曾说："此生从事时间最长的职业应是文学编辑，已历了 25 个春秋，可以说，做文学杂志的编辑，较之做诗人，我更称职些。我热爱这个职业，我对于编辑工作有一种本能的忘我的投入，忘我到几乎牺牲了自己的创作，甚至到了老长时间诗我两忘的地步。"这是一段很动情也很真诚的话。联系李云鹏先生的实际，这样的表白既不是为了拉票因而对读者的讨好，也不是诗人因为撇清而变相进行的自我夸饰，相反，它从一个侧面说明了身为编辑的李云鹏先生对于一份文学杂志或甘肃文学付出过的努力。

但李云鹏之所以是李云鹏，在一般文学同仁的心目中，却首先是因为他是一个诗人，是一个不仅写诗"年龄"超过半个世纪，而且对于诗歌特别痴迷，痴迷到甚至近乎"殉道"地步的诗歌热爱者。

一　初始的歌唱：《牧童宝笛》和《进军号》

20世纪30年代末，李云鹏出生于甘肃中部贫寒苦焦的渭源山村。为1949年之后的时代风潮所感召，也为家乡人民积极投身革命的传统所熏陶，年仅14岁的他就参军做了一名解放军战士。他的写诗生涯也就从成为解放军战士之后悄悄开始。出身偏远的乡村，谈不上深厚的家学渊源，14岁就当兵，甚至没有接受过较为完整的文化教育，所以，他和一般人一样，开始的诗歌写作，也经历了一个从模仿、练习到渴望摆脱模仿和练习的过程。

他最初发表作品是在1954年。那时他还是一个年龄仅有15岁的军中少年，对于生活，他有想象、有激情，但是对于行将影响自己一生的诗歌，他的脑子里却没有多少自己的见解。看了一些诗，也为时代所激发的感情所激荡，他就响应着时代的主题率口而唱了。

他那时所写的诗主要是一些叙事长诗，像《牧童宝笛》《血写的证书》《花儿魂》《进军号》等。从体裁上看，这些诗可分为两类，一类是民歌或童谣体的诗，像《牧童宝笛》；另一类则基本上是一些政治叙事抒情诗，像《进军号》等。前一类诗歌主要取材于民间传说，如《牧童宝笛》，它所讲述的故事有点像人们熟悉的《神笔马良》：一个叫庄元的孩子，自幼父母双亡，在邻居的照看下艰难成长；财主陈老七见庄元人小力大又聪明，就强拉他去给自己放牛；庄元孤苦无告之际，忽见牛圈旁有新竹长出，取而为笛，不想笛为一宝笛，要什么给什么；财主眼馋，欲占为己有，庄元巧施妙计，并在乡亲们的协助下，杀死财主，获得自由，最终横笛在手，造富百姓。后一类诗歌如《进军号》，它所选择的主要是一些宏大的社会题材：以甘肃当代历史中的重大事件——引黄工程为叙写对象，运用革命意象系统中的一个典型符号——小铜号为线索，通过对引黄工程开展过程中的历史氛围和情景进行想象性夸张描绘，塑造了老红军、现任引黄工程指挥部书记的共产党员高亮的高大形象，表现了一种"老兵谱新曲"

的时代主题。

客观地讲，在这些诗的写作之中，诗人表现出了在特定历史条件下自己所能表现的努力——如在《牧童宝笛》中的童贞趣味表露；对于民间特别是生活比较艰难的普通民众生活的特别关注——如在诗的形式构造上对章节的多样化安排以及活泼口语的运用等。但是从总体来看，无论是取材还是艺术的表现，李云鹏先生这样的诗基本上是那个时代较为流行的意识形态规范中的一种个人版本。社会提倡着的民间背景，意识形态所允许的适度而又不失健康的传说或神话内容，贯穿始终的阶级斗争主题，还有民间加古典的诗句建构方式，这样的表现充其量也就是时代大合唱中的一个小声部。

也许就因为这种原因，所以《牧童宝笛》虽然早在1955年就初刊于《甘肃文艺》，后又入选纪念中华人民共和国成立30周年的《甘肃儿童文学选》，甚至还有电视台将其改变成儿童动画片；《进军号》也在1972年被收录于甘肃人民出版社出版的同名诗集《进军号》中，后又曾被开封师院中文系选编于其教材，但是在后来编选自己的诗集时，李云鹏先生对于那一时期自己所写的这些叙事长诗以及一些政治抒情短诗却还是一首也未曾选用。他决绝的态度以无言的方式说明了他自己对于那些作品的评价，他借此想向读者透露的信息就是：对于诗歌，他还有着更高的期待。

二 诗歌的觉醒：《忧郁的波斯菊》

李云鹏先生是在20世纪80年代初由地方调到省城工作的。他是一个本性非常醇厚的人，从地方来到城市，他没有像许多人那样斤斤计较于自己的生活条件和工作条件，而是全身心地忙碌和愉快于自己的新的工作。不过，作为一位出身于乡村、很早就参军并且辗转于西部辽阔旷野中的人，对于因为经济的复兴而身处时尚、现代的城市生活，李云鹏又有着许多的不适应。更何况他那时已经年过40了，人生不经意间就沾染的一点沧桑之色，这使他免不了在内心中常常怀念他曾经的岁月：滋润了自己童年的故乡篁村，见证了自己青春的奇异的西部山川……"逝者如斯"，在回忆中复原那些曾经的生动和激情之余，对于生命，他同时怀有了一种难以言说的伤感。这种复杂的感情具体于他文字的表述，就产生了他的第一本诗集——《忧郁的波斯菊》。

《忧郁的波斯菊》在 1988 年 11 月由甘肃人民出版社出版，诗集中的作品主要写作于两个历史时段：一个是 20 世纪 80 年代初，1981 至 1983 年，以"飞向巴音布鲁克"和"特殊记忆中的篁村"两辑中的大部分诗作为其代表；另一个是 20 世纪 80 年代中期，从 1985 至 1987 年，作品主要收集于"追逐九色鹿"和"西行客说"两个辑目。两个时段的作品在风格上表现出了某种基本统一基础上的差异，前者清新、明快，而后者特别是"西行客说"中的一些优秀之作则渐趋沉郁和枯涩，诗在流畅的抒情中渐渐融进了某种富有意味的反省和沉思。

在我看来，这本诗集的名称是解读其诗作的一个关键。《忧郁的波斯菊》——从构词上讲，是由两个部件构成，一个是作为对象的客观的"波斯菊"，另一个则是表明主体态度的主观的"忧郁"。查找相关的资料我们可以知道，"波斯菊"相传是古人从波斯引进的一种花卉，民间俗称"八瓣梅"，花色金黄，耐寒抗热，多生于中国西部高原，是一种很有地域特点也很美丽的花。将波斯菊和诗歌相联系，可能的含义有二：一是由波斯这个翻译词引发的异域、丝绸之路以及西部的联想，另一是由花所引发的美丽、动人的感受，二者合起来就是美丽的西部或西部的美丽。将忧郁和美丽的西部或西部的美丽连缀起来似乎多少有些犯冲，但是落实于具体文本的阅读，我们又能明白，这种犯冲其实恰巧是诗人面对西部时表现出来的一种既矛盾但又真实的态度：一面想展示它的美丽，另一面在美丽的背后却又禁不住引发了因为时间和环境而致的种种生命和生存的担忧。

生于斯长于斯，对于广袤而奇异的西部，作者心怀了一种极为素朴的热爱之情。"没有瘦损的山""没有河流的污染"，故乡是诗人"萌发诗情的灵感"（见其《老是醒里梦里的思念》）。给自己生命的土阁楼和舅母让人怀念；葡萄藤般的小路也因为承载了"牛背上的童年""教我童谣的山家姐"和"寄存幽谷的牛角号"，所以"全是透明的晶莹"（见其《葡萄藤般的小路》）；甚至"八里无言，十里沉默"，泥泞中走着的毛驴车的主人，也并"未使我感到隔膜"（见其《毛驴车在泥泞中走着》），崭新的钢笔丢失于故乡的草地是一种美丽的错误，飞向巴音布鲁克，无边的绿洲的遐想让一切旅途中的颠簸、寂寞、眩晕、唇焦舌燥，也都成了幸福到来之前的必要内容。诗人的热爱之中内含着一种朴素的道德——"儿不嫌母丑"，这种信念驱使他有意识地去发掘西部生活中的美：舍沙漠而写绿洲，弃贫穷而显温馨，在单向度的审美情感弥散中，作者的抒情由此而成为一种欢快的礼赞，许多诗的写作也因此在总体上显得轻快和流畅。

不过随着时间的变化，特别是随着诗人自我艺术素养的不断提高，李云鹏似乎很快意识到了自己的问题——一种轻快和流畅有时也可以是一种肤浅和遮蔽。回到自己的经验，李云鹏非常清楚，西部并不仅仅是神奇和美丽，由此，他的忧郁也便慢慢渗出来了。同样是写西部，但是从 20 世纪 80 年代初发展到 80 年代中，他的笔调却在悄悄中发生了变化，在礼赞之外，他开始揭示西部生活的艰难、危险和沉重：疲惫的沙原，强劲的阳光烘烤得沙砾也渗油，一场风能撼动 12 个昼夜，雪水河冻住了鸽子的飞翔，狂沙如狮虎作色，暴风雪中的山豹使雄健的白牦牛也战栗不已……别样的自然山川，生存的压力骤然凸现，虽然作者也试图将这种压力用乐观的抒情人为地进行稀释，借此张扬人对于环境的超越和主导功用，揭示中华人民共和国成立初期人们普遍怀有的理想主义和英雄主义信念，表达一个人在青春时期特有的浪漫和激情，但是人和环境之间的紧张和对立毕竟已经形成了，背景的艰难使英雄主义行为和青春激情的表现由此也不再那么轻松和流畅。岩壁石化了奔跳的小山羊，风库的三班长护持了一株青苗但却倒下了自己的身体，冰雪中的士兵和鸽子的歌唱只能是一种传说……"写忧而造艺"（见周政保《写忧造艺》，《飞天》1998 年第 7 期），诗人的乐观掩饰不了来自于生存背景上的荒蛮苦寒之本色，所以温馨中也有冷寒，甜蜜中也有枯涩，壮烈中也有悲情。由于外在的生存压力，生命在艰难承受当中甚至时常发生变异和扭曲：冷风赶走了淘金的人，一方水土不能养活一方人，所以他们只能痛苦地迁徙；盛开的波斯菊因为阳光的拒纳而顷刻萎蔫；谷桥在一个深夜坠落；危巢让一棵大树提前梦见自己苦涩的老年；日子让一位妻子不说一句话就离家出走，而恐惧让一名汉子道德溃决只能与兽为伍；死亡之海边的一截枯骨和因为伤心于斗殴而停止流淌的枯泉因此更像是一种别有意味的文化象征。在诗人冷峻的反视当中，它们体现出了西部生活前所未有的沉重和力度。

进步是进步，但是从整体上看，《忧郁的波斯菊》毕竟只是诗人在诗歌艺术上初步觉醒之后的产物。时过境迁，用更高的艺术眼光衡量，我们可以很快地发现它的一些问题。这些问题主要有：一、诗人对于对象的精神内化不够。许多诗作有很具体的场景描绘，但是场景描绘之中缺乏感性和生动的心灵现场，对象特征清晰但诗人主体的精神图像却极为模糊，艺术的表现因此较少深度的美感，流畅有余而韵味不足。二、诗情诗意的形成较多主体单向度的施加，作品意义世界的建构较少矛盾和冲突。其结果就像"巴音布鲁克"一辑中的作品，因为缺乏对象对主体的必要的阻拦，所以诗歌便成了诗人一己单一而空洞的情感流泄。三、过多的议论所导致了诗歌表意上的空泛和直露。诗歌语言是一种特殊的语言，它特别强调语言的象征性传情的功能，但是从诗意的获得到语言的表现，在《忧郁的波斯菊》中，诗人却似乎来不及对现实的物质对象进行主观的加工，从而将它们内化为能够承载自己精神体验的感性存在而再进行传达，诗的写作因此往往省略艺术的加工过程而直接地运用议论说理揭示意义——像"西部说：/其实最可怕的/是你不理解这片/可怕的荒地"之类的表达，可以说比比皆是。此外，诗集中还有许多诗似乎特别喜欢"卒章显志"，以道理的直接归纳或提示作品的主题，它们的模式化表面看起来似乎有益于读者的阅读，但在实质上则从根本上损害了文学作品应有的艺术之美。

三　形式的追求：《三行》

不过李云鹏先生是一个有追求的人，在自己的审美意识初步觉醒之后，对于诗的写作，他慢慢也便有了自己的想法，"假使上下求索仍找不到双翼马呢？/我便期望一次蜕变"（见其《双翼马（代跋）》，《忧郁的波斯菊》，甘肃人民出版社1988年版）。不断地蜕变，寻求新的可能——他不仅是这样想的，也是这样做的，做的结果就是《忧郁的波斯菊》出版 5 年之后，他又给读者捧出了他的新诗集《三行》。

《三行》于 1993 年 4 月由甘肃敦煌文艺出版社出版，内中收录了诗人创作的 308 首"三行诗"。关于这本诗集的写作，李云鹏在诗集《后记》中解释说："对于我。写诗从来只是繁忙编辑业务之外的一点可怜巴巴的余兴，几乎没有过一整块时间能供我的笔支配……但诗心不死。写大的，写长的，近几年是想都不敢想了。1990 年春一次腰疾卧床，历 8 天，忧郁得很。经验是，这忧郁须用诗来排解。不知怎么，仰躺着，盯着天花板，突然冒出些三行诗来。录下，嚼嚼，觉得还有点意思。此后，早晨散步之时，骑车上班的路上，甚或与人闲谈之间，读书时候……总有'三行'不时跳出，沉静地走进我的小本子。如此半年，数量竟是没有料到的可观。这里选出的三百余题，只是其中的一部分。"他的话透露出了这样一些信息：这些三行诗的写作，是诗人特殊生活情境的产物，忙碌加之生病，它们大都是诗人在时间的碎片中采撷的一些个人诗思的小浪花。此外，从偶发到结集，诗人的写作大体经历了一个从偶然得之到有意为之的艺术经营过程，这一过程内含了他对于诗歌形式的某种阶段性思考。

和前后其他几本诗集的情况不同，在《三行》出版发行之后，引发了读者较为热烈的反响。之所以如此，细读文本并参照具体的历史语境，我以为可能的理由大体有三点。

一是诗的表现。如作者所言，"区区三行，内涵局促得很。但我自信，却有一些感受和体验是独我所有的。这增强了我把这样一些普通人的人生体味献给读者的信心，并确信会得到某种共鸣"（见其《后记》，《三行》，甘肃敦煌文艺出版社，1993 年版）。翻阅作品，我们确乎可以发现，诗集中的某些作品一如作者所言，表达了某种非常个人性的人生感受和生存体验——像"最后一场冻雨邀来了雪花/顺手交给她一个季节/奔苦经年的白牦牛卧成了雪山"（见其《初冬》），"我不敢在我城市的楼头仰望/当憔悴的天空排拒飞鸟/我惊恐地意识到世界的衰老"（见其《憔悴》），"不怕看脸上的岁月的刻痕/当背影不再年轻了时/我们仍津津有味地互读一张弯弓"（见其

《爱》），等等。或是具体的情境，或是瞬间的现场，真切的生命体验使人在阅读时能够感受到一种来自于情感深处的亲切。此外，作者似乎还非常善于用自己的诗性之眼对一些普通生活场景进行诗意的提升或改造，点石为金，使一些本来平常之极的生活对象因此而显得诗意盎然，充满了十足的理趣和韵味——像"夜是立在白昼尽头的一块黑板/星星是写在其上的明净的字颗/公允地记载着白昼奔忙的忧乐"（见其《史记》），一个本来很抽象的题目，作者却巧妙地将其与具体的夜、星星连接，使一个抽象的题目在远距离的关系组织当中获得了一种生动鲜活的感性肉体，无形的历史因此而刹那间变得可以目视了；还有"二月二的雪花飘不凉我的心/二月十二的雪花也飘不凉我的心/二月二十二的雪花已是炎夏的名片了"（见其《春意》），等等，春天的到来，本来是极微妙的过程，但作者却只按时间顺序组接了三个时间点上的雪花和自己的感受，诗的写作貌似简单但在简单之中却深蕴了一种非常高妙的艺术慧心，将无形的春意的到来描绘得栩栩如生。

二是诗的形式。如其书名所示，《三行》内中所收的作品都是一些非常短小的三句一体的诗。考察诗的接受史，我们可以知道短诗其实一直很受中国读者的青睐，从古诗中的绝句小令到冰心等人的小诗，读者对于短诗的熟悉是远远超过了长诗的。读者喜欢短诗的理由其实就在于它的短小，短小了便易于记诵、易于掌握。当代社会人们的生活节奏日趋加快，文学艺术的创作相应地也体现出了某种"文化快餐"特征。在这样的背景上，李云鹏先生的《三行》在形式上自然就有了它的优势，旅游出差、茶余饭后，开卷品读，长则十几首，短则一两首，时间的琐碎并不损害阅读的完整，所以，其为一般读者喜爱，其实也就在情理中了。

三是20世纪90年代的诗歌环境。20世纪80年代中后期是中国当代诗坛极为活跃的一个时期，流派纷出，宣言迭起，诗人们的行为既创造了中国新诗史上前所未有的"喧哗与骚动"，也通过五花八门的实验和探索，使汉语诗歌持久地保持了某种艺术上的先锋姿态。这种探索和实验的好处是它们揭示了现代汉诗发展的种种可能性，而其缺陷则在于它们造成了诗与读者之间更进一步的隔阂、与传统更为彻底的决裂、个人化和陌生化的写作、语言的能指畸形地繁殖而所指无端地缺场、符咒或神启式的表达，等等，使许多诗歌远远地外在于大众可能的理解，成为一种诗人自以为是同时也只能孤芳自赏的存在。这种状况为后来的政治挫伤所改变，热情冷却或回到现实，20 世纪 90 年代诗歌因此就有了"中年写作""口语化""叙事性"等说法，表述虽然不同，但实质却大体相似，不同的观念实际上都内含了某种对于读者或大众因素的重视。李云鹏先生在总体上是一个外在于当代诗坛探索新潮的人，但他无意中的作为，他的这些通俗、短小，类似于格言的三行诗，却在不自觉中符合了逐步市场化的民众对于诗歌的阅读口味。

　　但是就我个人的看法，我觉得受制于既有的诗歌理念和想象力的局限，李云鹏先生的《三行》在艺术的表现上是比较平庸的。他的问题主要表现在两个方面：一是太爱议论，太爱讲理。这一点其实在《忧郁的波斯菊》中已有较为突出的表现。《三行》的写作对此不仅没有收敛，而且甚至有点变本加厉。许多的诗，像"很想推倒所有的狱墙/又恐人世间还残留一颗邪恶的心/我便准备着做狱墙的最后一块砖"（见其《狱墙》），还有"圣地之光　决不会灰暗于/叛逆者滥涂的墨污/时间和尘埃能掩埋的不是圣地"（见其《圣地》），等等，诗歌完全成了某种人生大道理的阐发，诗意的表达缺乏形象的中介，不感性也不生动。二是在诗的写作中个人化或精神体验的深度不够，诗情的抒发因此不仅较为表面也比较普泛。像"重读郭小川又见到诗的小川/立于青纱帐甘蔗林的一尊伟岸/竟羁困于小小团泊洼的秋天"（见其《读诗》），还有"每日贴着她，似乎这黄河很平常/一旦离开，就觉得这黄河太雄壮/夜夜大波大浪地闯入梦乡"（见其《黄河》），等等，诗中的感情不能说虚假，但缺乏一种因诗人个体特点而自然生发的具体和个别，从中我们很难感受到诗人作为一个独异的存在体而与他人相区别的心跳和意图，所以这样的诗在本质上还是一种公共化的抒情，它们没有一份独特，因此也就自然很难给人留下较为深刻的印象。

四 生命的沉思：《零点，与壁钟对话》

《零点，与壁钟对话》于 1997 年由作家出版社出版，是李云鹏的第三本也是迄今为止最有分量的一本诗集。《飞天》编辑、诗人马青山甚至说，这本诗集"奠定了他在甘肃诗坛乃至全国诗坛的位置"（见马青山《瘦骨带铜声的歌者》，《甘肃日报》，2003 年 1 月 27 日）。

虽然诗人自谦，认为这本书的"书名无深意。主要起意于这些诗大致是'八小时之外'的深夜，在壁钟滴答之声的伴随下草成，就用了其中一首的现成的题名"，但在我个人看来，理解这部诗集的内涵及意义，这书名却实在是一个关键。从《牧童宝笛》《进军号》到《忧郁的波斯菊》，再到《三行》《零点，与壁钟对话》，在时间一路走来的脚步声中，不用看作品，单从作品名称变化的轨迹中，我们也可以捕捉到诗人创作的某些富有意味的信息。和前面的作品相比较，在《零点，与壁钟对话》中，诗人的写作出现了两种新的变化：一是时间意识的突出以及伴随着时间的变化诗人感情的逐步内敛和个人化回归；二是诗思的表达开始有了从独白到对话、从单一到复杂的追求。

考察诗集内容的安排，我们可以发现，在这部新的作品集中，作者没有按照惯常的先后时间顺序组织作品，相反，后写的被放在前面，先写的却被放在了后面。何以如此？作者自言说，似乎只是为了"方便"，但这种"方便"在旁观者看来却更像是一种有意的行为，它蕴含了一种诗人由近溯远的时间意识。零点，一种寂静的时间单位，在昼与夜相交的这个时间点上，作者没有梦想也没有多少睡意，所以他的诗思就成了一种对于生命——即流逝时间中个人经历——的深情的回忆：由故乡引发的对于生命源头的不断归返，铭心刻骨于西部旅行中另类山川和生命而致的对于生存的反复体味，以及在寒冬纷纷大雪中对于当下生活中富有意味的日常细节的细细反刍。《零点，与壁钟对话》的写作内容大体上就由这三个方面构成，这三个方面无一例外地也都贯穿了诗人对于时间的敏感："记忆里/我的顿河岸边的杵衣石/是我的顿河的美人痣"，但是"三十年岸柳粗了腰围/杵衣石/

依旧静美地卧在那里/目光三回细读/三回都认作/苍老的老年斑了"。时间流逝中生命的残酷故事，体现了生命本身无可奈何的疼痛，疼痛平静下来，平静成了一种默默地承受。所以诗人便说，"不想去寻找一种答案/反正/衣袖高绾于臂肘之上的/双臂如透明的水萝卜的/我的阿克西妮亚/不在那石上捣衣了"（见其《我的顿河》）。

　　在诗人回忆中，放弃是一种无奈，但在无奈中也表明了诗人的诗思在时间磨炼中的成熟。"午夜下了薄薄的雪……一片，一片……/写着宁静的心事"（见其《午夜下了薄薄的雪》）；"独立北方旷野的枣树/此年只熟了两枚红枣……两枚红枣托起一轮圆月的贫穷/是此年北方的化石"（见其《某年北方》）；"血肉化为泥土之后/骨骼就是血脉畅旺的根/与万根相抱成林"（见其《蔡希陶》）。诗人依旧是敏感的，他依旧不时地被周边的事物所触动，但这种触动却往往为一种经年的风霜所冷却，所以，他的火一样的激情便更多地转化成了一种平静中的回忆或沉思：花是一朵朵的雪花，青草醒着但羊却在做梦，受伤的大象拒绝一切的救治，面对会唱歌的草，两只耳朵却只能站得很远很远……这种内敛的沉思保证了作者能于平静中听到其他生命的欢欣或呻吟。在李云鹏先生这一时期的诗中，事物因此多半是有着自己的生命表现的：红枣在珍藏中哔啵时间的响声，不甘自毙的盲鸟不断被树枝和树叶碰疼，会唱歌的草一双亮得很大的童眸吐放着天真；更保证了诗人在宁静中能够真正回到自己的内心，借助于他物的脉搏聆听到自己心灵的节奏：背水的少女踽踽而行，"每见一两汽车驶过/她的孤寂至伤情的挥手/酷似摇曳于风中的苦艾"，拂拭过层层的遮蔽和阻拦，回到自己的内心，这一束苦艾的挥动，在茫茫的雪山的背景上，它让作者感受到了累积于自己心灵深处的"万古的荒寒/隐约闻见一万年前的鹰鹃/撞出悠长的回声"（见其《寂谷》）。这种个人性的回归，使诗人即使在写一些宏大题材的诗（如香港回归、海湾战争等）时，也往往能够在众声喧哗之中独辟蹊径，选择一种独特的自我视角。比如《讲给小孙女的故事》，诗本身是写宏大的历史教育问题的，诗的内容也涉及了抗日战争和第二次世界大战，但在实际的操作中作者却仅仅选择了两个孩子和阳光的故事，便巧妙而生动地揭示了战争的残酷和平静生活的可贵之主题。

除了诗情呈现上的个性化回归和内敛之外,《零点,与壁钟对话》给予我们的启示还有艺术表现上的"对话"机制的运用。在该诗集的《后记》中,李云鹏先生曾讲,"说对话,似乎也还贴当。诗本就是一种倾诉,一种人生的对话。而暂离了尘嚣的清澈的午夜是最宜于诗的对话的"(见其《后记》,《零点,与壁钟对话》,作家出版社1997年版)。他的话很像是一种"夫子自道"。联系李云鹏先生实际的创作,我们可以看到他前期的诗作,抒情者大都为单一的第一人称"我",不管对象如何,抒情话语基本上是诗人一己的独白,也是一种标准意义上的倾诉,但是这种情况到了《零点,与壁钟对话》却有了很大的变化,诗的写作在"我"之外慢慢也开始有了更多的虚拟的"你",写作对象往往也从被动沉默的状态变得积极主动,开始自己说自己的话,抒情由此也从独白而渐渐转变为对话——诗人与他人的、与他物的、与不同的自我的,诗意的表达因此也由单一逐渐变得充沛。像《寂谷》《时近零点》《冰韵》《默写心事》还有长诗《零点,与壁钟对话》《野果林拒绝嫁接》等,在"我"之外,另外声音或者不同的"我"的声音的出现,在诗情的倾诉之外,使诗的表达有了质疑、推测、商量甚至反驳,多样的表达显示了多样的意义,他的诗作因此也便较以前有了更为醇厚的味道。

综述李云鹏先生50多年的诗歌创作,我们可以发现,有两种东西是贯穿始终而且感人至深的。

一是他对于生命和生活、特别是西部的热爱。对于渭源故乡的终生的吟唱,对于梦一样的巴音布鲁克的热烈向往,对于风雪西部的疼痛诉说,对于一架葡萄的哀悼和对于一个卖埙的孩子的悲悯,真实生活中的一切似乎都能激发起他对于自己的祖国、人民和土地的感情。幸福着对象的幸福,痛苦着对象的痛苦,他的心灵就像是一架敏感的信息接收器,生命中的一切风吹草动——大到国际战争,小到壁钟的走动,似乎都能被他快速地捕捉并给予诗化的处理。诗人艾青曾说:"为什么我的眼里常含着泪水?/因为我对这土地爱得深沉。"艾青的话同样适用于李云鹏——因为对于自己乡村背景的深刻记忆,所以即使给别人捧出了"留有自己体温的羊毛衫",他还是为此而羞愧不已(见其《愧疚》);因为是拽着马的尾巴上的高山,所以即使站在山岗，也只能觉得自己"只宜站在那马的阴影里/平定喘息/然后羞赧地自高处/赞叹初次所见的风景"（见其《登高》）。诗人对于他人、他物出自善良本心的体谅，让我们通过他的诗感受到了一种这个世界已经很难得的那种对于生命或生活的博大之爱。因为这爱从精神的深处体证着诗人自我的价值，所以它本身就是诗歌之所以能够感人的最为基本的质素。

二是他对于诗歌写作的执着。客观地讲，李云鹏的写作起点并不高，他身处于非诗的历史时期，自身又没有经受过专业的写作训练，为主客两方面的原因所局限，所以他前期的诗便显得较为空泛、夸饰，极少有诗人自身的性情和面貌。但是，就在这样的起点上，诗人却能够随着时间的变化不断地对自己进行反省和调整，从《进军号》《忧郁的波斯菊》《三行》，到《零点，与壁钟对话》，诗人走过的旅程实际就是对自己不断否定、不断变化的自我扬弃过程。

因缘于此，虽然从整体看，李云鹏现在的诗歌写作依然存在着一些严重的问题——譬如写诗过于质实和规范，在诗人主体与对象的关系处理上要么浅尝辄止，缺少深度的心灵体味和新颖的主体变形；要么循规蹈矩，对象所激发的诗情往往未及展开就被匆忙归入既有或他人的辙痕。又譬如在诗歌内部的组织构造上，因为总是较为注意同类或同性质材料的选用而缺乏对于矛盾、冲突材料的有意识地组接，诗的写作因此常常诗情明朗、诗意清晰但是却表现得张力不足，给人的印象因此往往也便显得流畅有余而韵味不足。但是，李云鹏先生是一个不轻易满足的人，虽然他现在年岁已高，诗的写作也渐趋稀疏，但是他却未曾停下或放缓探索的脚步。他近几年写的一些诗，如《邂逅一只银狐》《走进布达拉宫》，我们依旧可以从中看到诗人心犹不甘的悄悄然的努力。这些诗往往能从外在的物体进入到深度的心理体验，纯粹、干净，具有很高的艺术质量。

"假如上下求索仍找不到双翼马呢？/我便期望一次蜕变/变成慨然委身西部的/一颗忧郁的波斯菊/一颗忧郁的白草。"蜕变是痛苦的，生命的蜕变总是一种临近于死亡的新生，但唯有这蜕变，才是真正能够给人带来希望的。

我们谨以此寄希望于李云鹏先生下一次更为杰出的表现。

再下边是诗
——简论何来的诗歌创作

从文学史的角度而言，中国当代诗坛于甘肃诗歌的记忆总是绕不开这样两件事：其一为《飞天》文学月刊"大学生诗苑"栏目的开设与活动，后经几代编辑的努力，为中国诗坛特别是甘肃诗坛培育了一大批诗歌的新生力量。其二为"西部诗歌"的理论倡导以及实践，在20世纪80年代初期和中期热闹非凡的中国诗坛别立了地域特色鲜明之阳刚、悲怆诗风。

于这两件有意义之事，诗人何来都有所作为。于前者，在于他任《飞天》副主编期间对于大量诗歌后进的细心指导及培植奖掖。在多年的编辑生涯中，到底有多少忐忑于诗歌之途的人因他而走上了诗歌之路，没有人统计过，他自己恐怕也说不清楚。但一提及何来之名，很多诗人立马就表现出来的肃然起敬，自是一种无言的说明。于后者，在于他通过几十年积极且富于探索意义的诗歌实践，不仅参与了"西部诗歌"的历史行为建构，而且以其独特的诗美追求，确立了自己的诗歌风貌。对这一点，诗评家叶橹先生曾说："当人们谈论'西部诗人'的群体和他们的'边塞诗'时，不知道是否注意到了一个相当奇特的现象，即如昌耀、杨牧、周涛、章德益、林染等人，实际上并不是土生土长在西部高原的人。""上述诗人之所以被认为是'西部诗人'，是因为他们以各自的不同的心灵感受传达和表现了独特的对于西部氛围的领悟，这些诗人，也由于他们原来的生存环境与西部氛围存在着较大的反差，因而在生存环境改变后便特别显明地感觉到了西部风光的特异色彩。"但"在何来的笔下……边关西陲，瀚海戈壁，都是一幅幅实实在在的平凡景象，他能够从中升腾起诗情的哲思，但绝没有神奇的意味"，"何来的诗，自有其别具的特色和韵致。也正是这种特色和艺术韵致确立着他在西部诗人中的真正地位"（见叶橹《由不惑而知命——论何来的诗歌创作》，《诗弦断续》，南京出版社1991年版）。

以"西部诗人"命名何来或完全将何来的诗歌创作归置于"西部诗歌"的范畴，自然不完全适合，但从叶橹先生的话中，我们还是明确了何来是个很独特的诗人。缘此，无论是描述甘肃诗歌还是"西部诗歌"，何来及其诗歌创作都应该是一个不能不提及的重要话题。

———

何来是一个很少谈论自己的人，他的"慎言"使他在甘肃诗坛成了一个内敛、低调的"君子式"诗人，但也给意欲探究其身世经历的人造成了困难。借助于"片言只语"，我们还是明晰了其身世。诗人生于兵荒马乱的20世纪30年代末，商人身份的父亲本想把他培养成一个生意人，但他却爱上了文学，大学时期（20世纪60年代初）其诗作便上了《诗刊》，《烽火台的抒情》和《我的大学》让当时西北师范大学的师生们奔走相告，同时也为他赢得了一片喝彩声。

从最初的诗作看，何来诗歌的写作来源于两重诗学背景：一是大陆诗坛在20世纪五六十年代流行的政治抒情诗的影响；二是西方（特别是俄罗斯）19世纪浪漫主义创作思潮的影响。因为前者，何来诗歌表现出对于大题材的敏感，有较多情感的抒发，诗歌体式也表现为长篇大章；因为后者，何事诗歌凸显出一种抒情的底质，注重想象的运用，主体形态也于活跃而急速的驱骋之中显得积极昂扬。

之后，在严峻的政治形势和生活的逼迫下，便是诗人十多年的沉默，这种沉默内敛了诗人原本张扬的青春心态；但在20世纪80年代的重新歌唱中，我们依然可以感觉到诗人先前业已形成的诗歌品质在创作中的变相延续。

首先是抒情。从20世纪80年代的《断山口》《卜者》，特别是从《爱的礌刑》到20世纪90年代的《热雨》《侏儒酒吧》，直至2001年的《何来短诗选》，虽然诗歌风格几经变化，但总体来看，其诗作却依旧保持了其诗歌固有的抒情本质。

诗人的情感，如同诗人所写的，"铭文久已斑驳/铜色久已锈损/但它仍全身震颤着/用整个躯体发声"（见其《断山口·边关，震颤的古钟》）。因为诗人的情感是不愿死去的一颗鲜红的心，所以才在众人欢腾的《刁羊之赛》的热闹中，感觉到真切的疼痛，"争夺，无情撕拚/在一只小羊生命的细弱的/延长线上进行"，"后来，赛手和观众都散去了/我却久久在赛场上沉吟"；所以才在《卜者·你没有乐园》之中，"冲撞你不敢"，"旋转你不敢"，"升高你不敢"，"颠倒你不敢"，因此不能不感叹"唉，乐园不属于你/你没有乐园"。因为爱和悲情、因为苦难和艺术，诗人何来在冥想中与俄罗斯女儿阿赫玛托娃交谈时，深感"什么在锯着灵魂"，甚至在日暮夕阳黯然的回忆中，依旧觉得"我们的形状，就是爱的火焰的形状"，"噢，那地上的树/就是我们不死的手/从地下伸出/紧紧地抓住永远的阳光"（见其《热雨·我们的形状》）；生命是不能熄灭的火，它能于沉静中看到渴望和努力，"你听/海并没有平静/一点遥远的灯光/那么隐约，缥渺/竟吸引着/海全部的激情/你听/它还在不停地翻滚/即便夜比大海还深"（见其《何来短诗选·观沧海》）。

其次是想象。情感是想象的动力，真切充盈的感情——不管是飞流直下的还是抑制内敛的，它的表达需求必然推动诗人诗情的跃动和飞翔，这种跃动和飞翔实现于诗歌形象的组织运动，我们因此看到了诗人想象所散发出来的无穷魅力。观黑山岩画而想到了"叛逃的奴隶""逃婚的弱女""丢失了羊而不敢回家的牧人"，甚或"远行的商旅/逃避蒙面的强盗/他们在黑山深处/找到了自由/也找到了孤独"（见其《断山口·被放逐的艺术——观黑山岩画》）；练鹤翔桩的人，在一种气流徐徐潜入躯体之后，一会"变成了一个人形的小鸟/翅膀不住地拍打着"，一会又像是"被一条毒蛇所驱使/直立着蠕动直立着蜷曲"（见其《卜者·鹤翔桩》）；《老门房》像架"坏了许多零件"的"永动机"；《蒙特的街灯》仍然彬彬有礼地亮着，"像仆人，又像贵族"；最是那《打击乐》的震颤，"皮革发出了呻吟"，"木头发出了呻吟"，"铜发出了呻吟"，"死发出了生还的呻吟"；而《报废的火车头》，那"疲劳的钢铁/从它的每个部位/流下暗红色的泪"。

诗人灵动的想象不仅赋存在予生命，而且也力求在阻隔与距离中实现沟通，使人的心灵能够自由地驱驰于诗歌文本所建构的精神空间。就像在《爱的磔刑》中，作者所虚拟营造的自己与已故诗人阿赫玛托娃的对话，心和心的呼应、爱对爱的悲悯，使诗人的诗情已然穿越了体验与超验、现在与过去、生与死、生活与艺术诸多的对峙，臻于一种近似于刘勰在《文心雕龙·神思》中所说的"寂然凝虑，思接千载；悄然动容，视通万里"的自由之境。

此外，值得一提的还有，诗人何来对社会、民族、人类、人性等大话题的关注。抒情的追求和想象的运用使诗人的写作在质地上有一种充分主观化、内心化的趋向，何来的诗作因此说到底更像是一种心性的自然抒发。但与一些感性十足的小诗人不同，在不断强化写作主体于对象个体化的同时，诗人何来注意了个体、自我与人类、社会总体的协调，使一己抒情总是尽可能地承载或者说触发广大的人性或社会内涵。从《断山口》对边疆民族风情的自觉描绘，至《卜者》对社会新闻题材的巧妙转化，再到《爱的磔刑》对苦难与艺术、不幸与爱情的沉思，一直到《侏儒酒吧》对时代流俗的反讽，以及《未彻之悟》对当代诗坛与社会的人情沦丧、精神堕落现象之批判，诗人何来一路而来的诗歌创作，无论其诗风如何变化，于万变中不变的，是其一如既往地对于艺术表现上"重"或"大"的追求。

这种追求使诗人何来的创作在某种意义上突破了一己经验的限制，使他成了所谓"西部诗人"中为数不多的不以题材取胜的诗人。无论是《被放逐的艺术》还是《爱的磔刑》《侏儒酒吧》，诗人深远的关注都使其创作一如人言："看来，地域特征毕竟只是一种表象，真正决定诗的气质的，还是跃动于诗人胸中那颗敏感而多变的心。"并因此表现出了一种甘肃诗人难得的"大气"或"大家风范"，表现出了某种"艺术的尊严和壮美"（见夏景《深刻的悲哀——评何来诗集〈侏儒酒吧〉的思想性》，《绿风》，1997 年第 3 期）。时尚的批判与人性的反省与拷问，以及愈是到后来愈是被强化的人之存在的"大"的揭示，确乎使其创作实现了论者申世家的预言，"一位诗人的成败与地域、环境无关，重要的是他的人格力量、感情力量和诗歌精神"（见申世家《海和峭崖的奏鸣——关于何来〈爱的磔刑〉的感性分析》,《黄土地》,1990 年第 1 期)。

二

在抒情的底质上,与同一时期、同一地域的其他诗人相比,更能标示和体现何来作为一名诗人质素的是其诗作中思辨的意味。

这种思辨是他性情深处藏匿着且不断生长着的东西。艰窘时代造成的一颗敏感的心的谨慎和内敛,以及身为长子的隐忍,许多含混复杂的元素集聚起来,内化为一个人具体的成长,展现于一名诗人的语言表现,而于冷静、旁观的心态中打量和沉思对象,也就成了一种自然的习惯。早在 1984 年,吴嘉先生就说,"20 多年前,何来在大学读书的时候,写过《烽火台的抒情》和《我的大学》,分别发表在《诗刊》1961 年第 5 期和 1962 年第 5 期上,它们使我感到,青年何来善于思索"(见吴嘉《胡桃树下的沉思》,《诗刊》,1984 年第 9 期)。新时期重出诗坛后,何来的这种特质依然被保持了下来,起初只是一些表面和局部的反问和议论,"你能一一分辨吗/究竟是什么声音熔化其中/它响得这样厚重浑朴/和谐包含着深广的不平"(见其《断山口·边关,震颤的古钟》);"那么,是谁把它们放逐/放逐在黑山的深坳"(见其《断山口·被放逐的艺术》)。对这样的疑问,诗人多半紧接着就急急给出了答案:"这是历史严峻的慨叹/这是时间幽远的沉吟","欢乐放逐了他们/他们放逐了艺术。"诗人似乎极力想使自己的诗句格言化、警句化,体现自己对于深藏在表象之深处的生活本质或真理的发现。但这太过用力和表面化的理性追求,毕竟只是一种还没有完全消融的东西,是一种虽然出自心性但却远未成型的特点。所以随着年龄的增长、经历的增加,特别是 20 世纪 80 年代中国社会的日趋复杂,何来创作中所体现出来的这种沉思、理性特点便渐趋深刻和鲜明,由显在至深层、由局部而整体,日益发展为其诗歌创作的整体风貌。

他收集在《卜者》中的作品体现了这一风貌。和前面列举的那种较为表面化、局部化的疑问和议论不同,在这部诗集中,诗人何来的沉思显得更为深广。"我听到了,听到了/听到了一种美妙的声音/却不知道这声音来自何处"（见其《卜者·一种声音》）。不知道就是不知道，诗人何来不再急于通过推测和假设给出答案，他将疑问延续到诗的结束。即使是对于 1908 年通古斯上空 12 公里处发生过的一次史所罕见的大爆炸，虽然有了种种推测，但于诗的结尾，诗人何来依然拒绝一切现成的答案，坚定地说，"不，不/都不是/至今它仍然是一团/炽烈的疑云"（见其《卜者·仍然是一团疑云》）。这就将人类的思考留给了长长的未来。在《鹤翔桩》《卜者》《迪斯科之鸟》《猴戏的唱》之类诗的写作中，诗人何来将自己对于生活的冷静观察化为艺术表现上尖刻的嘲讽，诗歌的主旨渐由对生活的歌唱转至对现实生存事象的批判和反省。卜者给别人指示了命运的方向而自己却于黄昏之时，"茫然地坐着/在一个被遗忘的角落里/他此时才渐渐想到/今夜归宿何处？"生存的荒诞与有趣，尽皆体现于这些人日子的细处，而本是动物的猴，却被人吆喝着，"你当了英雄，难当美人/英雄美人永远不能相见/你演了反角赶快演正角/简单事弄得忙忙乱乱/半个时辰才半个时辰/悠悠历史就演了一遍"。人的历史猴去演，人看猴就像人看自己的历史，戏内和戏外，到底谁是演员谁又是观众？一场热闹中的悲哀和沉思弥漫了四方。

这种转换或变化所体现出的一种极有意义的东西，就是诗人何来力求将自己的写作由感情转至智性的现代化追求倾向。20 世纪 90 年代之后，国内商品经济的全面发展及由此引发的种种复杂效应，加之作者在诗学观念上的自觉更新，使何来诗歌表现出一种全新的风貌。

这种风貌具化于两个方面：

首先，在内容上表现为对自我和现实的内在和深层意蕴的挖掘。从《爱的磔刑》开始，诗人何来开始有意识地将笔触转到了自我深层精神世界的反省层面——或对自己进行严酷的灵魂拷问，或将笔触伸向黑暗的灵魂层面。就像关于"什么在锯着灵魂"的写作，作者隔着遥远的星空与俄罗斯女儿阿赫玛托娃进行了一场心灵的谈话——有感伤、委屈、不解。但总体而言，这场穿越生死而进行的对话所表现的，更多却是以阿赫玛托娃为对照，在对她那苦难、不幸然而努力、坚强的悲剧命运进行描述时，诗人何来所感到的自我内心深藏着的孱弱、麻木和冷酷。"因了惧怕爱的灼烧/我远离着诱人的火苗/我永远是一截潮湿的木桩/只能丝丝地冒烟/不能像你一生便只是一片火焰/以至连灰烬也冲腾净尽/多余的墓，并不需要"；"向往总有迷茫的躯体/冷酷总有温暖的衣裳/疼痛总有忍受的劝慰/兽欲总有可怜的目光/你却如此痴迷/真诚就是你的化身/从无情的折磨里/你的执着变成痴狂//我却是一个陶俑/衣服不能剥离肉体/迷茫是因为没有向往/没有疼痛就没有忍受/没有悲凉的欢乐才是真正的悲凉/当我作为文物被观赏/我已经忘记/我是否确曾作为一件物品，随葬"。这样的对照使诗歌在结构组织上不经意就有了某种复调抒情的意味。一方面是对对方的同情、歌咏，另一方面是对自己的拷问、鞭笞。两方面合起来一如作者所写的爱情的欢乐和痛苦，"仇恨时我们互相啃噬/亲昵时我们互相吮吸/不论在什么地方/都是纠合起来蜷曲起来/一起不安地栖息"。矛盾、冲突而又整体存在的复杂的诗歌张力，它们的存在昭示出的不仅有诗人不安、波动的灵魂挣扎，而且一如评论者叶橹所言，"从《爱的磔刑》中，我看到了何来作为诗人的一种精神的觉醒"，它"从整体构思上所呈现的风貌，可以说是诗人对诗与人生、爱与人生以及生命价值观念的多方面的感受和思考。在如痴如醉的感情体验中，在潜入内心的灵魂拷问中，何来把他的人生体验同一个异国女诗人的悲剧命运结合起来，进行了一场超验性的灵魂对话，这场对话的实质在于他透过一个诗人的眼光观察诗人们共有的悲剧命运，而这种悲剧命运在更深的层次上揭示出人类自身的矛盾和冲突"（见叶橹《历史和人生的悲剧——论何来〈爱的磔刑〉》，《飞天》，1991 年第 2 期）。

其次，是在表现手法和技巧上对于一些现代主义甚或后现代主义方法——如反讽、隐喻、象征、解构、毁损等有意识地运用。时代发展到 20 世纪 90 年代初，由于经历的逐渐沧桑和长年劳顿所致的身体问题，诗人对于生命中的冷便有了更深刻的体验。"深患炎症的膝关节/因丧失健康而格外敏感/还没有预告寒潮的到来/你已经感到，风的钉子/钉入你所有的骨缝/你不得不时坐下来/揉搓这长错位置的心。"但是，即使这样，他依旧放不下他热爱的诗歌，"噢，上帝和魔鬼都无能为力/只有诗歌使你屈服/你如此迷恋于，如何/使陈腐的语言重新充满生机/而没有发现/你已经渐渐失去自身的支点"（见其

《侏儒酒吧·诗人》)。他的不甘不愿有诸多的表现，于诗歌一途，则显见于20世纪90年代之后他的现代主义追求。这种追求是一种观念上的——如对人的异化问题、存在的荒诞等现代主义主题的认同，对盲者、残疾人、老丑事物的格外关注，但更自觉地体现于写作的方法和技巧——像《老门房》《报废的火车头》《老蚊子》等的整体象征。虽然是写作，但仔细品味，我们所得到的却是人在时间渐逝中深深体会到的生命复杂的况味——像"牛头骨""老门房""报废的火车头"等复杂隐喻的运用，牛头骨不单是一个牛头骨，在生命被强行转化为艺术品时人类的残忍、虚伪、夸饰以及人与自然关系的紧张，甚至商品于纯真人性的必然渗透等内容也一一呈现；当然最突出的还应该是反讽的运用——像《大明星》之"你这样扮演形形色色的人/你的成功甚至让人如此怀疑/梅丽尔，难道/当你扮演自己的时候/也不会遭到注定的失败"，成功而被怀疑，能演好别人但难以面对自己，生命本身显现出了荒诞和可笑，当诗人何来以嘲讽的口吻叙述此事时，所谓"大明星"的命运本身便也充满了一种本质的虚无。真实的状况，则一如学者邵宁宁所说，"从《侏儒酒吧》开始，诗人就有意识地让反讽成为他表达思想、结构作品最有力的工具"(见邵宁宁《中国诗歌本土现代性与〈侏儒酒吧〉》，《飞天》，1988年第12期)。长诗《丧父》是一首极为私人化、内心化的诗作，它的诗学背景意义却辐射向了更广阔的联想层面。做商人的父亲和一心痴迷诗歌的儿子，两种不同的人生取向和价值选择：父亲因关心实际的生活而蔑视诗歌，但热爱、敬悼父亲的儿子却只能用诗歌去祭奠父亲。生活与诗歌、真实与虚幻，生活的荒诞和无奈将极为不同的人生内化为诗人命运中本质的冲突，使诗人感觉到一种永远的具有反讽意味的痛。

三

但是，公平而论，何来诗歌的转向却并不彻底或完善。一方面，由于浪漫主义和政治抒情诗诗学经验于根性处的牵扯，诗人何来即使在创作的高潮时期(20世纪80年代中期至90年代)，于诗情的激荡、流泻之外，未能充分用心于诗歌的深层结构和表达的阻力营造，他的写作就像是大赋的写作，一气呵成但往往一览无余，诗句在铺陈流泻之中，难以给读者深层次的回味；另一方面，由于现代主义诗学观念并未真正内化为诗人经验的有机构成，虽然诗人并不甘于创作上的自我重复，于主观上尽可能地吸收一切新鲜而陌生的营养——如对中国古典诗歌的重新阅读、对苏联白银时代一批重要诗人写作的倾心探究等，但是由于旧有经验的束缚，以及诗人温和的性情和年龄慢慢带来的精神上的力不从心，因此，虽然想要有所突破甚或完全改变，但真正落实到操作中，诗人却每每于表达的紧要处流于懈怠。或以自己的温情将冲突所导致的张力迅疾化解——如叶橹先生所言，"也许正是因为默认了'诗是一种美丽的欺骗'，何来最终也不能不用这'美丽的欺骗'来安慰自己，所以，当何来清醒地知道他将不可避免地面对死神时，他仍然真诚地对阿赫玛托娃说：'不过，你曾告诉我/道路并不显示通往何方/莫非你离我远去/是从另一方向/再度向我接近/那么，我愿/一年一年地久等。'这也许只是永远不可企及的想象的天国，然而它却将作为一种'美丽的欺骗'而抚慰一代又一代人的心灵"（见叶橹《历史和人生的悲剧——论何来〈爱的磔刑〉》，《飞天》，1991年第2期）。或干脆站出来议论——如这样的表达，"矮小的伙计，懂吗/他们的不幸像世界一样巨大/瞧他们拍下小费的手/比命运还肯定"（见其《侏儒酒吧》）。在坚硬、夸饰、显在的力量之外，多少有点简单化的语言表现了主体的某种无力。

不过这已经是我们过高的要求了。虽然我们总不满足，希望诗人何来像写《野草》的鲁迅，但诗人何来对于自己其实非常清楚，他只做自己该做的，他只写自己能写的。他的清醒给他带来的是一种平静中慢慢咀嚼的智慧——就像在2005年香港银河出版社出版的《何来短诗选》中大部分诗的写作。生命经验中的时间意象："避风港"，黄昏时分"河岸的挖泥船""收割后的土地""老街区"等，无尽回忆中平静而生的现实承受和细细感喟，"风的声音，造成了/石头咀嚼麦粒的声音/最后面粉温软地飘落下来/一切声音都已消失"（见其《盖乐特的磨坊》）。简练、素朴，已经没有了任何装饰的语言：水的流淌、夕阳的微笑，一切都是生命本真的形态。但是诗人何来精神的高贵和矜持却依旧存在，"一个世纪的黑暗/并没有对你有丝毫损坏/

你仍然彬彬有礼地亮着/像仆人又像贵族"（见其《蒙特的街灯》）。甚至那份对诗歌不甘的心，"快挥动吧/夕阳的血正在凝固/待它再稍稍变浓/就会失去燃烧的红"（见其《山路上的两棵白杨树》）。

这是一个诗人生命中最动人的景象，就像九叶诗人陈敬容暮年所言"老去的是时间"，诗人何来的聪慧和不甘，使他的写作因此而避免了因为青春流逝而常见的创作渐衰或钙化现象。他依旧进步着，经验和智性虽未能真正催生他写作上的现代主义和全面转向，但却融入了他既有的理性和认识，从内在延长也深化了其创作寿命。

《未彻之悟》是诗人何来于1995年到1997年3年间写就的关于诗歌和当代社会特别是当代诗坛的一些感言诗的结集。它较为集中地表达了诗人何来对于诗歌的思考。这些思考虽然不能证明他的诗学追求，但它所表达的意向却极为真实地反映了诗人何来对于自己创作的认识。"未彻之悟"，一方面是一种反省后的自知，"成熟的果实是甜蜜的/甜蜜的诗是尚未成熟的"（见其《未彻之悟·六》），"或许他没有爱过/他却是一粒埋得太深的情种/或许你写了一生/你却仍然不是一个诗人"（见其《未彻之悟·十五》）。另一方面却更像是一种自勉，一种在对诗歌的本质完全认识之后的自我提示，"我们的视线连接在一起/仍然看不到一首诗的尽头"（见其《未彻之悟·二》），"如果只有一个定义/可以涵盖任何一首诗/那就等于说爱有一个公式"（见其《未彻之悟·四》）。不满足也不甘于满足，所以诗人何来才呼吁，"再下边是诗/那是永远的徒劳和秘密/朋友，那么我们是否决定/沉下去/沉下去/一直沉到最底"（见其《未彻之悟·三》）。"秘密"是一种诱惑，而"徒劳"可能是一种必然的结果，但诗人的态度却是"沉下去"，"一直沉到最底"。这是一种极感人的姿态，反抗绝望或于黑暗的水下寻找缪斯的珍珠。在命运悲怆而悄然的演奏中，不管以后是否还要写，但诗人何来于这种姿态中所体现出的生命的不屈和高贵，却业已成为当代中国诗坛难得的一笔精神财富。

绿叶对根的抒情表达

——周宜兴《秦州悲欢》简评

"少年作诗，老来写史"，这话提示了一种进行写作之时的基本要求，但同时更揭示出了一种常见的写作现象。周宜兴老人的《秦州悲欢》（即"秦州三部曲"：《书香闺秀》《早春时节》和《一九七六》）与其说是一部小说的结集，还不如说是借用小说的方式书写的一段秦州城的现当代历史。

关于这一点，作者个人是有着极为充足的自觉的。在《早春时节》的《后记》一文中，他讲道："我之所以写小说，是一种要记述历史的责任驱使，而不是为创作而笔耕。"而在《一九七六》的《后记》中，他再次重申："我写这些文字不是为了当作家，而是一种责任的使然。我总觉得，我有义务把我所经历和生活过的时代的真实场景，用文字再现给人们，献给与我同时代的人们献给晚于我这个时代的人们，和正在成长的人们。不忘过去，才会珍惜现在。"

以具体的作品参证，他的话说得上名副其实。阅读他的《秦州悲欢》三部曲，读者可以明显地感觉到，知识的丰腴所带来的快感要远大于叙事的新奇所带来的快感。他叙事中的知识的丰腴，可以从两个方面具体予以分述：首先，是关于历史的。三部小说，从抗日战争写起，一直写到1992年，半个世纪以来中国社会所发生的诸多重要历史事件，借助于作者对于天水小城一个家族生活的描绘，使读者大多可以极为感性地进行触摸——譬如抗日战争，譬如民国时期的国会议员普选，譬如公私合营、抗美援朝、"反右"、"四人帮"粉碎之后知识分子的重新被启用、三线企业的改制，等等。这些原本概念、抽象的文献性存在，通过具体人物和故事的具体演绎，重新具化为真切的、生动的现实内容。借助于文字的引导，各色读者由此得以重归历史现场——经历过的再次经历；未曾经历的也能如身临其境般感知半个多世纪中国历史种种波谲云诡的变迁和沧桑。其次，是关于地域民俗风情的。《秦州悲欢》是写秦州的，是作者在经历了人世的各种波折之后在其暮年对于自己所从出的故乡的一种深情的回顾。这种回顾，诚如作者所言，"我没有为作品设置情仇跌宕、恩怨起伏的情节，只想通过平淡无奇的真实，像朋友在一起拉家常那样，尝试着在与读者娓娓交谈中写成我的小说"，为此，"我以极普通的小情、小景、小人、小事，点缀历史，重温往事"。换句话说，他的小说写作，目的本不在于演绎虚构出精彩的文学故事，而在于用一种极为本真、本真至近乎白描的手法，为人介绍、描述出自己记忆中的故乡的日常，它的景观：东街、南门、南郭寺、玉泉观、伏羲庙、麦积山、火柴厂、面粉厂、步兵学校等；它的吃食：凉粉、酿皮、呱呱、浆水面、醋拌汤、醪糟、甜醅、罐罐茶、各式各样的行菜坐菜；它的各种节俗礼仪：起名、提亲、称谓、正月的访拜、清明的祭祖、春日的踏青、秋日的登高等。通过这种介绍，作者不仅具化了天水这一名称的历史文化内涵；而且也通过生动形象的讲述，将自己对于故乡的一片深情托身于浓郁的民俗风情描绘之中，显见了文化借助于个体日常言行的演化之后所散发出的丰富隽永意味。

重温历史，还归文化，在历史和文化知识的描述所带来的阅读的智性以及丰富的满足之外，作为小说的写作，对于一地历史和文化的书写，作者还有意识地运用了一些他自己所强调的"文学手段"：最为突出和明显的，自然是人物的塑造。在《书香闺秀》中，他主要塑造了阮家四个性格各异的小姐形象，而在其后的《早春时节》和《一九七六》年中，他则塑造了更多也更加多样的其他人物形象。在他所塑造的各色人物形象中，一般读者大都较为认可他所塑造的年轻姑娘的形象，如阮氏四姐妹、赵秀言、张克孝等，但我个人却更为欣赏其中的一些年长的、性格较为复杂的人物，如秦氏、苏佑山、完颜老人、阮伯钧、苏雨亭，甚至反面人物赵镇壬和高处长等。相比较而言，我觉得他们身上存有更多的生活质感，对于人性也有着更多的涉指——虽然还不够，但已显现出了某种可以期待的"圆形人物"的潜质。其次是历史叙述的个别视角的设置。书写半个多世纪中国社会壮观、宏阔的历史，作者没有选择相应的宏观视角，与此相反，他却选择了一个家族的个别性视角，通过一个家族各种人命运的兴衰变迁，以小见大，巧妙而又意味深长地展示了个人在时代风云夹裹中的沉浮流转。借此，不仅让个人成为历史活动的具体平台和中介，同时也让历史的演化一变而为个人命运的生动展示。再次是故事书写过程中的抒情表现。虽然作者将不少的精力花在了关于历史和地域文化的介绍和描述之上，但是在将人物的命运和地域文化搁置于历史动荡剧烈的变迁中时，时过境迁或者事过境迁，半个多世纪中国历史的复杂巨大的变化，前后对照，在同一人物命运或地域文化内容的变迁之中，还是让时间给各种人物以及作者的记忆烙上了沧桑的印痕。阮家四小姐风情万种、阮伯钧和雨荷们一去难归、苏掌柜和瑞生们命运多舛、阮家大院的一空再空，旧景观残破，老日子变味，作者的笔下由此不能不时时显现出种种复杂和深沉的感喟。"通过人物性格的塑造和社会变迁的展现，揭示了那个时代的人性曲直，善恶冲突，以及他们共同对于命运的苦苦挣扎。从这个意义上说，它不仅是一部反映秦州文化、展示天水风物和民俗风情的风景画，而且是一部俯仰悲欢事、刻录炎凉情的佳作"，"俯仰悲欢事、刻录炎凉情"——雷达先生的话可谓抓住了《秦州悲欢》叙事的精神和特点。

以文学作为手段，而写作的主要目的则在于历史的重温和地域风情的展示。作者的告白是真诚的，缘此，虽然从小说叙事自身来看，《秦州悲欢》三部曲的写作存有着不少的问题——如故事设计和人物性格描绘的太过简单；如写作技法的缺少创新，《书香闺秀》的开头设置了一个回溯性叙述视角，但这一视角并没有贯穿于小说实际的写作，故事的叙述因之朴质有余而灵动不足，给人留下了种种遗憾；而且三部曲在总体的表现上，因为用心和精力投入不均匀的缘故，所以给人的感觉也便是等而下之，越写到后面，气力越是不足，最后一部《一九七六》的结尾甚至给人草草收场的印象。

但自然，我这是苛责了。系统表现天水现当代历史和地域文化生活的写作本身极为稀少。含半个多世纪历史风云的变幻，寓一个家族以及周围各种人物随时代流转沉浮的命运感喟，不谈小说对于叙事艺术自身的建树，单从关于天水历史和地理文化的文学书写这一隅，周宜兴老人的"秦州三部曲"的写作，已给予我们诸多的阅读兴趣和快乐。更何况，除此之外，作者笔下种种人物相互体谅、历经磨难却始终恪守做人的道德、始终不放弃自己对于社会的责任和对于未来的希望的做法，以及文字背后所折射出的作者单纯、善良、理解和宽容的做人态度，也都在多个层面给予我们积极而又正面的启示。

"我是暮年之后才开始尝试着写小说的，是为圆我少年时期的一个梦——用小说来讴歌我的家乡，述说那些令人难忘的民俗民情。"是啊，时间不能泯灭游子对于故园的深刻记忆，绿叶对于根永远是一种深情回顾，这已经够了！言之有物、引人兴趣而且充满了正能量，作为生活在作者所描述过的空间和文化中的一分子，对于周宜兴老人和他的《秦州悲欢》的写作，单凭上述所列举的这几点，我想，我也理应保持足够的敬意。

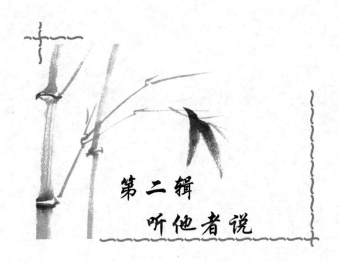

第二辑
听他者说

内心浮现的月光
——《师榕诗选》解读

　　《师榕诗选》选录了师榕从 1979 年开始诗歌创作一直到 2013 年完成的诗作 190 首。

　　翻阅诗稿，最直接的印象就是，他的自选集中存有许多描写月亮的作品。标题中赫然可见月亮一词的作品便有：《隆冬：遍地月光》《月光里，摊开双手》《玉溪的月亮像芒果一样》《明月升起在春天的山冈》《月光下的丁香树》《月亮的背面》《煤乡的满月》等，而间接写到月亮的当然更是比比皆是。为此，我感觉他的写作中充满了月光的影子，"遍地月光"。

　　孤证不取，帮扶我印象的，还有另外一个出现更为频繁的词语——雪。《师榕诗选》分了八个专辑，第一辑取名为"一场雪落在杜梨树上"，其中就有不少和雪相关的作品：如《一场雪落在杜梨树上》《道路泥泞之上，雪花飞舞》《一场雪，从黎明来到了尘世》《落雪的六盘山，绵延向北》《这一场大雪，使我想起了擦肩而过的爱情》等；而第五辑"雪后白鹭飞"，内中的 27 首作品，则全部以雪作为主要的写作对象：《只要雪悄悄地下着》，雪地里就会有骑手，《三只鹰》就会《听这一片雪声》，《雪地中的音乐》就会弥漫，不管是《初雪》还是《雪霁》之后，不管是《燃烧的白雪》还是俏丽的匕首似的雪，白鹭就会迎风飞翔，而《雪天的女孩》《倚窗望雪的女孩》《看雪景的女大学生》就会《看雪》《踩雪》《梦雪》，《与雪同行》，被雪引领着走进春天。

　　毋庸讳言，月亮和雪是完全不同的两种存在，但是不同之中，事实上两者之间也内含有一种非常一致的属性：它们都是白色的。不断出现月光和雪，从心理学上讲，反复就是强调。由此，一个基本但也重要的问题开始浮现：作者何以会对白色的事物这样格外看重？

联系作者的经历，我个人所能形成的答案应该包含有如下两个基本点：其一，和他的职业有关。师榕做过煤矿工人，自大学毕业之后，其大部分的时间都生活在矿山，常年和煤打交道。煤是黑色的，生命中太多的黑色记忆，缺什么补什么，所以其写作中对于白色也便显现出了特殊的感情。关于这一点，陇东另一位诗人姚学礼曾有过较好的说明，他讲，"师榕是黑井里的'煤黑子'"，因此"在他从宇宙的黑洞爬进去时，包容性是夜，是黑夜裹住自己，听不见地上的笑声，看不见井外的落日。他想象雪，寻找白色"（见姚学礼《从守黑知白到黄外是蓝——解析师榕〈海在山外〉的审美价值》，见《海在山外》书之《跋二》，甘肃人民美术出版社，2008 年 1 月版）。其二，和他的遭遇相关。关于这一点，他的大学老师彭金山先生曾进行过精彩的阐释。他说，"是的，师榕的生命是诗歌的，但师榕的生活并不如诗歌一样的浪漫——物质生活的苦尚在其次，主要是心苦。在相当长的一段岁月里，他有丰富的感情却知音稀少，爱情之路比较坎坷。我想，师榕在那些年肯定体味到了'困厄'这个词的具体含意。身处关山山区，生存环境与理想世界之间的巨大反差，使他的诗对美有更多的渴求和呼唤，对大自然中的某些物象有了特殊的敏感和体味"（见彭金山《意象的魅力》，《海在山外》书之《跋一》，甘肃人民美术出版社，2008 年 1 月版）。

缺什么便渴望什么，便补什么。师榕作为一个诗人的生命故事，似乎因之也可以获得某种清晰的解释：置身干旱的陇东，内心又积存了那么多的井下黑暗的记忆，而在漫长的人生旅途之中，个人的情感世界又曾经经历了那么多的坚硬、那么漫长的荒芜。所以，他的诗歌也便充满了对于明亮的、湿润的、柔美的事物意象的言说。

"诗言志，歌抒情"。或者，即如弗洛伊德所言，"艺术创作就是作家的一种白日梦，是他的被现实所否决了的人生愿望的一种虚拟性或替代性满足"。因为内心的渴求，这种附着了师榕太多主观作为和意愿的事物意象，也便本质上更多精神象征的意味，它们以及由它们派生出来的其他意象——如雨水、花朵、河流、星星、飞鸟、海洋等，也便不仅凸显了师榕真实的现实生存境遇，而且也深层地映射出了于此生存境遇中，他不甘于现实的遭遇，渴望有所超越，从而希望能够通过不断的高远触摸确证也塑形自己的精神追求。

因为缺乏，所以便格外看重。正是依从这样的内在心理结构，我们也就能够明白，为什么他的作品中总是有那么多的月光、雪和河流、雨水？为什么他那么喜欢花朵，喜欢明亮、柔美、阴性的事物？为什么他有那么多的孤独、忧伤和感动，总是那么格外敏感于生活中的那些美好细节？在西湖的断桥之上，他看见"一对手挽着手的情侣／从断桥上走来，幸福的脸上泛起／金色的笑靥／橙红色的湖水，留下了热恋的影子"（见其《断桥落日》）；而在北京的电梯里，他"偶遇了一位漂亮的女性作家／她彬彬有礼的谦让／使我措手不及／惶恐中，我稀疏的头发也在颤抖／我记住了她的长相／却不能接近她的内心"（见其《十二月的北京》）。他总是那么喜欢用唯美的、将女性充分对象化的手段去观照、描绘眼中的事物。对着五月的野丁香，他动情地表达，"我的野丁香，我的情人"（见其《野丁香》）；而面对满山坡的黄玫瑰，他则吟诵，"冥冥中的善缘，躲也躲不掉／花下的牵手，甩也甩不开"，"火焰上翻滚着火焰／谁能阻止燃烧的爱情之火呢"（见其《满山坡的黄玫瑰，随风起舞》）；风中旋转的树叶，在他看来就像是"月光下奔跑的情人的脚步"（见其《从两个方向爱一朵莲花》）；而合欢树上绿叶上的一缕深红，他则觉得"镌刻着爱的硕果，抑或热恋的吻痕／那一枝枝如羽毛一样舒展的绿叶／舒展着一个人从恋爱到婚姻的历程"（见其《合欢树，在暮色里伸开翅膀》）。

"这些美好的事物／皎洁的面容、纯贞的身子一如鲜花／在绽放美丽，突显妖娆／然后消隐。我无法抓住雪的影子"（见其《道路泥泞之上，雪花飞舞》），或者，"纷飞的馨香扑面而来／而我——抱不住你"（见其《满山坡的黄玫瑰，随风起舞》）。这样一种看似矛盾、悖论性的感受，它的存在，既显现了师榕诗歌写作的主要内容：一方面，是物的，细节的，是对于所见所闻的各种美好东西的。为此，他不断地从梦中醒来，他需要"一次次举头，仰望着宁静的夜空"，或者弯下腰，看那些杜梨树、紫丁香、黄玫瑰、紫薇、山菊花……另一方面，是心理的，是梦的，是对于渴望和梦想的事物的。为此，他一次次地做梦或远行。他要借助于诗歌的表述让自己飞起来，雨里登黄山或者独坐周庄舫，不断地寻海、看海、梦海，在海边奔跑，回忆海边的恋人和月亮，把大海搬回他的黄土故乡。同时，他更为有效地营造了诗歌文本内在的张力结构：一方面，他是紧贴着现实土壤的，寒冷、干旱、荒芜、偏僻、艰难、困厄、孤独、自卑，有时间的流逝和生命的虚空、惘然；另一方面，他却不断地抬头仰望，远行寻找，一次又一次让自己飞起来和跑出去，让月光出现，让大海呼唤，澄明和呈现他所喜欢的意义内容——爱情、友谊、事业、祖国等。

顺沿这样的张力结构，我们可以明白诗人师榕为什么总是对于美的事物那样眷恋不已，而与此同时，在描写这些美的事物之时，他的心中为什么又总是会涌现种种的忧伤、寂寞和清冷。而且更为重要的是，这种结构在事实上也可以被看成是他个体生命和文本主题存在的一种富有意味的形式，经由它的指示，我们能够看到一个走在路上的平凡、普通的男人的生活。他是一个煤矿工人，他喜欢他的矿区、钻杆、井架、选煤楼、运煤车队、师傅和其他同事；他喜欢安静，喜欢一个人站在山头或者撩开屋子的门帷，张望远处六盘山的落雪、平原上的落日、满山坡的黄玫瑰、走远了的秋天、月光下的丁香树；他长期孤独着，下班后一个人回到单身宿舍，一个人躲在窗子后沉思，一个人在夜晚把自己的影子留在月光里，但他同时又一次一次地陷入爱情，在他人的城市，他痴痴地看一对打伞人拐进小巷，邂逅一位漂亮的女性作家，感叹"我记住了她的长相/却不能接近她的心"；他不断地等待，强烈地思念，惘然于失去，幽怨于躲避，幸福于种种一厢情愿的甜蜜细节的回味。我们更能发现一个不止于个人悲欢、不甘于现实遭遇、不满足于生活已有的有着大爱、渴望飞翔的诗人的形象。他是一个喜欢出行的人，喜欢不断地走出去，登黄山、逛周庄、看昆明的云、坐苏州的船、一瞥重庆、再见大雁塔；他喜欢从工作的疲惫之中走出，仰望或者沉思，给人们说一场一场的雪，一处一处的月光，一种一种的树木、花朵，说他看见的远处的灯光，高处的飞鸟；他敏感于祖国不时而起的疼痛，或为人为的失误愤怒，或为受伤的心灵祈祷，或为挺起的脊梁喝彩，或为人间的大爱鼓掌；身在黄土高原，但他却总是寻海、梦海、渴望与海同行，将大海搬到他的陇东故乡；他饱受爱的折磨但依旧宣称，"不瞒你说，这辈子/我深深浅浅地爱过几个女人/我仍将一路爱下去"。

"知黑守白"，或者"由黄而蓝"，我欣赏姚学礼先生通过四种颜色的选择对于师榕诗歌写作历程所进行的概括。这种概括其实就内含着我所以为的强烈的对峙所形成的张力，而且正是因为这种内在的不满足而致的张力，所以，师榕的诗歌写作现在虽然还存在着许多的不足——譬如因为对于写作对象主体内化的不够，因此许多作品物象纷然但是情感的融化不充分，对事物的描绘感性不足同时也缺乏深度的意蕴附着，抒情较为单调、普泛，很难让人深度咀嚼和反复回味，但是，这种具有贯穿性且愈来愈自觉的张力的存在，却已然揭示了他的诗歌写作对于文学和人的存在本质的趋近和靠拢，预示了他的努力所可能期许的景观：

> 又一次从黑暗的屋里向外探望
> 楼下的地上洒落着厚厚的白
> 落在房顶上的雪，盖住了红色的瓦块
> 雪，从黑夜走到了黎明
> 满眼的白，成为映照我内心的灯光
>
> ——《一场雪，从黎明来到了尘世》

师榕所讲的，是现实的情景，但更是内心的愿景，其中由黑而白的明亮，是文学所给予他的，其实质正如后期存在主义大师海德格尔引用诗人荷尔德林诗句所言："人，充满劳绩/但应当诗意地栖居在这地球之上。"

纷纭而出的一条远去的路

——徐兆寿长篇小说《荒原问道》的个人解读

在沉默多年、反复地沉淀和不断地深造之后，徐兆寿于 2014 年向他的读者推出了长篇小说《荒原问道》。这部新著既是对他此前写作的一种总结和反思，从中可见一些写作题材和主题的延续；但同时也表现出了一些更具价值的新思考、新探索。延续与蜕变、继承与创新，诸多因素集聚交汇，《荒原问道》一书，因此必然内含种种解读的可能。

立足于个人的兴趣和观审视角，对于该书的表现，我的读后印象大体集中在了如下的几个方面。

一　丰富多样的生活信息呈现

翻阅《荒原问道》一书，给人的突出印象首先就是生活信息的丰富。在书里，读者既可以看到夏好问和陈子兴两代知识分子各自不同的精神发展历程，也可以看到围绕着他们各自的生活轨迹而生动展开的诸多人的生活景观；既可以看到改革开放前老一代知识分子的屈辱、饥饿、恐惧和相互伤害，也可以看到改革开放后市场经济时代新一代知识分子的追求、堕落、痛苦和挣扎；既可以看到大学内部各样的喧哗、骚动，也可以看到乡村荒野纷繁的自然景观、民俗风情；既可以看到时过境迁之后主人公个人的心理内省，也可以看到置身于生活漩涡之中时社会整体的精神图像；既可以看到政治、经济对于人物精神成长的规约、挤压，也可以看到文化、宗教对于人物心理变迁的推助、救渡；既可以看到爱情所带来的精神上的超越、神圣，也可以看到源自于肉欲本能的残酷、庸俗；既可以看到学院学术的阴谋、荒诞，也可以看到民间手艺的智慧、神异；既可以看到都市、会议厅、礼堂、集会、沙龙，也可以看到沙漠、戈壁、荒原、雪山、草原、寺庙；既可以看到中西文化之间的对立、冲突，也可以看到它们之间的沟通、交融……总之，"反右"、人民公社、巫术、恶斗、包产到户、下海、演讲、放学、出国、旅游、宗教信仰、肉欲和精神之爱，等等，等等，种种景观，不一而足。

不断翻阅此书，我总觉得这部小说，作者在写作时心中似乎内含了一种成就"百科全书"式写作的野心。他似乎有太多的话想说，希冀把自己积人生数十年的诸般见闻、感知、体味和思考甚至困惑都表现出来，对自己已然经历的人生进行一种全方位的梳理，也对政治、历史、文化、学术、文学、民间文化以及知识分子、大学教育等诸多社会重要的话题发表一些个人的看法，建构他个人心灵的成长秘史，同时也体现他作为一个学院知识分子对于社会整体和一个时代的积极担当。

在他这本书的书写之中，有一些内容是此前他在不同的作品中所表现过的——如大学生心理的疾病、大学教育的弊端、形式不一的实体化和精神性的情爱等。但更多的内容却来自于他新近的认知和思考——如对于高度功利化的当下社会生活特别是学院学术的质疑、反思，对于中国当代知识分子精神突围主题的关注，对于以中医、占卜、荒原、寺庙和灵山所象征的民间智慧和边缘活力的揭示等。这样的表现在很大程度上表明了这部小说的写作有着某种"集大成"的意味，是作者对于自己此前多样写作和诸多新的感知、体味及其思考的总结和集中。

二　非常态的生活表现

在《荒原问道》之前，徐兆寿写过许多的作品，如《非常日记》《非常情爱》《非常对话》《幻爱》等。在所有作品的命名上，"非常"一词是一个出镜率极高的词语。从心理学的角度解读，词语的重复本质上是一种强调，而具体阅读作品，我们也能够发现，作者似乎对于非常态的人物或生活对象心存了一种格外的偏爱。

这种偏爱，在《荒原问道》一书的写作里也不例外。

首先，书中所写的两位主人公以及与他们相关的人物的存在都具有某种非常性。夏好问的家庭背景充满了种种来自于命运的奇异。他的人生被他的爷爷早早就有所预示。从劳改农场逃到柳营村，他是一个异类——长得白白净净，穿得整整齐齐，动作温柔，说话文雅，对妻子的爱抚也是那样的和当地男人不同。后来重上大学，他也迥异于周围的学生——他本身就是这个学校的老师，他学的是中文，但他却更用心于给别人看病和看相，将自己的时间更多耗费在了《易经》和《黄帝内经》的研读。他讲课好但却不遵守规范，无所不知但是却不愿意发表一篇文章，学生最喜欢但职称总是上不去。无独有偶，陈子兴的表现也总是和周围人的表现大相径庭——他虽然生在荒僻粗犷的边野，但却长得孱弱斯文，内心里有着一种远远超出他身边人理解的对于异质的城市文化的向往；他喜欢说普通话，喜欢在细节处努力地对自己进行文明的改造；他结交的朋友也是和周围的环境非常不一样的人，譬如文远清、譬如夏好问；他的爱情更是离经叛道，14岁就和大他整整18岁的英语女老师好上了，极尽身体的欢愉享受。种种漂泊之后，再次邂逅老师，他不管不顾对方的衰老、残疾，毅然放弃了自己的婚姻，固执地追求一种忘年的男女之爱。他们如此，他们生活中先后出现的人也莫不这样，文远清、王秀秀、钟老汉、黄美伦、黑子，等等。从一般人的眼光看，这些人都是他们环境中的异类，总是在某些方面和大家表现得不一样。

其次，书中所写的事也更多的是一些非常态的事情。夏好问几十年隐姓埋名而身边人都毫无觉察，他有着神奇的本事，钟家的三个女儿都爱着他，再次返回城市之后他的种种反常的举动和言行，更是使他成为一个传奇式的人物。陈子兴14岁就开始的与比自己大18岁的老师之间的灵与肉的爱情，他的诗友黑子特立独行的生和死，寂灭多年之后他的老师的离奇的出现和死亡，甚至他和大戈壁之间奇特的精神联系，他所看见的迭部扎尕拉奇异的自然和人文景观，他的导师、同学、恋人以及整个大学、社会所发生的种种事情，仔细审视，似乎都带有着某种变形的意味。

作者为什么会如此偏爱种种非常态的书写内容呢？我想，这首先和时代有关。徐兆寿是"60后"作家，从20世纪六七十年代的文革时代到理想主义高扬的20世纪80年代再到全面市场化、娱乐至死的20世纪末，中国当代社会生活的历史本身就具有一种大起大落的非常态属性。为生存的经验所内在制约，一位作家只能写自己所能写的，置身于这样的非常态生活，加上本能或者自然的反映，不管作者主观上如何力求客观、真实、节制，但他最终通过文字所呈现的所谓的客观、真实、节制，在他人看来，因为对象本然的非常态属性，所以其表现也便自然具有了某种非常态的特征。除此而外，这当然也和作者所信持的创作理念密切相关。徐兆寿的写作是从诗歌开始的，他的情性深处内含了一种浪漫主义的精神气质。浪漫主义创作重自我的表现，喜欢夸张和想象，喜欢将事物推到一种极致或者极端的状态去做变形的写意表现。本自有这样的喜欢，而后又因为对于以卡夫卡、马尔克斯、纳博可夫、昆德拉和博尔赫斯等具有魔幻或寓言性质的现代大师们写作经验的有意吸收，个人的情性为理性的思考所稳固和深化，非常态的表现在徐兆寿的书写中也便不仅保留了浪漫主义写作所张扬的情感的冲击力，而且也附着了某种现代主义写作所喜欢的隐喻或者哲思的味道。

三 超越性的精神主题书写

与此前的创作相比较，在写作《荒原问道》一书之时，徐兆寿明显地加强了思考的分量。对于市场化、对于自然生态、对于西部开发、对于大学教育、对于学院学术、对于文学、对于爱、对于中国传统文化和西方文化……大凡我们生活中所出现和遭遇的重要现象和话题，他似乎都进行了认真的反思。

在他诸多的思考之中，关于当代历史语境中中国知识分子的精神出路问题的思考，应该说是表现最为突出的。他在书中塑造了两代中国知识分子的形象，两代人在年龄上就像是父子。第一代以夏好问为代表，生于1949年前后，经历了"反右"和恢复高考，然后被时代推进了全面市场化的20世纪末之生活当中；第二代以陈子兴为代表，生于20世纪60年代，经历了包产到户、上了大学、留在了城市，然后为学术和生活所不断磨砺，在21世纪到来之时渐趋成熟和沧桑。

在作者的笔下，两代知识分子所走的路从表面看似乎是不一样的。夏好问从城市来到边地，从学院流落到了农村，他始终都置身于（开始是被动，后来是主动）一种游离于制度和主流之外的异端角色，其所寻找的意义支撑，先是民间智慧——中医、相面等，后是传统经典——《易经》《黄帝内经》等，最后是宗教，都可以归之为传统文化。陈子兴则相反，他出生于偏远的乡村，却一直对于城市文明心存了一种特殊的向往和嗜好。他从出生的小村庄到了小镇，又从小镇到了县城，进了大学，然后一路地朝更大、更远的地方走。他喜欢说普通话，喜欢干净衣服，喜欢文雅，喜欢孤独，喜欢来自于遥远的异质的人事，喜欢古希腊文明的宽阔、蔚蓝和西方现代哲学以及艺术的沉郁、深刻。他的喜欢，可以归之为现代的、西方的文化。不过这种表面的不一样，深入地看，却有着内在高度的一致性。殊途同归，在小说的叙事中，两个非常不同的人最终还是走到了同一个地方，不同而和，彼此欣赏，而且他们最后的选择，无论夏好问背向人群的漫漫征途般的宗教寻找，还是陈子兴意欲离开熟悉的环境千里迢迢般的希腊圆梦，事实上都具有一种相同的精神救赎或通过信仰来重建知识分子精神世界的意味。

"荒原问道"，超越小说主人公具体个人的实体经验所指，结合小说叙事所着意营造的文化语境，将"荒原"和"问道"两个词语从其本意形而上虚化开来，引申出去，我们也便能够寻找活着的意义或者重建当代中国人——特别是当代中国知识分子——生存的精神支撑，事实上这也便是《荒原问道》一书整体性的且极具贯穿性的主题表现。依据这种主题所建构的视角解读，书中主要人物的努力、追求，不管是夏好问的独自西行、陈子兴的心向希腊，还是文远清的遁入空门、黑子的从容自杀、黄美伦的投身且殉身公益，各色人物表现不一的种种行为，也便因之有了一种极为整一的精神指向：那就是在这个欲望膨胀但却缺乏精神支撑的愈来愈功利化、碎片化的时代，当代中国人要想获得存在的意义，救赎自己业已迷失的心灵，就必须从个人的、物质化的世界中走出去，将自己置身于一种更大也更远的意义寻找中，在意义的建构过程之中接近或者找到意义本身。

　　当然，这本书的写作还存在着一些问题，如整体叙事中的概述大多描写不够，如富有质感的生活细节的相对缺乏，如许多思想和观念的稍显直接的利用，如情节设计得太过巧合和出奇，等等。但是，因为对于自身民间和学院双重生活经验的充分利用，对于社会诸多重大问题特别是当代中国人精神问题所进行的严肃且深刻的思考，对于诸多人物长时段人生以及大时代所进行的有力书写；因为通过人物和事件之间多重关系的复杂设置所导致的小说话语丰富的意蕴表现，通过叙事和议论、抒情以及悬拟、暗示、象征等方式技巧的有意识地对接和利用，所以，徐兆寿有关《荒原问道》这部新书的写作，不仅对于他个人而言具有某种显而易见的超越和进步，而且对于整个甘肃甚或西部写作来说也内含了诸多极富价值的经验和启示。缘此，我个人觉得，《荒原问道》是一本大书，是 2014 年徐兆寿和整个甘肃文学的一个大大的收获。

民间写实之上的精神抒情

——感评补丁小说集《1973 年的三升谷子》

　　置身于喧嚣的现代都市，补丁的短篇小说集《1973 年的三升谷子》单在名称上就给人一种悠远的距离感。这距离，首先是时间上的。时代日新月异，昨天转眼就变成了历史，何况是 1973 年——对 20 世纪 80 年代后出生的染黄发、穿乞丐服的新一代城市青年来说，那该是多么遥远的年代啊！其次是经验上的。"谷子"，修饰以量词"升"，简单的一个词组，"三升谷子"，是很具体、很实在的一种描述，但是对于当下习惯于每天"一瓶酸奶""两份肯德基"之类表达的孩子们来说，这份具体和实在又是怎样的抽象和难以坐实？

　　这双重的距离所标示的事实上是一种陌生，因为在经验之外，无论补丁多么忠实于他自己的眼睛和手，他那素朴且本色的描写，在另一种生活中长大的人看来，却都像是一种虚拟的传奇：巴子营的徐德为了知道一部电影的名字而把自己仅有的一件贴身裤脱给了放映员；红婆婆为了革命后继有人在伤员临死之前与他发生关系并怀上革命的"种"；一位男人贪图便宜生吃 10 斤豆子 6 个鸡蛋而被活活撑死；一位瞎子用最后的弦声唤醒了情敌的良知而让他迷途知返……

　　如此这般，这般如此，这些外人看来的传奇和梦，在补丁本人却原本是有着确实的生活依据的。在西部偏僻而愚昧的乡村，1960 年饥饿的阴影还没走远，1978 年包产到户的生机还没到来，"文化大革命"和改革开放夹缝中的短暂而又漫长的岁月，茫然于革命和斗争的大的历史叙述，1966 年出生的补丁对乡土中国因此心怀了苦难的记忆：天旱、水灾、饥饿和悄悄生长着的人的卑微而又强烈的欲望。人们为一年一度的春风鼓舞，但又最终瑟缩于同样一年一度的秋风和冬雪。在苦焦的土地上，生存是艰难的，贫穷扭曲了一切。就像在《1973年的三升谷子》中那平静而又惊心动魄的叙述——感恩于人家给自己的救命的三升谷子，寡妇何菊花对队长王大麻子说："队长，说实话，我只剩点奶水了，要么，你吸几口，再嚼点生谷子，玩一回，反正大雪天，你不玩，你难受，我也惜惶呢！"又像《正午的洋芋》开头那让人流泪而又生动的描写："那天中午，干了半天活的人都回家了。禄的母亲一颠一扭从地里跑出来。禄的母亲跑起来像鸡。她的裤裆很窄，肥大的臀部一拽一拽。禄的母亲跑不快的另一个原因是她的裤裆里藏着两个偷的洋芋，洋芋挤来挤去。"堂姐为了生而失身，巴子为了活而做驴……贫穷加剧了人的恶，贫穷也放大了人的善。对于一代人刻骨铭心的记忆，补丁描写得熟练之极，而在另外的人看来却是那样的夸张，那样的不合生活的情理。

我相信，弥漫于补丁小说集子中的忧伤就是因为敏感于这种必然的距离而预先就产生的。黑格尔有句话："一个人走不出自己皮肤的记忆。"这话讲的是人的记忆和人的生命体验之间的关系。借此我们可以知道，一个人的现实总是在看不见处和他的过去连筋带骨。据书后作者的自我介绍，我们知道，现实中的补丁大名叫李学辉，现任武威市文联的副主席，在武威文化界是一个有头有脸的人。但细读补丁的作品，我们却能够发现，这文字介绍的一切在补丁来说不过是一张"存在之皮"，真实的补丁其实依旧存在于记忆中遥远而且苦难的乡土民间。不得不生活在城市——这是生活的必然，感同身受着时代正在发生的翻天覆地的变化，补丁似乎已经了然时间就像一块大橡皮，它正在悄悄擦去自己记忆中的一些人和事。而擦去却是补丁所不愿意的，因为一个人记忆中的人和事其实是真正有意义的人和事，但这擦去又是自己所无能为力的，补丁因此不能不有无可奈何的疼痛，而这深广而又不能喊叫的疼痛渗入他的文字就成了一种背景上的忧伤。

补丁的小说在叙述姿态上就像是成语故事中楚国书生徒劳的"刻舟求剑"，追忆不可追忆之生命的似水年华，在"1973年"这样的时间刻痕的引导下，他的小说所要完成的其实就是一种回忆，就是一种顺着回忆而渴望实现的情感的归乡。

这样的叙述在本质上就是一种抒情。它的好处是使补丁的小说在语言的表达上不知不觉就有了一种诗意或诗性的味道，就像小说集子中三个辑目的篇名："挂在麦穗上的忧伤""种在田野里的愁绪"和"渗进粉笔中的忧伤"。现实中的事物因为主体强烈的情感处理而成为作者当下的内心呈现，小说最朴素的叙述摇身一变而成为极为写意的抒情，忠实的记忆成为想象的复原，本真的反映成为主观的表达，诗性因素有意识的侵入使补丁的小说因此有了某种散文诗的味道。除此而外，它也通过对小说情节的有意味组织而强化了补丁小说的道德意识，使他的写作在不经意中成为乡土或民间道德的某种阐释或修补。就像在《孤静》中的麦客因为妻子的等待而拒绝妩媚主妇种种的情欲诱惑；《乡村无梁祝》的光棍徐德因为良心而将朝思暮想的知青女子放手；《1973年的三升谷子》里的人物更是在生存的龌龊卑劣之中令人难以置信地保持了一种传统道德特有的仁义——队长王麻子因为负疚而在大雪天给寡妇一家偷了三升谷子，寡妇用身体报答他但他却给予拒绝；寡妇何菊花因为报恩而不惜脱衣待人；保管李德全因为对于寡妇一家艰难的理解，默默承受了本不必承受的冤屈和侮辱。作者以道德始又以道德终，为了文本内部的完整，在小说的结尾他又让何菊花跪在雪地里，给恩人李德全叩头。"德全"，作者不经意中为人物所起的名字，事实上已经将一切都概括说明。

我们由此可以感觉到作者补丁的善良。滞留于城市，他似乎想通过这样的方式来表达他对于自己已经有了距离的乡村的热爱。他的叙述像是礼赞也像是赔罪，似乎唯有这样他才能在良心上给自己讨得一份安宁。但是他的不足也由此而有了清晰的昭显。这不足概括起来有来两点：一是在叙述位置上因为对于乡村单向度的关注而导致的小说写作上的简单。作者生活在现在，自己又是一个已经脱离了乡村的城市文化人，立足于这样的现实位置，对于记忆中的乡土中国，他原本是可以用多重眼光来关注的，但是有意无意，补丁却在实际的写作中略去或者淡化了他的城市和文化人身份，使得生活在一种朴素的感情讲述中不知不觉地被简单化了。乡村缺少了城市的支点，没有城市生活惘惘的背景威胁，补丁的乡村因此也便不能如鲁迅或沈从文的乡村一样给人以现代人生存的更为辽远的畅想。如他的《孤静》《草人》《故乡三题》类小说的写作，美则美矣，善则善矣，但是味道却太单薄了。二是因为执着于记忆以及连带的对当下生活的忽略所导致的小说写作上的现代性的不足。补丁很聪明，他意识到了他的小说题材因为十足的乡土意味而具有的价值，他因此将他纯粹化，就像现在许多民俗村对某种过往生活的纯粹化一样。他使得生活简单易认，但是同时却因为缺乏现代意识的激活而多少有点像风干的标本，这种标本只能展览但难以成为现实的有力构成，它在本质上缺乏一种来自当下的鲜活和热度。

补丁的不足有其阅读谱系中的问题，在《代后记》中他自己说：在创作的初期，"我追求唯美和恬淡，曾读了大量唯美派的作品"，但更多的却是他意识中的。现代社会是一种多元的社会，现代小说也是以追求复杂性和戏剧性为其审美职责的，生活在变，小说的写作也在变，但令人遗憾的是，补丁对此关注似乎不是太够。

这就像他的名字——曾经的平穷和温暖、现在的富足和装饰；一些人的遮蔽和记忆、另一些人的疼痛和耻辱。大街上孩子们乞丐服上的另类和招摇，一块补丁，原本是有多重意义的，补丁执着于一种，他的做法让人感动，但是又让人同时觉得有点寞落。

即诗向佛
——包容冰诗歌评论

　　包容冰以舍利作他的笔名，他新出的诗集又叫《空山独语》，其中满是佛学词语和佛经教义，而且，据了解他的人说，他原本就是一位虔心修佛的人。诸种信息，集聚起来，有一种判断也便自然形成：很明显，包容冰的诗歌和佛的关系不用说是非常亲密的了。

　　这种亲密是一件好事。佛教是一种大智慧，以大智慧之追求看诗、写诗，求之即高，得之自然也不会低浅。翻阅包容冰的作品，读者很容易就能够发现他不同于他周围的一般诗人，他有大的眼光、大的寄寓、大的境界。但是这种亲密也不尽然是一件好事——譬如当作者在诗中急于表达他对于佛的体悟而对于诗歌未作从容的思谋的时候，譬如当属于佛的内容没有化作有益的养分能够滋养诗歌的时候，譬如当一种诗歌承载了过多的佛的教义的时候——也就是说，当诗歌本身成为宗教的一种化身的时候，言说这样的诗歌，事实上也便已经成了一件困难的事情。

　　宗教在本质上是一种信仰，不能分析亦不容置疑，而言说则更像是一种个人的理解，需要分析、需要判断。包容冰是一种因为内在有所修持因而极为自足的人，缘此，他自然不轻易求人，但他却先后两次希望我能为他的诗歌写点什么，而我却总是迟迟不能动笔。我不是傲慢——天性不会而且也没有资格、不是懒惰——许多人可能不理解，但是我自己知道，自己的畏惧其实就在于包容冰的诗歌和佛太为紧密的关系。真的，"畏天、畏地、畏大人"，对于自己心底真正所敬畏的存在，我知道自己应该保持足够的沉默。

　　但好在，潜心修佛的舍利毕竟还同时是诗人包容冰。"晨读诗，晚诵经"，读诗诵经的中间，诗人包容冰还与我们一样有着许多尘世的担当、事务、苦恼和动心，一句话，他依然在烟火的人间，为此，以他的作品为中介，从其诗歌与佛教的关系入手，探析其中内含的包容冰借助于诗歌而进行的独特的修佛之路，认真想一想当下诗歌和宗教（甚至其他智慧，如哲学、政治等）应该建存的关系，也便自然不能算是对于佛和诗歌都热爱的包容冰的悖逆。

一

在《空门独语》上下两卷之中，我们时时处处都能够发现包容冰对于佛经教义的宣讲。不夸张地说，在包容冰的诗歌写作之中，现实生活中发生的所有事情，几乎都能够引起他关于佛经中某种教义的感悟。作诗就像是讲经，因为这样的方式，所以对于包容冰的诗歌，我相信有许多人在和其接触之时，与其说是欣赏诗歌的美，还不如说是认可内中的佛学理念。这样的结果，很容易使人们将包容冰的作品混同于相关的佛教教义的宣传品，但事实上，如若真的对两者进行认真的分析，我们自会清楚，这种混同其实原本就是一种误解：教义的宣传品本质的动机即在于宣传，它的内容是现成的，其中宣传者个人的色彩是需要最大限度进行弱化的，而包容冰的诗歌却更多是他个人对佛的智慧的感悟和体会，他的内容是自己独自修习所不断形成的，其中附着有鲜明的个人色彩。

"即心向佛"。佛对于包容冰而言，更多是一种追求的境界而非现实的结果，是一种需要他不断明了的内容而非现成的佛经讲义，所以，在一般的佛学经义传讲之外，他的文字，也便包容了更多、也更具体的个人内容；从诗歌到佛，他事实上也便经由了这样一条丰富且极为个人化的修为之路。

一、诗歌之为。几十年的苦难经历，几十年的潜心修为，在终极的意义上，较之一般焦心于公民利禄的人，包容冰的人生应该说已然是明了且简单了：除了必须必要的承担，他现在和将来所想做的，就是学会对现实生活中各种欲望之心的放弃，从而能走向他心以为然的、也是使存在真正得以解脱的空门之境。

　　缘此，翻阅他的诗作，读者可以看到许多别人孜孜以求的东西——譬如权力啊、享受啊、甚至异性的爱等；而在他，这些却成了正在努力拒绝的对象。"淡出繁杂的交往/独处陋室/听一树梅花尽情歌唱"（见其《禅心俗语·087》），或者，"世间万物带不走/我还执着什么/连个人的臭皮囊也带不走/我还贪恋什么"（见其《追问》）。甚至当一种诱惑近在咫尺、惹人心动的时候，他也能"近在咫尺/你的美色挑起我的眼帘/坚定的意志/我要把你驱逐境外"（见其《禅心俗语·088》），结果使得"爱神日益走远/我一点一滴接近/无色无味的真理"。很明显，通过各种修行，包容冰正在对现实的人生进行各种脱俗的超越，虽然深在此岸，但他所追求的意义却在彼岸，所以，许多此岸的风光，便自然不是能拴得住他的心的东西。

　　只是，在诸般的脱俗的超越之中，读者亦能够看到，对于包容冰而言，诗歌成了他现世唯一同时也难以割舍的意义之所。除了佛学的终极救赎，在现实的意义上，正是通过诗歌，他记忆了他生活中所有的诗意、温馨时刻，同时也化解了因为贫穷、出身、社会的不公平所导致的各种负面或阴暗的心理。"早读诗/晚诵经，午看散文小说/活早诗经的氛围中/确实淡忘了什么是贫困/圣哲说/无道为贫/失道为困/人道给了我那么多的坎坷/我将坎坷踩在脚下/踏成了一堆稀泥"（见其《苦境乐受，乐境苦过》）。在这种意义上，可以讲，包容冰的诗歌写作即是他的宗教修习，对他而言，诗歌就是此岸的佛，而佛也就是彼岸的诗歌，诗歌而佛，佛而诗歌，在他的心中，这二者确实是一体化了的，它们都是他的生命意义的寄托。

　　二、乡村之愧。但自然，立足于现世的土壤，皮囊之身不灭，作为具体历史的存在物，诚如黑格尔所言"一个人走不出自己皮肤的记忆"，所以，当包容冰执意于用他的诗歌进行他的心性修习的时候，他所从出的乡村自然也便成了反复表现的对象。

　　只是，相对于现在许多工作了、进城了的农家子弟对于乡村虚拟的、唯美的表达，弱化或者说舍弃了乡村生活明亮、优美的一面，包容冰诗中的乡村，却更多灰暗、沉重的色调——干旱、饥饿、贫穷、荒芜、亲人的衰老、病痛和死亡。

　　他的表达来自于他的记忆。诗人所从出的乡村在中国西部著名的国家级贫困县——岷县的一个偏远地方，他的童年又适逢 1949 年之后家乡极为饥饿的年代，"童年的场景永远消逝/三十年前/我从放学的路上饥肠辘辘/初夏的日子疯长/泥土砌筑的灶台上/几只苍蝇窜来窜去/我无奈地在和你一会儿/放下断带的书包/拎上笼子去野坡地挖苦苦菜/……母亲端一碗苦苦菜苞谷面拌汤/父亲的脸黑得像锅底/我和竹笼里失去父母的雏鸟/面面相觑"（见其《禅心俗语·097》）。因为这样的记忆，所以，一方面，"苦苦菜哟，久违的兄弟/我的生命里有你的苦/我的诗歌里有你的苦/我的血液里永远流淌着/你的苦"（见其《喂大童年的苦苦菜》），另一方面，当自己脱离了这种记忆中的贫穷和苦难时，当自己经过了考学、分配、买房而渐渐成了一个工作的人，亲眼目睹乡村因无可抗拒的城市化而导致的日益荒芜的真实情景时，在自己的诗歌里，对于乡村，对于父母日益衰老、熟人日益减少、土地日益荒弃的乡村，包容冰也便心存了无尽的愧疚之情，"娘啊/阳婆婆把你的脸/抚摸成褶皱纵横的茄子/一年四季风雨无定的日子/你枯坐尘埃飞扬的院落/听到村里的老人一个个死去/唢呐吹响/你簌簌的泪水/究竟为谁不断流淌"（见其《禅心俗语·057》）——这样痛彻心扉的描绘，我相信，不与乡村粘根带土的人是体会不到的。

"几年前我带着妻子儿女离开生我养我的山沟，留下年过八旬的双亲孤守老屋。我有时在深夜梦醒，仿佛听到父母念佛的声音，仿佛听到父母长吁短叹的声音，仿佛听到父亲的咳嗽和母亲埋怨探析的声音从天际传来……有人建议我卖掉老屋和庄窠。卖掉老屋和庄窠，意味着就卖掉了根。那里不但有我的父母，有我荒草萋萋的祖坟，有养活过我一家老小贫瘠干裂的三亩八分地，有我朴实憨厚多吸烟少说话的父老乡亲，有我不绝如缕的气息和深深浅浅的脚印，有我童年的欢乐、饥饿和苦恼的无奈，有我开满山野的打碗碗花和孖脚花，以及众多的苦苦菜、车轮菜、牛蒡草和咬人的荨麻"（见其《空门独语·后记》）——这样的感情以及这样的感情驱使之下的文字的表达，我个人以为，即是包容冰诗歌极为动人并且与当下许多伪浪漫、伪抒情的乡村诗写作区别的价值所在。

三、城市之罪。因为对于乡村心持的愧疚，所以在意识的深层，包容冰在道德上便自觉不自觉地对于城市生发了一种拒绝乃至批判的态度。乡村在荒芜，城市却在繁华；乡村依旧贫困，城市却愈来愈富足；父母在受罪而自己却在享福……太多这样无法调和的对立纠结于包容冰的内心。缘此，他越来越感觉到自己对乡村有愧，他越来越觉得城市以及城市所诞生的文化有罪。

"这不是我所能感觉到温暖的处所，而且，它们也根本不留意和关切我所留意和关切的乡村。"城市，由此在包容冰的眼中，也便成了罪恶本身的替代——不用于照明的装饰性灯光、人与人相隔离的单元楼建筑、包工头贪婪的欲望、卖身女虚假的微笑、高消费、车祸、医院和各种衙门的冷漠、人们的疯狂和残忍。他的嘲讽和悲哀也由此而来："黄头发绿头发/新型的中国洋人们/鼻梁还不够坚挺/掩住还不够发蓝/这是科学的悲哀/染发店的生意比较红火/老板娘气势咄咄逼人/正在给打工的农村小伙/精心上色。"为此，他不禁感叹，"我所熟悉的人一个个/离开尘世/我所不熟悉的人又一个个/来到尘世/这个尘世越来越变得/熟悉而陌生"（见其《禅心俗语·048》）。

不认同、不满意、埋怨、嘲讽、甚至愤慨，和城市接触愈多，对城市的了解愈深入，包容冰的内心也便愈是失望。从其由佛学修持所来的人生超越之理解，对于城市以及城市人所表现出的行为的价值和意义，他因此也便一概给予了慨然的否决，"当今社会，谈佛色变的人、闻佛丧胆的人多了去了。它们神鬼不分、人鬼不分、事理不分、真伪不分、粗俗浅薄、迷迷糊糊，全凭断句识字或学了点数理化的一般知识，就把自己标榜成文人或知识分子，也许在什么机关装模作样，道貌岸然，上班下班，道听途说，人云亦云，没有主见，偏执狂妄。满脑子私心杂念和强烈的贪欲和沮丧感，患得患失、麻木不仁地轮回在生死无际的苦海头出头没，实在可怜可悯之至"（见其《空门独语·后记》）。

以这种愤慨为基点，回身反观我们所在的时代，作者由是便以为，城市的罪一如被风所吹之烟囱的浓烟，正在不断向四处扩散，浓烟所到之处：

> 纷繁扰扰攘攘的尘世
> 人类嘈嘈切切

安谧的乡村
农药给花朵涂脂抹粉
放肆的蛆虫们
也不敢抬头张望
田园旖旎的风光……

佛说：我无法取掉
众生身上的痛苦
也无法把你变成佛

——《颂辞组歌·6》

四、自然之悟。乡村让人沉重，而城市让人愤慨，在愧疚于乡村和不满于城市的双重痛苦之中，包容冰于是慢慢将自己的注意力转移向了身旁的大自然，"大风啊，你从山梁上刮过/不留痕迹/大风啊，你从河湾刮过/不留痕迹/每天晨起，我把落满书籍的尘埃/小心翼翼揩掉/然后给窗台上的文竹君子兰浇水写诗"（见其《凡胎圣心·4》）。

相对于和人的朝夕相处，自然是站在人的对面或者身后的，它所营造的风景，是需要人有意识地出离于熙攘的人群，不断地向前方、向远方走去才能看见的。缘此，"行千里路"或者"远在远方的风/比远方更远"，在包容冰的诗歌里，我们看见他一次又一次将自己抛向了远方。

过宕昌、走康县、经锁龙、去天水、向青海、想拉萨，在诗人的文字中，他就像是一位不断行走在路上的人，在他对自然亲切的关注之中，他同时也得到了来自自然的精神疗治和思想启迪。

"抓一把阳光擦亮/内心的黑暗/撷一缕春风揩去/额头的虚汗"（见其《禅心俗语·020》）。当自然被他所聆听，当他从自然的身上找到了自己所需要的光明的时候，去除心中的烦恼，忘掉曾经的痛苦，即使心中还有孤独和寒冷，但他心中的天堂也便愈来愈迫近了："空旷的雪域高原静谧/禽鸟栖于巢窠，以梦取暖/走兽敛迹，在洞穴谋算/我踽踽独行，兀鹰孤翔/远方以远，所有天堂的门环/被风雪不断摇响"（见其《空门独语·1》）。为这种来自于天堂的光芒所照亮，于是他不仅看见了大自然中所内含的奇异的风景，"大风打开经卷/神在无声地诵读/草原打开经卷/牛羊放声诵读/天空打开经卷/星辰默默诵读/油菜花打开经卷/蜜蜂争先恐后诵读"（见其《空门独语·23》），而且感知到了来自于自然的种种神谛天言。

五、空门之语。不过，对自然的寻找和发现，依旧不足以真正安顿在乡村和城市两间彷徨无地的诗人包容冰的心，所以，在更多的时候——哪怕是身在明媚的春光之中，哪怕是好友相聚、推盏换杯，现实中一切的实体欢乐，似乎都不能真正去除他隐匿于心头的忧伤和焦虑。

他的不安来自于他觉悟到的作为人之子的原罪：生命的本质是悲情的，而我们恰恰就被投放于这个欲望无限增生或膨胀的时代。太多的贪婪和算计、太多的无谓和消耗，多少次酒醒或梦醒之后，包容冰就像是佛的讲述中所说的夜半醒来的王子，他于王宫中许多人酣睡的神情之中，看到了人类以及自己的龌龊和不堪。

人时时处处都在无可救药地堕落！在意识到了自己身边正在发生和将要发生的事情之后，包容冰自然也便知道了，他的痛苦，本源于个人的经验，但却远远非个人的经验所能包容。

"追逐财色/追逐名食睡/我们的人类几近疯狂/自诩聪明绝顶的族类啊//认假不认真/自欺欺圣，常常/把黑的看成是白的/总是听不见圣贤的话/如同迷路的蚂蚁/人用棍儿导引行走的大路/它总是不肯听话"（见其《禅心俗语·078》）。正因为这样，他不能不感慨，"扰攘的尘世/我找不到灵魂栖身的寺院/虚设的事物触痛我的手指/我的手指也成了虚设/爱情的花朵枯萎成泥"（见其《禅心俗语·081》）。

正是在这样的心境中，他听到了以对人世的罪持悲悯态度并立意通过自我的超度而实现人类从现世之苦中救赎的佛的亲切呼唤。由此，那些已经隐没于记忆中的父母晨读暮诵佛经的声音复又在他的脑海里响起，为此声音所安抚，渐渐地，他不仅在日常的生活中听佛、看佛、谈佛、悟佛，希冀能够以此明心见性，让灵魂能够行趋于光明的归宿；而且也开始让佛走进他的诗歌，用他的诗歌写佛、辩佛、明佛，在让佛佐助他的诗歌之时，同时也让他的诗歌写作成为一种他自己虔心向佛、一心修佛的途径或方式。

《空门独语》或者《禅心俗语》，这样的命名已经清楚地表明了，包容冰借助诗歌的写作所祈求的结果，主要的，就是完成他自己对于佛的解悟的表达。

二

在谈到自己，以及自己的诗歌与佛的关系之时，包容冰曾经说过这样一段话，"我是一个红尘中人，既未出家，又未受戒皈依，我只是用现代诗歌的手法把个人的生活经历以及读经心得，用文字符号记录表述而已，它也许达不到传法和教化世人的目的和境界，也许被当今所谓的诗歌界而不齿。有贤达者称我为在家居士、得道高人、住世活佛，确实令我有些汗颜和惭愧！取名舍利，舍而不舍，不舍而舍。智者见智，仁者见仁，自有用意，未必挂齿"（见其《空门独语·后记》）。

这是一段真实反映作者心意但却充满矛盾的话。在这段话里，我们首先能够了解到这样的一重信息——对于包容冰所言的"用现代诗歌的手法"所进行的"读经心得"的"文字符号记录"，他的身边存在着这样两种完全不同的态度：一、一些人立足于诗歌外部，从其所表述的对于佛的解悟本身，给予他的诗歌和他本人极高的赞誉；二、在诗歌圈子内部，从诗歌自身的要求出发，似乎有一些人对于这种用现代诗歌的方式记录个人读经心得的文字并不认同，或者，给予的评价并不是很高。此外，于这种信息的了解之上，我们还能够发现，其实，无论是对于用诗歌"传法""教化世人"，还是对于通过来自于佛的佐助而提升自己的诗歌的质量，包容冰似乎都心怀期待。虽然他口头上说，"取名舍利，舍而不舍，不舍而舍。智者见智，仁者见仁，自有用意，未必挂齿"，但事实上，仔细体味他在复述两种不同的反应之时所做的"所谓的诗歌界"和"有贤达者称我为"之类的词语选择，读者自会感知到其中的某种"恨恨不已"和"暖暖于心"的强调。

对于包容冰诗歌和佛的关系的价值评判，自然也便有了两种不同的视域：一是从宗教的修习立场出发，透过他的诗歌写作，考察他对于佛的教义和智慧的感悟、体会程度。二是从诗歌的本体立场出发，思考佛的引进到底对于包容冰的诗歌写作带来了什么样的影响。然而，令人遗憾的是，在实际的谈论中，我们却可以发现，许多人对于包容冰诗歌的评价，往往是将二者夹缠和混淆在一起——或因佛而誉，或因佛而毁，但其誉其毁，都不足于从根本上启发人对问题本身的认知。

就我个人而言，我以为：从宗教的修习立场所进行的考察，关涉到的是个人对于宗教的体验，这种体验虽然对于个体本身或许至为重要，但是这种体验有着话语难以传述的隐秘和细微属性，所以进行公共的交流是非常困难的。而且更进一步地讲，由于它在本质上外在于诗歌，因此我们于敬重之外，不应也无须妄加评说。而立足于诗歌本体立场所进行的思考，由于诗歌和宗教的关系问题是一个贯穿中外文学发展历史的大话题，因此相较于前述的纯粹宗教视域考察，对于喜欢诗歌的人们而言，似乎更具意义和价值。

总结此前既有创作的经验，宗教对于文学写作的影响，大体不外乎这样四个层面：第一，话语的引介——即在自己的创作里直接地引用宗教经典中相关的词语，籍此丰富自己的诗歌语言。第二，题材的借用——即在自己的创作中，借用一些宗教经典或传说中的题材作为自己作品的情节或内容因素，籍此搭建自己写作的言说框架。第三，主题的建构——即直接吸收或借用一些宗教的思想，用以消融或处置自己所表现的对象，从而形成自己作品的主题。第四，主体情性的涵养——即通过对宗教的修习或体悟，将由宗教而来的人生态度和思想认识，内化于创作者个人的情性，从而深层级地影响于作品意蕴的建构和美学风格的形成。

以这样的总结来反观佛的修习对于包容冰诗歌写作的影响，我们可以知道，在第一个层面他的表现是非常充足的，他的诗歌——特别是《空门独语》组诗之后的写作，可以说几乎每一篇都充斥着来自于佛家经典的词语——法、空、恒河、菩提、地域、天堂、善男信女、菩萨、世尊等等，甚至经卷中一段一段话语的直接引用，可谓比比皆是，不胜枚举。籍此，读者可见他对于佛学经典的熟稔习读。第二个层面的表现亦很可观，《空门独语》诗集中的许多篇目，其内容即缘起于佛学典籍中的题材，诗人往往在自己的诗作中借佛典所载之事，指涉或解说现实，使其写作因此散发出浓郁的佛学之意味。第三个层面的表现最为突出，诗人本有借诗歌"传法"和"教化"之动机，缘此，在建构具体作品的表意机制之时，他也便常常以对佛法教义的理解或者对于佛法的体悟来作为作品的主题，去表达自己，但更追求自己对于佛法的阐释和宣讲。相比较而言，我以为在第四层面，亦即写作最为关键的一个层面，到目前为止，包容冰的表现还不十分理想。通过对作品的细读，可以看见他对佛学的修习在他对生活对象审视和作品主题建构方面的积极影响，所以，和时下许多诗人太多囿限于一己瞬间之悲欢的写作不同，包容冰的写作业已显现出了某种放眼于时代、世界以及生命生死往来的大视域、大思考，但是，这种大的表现，在更多情况下，还是比较直接、生硬和表面，它们还没有真正内化于作者的审美构思，所以，虽然有词语、有观念，但这些词语和观念所代表的佛的智慧还没有真正血肉于作者的内心和作品世界的营造，没有使他的写作在精神面貌或内在的美学质地上呈现出一种别样的大景观、大境界、大气象。

不同于这种话语、内容和主题的表现，我觉得佛学的修习对于包容冰诗歌写作最为成功的影响，其实在于佛学典籍如《金刚经》《地藏经》等所载的世尊说法时的语态对于他写作的话语语态设置的影响。佛经中所载的佛的说法，保留了佛祖对众弟子说法时的口语的通俗和现场交流的亲切，缘此，于佛典修习既久，耳濡目染，包容冰诗歌的话语也便有了这种来自于佛经的口语的活泼和面对面谈话的亲切：

　　　　世尊啊，你说过
　　　　人身上有十八种虫
　　　　人身上有八万四千毛孔
　　　　人还有八万四千烦恼
　　　　世间最小的单位是微尘
　　　　一个微尘有三千大千世界
　　　　每个世界有无数的佛在说法
　　　　每个世界又有无数的微尘

每个微尘又有无数的世界
每个世界又有无数的佛……
不可思议啊，世尊
你的话不可思议
不可思议
不可思议
不可思议……

——《与圣哲对话·11》

这样的表达，说实话，其中的意思，真的算不上特别新鲜，但是诗歌在模拟佛经中的说法语态时不期然而生成的那种活泼、亲切的话语表现，却生动而且逼真地再现了一个人因为震慑于佛经中佛祖所说佛法的幽深远光时的迷惑、惊异表情。

诗歌中的话语语态也是一种形象，是一种经由语言的音调而来的声音的形象，相较于经由眼睛而来的视觉形象，这是抒情性作品中更为隐匿也更为高级的形象，所以，也就是在这儿，在诗歌话语的形态建构中，我真切地体会到了佛给予包容冰诗歌的光芒。当然，包容冰的努力有时不止于语态的建构，他对于佛的领略，有时候还能够深入到诗歌更为深层的地方：

静坐——
倾听天籁的无限寂因
静坐——
倾听山河交谈的妙趣
静坐——
倾听心跳的木鱼击岸
仿佛有人敲门，敲门
打开——
茫茫大雪
正将山川精心描绘

——《空门独语·24》

　　很显然，在这里，佛不再是简单表面的词语、观念所能表现的了，在作者闭目静心的聆听之中，它已然化成了无限寂然的天籁，化作山河交谈的妙趣，化作击岸的木鱼的心跳，化作有人敲门的叫呼，无形但却具体，成就出一片茫茫大雪的山川意境。

　　这样的作品还不多，但它们的出现，我想，若是包容冰意识到了，很可能就指示出了他将来诗歌写作的一种方向。

选择安静的一面去写
——独化诗简评

在诗人独化的个人创作选集《沉香》一书中，第 11 页出现的《我主持圆通寺一个下午》，在第 12 页又出现了，题目换作了《在莲花寺听二僧侣忆丰禾诗》，文本却基本上还是原来的文本，造句中仅仅多出来了四个字——即两个"仿佛"。两个文本的具体情况为：

第一首

它破败
它空无一人
我嗅到了我点燃的清香
我看到了花木上拂过的冷风

——《我主持圆通寺一个下午》

第二首

它破败
它空无一人
我仿佛嗅到了我点燃的清香
我仿佛看到了花木上拂过的冷风

——《在莲花寺听二僧侣忆丰禾诗》

这样两个几乎一般的文本的前后出现，说实话，起初我以为可能是作者编选时出现了问题——他把差不多的一首诗当作两首诗编在了一起。但后来细细比较，我却发现他是有意而为的，两首诗之间虽然只差了两个"仿佛"，但正是这两个"仿佛"的差别，让一首诗成了两首诗，前者讲述的是"主持"，一切都是真的，是自我控制之内的，所以不需要"仿佛"；而后者所要显现的是"听"人家之"忆"，不是眼前具体的，是内存经验在时空层面的阻隔，所以是"仿佛"。

心细如发，如贾岛、孟郊一般醉心于词语的精细推敲——我在细读中不经意的这种发现，使我对于诗人的敬意油然而生；而且，进一步推究，还原作者于两个较为相似的文本前后推陈之时的心理动机，我还发现了作者对于这些诗格外的偏爱和喜欢。他似乎希望借助于这样的举动，向读者进行某种暗示——请你们注意这些作品。证之于读者，大体的情况也基本一致。说起诗人独化，许多人所能记起或脱口而出的也就是这首诗——哦，不，这两首诗。

从心理学上讲，反复就是强调，而众口一致的东西，往往也便是富有意味的东西。诗人自己钟情，读者大都又记忆深刻，这种征象启发了我，而从此出发，我也真的发现这首诗可以说体现了独化的诗——准确地说是他的优秀的诗——的特征。

首先是简短。独化的诗，大多写得比较短，最常见的是四句，造句的词也往往很少。像《冬日诗稿》，全诗只有四句，总共十五个字，一个逗号四个句号。他的造句用词——我个人觉得——可能和他喜欢古典诗词有关。古诗有七绝和五绝，都是四句，好读好记。他的阅读经验，特别是作为一个优秀语文教师的教学经验，可能给了他写作的某种启示；但还有可能和他对现代诗的反思有关。现代诗或曰新诗，用白话代替了文言。文言大都以单个字为词，而白话却往往使用的是词组，加之借用欧化的语法逻辑，所以现代诗的造句无形中也便加长了。加长的恶果，就是记不住，所以，和古诗较量了近百年，在读者受众一面，新诗却还是并不为一般中国读者所待见。也许正是有感于新诗存在的这种尴尬，独化的诗也便有意追求简短的写作，他的目的自然就是叫人能记得住。

其次是口语化。口语化是"五四"白话文运动鲜明的价值取向，其所针对的就是古典文人写作的书面化。但这种口语化后来并没有健康发展。由于新文学建设过程中欧化的强大影响，加上知识分子根深蒂固的书面写作的惯性作用，所以 20 世纪 90 年代于坚等人提出的"口语诗"写作理念，即得到了至今为止许多诗人的响应。独化和口语诗诗人伊沙、徐江和沈奇等保持有较好的个人关系，受其理论和实践的影响，他也写了不少的口语诗——如《兄弟王强》《惟愿（三首)》《真人真事》《回答》等，所以诗歌界也有人将他的诗歌归之于口语诗一路。即使写的不全是口语诗，但他的诗还是在总体上表现出了某些口语的特征，如脱口而出、格言警句或吞吞吐吐之类。明白、通俗、好看，他的半本诗歌，有不少人用不了多少时间就看完了。

第三就是多样化。口语诗仅是其中的一种，除此，独化的诗歌写作，还有着多样的努力和尝试，特别明显的就是他对古诗的仿写。他或是直接套用古诗的题目——如《诗经·氓》《静夜思》等，借旧题表现新意；或是在总体的白话书写中突然嵌入一些文言句子或词语——如《二月的诗》直接引用《论语》之名言"岁寒，然后知松柏后凋也"起首，《回答》一诗则结句于杜甫《画鹰》一诗的句子"何当击凡鸟，毛血洒平原"，其他如《倒春寒》里"我之目力，在汝目力之外/我之听力，在汝听力之外"等等，更是俯拾即是；或是学习古诗的意境建构方法——如《麻鸭》《伤感的诗》，特别是《我主持圆通寺一个下午》之类，在意象的组合方式中有意识地营造具体的情境，寄托其某种禅思意趣。

独化的不少诗，或是一个句子、或是一种结构、或是一些片段，总是叫人生发出对一个优秀诗歌写作者的期待。但是，除却个别的作品，其更多的诗作却并不能或者说没有让这些期待最后得以充分实现。为什么会这样呢？其中的缘由不一而足：有时，是因为诗人对于诗作所欲呈现的诗意缺乏清晰的自觉，感觉到了一些很好的东西，但这些东西到底是什么，他的构思并不充分。回过头看，他的诸多短诗的写作，有的确乎应该短，但有的很可能和诗思的不能展开密切相关。像《致友人》一诗的写作，诗只有四句："文章事大，舍此事小。/朋友事大，舍此事小。/可耻的内讧，停止了吧。/诸神必将赐福尔等。"诗作从大小关系的阐释起笔，本没有什么不对，但在简单的两层举证之后，即匆匆站出来当头棒喝，进行训诫，诗意不够，表达也因此而趋近于浅显和粗暴。有时，则是因为对于感知的对象未能充分地内化。这一点和前一点有关系，因为不能自觉，所以在借用具体的对象对于自我所欲呈现的诗意进行表现之时，也便显现出了某种讨巧的意味。举例如《为什么?》一诗的写作，诗亦只有四句："一个几乎和我无关的人跳进了冰冷的湖水，死了。/死亡日期：二○○五年二月三日（农历腊月二十五）。/死亡方式：皮夹克外衣内衣手机整齐地放置在湖边，/为什么? 为什么裤衩背心跳进冰冷的湖水死了呢?"在有意的档案记录似的句子的建构中、于一种努力克制的描述之中，诗人似乎想借此呈现某种富有意味的诗意发现，但这种发现并没有充分内化于对象的特征和关系组织，所以标题中的问号到结尾了也还是云里雾里的问号。因为不能自觉和充分内化，所以在独化的写作中，读者常常可以看到诸多类似警句格言或曰个人语录似的写作，简短、直接、说理性强但诗味不足——如《伤逝》《被出（节选)》等即是典型的代表。

独化有一些特别好的诗，除了前面提到过的《我主持圆通寺一个下午》和《在莲花寺听二僧侣忆丰禾诗》之外，还有《暮春之初》《化蝶》，特别是《一下午的时光》，这些诗的写作简洁、机智，看似简单的句子排列中内含了新颖的意义关系，出人意料却又合情合理，体现出了诗人优异的审美感觉和结构掌控能力。

一位诗人的好和不好，不用说主要是要靠读者来评定的，但在诗人自己，其实也应该持有清醒的判断和高度的自觉——什么是自己能写的、什么是自己不能写的、什么是自己写了之后能够成就自己的。海德格尔曾讲：存在是存在者的存在，它应该处在存在者的领悟之中。我觉得，这一点，无论对于诗人独化还是我们自己，应该是富含深意的。

现实中的诗人独化并不叫独化，他叫张世民，是平凉一中口碑甚好的语文教师。繁重的工作、多样的承担，是必须但也是干扰，缘此，虽然从独化的笔名、《沉香》的书名、"去伪存真，消肿减肥，降温去火，弃暗投明"的诗观和"我的读者是个位数"的感叹一路望过去，我们可以感觉到独化身上作为一个优秀的诗歌写作者的潜质。但是最起码到目前为止，这种潜质，我个人以为还没有完全地表现出来。独化诗歌最好的东西都和安静有关，在这种安静里读者可以

感受到他身上的古典气质，感受到他所喜欢的佛禅阅读给予他的精神
的影响，感受到作为一个诗人对于日常生活的有意识的间离，但是读
者所感受到的这些东西，为现实多样的干扰所遮蔽，为古典诗、现代
诗甚或口语诗等诸多的审美取向所诱惑，所以对于自己写作的价值所
在，我以为独化有时是清醒自觉的，而有时——或者说更多的时候，
他似乎并没有清醒自觉和精心建构：

　　　　一下午的时光，
　　　　我都在听那个叫独化的人的歌唱。
　　　　一屋子的荒凉。
　　　　我原谅了他。

　　　　　　　　　　　　　　　　　　——《一下午的时光》

　　在这些句子中，一切都静下来了。一个下午，整个世界，包括独
化自己，于时光安静而出的素白和旷远之中，清晰地听到了一颗心真
切而动人的歌唱。世界喧嚣，但由此我也便清楚地意识到，诗人独化
在他的诗歌写作中所应选择和体现的就是这种来自于喧嚣却又有意识
和喧嚣对立着的——安静的一面。

日常生活场景中的草根情怀呈现

——郭晓琦诗歌创作简论

现代生活在不断丰富和扩大的同时，也日益变得虚拟和抽象。当醉心于眼前的一方荧屏或耳中的 MP3 歌声时，多少人身边的具体和生动正在成为一种不被正视的虚无！我的一位朋友曾在某一天的日记中写道："今天是二月某日，这是手机告诉我的。星期四，因为每个星期四我们都要学习政治，而今天我们学习政治了。晴还是阴，这我不知道，白天开会，晚上上网，走在路上看手机上的信息，所以有没有太阳我真的没有注意过。"

这是一段叫人情不自禁感到悲哀的话。生活在生活之中却又总是将生活遗忘，多少人的生存就这样充满了荒诞和吊诡，多少人的表达——就像舞台上歌手们复制的爱恨情仇，听起来空空洞洞，让人感觉不到一点点的真实心跳。

王国维曾说，"一时代有一时代的文学"，从史的角度寻求文学内在的规律，这话是别有用意的，但正话正解，我们由此也可以推断，人们梦游一样生活的时代，文学（包括诗歌）自然也就很难有对于生活的立足于根本的真切表达了——如近几年当代诗坛近乎泛滥的"乡土诗"，虽然名之曰"乡土"，但是细读之中，多少诗人的乡土诗因为缺乏对于乡土的真切体验而更像城市人豪华聚餐时的一盘山野菜。真实的乡土在这些诗人的写作中常常被按照都市的要求而抽象和符号化——贴满剪纸的花格窗和挂了两串红艳艳辣椒的平房，甚至一碗酸面饭再加一盘酸菜——这种城市人想当然的"农家乐"，对一个在树叶烧的热炕上长大的农家孩子来说，是很难有真正的家的亲切感的。

就是在这样的背景上，郭晓琦的诗吸引并拴住了我对于诗歌业已散漫的目光。2005 年年底，偶尔翻看这一年第十期的《飞天》杂志，我突然发现了这样的表达："——'咔嚓'一声/扁担折了。累极了的扁担折了/两只大藤条筐子和新收的土豆/顺着黄土大洼向下滚，蹦蹦跳跳/蹦蹦跳跳。仿佛两只大灰狗在追咬/调皮的小松鼠//眼看就要到洼底的平地了/眼看就能放下沉重的筐子喘口气了/柳木扁担却突然折了/——生活，经常会开一些/不大不小的玩笑，出点小岔子//那个挑土豆的人，像爆了似的拖拉机轮胎/一屁股瘫坐在地上/无可奈何地看着滚到沟渠里的藤条筐子/看着蹦蹦跳跳的土豆/和黄土大洼上一脸怒气的妻子。"在一些讲究现代技巧、注重现代西方诗歌背景的人看来，这种近似于剪纸、年画一样的直陈式表达也许并没有什么，但看多了所谓的洋气、先锋的诗歌文本，在郭晓琦素朴得有点像白描的乡土生活的场景显现中，我却嗅到了某种亲切的泥土气息，看到了日常生活中草根农人本真的生活状态。诗人所写的只是一个普通的生活场景，平静中的意外变故——闹得正欢的柳木扁担折了，平静中却突然就有了戏剧的热闹：筐子滚了，土豆滚了，筐子像灰狗一样追着蹦蹦跳跳的松鼠样的土豆。热闹引发的是人自然而然的笑——场景中的人的、场景中的物的、场景之外读者的，但在尘土样升起而且弥漫的笑声中，作者却有细细而且广大的悲悯——对于瘫坐在地上的汉子而言，这热闹却是苦恼的，筐子滚了、土豆滚了、扁担折了、妻子生气了，接下去可怎么收拾啊？懊悔、恼怒、委屈、担心和心疼等等，复杂的心境在本真的现场还原之中真实得让人都能够细细触摸。

多年前，我曾听过歌手朱明瑛的一首名叫《回娘家》的欢快热闹但却苦恼的乡土歌："飞了一只鸡/跑了一只鸭/吓坏了身后的小娃娃/哎呀，我怎么却见我的妈。"广大的生活、具体的苦恼，曾经令我深为感动但多年之后却已经忘记了。正是郭晓琦的《扁担折了》，这回却又让我想起了它。歌曲和诗歌是两种不同的艺术形式，但是相同的乡土生活、对于乡土人物相同的悲悯和关怀，却让我感受到了优秀艺术内在同一的质地。

我由此明白了经验与表达之间可能的关系。诗言志，歌抒情，艺术在根底上是人生的一种表达。艺术之所以是艺术，形式、技巧、媒介等等，固然都是十分重要的，但是在具备了表达的条件之后，披过言辞、技巧的外表，艺术在本质上对于人的触动，却往往是依赖于作者对于人生或生存经验（感受、体验、领悟、思考、想象等）的一种具体生动的揭示而实现的。"得意而妄言""解除语言对于生存的遮蔽"，中国古人和西方现代学者对于文学都表达了更高的期待，都启示我们在对文学文本解读之时，应该回到人生的根本——即如孔子所言："视其所以，察其所由，知其所安。"

一位诗人在立言之时到底有没有一种能够让自己的语言产生力量的信心，这不是能够伪装的，也不是能够凭借一时的聪明来长期掩饰的。谈到革命与文学的关系，鲁迅曾说，"血管里流出来的都是血，自来水管里流出来的却是水"，鲁迅的话形象地说明了艺术与生活之间应该有的关系。经过朋友的帮助，在了解了郭晓琦更多的诗歌作品之后，我便很快知道了郭晓琦的诗之所以一开始就能够吸引我的原因了。和许多的乡土诗人相比较，郭晓琦是一位把自己所从出的乡土真正搁在心上的人。打一个比喻，他就像一株站在山坡上的庄稼或草，虽然现在已经脱离了原先的位置，从田地里拔出了，但他还是粘泥带土，身上依然连接着乡土生活深处的秘密和疼痛。

现代生活的迅猛的都市化趋势，正在使越来越多的农村孩子有意识地掩藏着或改变着他们的乡土特征。许多人甚至包括许多乡土诗人笔下的乡村，因此也远离了乡村存在的真实，表现出一种高度变形了的美化和抽象。与他人不同，因为苦难和亲情，乡土对于郭小琦而言，却始终是一种连筋带肉的真切存在，"在一张空旷的白纸上，我怀念风里的黑渠口/它隐忍，沉默，不歌唱，也不悲伤/我怀念坑坑洼洼的乡村小路，木轱辘板车/返潮了的谷子和糜子"（见其《怀念在车祸中早夭的一颗门牙》）；"一头牛和另一头牛/在腾空的槽头前慢慢地反刍干草//一群羊和另一群羊/从光秃秃的大洼慢慢地移进空荡荡的河谷"（见其《慢》）；"挑了一辈子担子的父亲，已经走不动了/霜雾之晨，他拖着酸痛的腰腿/在乡村小路上溜达? 多年前的某一场北风，正在他的骨缝里/呼呼地吹响"（见其《霜雾之晨》）；"风硬了。响动着，经过狭长的土塬时/又带走了一层土"（见其《冬天的速度》）；这样的时刻，"一个瞎婆婆走了/一个不瞎的婆婆也走了。

我/经历了一些简单、朴素的葬礼/秋天的黄叶一片一片飘落/腐烂，悄无声息/而我多么害怕，害怕有一只可恶的猫头鹰/突然落在父母的屋顶上——"（见其《猫头鹰》）。"真悲无声"！当其像一头老牛一样，在静静的时光中反刍积淀于心中的日常但又铭心刻骨的印象和记忆之时，郭晓琦本真而素朴的诉说，轻易之间就引领人回到了生命原始的感动之中。

他诗歌的魅力其实就是这种原始或者说单纯的感动，其形成与两种手法关系至为紧密。一是细节的还原。像"村庄收起了秘密。我能听见——/一片碎瓷打磨农具的声音/吆喝牲畜和羊群的声音。一个孩子/在十岁那年的春天//学唱课文的声音。我能听到——/一只神秘的乌鸦在头顶盘旋/抱紧篱笆墙的花朵/正慢慢地收起了美丽"（见其《黄昏》）；像"他已不认识：残留着他体温的铁锨、镢头/泛起锈迹的镰刀。他不知道这些/迎面走来的酥软的阳光。花喜鹊的吵嚷/一树和他远走了的老伴同名字的花/正冲着他疯狂地怒放"（见其《老寿星》）。二是场景的呈现。像前举的《扁担折了》；像发表于同期刊物的《霜雾之晨》《冬天的事情》《空着》；还有《崆峒腹地》组诗以及《墙的豁口》组诗等等的诗篇，此一类表现在他的诗中可以说比比皆是。就表达的效果而言，细节的还原让我们深入到生活的具体，得以直接面对诗人关照中的对象，而场景的呈现却能够营造一种抒情的氛围，使我们在现场参与之中真切感知诗人心中所可能储存的诗情诗意。两种手法合起来常给人一种小说白描叙事或 MTV 画面写意的感觉。在直观、素朴的形态之上，郭晓琦的诗因此给人亲切、自然但却又含蓄、有味的感觉。

我如此这般的介绍，自然并不是要人们相信郭晓琦就是一个原生态的农民诗人。不，真的不是！通过上述的话，我实际想说的，只是要让人们明白，从质地上讲郭晓琦是一个极为素朴、节制的诗人。在他的诗中，虽然他并不掩饰自己的知识分子身份、视角甚至意识，他的一些诗也极力地想写得洋气一些、时尚一些——就像《雪》一诗的写作，"我从来没写过一首有关雪的诗/就在昨晚，就在一张空旷的白纸上/我反复写下'雪'/我是一个怀旧的人，更是一个渴望照耀的人//直到清晨，当我掀开木门/哦！真的下雪了/天地茫茫，土塬妖娆/

纷纷扬扬纷纷扬扬纷纷扬扬。多美啊——/我写在白纸上的黑字/已是落在雪地上的几只生动的乌鸦"。但是总体而言，城市生活、现代意识以及太过强烈的主体表现却是为他所不喜欢或不经意排斥着的，这是他的不足。下一步他应该于此有所警惕，应该在现代意识施予乡村的影响以及主体精神图像凸显方面多用些力。但这不足换一个角度看，同时也说明了他写作的纯粹。郭晓琦是一位农民的孩子，乡土民间的本位立场和性情深处割舍不断的草根情怀，使他对自己所从出的生活充满了太多的牵挂、愧疚和疼痛，纷扰的世事让他迷失，发展的时代让他记忆中的乡村迷失。这双重的迷失，使他的诗因此充满了山川的寂寞和时间的忧伤——就像《风从东向西吹》里两位汉子在两座山梁的对话；就像《祖屋》里大伙兴高采烈拆老屋准备盖新屋时父亲一言不发的沉默；就像《墙的豁口》一诗所示，曾经的三月里挂着露水含羞的桃花一样的美人的脸，但是"往返/再次往返/再再次往返/……/墙的豁口，只吹过一阵感伤的风//那转过身的，已是一个/正午的粗糙的农妇"。为内在的呼唤所牵引，郭晓琦诗中种种的技巧和方法，恣意的联想和新鲜的比喻，用海德格尔的理论解读，其实都更像是一种对于生命中的真实意义存在的"解蔽"，一如让灯从黑暗中亮出或让佛从一堆碎石烂泥杂木中走出，他用词语反复所要擦亮的，其实就是他安身立命的家——他精神上的乡土。

回家，穿过阻扰，走向自己心中能够让灵魂安睡的民间和乡土，夜阑人静之时仔细地聆听，我似乎感觉郭晓琦每一首的诗都是这样诉说的。

万物是时光落下的影子

——惠永臣诗歌的阅读印象

惠永臣给他拟出的诗集先取名《漂泊的阴影》，而后又改了，改成了《时光里的阴影》。他的改动有一定的道理，"漂泊"一词抒情性太强，表意太过直露了，因此容易让人感觉一位文艺青年的不成熟。加之，用"漂泊"修饰"阴影"，似乎也有点生硬，而且，具象词和具象词组合，也总是太为平淡，所以用"时光里"将"漂泊"加以置换，用一个抽象词修饰具象的"阴影"，在追求一种新鲜的同时也表现了一种自己所期待的成熟。

但是，读完他诗集的篇章，我的意识还是更多地回到了他最初所选的"漂泊"一词。我的这种固执，源自于这样一些理由的支撑：其一，"漂泊"和行走有关。惠永臣诗集中的篇目，许多都和行走有关，如《在甘南》《走进贺兰岩画》《雨中，在老君寺门前》《在黑水国遗址》《巡游古城》《布尔津，我走进一个无人的院子》，等等，所以，看他的诗，你总感觉他似乎是一个人一直在西部荒凉的原野上行走或在一些已经古旧了的事物的旁边行走，不知道要找什么但却一直在找着，有点像刘亮程《一个人的村庄》里的主人公，满怀心事却又无所事事。其二，"漂泊"和方向的不定有关，没有具体的目标，似乎是被什么推着，所以和水、和风一样，相应地，惠永臣在其文字中的行走，也便显现出了更多也更明显的恍惚意味，像是做梦，也像是陷入了某种回忆。

我觉得这样的思路，可以给人们解读他所钟爱的"阴影"一词甚或他的整部诗集提供必要的帮助：一方面，"万物是时光落下的影子"，大地上留下的一个一个事物的阴影，见证着同时也引导着人们看见诗人惠永臣在西部各地行走时的所见：古堡、寺院、城墙、烽燧、芦苇、梭梭草、油菜花、灌木林、草原、鹰、羊群、一阵一阵的风、一场一场的雨……借助于这些实体的事物，他的文字在不经意中便将匆匆流逝的日子截留了下来，让它们不断地定格于一个一个具体的时间阶段——或是《一个寺院的早晨》《镇北堡的下午》，或是《天祝草原的黄昏》《狼渡草原的黄昏》，或是《敦煌的夜晚》《德令哈的夜晚》；也让它们不断地定格于一个一个具体的空间场景——在甘南，在敦煌，在布尔津，在呼伦贝尔，在阿拉善右旗，在乌鞘岭，在苏巴什古城，在胭脂河边，在燕子飞着的塔边，在落满树叶的院子……在一种一种具体的物的呈现中，人们因此得以重回他所遭遇的现场，感知天荒地老但同时镜头也频频切换的西部生活和存在形态。另一方面，"事物的阴影是时光幽幽发出的感叹"，当一次又一次看到那些风没有吹走的、那些夜晚没有淹没的、那些不断消失又不断生发的事物的阴影之时，顺延诗人惠永臣的眼神，人们也能够发现他内心深藏着的热爱、疼痛、苦涩、欢喜和忧伤、无言和无奈。此般情状即如其诗歌所言：

> 我是被一扇古旧的木门
> 留住的。那些歪歪斜斜的裂纹
> 一直裂到我的心里——
>
> 下午的阳光，照在上面
> 使我对
> 一道道阴影产生了兴趣
> 将手指伸进其中的一道
> 能感觉到阳光的枯燥与时光的
> 苍老与生硬
>
> 我沿着这道木门转了三圈
> 但始终没能踏进去
> 我害怕刀光剑影又一次

伤害到一个人

　　　　　　　　　　　　　　——《城北堡的下午》

　　阴影是事物阴面的存在，民间的说法，人死了就没有影子了，所以阴影在，事物就在。浅白的道理安稳住了惠永臣不安分的文字，看惠永臣的诗，读者因此每每能于匆匆时光流动的虚空里，突然感知到一种表达上的实在和真切。除此而外，镜中花、水中月，阴影走出了事物就不再是事物了，它们持存了事物的形态但却遗弃了事物的质地，和真实的事物相比，阴影因此总是轻的，它们没有重量，就像诗中从树梢上落下去的鸟雀的叫声：

　　　　我从木门拐进去的时候
　　　　一道阴影正好落在院子里
　　　　鸟雀的声音
　　　　也一遍一遍地落下来
　　　　但还是没有压住
　　　　一个僧人扫起的灰尘

　　　　　　　　　　　　　　　　　　　　——《里面》

　　和事物相比，阴影因此也便总是安静的，这种安静通过惠永臣的眼睛进入他的心，再由他的心发抒于他具体的文字，他诗中的讲述因此也便有了一种整体上的宁静：一方面，在他的文字中，诗人主体"我"总是在静静地看着，凸显事物但却又总是不去打扰事物，"一些青草，自顾绿着/它们静悄的样子/好像没有被陌生的目光打扰"（见其《一座城堡》），或者"一座烽燧上，憩着一只鹰/它抖动翅膀。使我看见/一堆倒塌了的时间，被青草掩埋/顺着豁口看去，一条山路，被风追到山顶/路上下来了一个人。肩上的褡裢/像一只老狗/吐着土色的舌头"（见其《乌鞘岭小憩》）。另一方面，在讲述自己所遭遇的种种事物和场景之时，抒情主体"我"又总是喜欢在自己的文字中设置一个不在场的聆听对象"你"，像爱人，像朋友，更像是另一个自己，在极为私密的"我"对"你"的倾诉之中，让最为安静的表述因此也成为一种浓烈的抒情，同时也让最浓烈的抒情或者惊悚的表现，因之也总是成为一种个人的独白或呓语，一种安静的诉说。风吹起，风最终又总是落下，一切内心的风浪终归只是一种平静的风浪，就像作者所讲的火车的经过：

> 一列火车经过的时候
> 我恰好和一群羊、一个女子
> 共同拥有着这片旷野
>
> 火车慢腾腾地穿过一条隧道
> 来到我们面前
> 然后，这只绿皮大虫
> 又慢腾腾地爬出我们的视线
> 接着，是更大的安静

——《看见火车》

我喜欢惠永臣诗歌中的这种安静。回到文章开头有关诗集书名的拟制，其实"漂泊"也罢，"时光里"也罢，一个有点俗常，另一个有点空大，而且先后的改变正好也形象地体证了惠永臣文字中某种因为不能确切和精准而不时出现的犹豫。认真推敲他的表达，也便总能够发现一些言不及义还有杂音相扰的现象。因为这样的还不能完善，因此从现在开始到将来，若还想要更好，我以为，惠永臣还需不断努力，以期在将来的某一天，他文字中所展现出的这种品质极佳的宁静，能够真正通过对于丰富和复杂有力的处置而形成张力以及张力的平衡，从而在内在的质地上，给人冲击，也安慰人的心。

生命为此而无憾

——序胡家全诗文集《唱词里的河流》

在很早的时候，胡家全曾经是我朋友样的学生。我们平日各自忙碌，就仿佛庄子所言的相忘于江湖的两条鱼。突然，上一月的一天，胡家全给我打来了电话，寒暄之后，嗫嚅告诉我，他要出一本诗文集了，想让我给他写个序。

忌惮于"人之患在于好为人师"的古训，加上茫然于别后他的生活与写作，所以，在电话里，我便并没有积极应合他的请求。似乎是觉察到了我的犹豫，于是胡家全先恭维我说：他不安于自己作品内容的虚空，希望能够借我的推介增添点光彩；最后干脆直接将我的军："以我们的关系和你对我的了解，王老师，你说，你不给我写序谁给我写呢？"

我是不会拒绝人的，而且他的话又内含如此的信任。联想起20世纪90年代初期，许多个课前课后我们关于海子、关于海德格尔和诗歌语言的热烈争论，我终于还是答应了他。"那好吧，我试试"，这是我当时给他的回答。而几天后，胡家全就从西和坐车风风火火地赶到我家，给了我一本他自己装订的16开本的文集打印稿。

—

胡家全给他的诗文集取名为《唱词里的河流》，内中包含82首诗歌、12篇生存手札、8篇文化随笔、11篇诗文评论。对于文集内容的构成，在递给我打印稿之时，他解释说："本来想出一本诗集的，但许多此前的作品，自己现在也看不上眼了。再写没有感觉，滥竽充数自己也不愿意，不得已，选了 82 首，而后又添加了另外的一些文章。好在，它们都和诗歌相关。"

"本来想出一本诗集的""好在，它们都和诗歌相关"，在胡家全的解释里，我感觉到了他对于"诗歌"一词的特殊强调。为此，在开始阅读之前，我便首先有了一种问题：胡家全为什么要这样强调他对于诗歌的特殊态度呢？

有一种可能是因为记忆。胡家全是于 1993 年来我所在的学校学习的。那时，商品经济的大潮刚起，加上社会的变革，大学生大都十分苦闷。为此，1989 年 3 月 26 日卧轨自杀的海子以及海子表达其幻想和伤痛的诗歌也便流行于大学生中。"姐姐，今夜……"或者"你不能说我两手空空/你不能说我一无所有"类的句子，我在当时曾于不同的场合不断地听到。诗歌里的爱情和忧伤，虚拟的死亡和流浪，成了那时许多学生所钟情的诉说主题。

而翻开文稿，果不其然，胡家全的作品也真的给了我的猜想以充分地证明。灵魂和死亡、乡村和爱情、流浪和孤独的主题，麦子、阳光、雪、高原和远方的意象，甚至"秋天，我站在北方的村庄/看到处繁茂的荞麦"或者"今夜，我在北方一座小城的集体宿舍/姐姐，远离你一年的光景/我还是一无所有"样的句式……胡家全用他的文字不断使我明白：云在飘，路在延伸，但他将他的人生定格在了 20 世纪 90 年代初期以海子为象征的大学时代；诗歌的写作在他，因此于本质上也便成了一种回归业已逝去的青春的渠道或途径。

记忆之外，作为一种支撑自己现实行为的强调，胡家全当然还有自己更具力量的理性认知理由："诗是一种文化载体，是诗人与现实对话的方式，是诗人情感的真实表露。包苞的诗歌，就是他面向生活的一种态度，是其精神之于现实残缺部分的补充和关照。"——这是其为陇南诗人包苞所写的一篇名之曰《包苞：一个与现实对话的诗人》的评论中的一段话，其中"面向生活的一种态度"和"其精神之于现实残缺部分的补充和观照"云云，显见他对于自己的诗歌或者说精神的回忆之于现实人生的意义。而在另外一篇名为《生命为此而无憾》的诗歌随笔之中，他更是动情地阐释："爱是人性中一种深刻而且美好的力量，是诗歌背面的立体呈现。诗人在孤寂的旅途上，爱意的阳光照着亘古未变的对人类终极命运的探寻，尽管诗人深深懂得生活在这块大地上的艰难，但却依然为人类奉献着爱的内蕴，由此推衍出的诗人怀国念邦的忧患意识、思乡寻故的乡愁意识（或家园意识）、爱国主义、人道主义、情人爱恋、亲人思念等等，无不都蕴含着人性真挚的爱意和不可抗拒的力量，这种精神本质的不断丰富，积聚着日益发展的精神文明中的审美价值和道德价值，成为衡量一个人精神高度的重要标准。诗人由此而歌唱不已，从《诗经》开始，一路踏歌，纷至沓来，把生命中最真实也最珍贵的部分和精华展示给人类，让诗歌点燃了我们暗淡的生命，生命为此而不孤独，为此而无缺憾。"这其中"把生命中最真实也最珍贵的部分和精华展示给人类，让诗歌点燃了我们暗淡的生命"之类的话，更是清晰地表明出，在形而上的层面，胡家全所意识到的诗歌的写作对于自己生命的意义。

二

　　翻阅胡家全的文稿，可以清理出三个关键词：乡村、爱情和语言。

　　乡村有关他的出身。胡家全是一个农家子弟，虽然工作之后的生活，让他更多奔忙于城市，但是，生命质地上的颜色，潜在规约了一个人可能的生命印象，所以，写作——作为胡家全对于自己生命体验的表达，真实的情状便如黑格尔所言，"一个人走不出他皮肤的记忆"，乡村因此也便成为他反复吟诵的对象。"木轮子把日子碾得吱吱直响/一腔山歌灌满了沟壑山梁"，他的父亲，"就这样吆着黑骡子/吆着他的山歌/一路走来"（见其《父亲》），"朴素的植物/祖父一样收藏日子的成分"（见其《植物的家族》）；夏天，"经久不息的阳光/站成各种姿势/撑开满地的芬芳"，而在秋天，"到处繁茂的荞麦/像早熟的山妹/来不及长高/花朵在村头说开就开"（见其《乡村荞麦》）。因为这种植根于生命经验深处的乡村记忆，所以他直白宣告，"我是棵朴素的植物/我的生命是棵朴素的植物/我的爱情是棵朴素的植物/我的诗歌是棵朴素的植物"（见其《植物的家族》）；不仅以为"父亲侍弄田畴的姿势/不亚于 T 型台的流光溢彩"（见其《记忆，漫过村庄的河流》），而且即使是在教书，也感觉"翻开作业本/一粒粒饱满　抑或/干瘪的收成/让我看到长势依然青青的庄稼"（见其《教师的我》）；看着教师的黑板，也不禁想，"我们注定/要精心守护这片黑色的土地/躺成和泥土一样的姿势/体察阳光下涌涌的墒情/丰收大量繁殖于枝头的词汇/诠释一棵草到一棵树的诗意"（见其《教室的黑板》）。一句话，不管愿意不愿意，一只羊所凝望的更多是它所希望吃到的青草。胡家全是从田地里走出的孩子，所以，他当然觉得"我们的灵魂是庄稼的灵魂/它生长的过程丰富着我们的表情"（见其《与庄稼对望》）。只是在关于乡村的表达之中，有一点是需要强调的——当胡家全在他的诗歌里将乡村和人的精神、灵魂等形而上的存在联系起来的时候，乡村其实也便常常成为某种隐喻，成为一个人精神归宿的某种象征，在这种意义上，他的乡村事实上是可以不断被置换的，土地、高原、草原、远方、甚至天空等等，说法千差万别，但内容实质上却都是一样的。

　　爱情关涉到他的青春。翻阅胡家全诗文集中的作品，可以不断地看到他关于爱情的表述——如"寂寞的房子　空着/像我伸开的双手/等候放飞已久的鸽哨　寂然归来/姐姐　我就在房子中央/朝你敞开的门扉/我已无法关闭"（见其《寂寞的房子》）；或者"姐姐，今夜月光朦胧/房子早已向你敞开/我不知该向何方/寻觅你的踪影/……/姐姐，生活没有尽头/我拽着夜的胳膊/走在乡间的路途"（见其《行走于大地之上》）之类；甚至，他诗文稿中的第二辑，干脆直接就名之曰《情歌，忧伤在歌词里》；其他各辑里的作品，也每每和爱情直接间接地相关。在众多有关爱情的表述之中，虽然一些词语透射出了诗歌的写作和他个人生活经历之间的关系，显现出了一定的现实内涵，如"十九岁"、神秘的"十四"、一遍一遍呼唤的"姐姐"等，但是在更多情况下，我觉得他所表述的爱情却更多有一种泛化和虚指的意味。我之所以这样感觉，理由在于：一、他的抒情对象往往是极不固定的，许多时候他称其为"姐姐"，但更多情况下，则不断变化，有时是"少女卓玛"，有时则是"北方姑娘""瓷器女人"或者"山妹""爱人""情人""女郎"等等，其所指并不一致。二、他的爱情表达，无论是抒情的内容——如忧伤、寂寞、绝望等，还是抒情的句式——

如"姐姐，今夜……"或"站在……/想起……"等，都让我感觉到海子的诗歌对于他的写作所发生的致命的影响，感觉到他的写作大都深陷于他的青春时代或源自于他的青春时代，所以他的诗歌写作方式我觉得也可以以"青春期写作"来指称；而他所表述的爱情，诚如他自己所言，"事实上，爱情不仅属于文化的范畴，其实质是一种精神的形式……现代著名的哲学家海德格尔说过，'人诗意地栖居在此大地上'。其实质诗意中更广泛地蕴含着爱意的底色，爱情的站立将是人类不容置疑的一道魅力无尽的风景了"（见其《生存手札之九·爱情漫话》），因此也更多是精神存在或生命意义存在的象征价值。

至于语言，我觉得：一方面揭示了胡家全诗学知识形成的来源，另一方面也标示了指导他诗歌写作实践的诗学理念。翻阅诗文稿中的作品，可以发现，胡家全有许多关于诗歌语言的表述，他集子中的第七辑《思考，关于诗歌的事件》，扩大一点讲，可以说都是论述诗歌语言的。透过他的这些论述，能够清晰地觉察到他在有关诗歌的思考中，对于西方语言本体论诗学思想的了解和修习。伽达默尔、海德格尔和维特根斯坦等，这些人们耳熟能详的语言哲学大师，虽然他们对待语言的立足点不同——伽达默尔是从阐释学、海德格尔是从存在主义哲学、而维特根斯坦是从逻辑分析学，但是他们关于语言和文本、人生以及存在本质之间关系的精彩解说，显然都具体地吸引了对于人生和诗歌都有着浓厚探索兴趣的胡家全，所以在他诸多关于诗歌的理论思考和批评实践之中，无论在术语的选择还是在理论观念的运用方面，也便都显示出了鲜明的语言本体论知识背景。此外，看到他对于伽达默尔、海德格尔和维特根斯坦理论观点的不断引用和运用，人们自然就会清楚，对于他所引用和运用的这些诗学主张，事实上他也是非常认同的。有了这样的清楚，回过头来再反观他有关诗歌写作的理论思考和批评，其间的相互派生关系也便自然可以较为容易地进行把握了。譬如，在显示其诗学理解的重要文章《诗歌的语言透视》一文中，借用海德格尔关于语言和存在的一体化关系理论，他进一步发挥说："可以说'诗人心中诗的体验与感受，浮动着的意象，激荡着的情意，没有凝结为诗的语言，仍然不是诗'。也就是说诗的语言也是诗的本体，诗绝非把语言当作手边的原始材料来应用，它首先使语言成为可能，它是历史的人的原初语言。所以应该这样颠倒一下：语言的本质必得通过诗的本质来理解。"而依据这样的理解，在其所进行的诗歌批评实践之中，胡家全也便始终坚持强调："在某种意思上，语言是诗人生存的条件，也是诗人的生命。"他自觉立足于语言本体论为立场，形成了从语言着手进行具体的诗人诗作分析的批评模式，其《语言：诗人的生命——兼谈〈陇南〉诗歌创作及其流向》《诗歌话语的构建和思考——读波眠的诗歌随感》《再谈当下诗歌的语言问题——从张雄的诗谈诗歌语言的向度思考》等文章的写作，即是这种实践的极好说明。

三

除了上述三个方面，在他的作品里，胡家全似乎还有着更为多样的追求：作为一名乡村孩子对于城市的态度、作为一名老师对于学生的期待、作为一名读书人对于读书的体会、作为一位文化人对于西和地区地方文化的宣传、作为一名诗人对于宗教、哲学、死亡以及与此相关的终极关怀的触摸，等等，都能够使人感觉到他远远超出他生存环境的眼光和胸襟。

但是，回到诗歌的本位，或者说从更高的要求和标准审视，作为胡家全曾经的老师和现在依旧的朋友，我对于他这个集子中的作品，还是存有许多的不能满意。其中最为主要的有两点：一是他写作的停止不前。翻看他的作品，我能够清晰地感觉到他的写作大都发生于曾经的大学时代以及其后不长的一段时间，而此后，无论是在作品的数量方面，还是在写作的观念方面，他的进一步的努力便很少了。二是在个人诗意时刻的发现和心理现场复原、抒情语言的表情功能的开掘以及一般的立言造句这些写作的基本环节，他的写作常常显示出了较为明显的用心不够和随意、粗糙等问题，给人一种急就章或半成品的印象。

我这自然是苛求了。考虑到胡家全真实的生存和交流语境，他上述的问题事实上是完全可以理解的。他是一个男人，他要成家立业养家糊口，给妻子、孩子创造更为舒适的生活条件；他是一个长子，不仅要做好自己的事情，还要照顾好弟弟妹妹，帮他们寻找一片自己的天空；他是一个骨干教师，在高考制度下需要付出脑力劳动和体力劳动，年年带班闯关，他的学生消耗完了他几乎可以支配的时间和精力；他还是一个热情的人，对于朋友，对于同事的各种事情，常常不遗余力地跑前跑后……总之，站在他的立场，我真的可以理解他的写作和我的期待之间所存在的距离。

我由此记起复又感动于他送我文稿时所说的另外一句话："王老师，我只是想通过这种方式对自己做一个总结和说明。"是的，他只是想做一个总结和说明——对于诗歌，他曾经爱过，也认真地思考过和实践过，结果也许并不能让人（包括自己）满意，但这即是胡家全他作为一个生命的个体甚至教师和很多他身边的许多人不一样的地方。

"充满劳绩/但诗意地栖居在大地之上"，胡家全喜欢的这句后期存在主义哲学大师海德格尔所转引的诗人荷尔德林的话，准确地揭示了诗歌乃至文学对于他生命建构的意义。由此，我不禁想起"刻舟求剑"这个成语故事：楚国的一个书生，坐船渡江，渡到中间，船突然晃动，他不小心把所佩的剑掉到了江中。水流不停，但下船之后，他却傻傻地站立于水中，按照此前在船舷上刻下的痕迹，一次一次弯腰，打捞的同时也向走过的人证明，自己是一名佩剑的书生，他曾经有过一把很好的宝剑。

是的，"刻舟求剑"，这个故事原本是一个体现我们民族幽深心理结构的文化隐喻——千古文人求剑梦。胡家全所要做的和证明的，实际上是我们许多人所想做的和想证明的：在这个世界上，我们有一百种、一万种的活法，但有一种却是我们不约而同所喜欢的，那就是用文字的方式记录下我们生命有限的诗意时刻，即如沉默一季的花，因为风的吟诵，所以散发出它深藏的芬芳。

腐朽的时间

——序《苏全洲诗选》

苏全洲的大学同班同学、同事杨皓将一沓打印的诗稿辗转给我，嘱我一看。说苏全洲生前喜欢写诗，他的家人和同事搜集了他的一些诗歌，打算出一本诗选集，希望我写一个序。

1986 年大学毕业我被分到学校的时候，苏全洲还没有毕业，正上大学二年级。虽然年龄相差无几，但我没有给他们上过一节课，私密接触更是谈不上。但依从旧的道理，我和他应该说是存有一点师生关系的。老师谈论学生，而且是通过他的遗稿，这多少有些白发人送黑发人的意味。拿到稿子之后，我有过犹豫，我想：在苏全洲所在的班上，郭昭第院长博览群书，学问好；丁念保君天赋异秉，才情高，而且他们都和苏全洲熟悉，了解更多，所以似乎更适宜写序。我将我的犹豫说给丁念保，沉思片刻，丁念保作答说：你写是应该的。一、我们是同学，写序按惯例多请尊者、长者，你是老师，你的身份更为适宜；二、你本来写诗、评诗，这样的差事，原本就责无旁贷。我想想也是，于是就允诺了。

翻阅苏全州的遗稿，可知他在自觉意义上的诗歌写作，大体是从大学开始的。因为 20 世纪 80 年代中期时代整体的抒情气质，加上当时极为流行的朦胧诗还有后来的海子等人创作的影响，所以苏全州的诗歌写作，一出手就显现出了与时代语境极为合拍的特质：首先就是强烈的主体抒情意味。苏全州的诗多以"我"或"你"为造句的主词，不少的句子都是"我的……""我只……"或"你的……""你就……"之类，至为分明的自我主体意味的强调，使其笔下出现的物像或者情景，更多了人为造像的意味——客体特征弱化，而主体特征分明，成为某种具体情绪的存在。阅读他早期的诗歌，我曾写下了这样一段读后感："他写得比较好的地方，语言的表现如精神的流淌，既化心为物，又触景生情，是主体不断的对象化，同时也是对象的不断主体化，情感舒展，心灵自如，显见出了心态上较为禁忌的自由存在形态。"我觉得这段话基本概括了他诗歌写作的抒情特点。

此外，为了增加表达的力度，他也喜欢在抒情的时候融进一些理性的元素——如设问、沉思、议论、矛盾性词语的组合等，从而于液态的感情流淌之中，给予表达以适度的硬化，让表达更具质感，也更有意味。"季节多么美妙/回家的路上/我老在盘算/用什么样的步子才能/走得不露破绽"（见其《在六楼一间房子》），"河流的上游是细小的/正如一支队伍，开始是一人/河流是最柔软的道路/却穿行着最坚硬的石头/它的流浪是一支队伍的流浪"（见其《河流》）。他写得好的诗，如"春日有梦，触露者先醒；河中有道，溺水者先行。/一条河流冒烟了，河流体内的火种，/正在被忙碌的炮声取出。/一片婴儿的水泥地上，一群鸟儿，/把内心的喜悦和感叹，写在沙的舞蹈之上；/水牛惊奇的目光，熔进河面的夕阳"（见其《水中取或》）等，诗思敏捷，造句独特，语言的表达流畅且极富嚼头。

一切本来如他日日所面对的白龙江一般常态的。他有过白裙子的幻想，有过草地和羊群的向往，但作为一个素朴、阳光和富有责任感的男人，当他走进安身立命的时间之后，虽然遭遇不尽如人意，但是他的心也逐日安静了下来。他写眼前的河流，写劳动者的力量和美，写生活中卑微但却歌唱的小米，写他自己的感悟，写他对于时代和祖国的礼赞。他说，"路徒然变宽/眼突然变亮/就连那颗沉重的心/也高过头顶"（见其《向天空仰望》）；他还说，"站起来的水/身材很高/站起来的水，很想说话/很想抓住头顶的星光"（见其《大坝》）。他写了许多的朗诵诗，为白龙江、为电站、为"五四"青年、为七月一条船上的革命。

如果能一直这样该多好！但是天有不测风云，经历了那么多的苦难和奋斗，渐入人生佳境的苏全州却突然病了。我不知道他得病和病中生活的具体情况，但翻阅治病期间他所写的诗篇，我却看到了一颗心的希望、挣扎、黑暗和逐渐沉默。他依旧关心着祖国，当舟曲泥石流发生的时候，他疼痛地诉说，"今天，我们用我们无助的泪水哀悼/今天，我们用我们无用的双手哀悼/今天，我们用我们愚昧的思想哀悼/今天，我们用我们真诚的良知哀悼"（见其《以国家的名义哀悼》）。他想念着他的故乡，在一个人的夜晚，穿过窗外的黑暗，他深情地吟诵，"昨夜/我把冬天看成了春天/雪花冷艳美丽/就像故乡的胡麻"（见其《昨夜》）。他想着他的教室，"九年了/九年的时光丢在了成都/我的杏坛呢/在那个光辉的岁月/书本和教案让我沉迷"（见其《九年》）。他放不下他的儿子，"那个 02 年还没坐过电梯的儿子/现在 15 了/那个学校广播站的儿子/那个学校文艺队的儿子/都 1 米 80 了/……/15 岁的儿子/有多少的路要走"（见其《儿子》）。但疼痛、但骤然分明的死亡的阴影、但太多的不愿、不甘、不舍，却让他笔下的文字逐渐变得沉重和不安，"我只说今夜/一片树叶的遭遇，/可否就是一个人的遭遇？/从绿到黄，从上升到坠落/端来整个大海的水，也浇不灭内心的忧伤"（见其《我只说今夜》）。"如果生活真的是一场梦/那就把黑夜的骨头抽走/让这梦轰然坍塌/凋零的晚秋覆盖大地/时光早已腐朽/青春的喧闹更加无声无息/……/丁香打着洁白的结/穿过掌心的道路/谁的光荣和梦想/落进花的心"（见其《潮湿的生活》）。当我们已然知道了结局，从死亡的终点回溯，重新聆听苏全州在 2007—2011 年间诸多的言说之时，那些他一生之中写得最好的——也许是最优美的——文字，也不能不让我们感到疼痛，"那就画一条河流吧/画一条回家的路/在冰天雪地的年月/就沿我目光焐热的玻璃回家"（见其《等待是还未死亡的梦想》）。还有"9 月是我离去的日子/就像一滴雨，骑着阳光回家/更像那满树的黄叶，寂静地归根/我打开每一扇窗子，宴请这最后的温暖"（见其《无题》）。已然的平静、知命之后的认命，这种无望之中的愿望，它们比疼更疼，比痛更痛，比眼泪更能润湿人的眼眶。

　　一切都过于匆忙。无论是生命还是诗歌，许多的过程还未经历，许多的内容还未打开，一曲弹唱竟戛然而止。不管那生命本身如何阳光、健康和向上，不管那写作如何富有潜质，不管好的面相和可能的前途，人去事尽，在时间的废墟之上，通过阅读，一个人或一颗心的重新真切，只能使我们这些还在的人更为彻底地感知存在的虚无。

"放下一切/把内心的空气也放掉/他就成鸟了/可以飞翔在天空"（见其《昨夜》）。诗人的语言总是有着某种预言的性质，我们不能知道死后的体验，但在时过境迁之后，再次聆听一位诗人关于生命的神秘指示，我会说："苏全州，我希望在另一个世界，你可以是一只鸟，可以用你自由的飞翔在天空写下你想写的文字。"

是为序。

第三辑

同时代歌

行走在路上的书写

——感评王若冰新著《渭河传》

　　现在看来，2004 年，对于写作者王若冰而言，应该是极富转折意味的一年，转折的标志即在于他如此这般的一种领悟，"自从有了 2004 年的秦岭之行后，我不仅爱上了行走，而且情真意切地发现，对于一位以大地山川为写作对象的写作者来说，没有与大自然身心交融的交流，你就永远无法理解天地有大美而不言的状态后面山川大地暗含的精神情感，也无法真切地表达一颗孤寂沉默的心灵面对一山一水的真实感受"（见其《渭河传·代序》）。

　　"在路上"，这种富有现实质感的行走对于既有思维和写作方式产生了革命性改变。从这一年开始，王若冰的文学写作也便出现了迥异于先前的大格局：首先，他对于文体的选择发生了变化，弱化以个人内在情感生活为表现对象的诗歌抒情，他开始自觉地追求一种能够将自然、文化和个人精神融为一体的文化散文书写；其次，他开始有意识地从个人生活的狭小圈子走出去，立志将关注的眼神投向更为广大的陕甘大地，意欲通过对于这一片土地上山川的立传来寻找自己在浮躁时代的内心支撑，重溯一个民族精神文化的源头，由此，他作为写作者的声名，也便从甘肃一地扩大到陕甘两地甚或更为广阔的地域。边走边写，从《走进大秦岭》开始，经《寻找大秦帝国》，一直到这一次的《渭河传》，他一路而来的自由、执着和风尘仆仆的写作，也便在极为坚实的基础上，开始具体坐实他从诗集《巨大的冬天》就意欲建构的一个山里孩子心存的"巨大"之梦。

　　先是一座父亲山的情感勾勒，而后是一个帝国童年的文化寻找，这次又是一条母亲河的精神图形。从自己所置身的土地出发，王若冰前后耗费十数年所完成的这些贴近于地域对象本体，同时又蕴含了为一个民族寻找文化源头和精神资源的深具形而上追求的文字，不仅确证了梭罗所言的"每一个人脚下的那块土地就是最好的一块土地"的生活原则，而且也从民族精神的宏大版图上，重新坐标了秦岭山脉以及以此为中心的陕甘大地在中国文化发生和传承过程中的作用和位置。

不过，需要说明的是，在基本的思维方式和叙述方式的一致之外，与《走进大秦岭》对于一座静态的固体之山的宏观概述和局部细描相结合的叙说不同，吻合于对象作为一条河流的动态液化的存在特征，在《渭河传》的书写之中，王若冰选择了一种全新的写作方式：从头说起，融观察、考辨和想象复原于一体，不仅注意在一些意义之地萦回沉思，而且又能在总体上顺随河水流淌的自然行程，使其由此而进行的言说显现出既摇曳多姿又娓娓道来的话语特征。和《走进大秦岭》相比较，《渭河传》的书写在对象和主体的融合度，以及在主客互动所构成的意义的丰富性上，似乎都要表现得更好，也更为突出。

阅读《渭河传》，我们可以从王若冰的文字中看到的是一条自然地理意义上的河水的前世今生——首先，曾经的白浪滔滔和后来的形单影瘦，以及如今的种种恢复、保护。其次，源头的谜一般的存在，学者由此而生的纷乱不已的困惑与争论；中游的千沟万壑，不断地改道和种种的沧桑变迁；最后的寻得正途，并入黄河，以一种更为雄健的脚步奔向远远的大海。在这一层面的书写中，王若冰的写作给我留下深刻印象的，不仅有他通过细致的观察和大量的文献辨析所图绘出的渭河历史形貌和当下的生存状态，而且更有他通过种种的实地感知和现场体验所领悟到的一条河流与人一般的真切的生命形态——它的曾经壮健，它的后来枯萎，它的梦想，它的疼痛，它的忧虑，它的焦渴，它的沧桑，它的青春叛逆，它的终于平缓从容……在他的文字中，一条河流的流淌，携带了它所流经土地的种种难以言说的内涵，借此，我们不仅可以看到陕甘大地自然山川的真切面貌，而且也可以清晰这块土地上生命所可能具有的历史存在形态。

阅读《渭河传》，我们还可以从王若冰的文字中看到一条自远古而来的民族历史文化长河的绵长和荣耀。从甘肃中部鸟鼠山开始，一路经天水穿秦岭和关山，直至一头扑向关中平原，在陕西潼关汇入黄河，在容纳了无数河流溪水之后，古老的渭河其实也同时见证了中华文明发生和发展的灿烂历史：从《禹贡》有关鸟鼠山的传说，到天水秦安大地湾 8000 年文明遗迹的考古发现，到伏羲、女娲、神农、炎帝和黄帝等各种各样的神话传说，到天水—关中遍地都是的周秦汉唐文化表现。顺沿王若冰文字的一路指引，我们不仅可以顿悟，"对以黄河为中心的北方文明来说，渭河流域才是中华文明的源头"，明白一条渭河一路的千转百回，其实就像是一条葡萄藤的腾挪躲闪，目的就是为了孕育和悬挂更多文化和文明的果实；而且还可以知道，作者写作此书，意欲为渭河作传的目的，就是"试图将渭河的生态经历和精神文化经历置身于中华文明与中华民族孕育、发展的宏大背景之中，尽可能全方位地揭示并呈现渭河文明与中华文明、渭河文化和中国传统文化之间相互孕育、相互生成、相互发展的因果关系，进而客观而真实地呈现一条河流与一个民族成长壮大经历相互照耀的文化精神情感"（见其《渭河传·后记》）。包容、坚韧、创造、九死而不悔、遇挫而愈进，阅读《渭河传》，我们可以明白：这是一条河的经验，这也是一个民族所创造的古老而又伟大的智慧。

阅读《渭河传》，从王若冰的文字中我们还可以看到，无论是大秦岭、大秦帝国、还是渭河；无论这些写作的对象本身有多么不凡，但是在写作的本质意义上，说到底它们不过是写作者本人用以表达自己的载体。缘此，一部《渭河传》，在某种意义上也可以看作是作者王若冰借助于一条河的描述而为自己所勾勒的一种精神图像：渭河曾经的波浪滔天无疑就是他青春少年之时充满想象和好奇的内心表征，渭河后来的萎缩干涸又何尝不是他人到中年之后敏锐警觉到自己的激情和才思日渐枯竭的一种恐惧表现？心理学研究的成果表明，一个人所看到的，其实只能是他所能看到的。为此，可以说，一切言说的对象在本质上都是言说者本人的一面镜子；言说者从中所发现的一切内容，究其存在的本质，也只能是他主体的映像。"2004 年的秦岭之行，让我真正体会到了，自己被俗世烟尘熏染的感觉能力日渐丧失，感知度一天天变得麻木迟钝，一旦在美丽迷人的大自然深情呼唤下上路，愈走弥新的自然景观、俯拾皆是的历史背影、绚丽多姿的民风民情，不仅随时可以唤回我恰似懵懂少年般天真而辽阔的想象，激发我日渐沉默的灵魂，而且可以让精神、情感、肉体在与大自然平等交流、相互融合以及一天接着一天只有开始没有终点的奔走中获得一种天开地阔、扶摇直上的奇妙感觉……那种'在路上'的感觉，不仅可以让我的精神时时刻刻处于向前和向上的状态，而且可以让内心变得辽阔而透明，单纯而接近人本身"（见其《渭河传·代序》）。他的话即是上述写作规律的又一次个人确证。

　　为此，我们可以这样理解，因为实际所拓展出来的开阔的写作天地，加之这种以大地为纸、以双脚为笔的"行走式写作"对于个人精神建构和心理调整所具有的积极意义和功效，所以，在品尝到了命运由此而赐予的一次又一次写作的甜头之后，王若冰如下的表白应该是可以相信、也可以期待的："在完成以一座山、一个民族和一条河流对茫茫秦岭历史精神的文化架构后，我还要再度返身秦岭，从遍布秦岭深处的古老村镇、古道石刻、古老传奇、迷人风俗中，继续触摸、感知、感受古老身后的传统文化赋予茫茫秦岭的迷人风采、醉人神韵，为山川大地立传，为一个古老神奇民族的过去和将来留下一丝日显珍贵的精神气息。而且这种奔走和深入，在我此生不会停息，也没有尽头。"

诗歌怎样呈现记忆中的土地

——周舟近作《渭南旧事》析论

　　周舟是目前天水乃至甘肃诗坛声誉甚佳的诗人。之所以如此，一个原因是他对于诗歌的执着，另一个原因则在于他写作的纯粹和精心。关于这两个原因，周舟的朋友、诗人王若冰先生曾在为他的第一本诗集《正午没有风》所做的评论中指出，"从80年代后期，周舟本人也突然间以一种空前凌厉的气势闯上了诗坛。他最初的以《十月》《民歌》为代表的'乡土诗'，一开始便赢得了诗界的注目。时隔10年，世事纷纭，周围的许多诗友要么弃诗而去，要么还在苟延残喘，人则做得早已面目全非。而周舟则始终在以一种平和的心境维护着一种真实纯粹的生活，以一种更其艰辛细致的劳动经营着他精美动人的诗歌"（见王若冰《维护春天的灯盏——周舟和他的诗集〈正午没有风〉》，《倾听与呈现》；中国文联出版社2001年版，第159页）。

　　周舟的纯粹和精心鲜明地体现于他写作的方式。在电脑写作已经十分普及的今天，他依然保持了纸质写作的习惯：在经过长久的构思和反复的酝酿之后，他总是习惯于将自己最想说的那个词和那个句子写在纸上，然后不断地琢磨，让词语生长成句子，让句子再生长出另一个句子，直到成为一首诗；他也是现在极少的反复修改自己作品的人："每一次写作都是遗憾，所以，一个作品的完成，往往需要一生。"他是这样说的，他也是这样做的——即如他的《渭南旧事》的写作，从2005年开始，到现在已经快5年了，但他只写出了69首；2009年的大半年他甚至只写出了4首诗，而且还不满意，还在修修改改。

他的慢常常招致朋友和熟识的编辑的批评。但"慢工出细活"，他苛求和精雕细琢的结果，也使得他的作品很少有次品，其良好的品质总是能够引来各种杂志和诗歌编辑的亲睐。就像这组《渭南旧事》的写作，近5年的时间写了69首作品，一年平均也就十几首，但就是这69首诗，近年来先后被《诗刊》《十月》《星星》《红豆》《兰州文苑》等刊物频频刊发，刊发率高而且好评如潮。

他到底用什么东西打动并且吸引了圈内人士的注意？在我带着这一疑问，细读《渭南旧事》的时候，我从诗歌应该如何呈现记忆中的土地这一特殊的角度入手，希望以周舟为个案，通过对他的作品的具体分析，寻找一种当下诗歌存活发展的鲜活经验，这便是本文的写作目的。

一 渭南镇之于周舟

周舟祖籍陕西，这样的背景容易使人们将他的《渭南旧事》里的"渭南"认作陕西渭南，但其实他的渭南应该是渭南镇，其具体所指就是甘肃天水麦积所属的一个乡镇区域。

关于这个镇子，麦积区政府新闻办的介绍是这样说的："渭南镇以伏羲卦台山而闻名，地处三阳川渭河南岸，辖40个村，43096人，总面积128平方公里，耕地面积52753亩，2007年底人均纯收入1806元。辖区内陇海铁路东西贯穿，310国道南北穿越，麦（积）甘（谷）公路穿镇而过，交通十分便利，区位优势明显。现为西陇海经济带的主要辐射区，全镇属半温润气候，冬冷无严寒，夏热无酷暑，四季分明。"

不过，这样公共的介绍对于一位诗人的个性化写作来说是没有多大意义的，诗人写作的对象只来自于他的内心，在将渭南镇和诗人周舟联系起来时，读者自然可以明白，渭南镇之所以能够成为周舟的写作对象，根本的原因即在于它承载了周舟自己所以为的意义或诗歌的内容。

"这是一片渭南镇的土地/它的身上散发出/20世纪80年代的气息/荞麦一样挽着裤腿的土地/麦子一样梳着辫子的土地/油菜花一样

穿着裙子的土地/……而女儿/恰恰相反/2003 年才 8 岁的她/陪我站在
唐家风台那个/足以看见渭南镇的高处/面对一丛丛初春的树林/她对
我说：/一辆辆绿卡车/向我们开来了//我想/她的感觉是对的"（见其
《走过来的土地》）——这就是诗歌的内容；或者"我独自走在渭南
镇的清晨/有点像爬坡/有点像漾开淡淡光晕的灯盏/（并不照亮什
么）/当然我还看到了柿子林/去年它曾被秋霜点亮过 3 次/而今开花
了/（是淡蓝的那种）/把一种忧郁一直铺到车站和邮局"（见其《我
看见我独自走在渭南镇的清晨》）——这就是意义的内容。若不是这
样的意义或诗歌的内容承载，那么，单凭曾经在这儿生活过，单凭在
这儿消耗过一个人青春的四五年，渭南镇就必然能成为周舟诗歌吟诵
的对象吗？

事实上，剥离诗歌和意义生活的附着，渭南镇所在的这块土地对
于作者而言甚至是缺失的：

> 我在某夜翻阅资料：
> 三阳川，方圆三十公里，人口十五余万
> 突然之间我像遭遇了多年的义军
> 家伙！这么多年他们竟然没吭一声
>
> ——《一首写抒情的非抒情诗》

这种缺失甚至不因为友人的回忆而显得真切，"我们在靠近火车
站的一家餐馆/喝酒　交谈　回忆/直到薄暮四合　华灯初上/一个下
午的兰州飘忽虚幻/处于交谈的渭南镇/也显得可疑"（见其《一次在
兰州对渭南镇产生的质疑》）。大地不言，是人让他们通过万物抒情
和歌唱；渭南镇忙碌，是诗人周舟让它们通过诗歌而闪闪发亮。所以
真正的原因还在于主体。其中的肌理，后期存在主义大师海德格尔有
明晰的洞察，"真理的建立意味着它带来了事物的敞开，在其中，事
物已经从日常沉沦的实用关系中脱身从而回到并显现了自身。这种显
现推翻了我们平时所相信的，改变了我们和存在的关系，而一种全新
的不能以任何现成物来衡量的东西展现出来，诗意也在这显现中，这
就是'赠予'"（见沈立岩主编《当代西方文学理论名著精读》，南开

大学出版社 2005 年版，第 165 页）。

诗使思成为可能！而正是借助于诗之思，事物开始"敞开"或"澄明"，向我们显示出存在的要义。联系周舟对于渭南镇的诗歌表现，海德格尔存在主义理论所给人的启示就是：周舟的渭南镇与其说是客观的、现实的，还不如说是他个人通过诗歌发现的、重构出来的。在真实的意义上，它是周舟个人情感和精神的栖居之地。

这样的栖居之地自然有它的现实所本——从 1983 年他 21 岁时大学毕业时来，到 1988 年他 26 岁时因工作调动而离开，一个人最美好的 5 年青春，以周舟自己的经历描述，这个地方，"留下了我的两次恋爱/一次婚姻"，还有那么多的感动、感伤、孤独、苦闷和向往，他怎么能轻易地就把这一切都忘记呢？调入城市之后，骤然明晰了的时代的喧嚣、变革波动的单位处境、行政工作的杂乱、家中事务的烦扰等等，他怎么能够不去回想他的"找到一片草地/就是找到了/一床做梦的褥子/找到一列火车的长鸣/就是找到了寂静本身"（见其《在渭南镇》）的渭南镇呢？

想一想，其实优秀的作家大都有这样的一处精神栖居之所，鲁镇之于鲁迅、呼兰河畔之于萧红、高原之于昌耀、麦地之于海子……当文本完成之后，这些居所意象是读者识别作家的标识，而当文本写作之时，这居所却总是作家灵感发生的土壤和资源。

二　记忆的还原

旧事就是过去的事情。由此推断，《渭南旧事》也就是抒写发生在渭南的一些过去的事情的。过去的事情是过去存在的事情，它们曾经生动和具体，但是它们现在过去了，过去了就是走远了，就是藏在现在的背后或内中了，人们暂时看不见或忘记了。

过去如何再次出现，一般的方法自然是回忆。回忆表面看起来很简单——回忆就是记忆，但是仔细分析，回忆的过程实际上却是一个极为复杂的过程，其中不仅有记忆，而且更包含着对于过去的唤醒，而这唤醒其实就是还原——亦即回到曾经的现场，让那些本来已经被遮盖住了的事物再次出现。

集市散了

浮在空中的尘土散了

马得祥面馆的客人散了

有一丝风

让电线杆上的烂纸微微战栗

有一条狗去了镇子北面的大田里

镇子街口的木头上

蹲着三个人

又蹲着三个人

月亮还没有俯向镇子的头顶

他们的模样却已经是黑的

——《集镇》

　　生动、具体、清晰、原封不动的现场描述，周舟的记忆还原有时真的让人心生嫉妒——时间的流逝对于他似乎不曾产生任何阻碍，从今天抽身，他轻易就返回到了昨天。

　　标识这昨天的，首先是具体的物。"他看见铁匠铺，凉粉摊、又一个凉粉摊，布桩、又一个布桩，两畦韭菜，骡马市，农贸市场和师范学校旧址……在这个有点古旧气息的/镇子，他差点儿叫出一个人的小名，他甚至惊飞了三五个在泉边纳鞋底的少女"（见其《他带着他的名字到渭南镇去》）。或者"铁路下面有一条沙土路/是为拉粪的架子车/和走亲戚的自行车预备的/从学校到车站/（我的活动范围不过五华里）/一条小溪兔子一样/从铁路底下蹦跳而出/将小南河变成一条通往渭河的路/一个涵洞　南北相通/是农民通往土地的路"（见其《但我还是看见一只燕子的路》）。读着这样的诗句，眼睛闭上，读者不能不惊叹：渭南镇就像是周舟手中抚动的一串念珠，每一个事物都是可以用手指在时间的黑暗中亲切去触摸的。

　　标识这昨天的，其次是人和物的遭遇。具体的物固然重要，但是在遭遇事物时诗人当时的心理反应，相比较而言对应于诗的写作却似乎更为重要。这反应是一种诗意情感的萌发，其形成的过程，英国浪漫主义诗人华兹华斯描绘说，"我曾经说过，诗是强烈情感的自然流露。它起源于在平静中回忆起来的情感。诗人沉思这种情感直到一种反应使平静逐渐消失，就有一种与诗人沉思的情感相似的情感逐渐发生，确实存在于诗人的心中"（见沈立岩主编《当代西方文学理论名著精读》，南开大学出版社 2005 年版，第 22 页）。这反应也是一种主客体交融的情景，是一种诗人借助于事物的复现而具体化了的精神活动，"她拉粪除草/但我感觉/她将随春天生动起来/她将像鸟儿一样轻快地飞起来/我一直等待着//一个春天过去了/天空飞过一群蓝色的鸟儿/我一直等待着/几个春天过去了/我一直等待着/我的左手长出了花朵/右手/生出了羽毛"（见其《我一直等待着》）。这种精神活动使周舟诗歌对于事物的描述由具体而上升至感性，其结果便是在悄然的叙述中改变了对象的属性，引导读者跨过时间的栅栏，回到一种意义的现场。

回忆的内容和回忆的行为相互交织，历时的叙述变为共时的描绘，被看和看的间离与并置，在真实的复现和虚幻的想象之中，周舟的《渭南旧事》的写作由此产生了一种亦真亦幻的奇异美感：

> 我所看见的黑鸟处于单身宿舍斜上方天空玻璃窗的位置（天空真有这样的玻璃窗户吗）。因为它的漫不经心，我不会看见鸟儿振动翅羽或者如高尔基所言"箭一般直冲过去"的姿势。它很松弛地在天空的玻璃上平缓移动（还不能说它像某位优雅的牧师在散步）。在很长一段时间，我甚至怀疑它是一块揉皱了的抹布。
>
> 天空的玻璃窗该有多干净它才能停下来？
>
> 天空的深处真像是有某一件我们十分渴望看见的事物啊。
>
> 静静的，这么些年我在渭南镇的宿舍、教案和恋爱都变成了废墟。
>
> ——《漫不经心的鸟》

真实之极的叙述，但是听着听着，听到的内容却突然模糊起来了，主观即客观，客观即主观，眼睛的视角和心灵的视角重合交融之时，清晰的画面袅然升起一股情绪的烟雾，事物越具体，感觉便越像是梦中。

三　意义的重构

记忆的真实性或时间的脆弱性由此昭然若现，诗人不是历史学家，他的旧事回忆，自然绝不会是要去复原一种已逝的、客观的过去，相反，"从根本上讲，回忆总是立足于先在的需要才产生的，所以，即使是'无意的记忆'，也是由现在触发的；过去被唤醒的同时已经隐含了'当下'的向度。回忆必然是现在的感觉和过去的感觉的叠合，其中永远隐藏着某种'回溯性差异'——即在回忆中永远有两种向度的矛盾，一种向度是过去的、当时的判断尺度，另一种则是当下的判断尺度作为参照背景。正因如此，在《追忆》（即普鲁斯特的名著《追忆似水年华》）中我们总是能够感觉到有两个'我'在交流与辩难的声音，一个是往事中的当时的'我'，一个是现在的当下的'我'。回忆正是两个'我'所进行的回环往复的对话，是当下的'我'对过去的'我'的问询。回忆既是向过去的沉溺，找回过去的自己，更是对现在的'我'的确证和救赎，是建构此在的方式，从而使回忆在根本上关涉的并不是过去之'我'，而恰恰是此在之'我'"（见吴晓东《记忆的神话》，新世界出版社 2001 年版，第 9页）。

"回忆总是立足于现在的需要才产生"，吴晓东先生的话启示我们，《渭南旧事》所写的虽然是过去的事情，但在对往事进行还原之时，诗人所写出来的却更多是今天的需求和理解，"直到偶尔的一只野兔窜至眼前/仿佛一个意外的事件——/现在只听见她'呀'的一声/我们已在婚姻中老去多年"（见其《有一年我和晓兰去了山上》）。或者"这么多年了　我/恋爱　进城　写诗　秃顶/火车一次又一次的长鸣/也没能使谁回过头来"（见其《处于回忆中的风景》）。旧事的回忆，结尾总是回到现实的感喟，由此，读者自然也便清楚，在《渭南旧事》所构筑的文本世界里，诗人回忆出来的事物，远不是客观还原出来的过去的事物，其中有更多主观的选择和发现。

因此，说到底，《渭南旧事》所表现的内容，与其说是诗人周舟所经验的内容，还不如说是他在时过境迁之后重新发现或建构出来的内容。这样的表现，看似客观、冷静、本真，但事实上内中却蕴含了更多的突出、强调和变形——例如在《一次有关孤独的游戏》中对于一颗柿子树的人为间离，其所要强调的，就是诗人曾经的孤独；在《一匹马站在校门口》中对于一匹耕种完毕应该回家却改变了回家方向的马的错误的突出，其所要说明的，则是诗人在孤独中和在对远方的向往中所渴望的意义遭遇；而《身体里的渭河》一诗中，渭河意象的多重变形，其所要揭示的，不过是诗歌记忆事物的真正方式，"渭河开始在我的身体里生长/但我不相信'说出'的渭河/也不相信'看见'的渭河/就这样的我身体里的渭河/已经流淌了多年"。

原来，一切只是为了告诉人们：记住那生命的意义或诗歌时刻。所以，在《渭南旧事》的文本世界里，宏大的事物或者事物的正常、现实形态，不是被否决就是被有意忽略。背离常识和公共的记忆，诗歌给予人们的更多是一些高度个人化、主观化甚至非常态的意义时刻或诗性场景——婚姻老去多年之后的一对夫妻在秋天的雨水后上山采花（见其《有一年我和晓兰去了山上》），买桃子的农妇话语中越来越接近虚构中的岳母（见其《异样的早晨》），一只蚂蚁尝到了一个人身上和春天一致的味道（见其《味道一致的春天》），"我"一眼就看出了柿子林中一棵抽烟的柿子树（见其《一次有关孤独的游戏》），一个早晨45度的太阳让一个人看见了一颗籍贯明确的桃子（见其《一颗籍贯明确的桃子》），从飞机飞过的天空我看见了一只燕子的路（见其《但我还是看见了一只燕子的路》）……

所谓的记忆，若完全诗歌化、内心化，它其实也就成为想象了，成为诗人因为自己现实的需要而进行的一种完全主观的制作了，"她拉粪锄草/但我感觉/她将随春天生动起来/她将像鸟儿一样轻快地飞起来/我一只等待着//……/几个春天过去了/我一直等待着/我的左手长出了花朵/右手/生出了羽毛"（见其《我一直等待着》）。由此人们也便明白，周舟的渭南，有其现实的依据，但却更像是一种象征——一种个人生存的意义载体，一种诗人周舟终其一生所渴望建构的精神家园。

这样的对象一如写作的母题或诗歌的种子，自然是可以不断延续的；这样的对象也是深藏在诗人精神深处的，它需要诗人运用各种技巧和方法去唤醒和澄明的。在后一点上，可以说，诗藏在事物之中或之后，但这样说并不意味着诗是一种现成的存在，相反，它是一种被作者通过不同的文本逐渐建构出来的存在。读者只有在这样的意义上才能体会到周舟如下的写作心得："我铺开纸，写上一个词，一个词组，用呼吸使它们相连，形成一种自如的节奏。而纸张上，词闪烁着，词与词像蝴蝶一样躲藏，矛盾……集体飞翔——我感到一松开手就再也捉不到它在那一瞬的光。这是一种过程，也是一种状态。"

是的，一个词，一个词组，一个句子，再一个句子，在词与句子的连接之中，周舟的渭南世界就像传说中的天鹅一样从现实的世界中慢慢走来了，"传说/镇子南面的沼泽/曾出现过几只天鹅/这把我的想象/带到了/美好的事情上//顶着三两片云朵/但我总是/无功而返/空无一人的水边/瑟缩　冷清/可我一直相信/镇子南面的沼泽/有几只天鹅//只有一次/一个棉衣裹身的少女/被我们偶尔瞥见/但她不露出修长的双腿/也不长出白色的羽毛/她只是怯生生地/看着我们/在冰面/跌跌撞撞/把简单的一次滑冰/练习成飞翔"（见其《传说》）。

书写的对象原来是被层层呼唤或擦拭出来的，这样的情形让人不禁想起一个故事："古代日本有一个雕刻佛像的人，他的佛像总要比别人的好。人们妄加猜测，以为他肯定持存有一尊非常的佛像摹本，但这个人却告诉大家，佛原本是端坐在每个人的心头的，一位雕刻的人所能做的，其实也就是一斧一凿，让佛从材料之中走出来。"诗歌写作的道理其实也是这样，《渭南旧事》之所以能够成功，细究起来原因当然很多，但是删繁就简，关键的因素也就这样两点：第一，周舟内心本就存有一个承载了他太多牵挂、留恋和生存意义的渭南世界。这一世界是生活曾经给予周舟的，但更是他因为现实的种种不满、无奈而不断发现、建构出来的，其有现实的所本但更会随着时间的流逝而不断产生新的内容；第二，从心到言，诗意世界从内心坐实于纸面，它极为依赖于诗人的写作能力。醉心于技巧，殚思精虑于语言的调试，甚至倡言自己所追求的就是"唯美"，以为"写诗也许就是一个人固执的活法，一种命运"。周舟的用意想起来其实很简单，他的目的即在于表明一位诗人想要写出自己想写的一首诗，实在是要穷尽他的毕生精力的。

还原与敞亮

——评刘雁翔新著《杜甫秦州诗别解》

刘雁翔先生的新著《杜甫秦州诗别解》，在 2012 年 12 月由甘肃教育出版社出版发行了。该书的写作，花费了作者将近 15 年的时间。关于这 15 年的经历和感受，作者在《后记》中有一段"夫子自道"似的告白："期间的艰难困苦有那么一些，有时还真的很难受，如面对各种注本、材料，不知如何是好，枯坐桌前发呆。当然也有欣悦、柳暗花明、豁然开朗、偶有所得、沾沾自喜。沟沟坎坎、山山水水、林荫小道、阳关大道都有过那么一些，不足为外人道也。"

"十年磨一剑"，人生 10 年"毕其功于一役"的执着和耐心已然令人动容，何况是 10 年复又加半个 10 年。于此人心浮躁、恨不能栽下树就乘凉的时代，刘雁翔先生思谋、书写和完善其书过程中的从容和沉静自然不能不让人感佩。

他新著的成绩可以从如下三个面向给以概括：

第一，立足基本、复归本然的治学态度。时下学人治学，多喜随时随众，热衷营造一种市场热卖氛围，但在表面的时尚和热闹之中，却往往对于自己所谈论的话题缺乏必要的了解和真正的发现，很容易形成一种看似繁荣实质却虚空的情状。天水本地目前的杜甫"陇右诗"的研究，即非常典型地表现出了这样的特点：一方面，政府倡导，机构推动，社会各色人等集体性地参与到相关的活动之中，可谓活动频繁，著述迭出；另外一方面，诸多的言说却更多人云亦云的成分，不是喝古人的残羹就是吃今人的冷炙，或者干脆妄说臆断，而对于与此相关的一些基本问题——如杜甫来本地所写的诗何以称之为"陇右诗"？其到底显现出了怎样的文学史和诗歌美学价值？我们今天如何才能有效地解读这些诗歌？等等，却很少有人进行认真和独立的思考。

和他人不一样，在潜心研究杜甫于本地所写的诗歌之时，刘雁翔先生能够拂去话题表面的尘灰，力排众议，从最为基本的地方发问和思考，让研究回到真切同时也本然的位置。具体关于杜甫在此地所写诗歌的命名，到底是应该称为"陇右诗"还是"秦州诗"？这个别人以为显然已经是定论的话题，刘雁翔先生却偏偏能发现问题的所在，并在对于话题条分缕析的细细表述之中，显见其一丝不苟的严谨治学态度。

首先，他追本溯源，于"陇右诗"名称由来的梳理之中，说明这一名称本质是"现代研究者'圈地'研究的结果"。其次，更是参照丰富的史志和相关的话题研究材料，明确指出"秦州诗"名称所以优于"陇右诗"名称的理由在于：其一，"陇右"的概念过于宽泛。无论是唐贞观还是开元年间，"陇右"之所属，都有着非常广阔的区域，所以，"以这样宽泛的地域概念命名其中两州发生的文化现象，显然名实不副"。其二，学术界研究杜甫诗歌，约定俗成的提法都是以具体的行政设置或地点来命名——如"成都诗""夔州诗"，而"陇右"只是一个区域名，与既有规约不合，"因此，我的感觉'陇右诗'的命名不及'秦州诗'质实准确"。其三，依据《旧唐书》（卷4）之《地理志》记载，秦州中都督府（天宝元年改为天水郡）本即督辖天水、陇西和同谷三郡，"同谷诗"原本是可以用"秦州诗"统称的。其四，以数量论，据《杜诗详注》统计，杜甫流寓秦州时的诗作共计112首，其中秦州境90首，成州境22首（其中包括2首凤州境内诗）。"成州诗"只有"秦州诗"的四分之一不到，缘此，为得到一个更加可取的提法，将"成州诗"稍作"牺牲"而归拢于"秦州诗"，也便未尝不可。而且，从实际的研究看，论诗者本即多有将归类于秦州时期而统称秦州诗者，所以，以"秦州诗"来称杜甫此一段的诗歌写作，似乎更易标识。

他的提法自然还有讨论的余地，但是在他阐释自己意见之时，其立足于扎实的文献功底和广阔的认知视域之不随众、不苟且和依照本心、将学问落到基本之处的认真、严谨态度，在当下普遍浮躁、轻率、粗糙治学的环境之中，自然也便倍显其可贵和不易。

第二，扎实详尽、别具一格的注释。公元759年杜甫于秦州、成州所写的诗歌，对于目下一般读者的解读来讲，有两种困难是不言而喻的：首先，它们是一些历史旧作，是一位古人在已然过往的时间中所做的有关那个时代生活的一种表达，作品所表现的内容和今天人们的生活之间存在着明显的距离；其次，它们是一些带有鲜明地域标识的诗歌写作，作品中存有大量的外人难以详知的山川、动植、风情等内容，这些内容给读者的阅读形成了不小的阻碍，因此，对于这些诗歌的注释工作也便虽然基本但却非常必要，只有预先去除这些由时间和空间的距离所致的障碍，读者才可能在阅读时较为顺利地进入到文本和作者的内心。

为杜甫的"秦州诗"作注，看似简单却远非人们想象的那么容易，个中的缘由，在其《自序》一文中刘雁翔先生有过特别的说明。他讲："作为诗人，杜甫有幸有不幸。不幸者，诗作在本朝并未受到额外的重视，而且散佚过半；有幸者，北宋之后，诗史、诗圣地位确立，光焰万丈，与时俱隆，至于新社会还荣获世界文化名人桂冠。北宋之后，注杜诗者即有'千家''百家'名目，且流韵延绵不绝。张忠纲先生等主编的《杜集叙录》收书1261种，其大多数系注解之作，有人将众多的易学著作称为'周易之河'，以此比附，历代注杜的著作可称为'杜诗之河'。或曰，大家名家都注了千年之上，有必要由你这无名鼠辈涂鸦乱注之？不然！不然！名家固然名、固然大，而就所注秦州诗来看，不解风土人情乱注者有之，不知历史文化背景附会者有之，引经据典离题万里者有之，陈陈相因拾人牙慧者有之……于是乎注解远未尽善尽美，我辈仍需再注之。"

明白了工作的难度，强调了工作的必要性，然后依恃自己作为本地人士耳闻目睹的直接生活经验和将近16年从事地方志编写的见闻体会，遵循"解决问题的那种注释才是好注释"的原则，坚持"别人注清楚的，原文照录或一笔带过，没注清楚的详考之，详注之"的做法，刘雁翔先生于作品的注解工作，进行了极见功力且彰显其个性的努力：

首先，对于此前各家本子所未能注解清楚的地方，刘雁翔先生或查阅文献资料，或实地考察，甚至不惜动用各种现代手段，广泛参照各方人士的各种意见，力求给予注释对象以尽可能全面详尽的注释。他这样的做法，支撑性的依据即在于杜诗认知的"诗史"和"图经"理念，而门路出处，往远里讲，可谓遵循了司马迁"读万卷书，行万里路"的古训，体现了王国维、陈寅恪等前辈所言的治史需将"地上"和"地下"加以结合的要诀；从近处说，则可谓得了周作人等人通过学习日本民俗学者柳天国男而来的将典籍文献资料的引用和实际的田野考察经验结合且互证的方法的真髓，有意识地通过田野调查所得的"活解"补充甚或纠正文献典籍而成的"死解"，以期尽可能使自己的解读趋近对象本然。如对《秦州杂诗》十四中"万古仇池穴"之"仇池"一词的解释，他不仅征用了郦道元《水经注》、杜佑《通典》、南宋曹居贤重修仇池氏王杨难敌庙时所立《仇池记》碑文、民国慕寿祺《登仇池山绝顶》诗、新编《西和县志》等相关文字和乾隆《成县新志》所附"仇池百顷"图予以说明，而且他数次亲赴仇池遗址考察，眼观心摹，终成将近2000字的极为详尽的注释，使他人在此一处，几乎再难有一言可辩。

其次，在详尽注释的基础上，他还能充分地发挥其良好的史识能力，于"释"中去"考"，在对相关文献资料的梳理分析之中，质疑辨白，显见他对于文本意蕴的深层理解。如对《秦州杂诗》十三之"阳坡可种瓜"之"种瓜"一词的注释，他在对王桢《农书》《诗经》、潘俊富《唐诗植物图鉴》、贾思勰《齐民要术》、陆机和傅玄《瓜赋》、敦煌文书《沙洲诸渠诸人瓜园名目》、韩鄂《四时纂要》等典籍相关描述文字广泛征用的基础上，又参之于杜甫并孟浩然、温庭筠、李商隐等人的同类题材诗作，于仔细的考辨之中，清楚说明"杜甫的阳坡种瓜，依旧叙说的是归隐意愿，和《秦州杂诗》之二十'藏书闻禹穴，读记忆仇池'的意境差不多，不要以为诗人真在种瓜"。类似的例子，还有其在第37—39页对于"河源"一词、第428—429页对于"长鑱"一词等所做的考释。俱能于各种旧说的广泛引用之中，复又充分注意对于各种旧说本身的考量、评估，从而于种种相沿成习的注释中揭示遮蔽其中的粗率、讹误，真正达到以正视听或努力求得通解的效果。锐意穷搜，深究详辩，刘雁翔先生由此而成的注释工作，因其用力之勤和辨识之精，因此最是为人所感佩和敬重。

最后，为了求得更好也更为通达的解读，在对具体的诗句进行翔实注解之外，刘雁翔先生还往往不惜篇幅，对于文中关键词句——如地理名称、历史名物、地方风俗等进行相关链接并进而展开讨论，从而在与他人积极的对话之中，拓展解读的空间，引发人们更为深广的思考。此类例证，当以其对《发秦州》一诗的处置为代表。在有关该诗的注解中，他不仅旁征博引，对于诗中所提及的"汉源""薯蓣""崖蜜""冬笋""方舟"等词语给予了极为详尽的注释，而且在注释之后，于诗中所言"栗亭"一名，先链接了宋人贺铸之《寄题栗亭县名嘉亭》诗，后又链接了清人牛运震之《栗亭川杜工部祠堂记》文，进行再度旁注，且以此旁注帮扶，引发读者复归前置之讨论——《"同谷乎？栗亭乎？——杜甫'南州'卜居地初步讨论"》——之中，从而对于杜甫离开秦州的缘由以及他赴同谷的打算等问题，获得一种通透的理解。

第三，富含个人情性和文学趣味的人文解读。前已述及，对于杜甫"秦州诗"的地位，刘雁翔先生主要是依从前贤所言之"诗史"和"图经"之说，而以此为据，在其所做的具体的注解工作中，他也便主要地运用了"文史互证"和"史地互证"的方法。对象本然的历史存在属性，加之著者学问背景所形成的自觉的历史眼光，所以，其新著给人的印象，也便有了太多扎实的历史考证意味。不过，因为对于杜甫"秦州诗"的研究，说到底毕竟应该是对于诗歌的一种研究，而刘雁翔先生对于文学原本又非常的热爱——他不仅在大学求学期间旁修了许多的文学课，而且平时就十分喜爱阅读各种各样的文学作品；他不仅自己曾经尝试过小说的写作，现在还经常进行诗词的写作，而且在其结交的朋友中，不少即是进行文学创作的人。积极的自修和身边环境耳濡目染的影响，使得他对于杜甫"秦州诗"的解读，无论从学术要求所必需的对于历史对象需作"历史的同情地理解"态度而言，还是从写作者主体因为长期的生活文学化取向而言，他对于杜甫"秦州诗"的解读也便充满了十足的人文趣味。

这种人中文化的解读首先体现为著者对于对象主体的一种整体性

生命体认和同情态度。在《叙论》一节中，刘雁翔先生先后两次述及他对杜甫其人并诗之精神的理解。其一言："杜甫是一位流浪诗人，而在其流浪生涯中，乾元二年是最为动荡的一年。春三月，由洛阳到华州；秋八月，由华州流秦州；冬十一月，由秦州赴同谷；冬十二月，由同谷南下成都。正如《发同谷》所谓'一岁四行役'。'诗穷而后工，坎坷不平的穷愁遭遇，陇右山川的艰难险阻，磨炼了诗人的意志，开拓了诗人的视野，同时锻造了诗人的灵魂，使得诗人宽仁博大的胸襟全面升华，怨而不谤，哀而不伤，人格诗艺均到达至善至美的境界'。"其二言："就思想境界而言，穷困潦倒境遇下诞生的'秦州诗'，有穷困之诉，但绝无潦倒之态，诗歌处处体现出的是人文关怀，一枝一叶总关情，四海之内皆兄弟……我们的诗人始终无法选择自己的理想生活，而不论环境多么险恶，人道主义的理想恒久飘扬。"两段叙言，都自觉地将对诗人诗作的评价与对其特殊生存境遇中精神心态的体认进行贯通，由人而诗，由心理而表达，知人诛心之论，可谓"诵其诗，知其人"古典人文传统之主动承袭。而且，在更为深入的层面，读者还可以发现这种承袭事实上还存有著者与对象之间保持的隐秘的精神联系："随着上了些年龄，逐渐深入接触杜诗，试着注释'秦州诗'，深深感觉到，通观中国诗歌史，诗圣之名、诗史之名只有杜老先生可以当之，也知道了什么叫作博大精深。随着研究的进行，我被感染、被熏陶，不知不觉成了杜迷。现在回想，研杜工作能够坚持下来，主要得自杜诗自身的吸引力，还有以自己浅薄知识求解注杜'难题'的乐趣。我爱杜诗！我爱杜甫！"可以说，正是这种"爱"，不仅构成了他注解研究杜诗的内在动力，而且更无意识规约了他对于杜诗注解研究的态度：既是由同情而致的理解，更是因热爱而致的弘扬。

为此，在整体的生命体认之外，该书的注解研读工作也还体现出了刘雁翔先生立足于杜甫"秦州诗"价值挖掘目的的鲜明的审美观照意味。这一方面的工作，突出地体现于第 93 页其关于被称之为"梵志体"的《遣兴五首》的题解中。杜甫这五首白话讽喻诗，论者或以为是杜甫刻意模仿王梵志"梵志体"而成的一组另类诗歌，但是对于人们相沿成习的认知，依据对于诗歌的良好修习，当然更因为其在虔心研读过程中对于杜诗审美表现水平的体认，所以，他便大胆推论："我总觉着就格调、词句而言，俗得有点过火，不大像杜甫作品，很可能是宋人辑录杜诗时混入其中者。"爱之深便会知之深，也许正是缘于这种热爱，刘雁翔先生的《杜甫秦州诗别解》，才在功力、识见之外，别显一般学术著述所没有的人性人情所致的亲切、热度。

但自然，作为一种个人学术研究的阶段性成果，这本新著在凸显成绩之外同时也还存在着一些值得改进和完善的地方：

其一，我个人的感觉，总以为这本书在对自己读者对象的预设上出现了问题。到底是写一本严谨、纯粹的学术著述，还是写一本推广普及性的宣传作品，著者在著述之时似乎徘徊不定。有时甚为严谨，完全从学术着想，其思其论只有专业人士才可能领会；有时却相对随意，更多普及宣传的目的。写作态度上的这种徘徊不定，不仅人为地增多了著述的内容，不该注的注了，不该有的有了，不该细的细了，局部地方在表述上多少有些烦琐，而且也严重影响到了注解话语的表述——有时非常学术化，简约、古雅、蕴藉；有时则较为口语化，随意、俗白、浅近。两种话语拆开使用，单独成章，或许各具特点，各擅其美，但并置混同，则感觉于话语风格的整一建构不甚有利。

其二，著述对于相关地名、文物、典故、动植等的注释自然极为详尽，但相对而言，于一些诗章和个别诗句的诗意解读则往往略显拘谨，用心不够，因之给人的整体印象也便是注释极为充分，而解读则相对平淡。

不过，这样的看法自然已趋于苛求，而事实上，因为自觉的"史地结合以解诗"的方法选择，刘雁翔先生在其书中所做的注、所进行的相关链接、所展开的讨论、甚或在个人解读中所有的辨疑质难，已然在对杜甫写作的具体时空语境的还原之中，给予读者极为有效的引导，使其得以在重新步入杜甫曾经所置身的历史语境之时，将心比心，不断敞亮或澄明出深藏于杜甫"秦州诗"中的种种时代状况、地域风貌、诗人生活及其精神图像。

"诗无达诂"，不用说，这是一种看起来略显笨拙但其实极为有效的方法。有一个外国诗人曾经说过："诗总藏在事物的背后，千秋万代地等着我们。"刘雁翔先生的新著及其在书中所做的工作，说到底不过是一种中介，而读者真正的解读，自然还在于借助于这种中介的引导，通过自己的细心体会和反复呼唤，让杜甫和其蕴藏于秦州诗中的充沛诗意慢慢地从作品中浮现出来。即如著者本人《自序》所言："再说些什么呢？算了吧，我似乎感到杜老先生在窗外天空中的某个位置看着我微笑，笑我生吞活剥？……我突然想到，分一杯老先生……的浊酒，对酒而歌，对酒而泣，月光下、松林间、高山流水。突然想到穿越时空追随杜老先生去流浪，以追随他那颗博爱而忧郁的心思。静夜，我来敲你的门，你在无？拨一拨你紧锁在诗歌深处的情景，期待迷雾中流露出鲜明的晨光。"

生长的表达

——评雪潇新著《论文学语言的来历及其使命》

　　雪潇的新著《论文学语言的来历及其使命》在 2008 年 5 月由内蒙古人民出版社出版发行，在该书的《后记》里，他坦言："本书的写作，基本上一种例外。"在完成了《现代诗歌创作论》后，他本来是想再次进入一个积淀期，给自己进行必要的学术充电的，然而，不容他喘息，徐兆寿的一个电话，使他那"刚刚卸下的马鞍，又重新披挂在身了"，3 个月之后，20 万字的初稿问世。

　　在他的叙述里，我首先感受到的是速度。雪潇一向是个快手，这我早就知道，但我没有想到，他会这样快！老天爷啊，毕竟是一本 20 万字的纯学术著作，这样的速度，会不会……

　　我就是带着这样的疑问开始阅读的，但是，令我意想不到的是，一翻开书，我就看到了如下的表达：

　　　　古罗马世人维吉尔有一句名言："真理藏在黑暗之中。"

　　　　维吉尔此语，指出了一个关于真理的客观事实——真理如果一个个都是昭然于世的，真理也就毫不足贵；维吉尔此语，也表达着一个关于真理的主观猜想：真理喜欢把自己隐藏在黑暗之中然后静静地观察人类的举动。如此则真理像一匹天堂的黑马，它早已悄然行走于世，正等着它的人间骑手。换言之，维吉尔伟大的发现甚至可以这样表述：真理要与所有探索真理的人开一个玩笑：要想得到真理，必须进入黑暗！

这是该书《前言》开首的一段话。

这也是我没办法不喜欢的一段话。从一句话到一段话，句子魔术般地衍化变迁，作者的表意总是出人意料但又恰切自然，就像泉水的汩汩，就像杂树的生花，我于其中感知到了一种生命成长的快乐。

让我意想不到的还有，该书目录的安排和目录的文字表现。书共分七章，其章目分别是：

第 1 章 安托万·阿尔诺：看不见的上帝创造了看得见的世界
——天下事物与我们的心灵世界
第 2 章 海德格尔：人说话……因为说是我们的天性
——人类的言说需要与言说使命
第 3 章 洪堡特：整个人类只有一种语言；每个人都拥有一种特殊的语言
——人类的多种言说策略
第 4 章 房德里耶斯：让人们的口里开出鲜艳的花朵
——文字语言的人类言说
第 5 章 萨丕尔：当这种表达非常有意思的时候，我们管它叫文学
——文学语言的人类言说
第 6 章 艾青：蚕吐丝的时候没有想到会吐出一条丝绸之路来
——文学语言的形象化言说与文学作品的主题丰富性
第 7 章 希区柯克：作家要在最后一刻才把故事的结局公之于众
——悬念是一种结构性的隐蔽言说

怎么说呢，若不看封面，不知道这书就是雪潇写的，单看这目录，我真的会以为，这是一位北京、上海的新潮博士的新写作计划。

很洋气的文字表达、全新的西方知识背景，这实在是我所不熟悉的雪潇的面貌。我记忆里的雪潇的阅读背景，有庄子、陶渊明、杜甫，有《水浒》《红楼》，有鲁迅、艾青，有对中国当代诗歌特别是甘肃诗歌的熟稔了解，但现在，我却没想到雪潇竟然在我熟悉的中国知识背景之外还藏匿着这样一些新异和现代的西方知识构成。

看来，雪潇真的是变了。维特根斯坦说："我的语言的界限意味着我的世界的界限。"进一步深入地阅读雪潇书中的内容，查看文中的注释，我开始确信从《文学创作论》到《现代诗歌创作论》再到《论文学语言的由来及其使命》，在我们所看不见的时间的寂寞处，适应着现代大学的学术氛围和学科建设的要求，勤奋而聪明的雪潇已然在进行着某种脱胎换骨的蜕变。

他的界限或者疆域正在悄悄地发生着变化——无论是思考还是言说——从小到大，从中到外，从书本到人生再到存在。《论文学语言的由来及其使命》一书的策划文思堂先生说得好："从诗人、论家、再到学者，雪潇已经不满足于这些了，充溢的才情和艰险的探索使他向哲学的谷地开始慢慢进发，现在，他似乎想抛弃过往一切外在的探索，直接掘问存在本身了。因为这些，他的文字便光芒深邃。"

这段话涉及了雪潇文字的表现力问题。他的看法，以为雪潇文字的魅力在本质上来自于他本人对于存在直接的哲学掘问。文以传意，思考得深刻，表达自然有内涵，这没有什么可说的。但在思想的佐助之功之外，通读全书，对于雪潇新著的表达，我还想着意强调一点，换句话说，我以为雪潇对我的吸引力还有一点，那就是：生长性！

生长性在雪潇的新著之中有这样两个方面的表现：一是话题内容的生长，二是语言词句的生长。

《论文学语言的由来及其使命》全书的内容，来自于古罗马诗人维吉尔的这样一句名言："真理隐藏在黑暗之中。"若比雪潇的新著是一棵枝繁叶茂的大树，那么这句名言无疑就是这棵大树得以成为的一粒种子。它虽然只是一粒小小的种子，但是，种子萌发出叶芽，叶芽抽送出枝干，枝干又萌发出新的叶芽，新的叶芽又抽送出新的枝干……一棵树的生命其实就是这样生动展开的。

我们先看内容。

因为"真理隐藏在黑暗之中"，所以我们必须遵从事物自身存在的意志，必须尊重事物自身言说的力量，用雪潇的话讲就是："天下事物，当它们言说着自己的意志和思想，当它们表现着自己的意义和力量，其最基本的言说方式，就是用事物本身来直接言说——呈现：太阳用太阳言说着太阳，风雨用风雨言说着风雨，芸芸众生用自己整个的一生言说着自己的生命。"正是在这种意义上，雪潇强调："谁想要主动地与事物进行沟通，谁就得首先破解对方的语言，谁就得'以我观物'进而'以物观我'地'格物致知'。"

因为"真理隐藏在黑暗之中"，但黑暗并非真理本身，所以真理——事物的本质存在或者心灵化存在也便可以且需要我们给予揭示。"格物以致知"或者"与自然对话"，人类作为与天地并生且性灵智慧的存在、作为世间万物之中"唯一一个逃出来报信的人"，于是就自然地具有了言说的天性和使命。而在人类诸般的言说中，语言的言说无疑更便于澄明事物本身——即真理。缘此，雪潇引用了海德格尔的名论："语言是存在之家，人居住于其处"，并因此总结说：这就是人类言说的根本意义。

因为"真理隐藏在黑暗之中"，真理是不能直接被我们所发现并且呈现的，所以人类的言说，从用事物的整体言说到用事物的部分言说，再到用符号化的事物言说，再到用符号本身言说，再到用系统化的符号即语言言说，是一步步的进步，也是一步步的策略化智慧化着的。

因为"真理隐藏在黑暗之中"，所以从字—词—词组—句子—句群—段落直到篇章，语言的运行虽然就其目的而言总是在竭力成为一种"语言的接受者内心一片黑暗的渐次明亮"，但是，由于语言作为一种符号化的抽象存在与真理自身黑暗存在本身间的距离，因此，真理在被语言所揭示的同时也便往往同时被遮蔽。这种遮蔽残酷地显示出了普通语言在真理的表现上所具有的无力感，文学的言说——一种特殊的人类言说因此而便显现出了它的必要性。

因为"真理隐藏在黑暗之中"，真理是不能被明示的，所以文学是人类的另一种言说，这种言说和真理一样不喜欢直接显露，所以它总是借重于形象本身。回到事物本身或者就像和事物初次遭遇，形象言说的不言之言在表达的生动感人——即有意思之外，其实总是成为最大、最多的言说。这即如雪潇自己所言：用一个形象说出的，要用一万个概念去解释。

因为"真理隐藏在黑暗之中"，所以和日常语言的言说——一种由词直接到意的言说不同，文学的言说总是力求回到感知的现场，总是希望通过读者在面对有如影视画面般的文学形象的感知联想之中，赋予文学的言说以丰富的意义阐释。"圣人立象"以尽意，"大象不言"却又说出了天地万物，所以艾青讲：蚕吐丝的时候没有想到会吐出一条丝绸之路来。文学作品主题的丰富性即因此而得以成为文学接受过程的普遍现象。

因为"真理隐藏在黑暗之中"，所以无论是在散文、诗歌，还是小说、电影里，文学家们总喜欢设置悬念。悬念首先所体现的是对于真理本身的尊重，但是此外，在对读者的百般阻挠和万分折磨之中，它还因为给读者提供了困难因而增加了读者参与的精神快乐。"截留或隐藏部分关键信息，使观众产生强烈的期待和关切的心理"，学者曹正文的这句话清楚地表明：文学的吸引力即由此而产生，文学的审美快感也由此而成为一种事实。

"一生二，二生三，三生万物"，老子对"道"化育万物的功用的描述，充满了大自然纷然变化的勃勃生机，但是同时更内含了生命创造内在的严整和有序。和老子所说的这种"道"的化育一样，雪潇新著的写作在语言的表现上也体现出了这种生命创造的纷然生机和严整秩序。

总是从一个关键词或一个关键句开始，由词成句或由句成段，再由段成章，雪潇的写作就是这样，让人感觉像是看高明的魔术师表演：一朵花变成两朵花，两朵花变成四朵花，四朵花变下去变成许多的花满台的花；一张钞票变成两张钞票，两张钞票变成四张钞票，四张钞票变下去变成许多许多的钞票……出人意料但又节奏井然。

譬如这样的表达："心有灵犀一点通，人与人之间，因为'灵'，所以'通'。比如梁山伯与祝英台之间，因为各有心灵，所以能够沟通：你挤一下眉，他就弄一下眼；你暗送一个秋波，他就还你一个飞吻；投之以木瓜，报之以桃李……"

还有这样的论述："也许，文明本来就是一种欺骗，或欺骗他人，或欺骗自己，或欺骗天地自然；也许，言说本身就是一种谎言，它不是对天地的说谎，就是对他人或者自己的说谎。比如号称'美丽的谎言'的诗歌。柏拉图以其聪慧，如何看不到诗歌的美丽，然而他也看到了诗歌的谎言，而谎言是直接破坏真理的，于是，柏拉图对诗人的驱逐，终于还是哲学家的深刻的主张而不是政治家一样肤浅且恶意的排挤。"

再有这样的例子："人们本来是消费着事物的，但是人们却渐渐地开始了消费符号……比如，商店里有两张床，一张又宽又大又结实又漂亮，标明是'坟地'，另一张质量一般，却标明是'席梦思'，你会买哪一张……比如，一家一共三五个人，却要住一个阔大的豪宅，因为大房子是贵族的符号；比如，开着车子，却不过是要到一百米外去上厕所，为什么，因为开着车子是富起来的符号；再比如，太监的老婆……她仍然是符号……事实上好多人的消费其实就是一种对'名'的消费而不是对一种'实'的消费，是一种对语言的消费而不是对一种实物的消费。这很像小孩子，一样的水，装在不同的杯子里，他要么就喝了要么就不喝；一样的东西，你说它是'甜水'，孩子就不高兴要，你说它是'可口可乐'，孩子则非常乐意接受。"

多少个比如！层出不穷而又连绵不断！聆听一种表达，在一次又一次的喜出望外而又眼花缭乱之时，你真的不知道雪潇下一步还会给你说出什么？

在谈到自己的表达之时，苏东坡曾颇为自负地讲："吾文如万斛泉源，不择地而出。"雪潇自己也曾写过一长文《沿着比喻前进》，这篇文章的核心观点为：诗歌的写作，事实上就是运用比喻造句，从一个到两个，再到许多个，写作的过程其实就是这样的一种词语的前进过程。他讲得很好，但从文章到著作，描述他的写作，我觉得他的一个"前进"显然是不够的，而应该是前进、前进、再前进。

让语言不断生长，我感觉雪潇的写作秘密就在这个地方。这一点可能有些人不同意，以为语言是语言，内容是内容，有时候语言的繁复也许正是因为内容的苍白。我知道有些人就是这样，为雪潇所吸引时也轻蔑着雪潇，但我的看法却不同，在语言和内容表达上，我赞成维特根斯坦的观点，"想象一种语言意味着想象一种生活方式"，或者，就像海德格尔所言，"语言是存在的家"。语言不仅显示思维的结果，语言因为实际参与思维的形成所以它其实也即是思维本身，所以，雪潇说出了什么话，雪潇其实也便想到了什么意思。

可以证明我看法的，自然还是雪潇的写作本身。比如他对文化的思考。他说："文者，纹也。纹者，符号也。这个世界，举目皆'纹'，人类从中概括提取，就形成了'文'，有了'文'，这个世界就被'文化'。我觉得对于'文化'一词这种动词化的理解，比对它的名词化理解更接近文化的内涵。只有'文化'的动词化理解，才能传达出'文化'的名词化理解，比如才能理解这样关于'文化'的定义：'文化这名称的定义可以是：一个社会所做的和所想的是什么。'"还比如他对亚里士多德的"模仿"观念的理解，他说："亚里士多德使用'模仿'一词，绝不是他缺乏词汇，也不是他观念幼稚。因为'模仿'一词，表达出他对模仿对象的尊敬和对所谓'回到现象'的向往，这尊敬与向往让他选择了一个对模仿对象最不具有侵略性与伤害性的词语：模仿。而且，关于模仿的对象，是'许多事物'。于是，他所谓'用语言来模仿'的这种艺术—文学—就是：通过语言来最大可能地接近许多事物并呈现许多事物。"对于这样俯拾即是的思考和理解，我不知道别人是怎样想的，但在我自己，却是有着他人的理论表述所少有的新鲜和别致的启示的。

一棵树的生长总是需要无数的阳光和雨水，但是阳光和雨水之外，树木所立足的土壤自身的墒情营养更是决定树木能否茁壮成长的关键性因素。雪潇是个冰雪聪明的人，雪潇又是个善于捕捉和发现生活的每一个细小启示的人，他不仅喜欢读书、写诗、教学——用他的话说：喜欢每一次和语言打交道的机会，认真地做所有生活所期望他所做的事，而且和他人相比较，对于所接触的对象和所做的事，他总是比别人多一些沉思和反省的人。买一条裤子却给他"读书要读经典"的启示，看一条标语能让他恍然大悟出"读者对于写作的重要性"……对于这样一个细读人生、深思存在的人，你很难说他学问的营养到底是从哪儿来的？

谈到雪潇新著的写作，兰州大学文学院赵晓刚教授有这样的看法。他说，因为能"在古今中外的文学海洋中自由浮沉"，还因为"他有二十余年文学创作的经验"，所以，雪潇的表达给人的影响便必然是多样的："第一，他涉猎广泛，哲学、文学、史学、语言学、符号学，他好像都要一一触摸，他山之石，滚滚而来，攻玉之举，浩浩荡荡；第二，诗人不拘一格的想象力和散文家娓娓道来的行文语言，不仅让本书的阅读不再枯燥，而且作者不时出现的妙语哲思像'话语的闪电'般让人眼前不时一亮。第三，他的思想独出机杼，不受任何既有理论和既有观念的约束，虽然书中不乏对自己观点的大量引证，但是，不论是对常识的重新表述还是对新见的诗意阐释，他都像是行走在一片创世之初的原野上，清新之风，习习扑面。"

赵晓刚教授所说的，其实是一种具有丰沛生命力的写作所具有的魅力表现，"生生之谓易"或者"气盛言宜"，我想，雪潇的新著给我们的最大的启示，其实也就是这些话所展示出的伟大但却素朴的道理。

这正如春天时一棵树的生命勃发，我相信，归根结底，一棵树所能长出的，其实也只能是它在黑暗和寂寞处的准备和努力本身。缘此，看雪潇的新著，我总是不断地联想到他在日常的匆匆忙忙中常常出现的习惯性的回首和沉思，"世事洞明皆学问，人情练达即文章"，我知道，这话是很适合用于评价他的。

好看的诗

——读雪潇《大地之湾》

　　诗人雪潇新出了诗集《大地之湾》（新疆美术摄影出版社2015年版），这本诗集主要吟咏他走过或想象走过的地理风物。按照距离自己生活地的远近，他将其中的作品分为了四辑：第一辑写天水五县二区，第二辑写甘肃其他地县，第三辑写甘肃之外的地方，第四辑是一个杂辑，有地域性书写，更有日常生活诗意化的物事表达。

　　无论是实写自己所从出或寄身的曾经的山川地理——如写老家秦安和工作过好多年的三阳川渭南镇，还是虚写自己并未到过的地方——如鹳雀楼、枣庄等，在诗歌与地域关系的处置中，我们都可以发现雪潇的注意力并不在地域本身，而在于地域或者地域风物所引发的诗意生成及其呈现之上。就像《登上山西鹳雀楼》一诗的写作，在这首诗的诗题中，诗人虽然明确地标示了诗所写的对象——山西鹳雀楼，但对于山西鹳雀楼本身，诗人在诗中却没有任何具象性的经验描述，他只是以"鹳雀楼"这一词语作为诗意引发之由头，反用王之涣《登鹳雀楼》一诗中"欲穷千里目，更上一层楼"的情景，一方面揭示读书人或知识分子悲剧性生存的真相，另一方面则抒发了意识到这种悲剧性生存实质之后主体内在的悲凉感受。

　　山川本来就是那样的山川、自然本来就是那样的自然，它们原本天老地荒地在那儿存在，许多人走过了，风不吹，土不起，世界没有任何故事发生；但是雪潇走过了，当他用诗人的眼神逡巡了一下他所亲见或想见的山川自然之后，原本沉寂的事物却突然生动了起来，它们有的开始哭了，有的开始笑了，有的低着头陷入沉思，有的皱起眉头不禁愁闷，就像生活中身边一个一个朋友于某一时刻的某种表情。

　　说到底是人自己啊！清代才子叶燮曾言，"凡物之美者，盈天地间皆是也，然必待诗人之神明才慧而见"（见叶燮《集唐诗序》）。以此类推，四方堡的空落、寺湾的寂寞、云屏的愁闷、仇池山的诙谐，以及西部的空旷、江南的忧伤，表面看起来好像是自然本身就有的，但仔细分析起来，却实在只是雪潇对于自己内心的一种发现或者澄明。

　　"说是云屏山上的黄杨树，风雨中左躲右闪／长势纠缠，身有千千结，于是就叫／黄疙瘩／／原来它的心情也不舒展呀！山坡上／闷闷不乐的黄叶，远远看去／也是一疙瘩、一疙瘩、一疙瘩"（见其《在两当县云屏山黄疙瘩》）。诗中的一个"也"字，不经意中透露了诗人诗歌审美机制运作的天机。他先是发现，从纷繁的对象身上抉择出某一个特征，然后将这个特征凝聚成某一个词语（如疙瘩），将这个词语当作是一个主干词汇，用它进行造句，在句子不断的生发——亦即在同类意象纵情恣意的排比联想之中，融渗进个人的生命经验，同时也体现诗人主体的聪明、机智和情趣。

　　这种相同句子的生发或者同类意象的排比联想，其实质就是制作数量不等的比喻句。因为大量的比喻句的使用，在《大地之湾》一书的写作里，我们可以看到，雪潇太多的表达让他笔下的事物充满了勃勃的生机和闪烁的光彩。写礼县的盐关，他说，"盐关，一个看上去白花花的地名／一个舔上去咸巴巴的地名／……／撒一把盐在大地的伤口／这个痛苦的地方就叫盐关"（见其《甘肃礼县盐关》）。而写华山擦耳崖，他则说，"擦耳崖，太阳擦着华山的耳朵落下去了／擦耳崖，秋风擦着华山的耳朵吹过去了／……／擦破了耳朵，没有关系／扯缕白云／三缠两缠／绑在头上／就像陕北的老乡那样"（见其《华山擦耳崖》）。一个个都是抽象的地名，但由地名中所含的语象生发出去，通过一连串比喻句的营造，他不仅让这些地名成了一个个生动具体的形象体，让它们凭空就有了视觉、有了味觉，而且也让它们成了一个个活泼泼的生命体，在不知不觉之中就有了和人一样的冷暖感和痛觉。

　　此外，层出不穷却又出人所料的比喻句的纷纭而出，在语言灵活而又生动的表现之中，通过各种各样的语态、语速和节奏，雪潇巧妙地建构出了他平常轻易不予显露的精神或者说内心图像。他有时是幸福的，他的语言因之平静舒缓；他有时却是失落的，他的语言因之多变而且短促；他有时是热忱的、抒情的，他说，"菊花，菊花，你是破碎的金子/菊花，菊花，你是破碎的银子/菊花，菊花，你是破碎的玉/菊花，菊花，你是落难在天水的一坡月光"（见其《九月九，天水南山上的野菊花》）；但有时候他却是调皮的、幽默的，他讲，"门响了客人来了/天上掉下个林妹妹//喝水吗不喝/吃果子吗不吃/最近忙吗忙/最近身体好吗好……//如果我的妻子在家就好了/她比我会说话知道问寒问暖/她比我会笑满面春风怡人//妻子终于来了可是她又走了——/她的冷暖/不让另一个人碰/另一个人的春风/扑了个空"（见其《有客》）。总之，在他种种不一的语态及其句子的组织形态之中，我们可以直观地看到他平时很少直接表现的个人心理内容。

生动和有趣！看雪潇诗歌的人，大多感觉就是好读，拿起来了往往就想一口气看下去。好读自然不是诗歌写作的最高境界，也不是读者审美之时所产生的最好的评价，但回到诗歌的艺术价位本身，我个人觉得这样的表现却是最基本的、也是最根本的。打个比方，这就像是写字，练字的人可以追求各种各样的风格，但他所写的字，若要叫人喜欢，首要的条件，便依然应该是它必须好看。所以，我个人觉得，用"好看"评价雪潇的诗歌，原本就是一个极高的评价了——虽然，若是许以更高的目标期许，我希望这"好看"两个字，还能够通过他自己的努力被扩展成一整句话，也就是"怎一个好看了得"！

纸上的家园

——序彭有权中篇小说集《望天鸟》

母亲老了、孩子大了，加上他本身的热情、灵泛，不管他自己怎么看，齐寿山一带的父老乡亲们自然便把彭有权当作他们的一方人物了。

《老旦是一棵树》——陕西作家杨争光曾写过这样一篇小说，在小说中他说，老旦是一棵树，所以牛来了，拴上；羊来了，拴上；兔子、蚂蚁来了，也都要借一下这棵树的荫凉歇歇脚。小说的寓意是明显的，我由此想，一位从农村走出的人，他身后的牵扯太多，所以要在城市真正扎下自己的根其实是很不容易的。我由此也理解了彭有权的忙：这个亲戚看病、那个邻居找工作、朋友的贷款、伙伴的谋事，他原本是很热乎我们的，但是最近的一两年，大家的见面却越来越显得稀薄了。

很久不见彭有权的作品——《天水报》都不见了，我因此嘀咕："莫非，有权也逐渐开始淡漠起了文学？"但是，我的这种嘀咕不久就被时间证明是一种误解。2009 年夏天的一个日子，彭有权约我们到他的新房聚会，酒酣耳热之际，他给了我一叠厚厚的打印稿，并且低声说：这是新写的作品，是三个独立但又前后连贯的中篇。他想合起来再出一个集子，取名《望天鸟》，希望我给他写一个序言。

小说我很快就看了。小说的内容依旧是我熟悉的：纯净的自然、纯朴的人们、苦难的诗意描绘，看过彭有权的《月亮回家》和《碎片》的人，自然会因为某种熟悉而产生故地重游的亲切之感：

　　老鹰嘴的那棵酸梨树上，聚集着一些无家可归的鸟儿，搭成草台班子，争先亮嗓子。这些外来的乌鸦、麻雀、黑眼圈、白银项群居一树，和谐相处。这棵酸梨树虽然只靠半张皮维持生命，但它每天都像这些鸟儿张开翅膀。就像一个孤寡老妪，在她眼里，再顽皮、再丑陋的孩子都是一颗仙桃。

——《望天鸟》

或者：

> 欢儿跑过来的时候，老九犁完了最后一铧油菜地。老九坐在地边抽着烟，和欢儿说着话。老牛站在地埂上吃着草，秃尾巴不停地甩着，苍蝇和牛虻毫不理会，在它的身上吃喝玩乐。欢儿从地边给老九叼来了鞋和干粮袋，老九穿上鞋向清水河走去，蹲在河边用手指刷了牙，掬起水洗了脸，撩起衣襟擦干。老九站起来的时候，太阳从东山嘴里吐出来，清水河两岸的院落、草垛、绿茸茸的麦地、犁完地的牛以及河边闲逛的鸡鸭都清晰地、无遮无拦地显现在阳光里。清水河弯弯曲曲，曲曲弯弯，像一条蛇一样尾巴还没从山缝里抽出，头又钻到山缝里。

——《望天马》

黑格尔曾有话说"你走不出自己的皮肤"。皮肤是感性的，是实体的，它所代表的是现实的经验，从这种意义上说，彭有权的小说真实地透露了他的心声——他虽然已经是一个城里人了，但他的心依旧留在了他所熟悉的齐寿山一带的山山水水，所以只有在以齐寿山为背景的乡村讲述里，他才干净了、才平和了、才灵泛了、才有了一个写作"把式"驾驭文字时所应该具有的熟稔和聪慧。

满屋子的古董文物，但是却固执地在新搬的楼房里盘了一方土炕，让何首乌的藤蔓沿屋梁可着劲延伸；免不了的应酬，自己常常是鱼来虾去，但朋友们来了，他却喜欢发动一家人早早到菜场买置一些时鲜野菜，然后和朋友们一道就着各种小菜，喝着农家自制的土酒"明光仙"，谈天、说地。彭有权对于乡土的这种固执曾让我对他的小说产生了某种忧虑：在《月亮回家》出版发行之后本地召开的作品研讨会上，我曾当着大家的面批评他的小说在描述乡村时缺乏一种来自于城市的反方向牵掣，叙述的张力明显不够，影响了小说的意义形成和审美效果。

我的忧虑在对彭有权后来作品进行阅读时有所减弱。在小说集《碎片》中，我能够感觉到他在讲述乡村生活的内容时，明显地将城市纳入了自己叙述的视野——他要么让乡村人因为某种变故（如疾病、打工的亲人的死亡等）走进城市，要么让城里人因为某种意外（如迷路、演出等）来到乡村，总之，他有意识地让乡村和城市遭遇，在某种非常或陌生的生活内容的表述里，增加了小说的现代意识和审美冲击力。

不过，实事求是地讲，这种变化是极为艰难也非常有限的，《碎片》里的乡村和城市的对话给人的总体感觉是：不仅生硬，而且多少有些太过匆匆。我想，这样的状况彭有权自己肯定也是有所体察的，所以，自《碎片》之后，他的沉默也便愈来愈多。他沉默的结果，就是这部《望天鸟》的出现。

和前两部作品集相比较，在《望天鸟》中，我欣喜地看到，这一次，在彭有权的笔下，乡村和城市算是真正开始正面交锋了。先是城市对于乡村的强行介入，乡长、村长、五德的媳妇以及他们身后更遥远、更功利的城市因为利益对于山中野物的觊觎，使憨厚的山民和天荒地老的寂静乡村有了隐隐的不安和躁动；而后是乡村对于城市有意识的靠拢，孙木匠女儿叶子的卖身、桃花的开小卖部和男人四儿的入监、望天村人的入住长河新农村，从住房、穿着、打扮，到态度、观念、意识，乡村在不知不觉中走向了被城市化的道路。

这种"被城市化"在主流意识形态的描述中，往往被看作是乡村进步、发展、走向现代的必然和必须，所以其基调是明快而且喜悦的。但是这种明快和喜悦，若换一种立场，若是站在乡村自身的位置上看——譬如就像彭有权这样系根于民间的人看，则很可能完全是另一种面貌。离弃、背叛、迷失，被欲望撕裂或者被阴谋淹没，即便是入住"新农村"这样众口交赞的"美事"，因为更为切实的经验——自己看的和父老乡亲们说的等等，所以彭有权从中展示出的内容，却完全是别样和另类的：上级部门的好大喜功，下级干部的政治投机，包工头们的巧取豪夺，危机和污染，随之而来的乡村的荒废，无处安置的牛羊、柴火，古旧的心灵，通过彭有权的表现，读者可以相信，时下许多关于乡村的公共报道，其真正的立足点显然并不在乡村自身。

彭有权小说的批判性由此而来：乡村基层组织的涣散，底层领导的腐败堕落，城市欲望的无休止扩散，乡村道德的迅即蜕变，甚至许多先进、政绩的"金玉其外败絮其中"，等等。这种批判性紧张也简化了乡村和城市业已发生的关系：一方面，城市由此完全成为乡村的一种对立面存在，城市出现的地方就是乡村隐没或者被破坏的地方，而乡村明晰的地方则是城市不在场或被忘记的地方。乡村是一种美的象征，城市是一种丑的标志；乡村所代表的是善良宽容，城市所代表的则是阴谋冲突；乡村是人的家，而城市是人的旅店……另一方面，彭有权的叙述由此变得简单。无论作品的篇幅有多长，也无论作品中出现了多少人、发生了多少事，彭有权的故事其实都是像孩子一样透明而单一的——乡村本来宁静，但是宁静被破坏了，破坏者来自于遥远的城市，乡村抵御这种破坏，因此终了又复归宁静。

我对于彭有权小说的不满因此而产生，小说的意义原本是应从形式的组织中产生的，关系产生意义，结构产生意义，在作品意蕴的生产之中，作家所能做的，更多应在生活材料的选择和组织上而非直接的态度认知和说明上，但是，在这一点上，彭有权显然没有参透小说叙事的禅机，他在简化了乡村和城市关系中实际具有的复杂属性之时，事实上也便同时削弱了小说可能有的意义内涵。此外，在我看来，他的小说还有一个明显的问题——他总是等频率地叙述他要讲的内容，总是想把话说清、说透，结果反倒使他的叙事因此而平淡、黏滞，没有了起伏快慢所造成的节奏。

当然，我因此也对彭有权的写作萌生了种种的感动和敬意。虽然城乡关系的简化造成了彭有权小说叙事的单一，但是这简化以及相应的单一换一种角度，却也未尝不是一种乡土本然的审美。"儿不嫌母丑，狗不嫌家穷"，或者"好就是好，坏就是坏"，本然的乡村原本是简单的——这种简单，庄子谓其没有"机心"，严羽说其出自于"童心"，沈从文则说它是"小野兽"般"光裸的"。

"诗意的言说"，我由此理解了彭有权对于乡村生活的"美化"表述。自然是不用说的，人情是不用说的，即便是灾难或者苦难，譬如妻儿的瘫痪和亲人的死亡，彭有权的描述也往往是泉水一样过滤干净了的：

> 老九把儿子说哄笑了，一把揭开压在儿子金蛋儿身上的被子，瓷实光亮的炕面在灯光里仿佛结了一层冰。老九揭开被子的时候，欢儿从墙角过来了。欢儿是老九的另一个儿子，它是老九的好帮手。老九对着欢儿用手一指，欢儿叼来后墙木橛上的抹布，老九在太极渠里洗了洗，给金蛋儿说：蛋儿，烧！小心，烧屁股。其实金蛋儿的屁股早就没了感觉，只是老九每天早晨给金蛋儿擦洗的时候这样说，最体码让金蛋儿不要忘了他有一个不听话的屁股。
>
> ——《望天鸟》

这一段本来写的是父亲帮助瘫痪的儿子屙屎的状况，但这样的状况，显然没有了人们想当然的臭味或肮脏。

他的"美化"具显于和谐和仁义主题的表达。对于城市的憎恶倍增了对于乡村的热爱。所以，在《望天鸟》三个中篇的写作中，彭有权便格外突出了他心目中乡村区别于城市的意义标志：一是和谐，二是仁义。

和谐体现于人和世界的关系。它不仅表现在山民和自然的关系描写上：自然是人的家，人是自然的孩子，木柴做的房子，照明的月亮……而且也表现在人和动物的关系上、人和人的关系上：老九和他的狗，他的猫，他的牛，他的妻子，儿子和朋友，甚至人类的敌人——狼和狗熊，他的仇人等等。而仁义则体现于人和人乃至其他生命的关系上。老九对于半仙的照顾，对于老牛的体恤，对于狼娃子、熊儿子的保护，对于较量了一生的村长的宽容；四儿的忏悔和桃花的醒悟，叶子的报恩和村长的良心发现……在彭有权的笔底下，本质上没有仇恨，乡村的爱是一种朴实但却无私的大爱，它遍布于生存的所有遭遇。

有所本但却不是完全的依赖。在这种意义上，《望天鸟》的写作因此更多的是彭有权主体虚构的成分。置身在城市，不断扩大的城市化，城市化给从乡下来到城市的人的生命以更多生命的压抑。回家，回到父母所在和自己所从出的乡村，回到和谐和仁义的乡村，由此自然成了许多人最基本也最强烈的心愿。彭有权是一个经历了种种奋斗和坎坷才来到城市的人，城市是他为乡村证明自己的最有力的证据，但是，城市不是让他的心能够安静下来的地方，城市是他人的家乡，他虽不得不停留，但是这个地方系不住他的灵魂。

回家，回到山清水秀和鸡鸣狗叫的齐寿山，嬉戏或者沉睡，彭有权的心愿，白天不能表达，所以他实现于夜晚的梦；现实不能表达，所以他借助于现实之上的文字建筑——这正如在城市高高的楼上，他要盘一方火炕，他要借此表明他对于乡村的怀念和等待。

来自于乡村的人、怀念乡村的人、向往乡村的人，还有那些关心乡村的人，我希望他们都能够看看彭有权的《望天鸟》，通过自己的阅读，在一种文字的旅游中，想象或参与一种家园的建构。

我给彭有权写的序，因此也算是一种给他叫卖的吆喝声吧。

好人的抒情
——王建兴《清水清音二集》序

王建兴是一个好人！没见王建兴时，见过他的人都给我这样介绍。后来，见到了王建兴，我立马就知道了，先前人们的介绍没有错，王建兴真的是一个好人！

什么样的人算是好人啊？各人有各人的答案。我当然也有自己的理解：我觉得好人多半都是一些比较本分的人——他清楚自己的根本，明白自己的身份，而且知道人应该感恩于自己的根本，主动承担自己的身份所赋予的职责。

在曾经的乡党、乡民看，现在在政府机关出入的王建兴自然已经是有头、有脸、有身份的人了。但是王建兴是一个好人，不管别人怎么看，王建兴自己非常清楚，他就是一个清水人，是一个乡村人。《清水清音》，诗集的名字已经很清楚了，作为一个清水人，我想，他就是要为他的故乡——他的根本——而吟诵。

他的吟诵，往往直接而且直白，像《清水轩辕谷》之"英雄的祖先远去/在巍巍陇坂关山的深处/在苍茫的峰峦和林海深处/在神秘的文字和史页的深处/只留下光辉的名字/留下以他们的名字/命名的山河和幽谷"，像《清水轩辕窑》之"五千年前崇拜过的蜜蜂/五千年后依然热爱着每一枝花朵"，像《清水寿丘山》之"鞠了一躬/又鞠了一躬/身体里蓬勃而出的语言/每个虔诚的鞠躬者/栖息灵魂的家园"，等等，从中，人们可见他作为一个"轩辕故里"人的自豪，可见他身为一地之文化官员而意欲建构一地文化的急切吆喝。

更多的时候，他则习惯于回到自己熟悉的世界，为人们讲述他记忆中的乡村和他不能释然且满怀愧疚的乡村生活。

两座山之间
一些背手上路的人
用沉默的一生
领回了沟

山对山的坡梁
托着几个住得很好的村庄
用平静的心事
守住了沟

一条小河
拐过去了
拐过来了
淌出了沟

半只月亮
倚在左边的山顶
倚在右边的山顶
注视着沟

——《沟》

　　这是我觉得写得比较好的一首诗，它的名字叫《沟》。在这首诗以及和这首诗相近的一些诗的平静且几近白描的刻画之中，一个人的乡村天长地久，半个月亮照着，时间中隐匿的那些事物——麻雀、萤火虫、白杨树、苜蓿地、牛头河等也便一一走出，呈现出一种童年的纯净和美好。而在另一些诗歌里，譬如在组诗《会跑的乡村》之中，王建兴为人们呈现的则是乡村记忆的另一面：干旱、贫瘠、忙碌和战斗一样的抢收抢种，汗湿在亲人的眼睛里，只有和他们血脉相连的人，才能真正体会其中的咸涩和疼痛。

　　美丽和沉重并存于记忆之中，这内容深潜于一个人生命的根须之处，即如哲学家所言的镌刻于皮肤的记忆或内心怀揣着的四处游荡的乡愁。缘此，即使王建兴已经在城市打拼多年，但在《我的面孔》《我可以告诉你》和《我唯一的想法》等诗中，人们还是可以清晰地看到，王建兴表达最多的，是他对于城市的不适应，以及他对于远处的乡村和亲人的牵挂："我唯一的想法/是夜色消瘦/夜色的消瘦/在我认住妹妹的一刻/你要喊住父亲的背影。"或者"我这才感到/我这才感到/我们苍茫的恩仇/抵不住母亲秋天般的憔悴/许多年的霜雪/全落进了父亲的白发。"即使他到了天涯海角，即使他瞬间也迷醉于南国的繁华绚丽，但是异域的美不能替代他自己对于家园的牵挂，所以王建兴还是于异域的美之中发现了种种的怪胎和破败，并因此而清晰告白："离家出走的游子/会马上返回故乡。"

王建兴所显示的，其实就是一种遍布于传统乡村的基本的道德：做人不能忘记自己的根本。他因此甚至不惜背身于无可阻逆的现代化潮流，在身旁人们对城市化生活的欢呼雀跃之中独独发现并耿耿于怀于乡村的伤和痛：一方面是城市对于宁静乡村的野蛮破坏或乡村空前的荒芜化——"路一通，黑鱼潭的鱼马上就少了/一到夏天就能听到此起彼伏的爆炸声/放牛的狗蛋看得清清楚楚/戴墨镜的城里人是把炸药拧到瓶子里的。""锁被剜掉/狗被毒死/爷爷奶奶还要下地/四岁半的孩子被拴在门外/玩着狼吃娃娃的游戏。"另一方面则是乡村人不得不面对的进入城市时的茫然和迷失——"又一个打工者出发了——/……/硬是撇下了半辈子的胆小和懦弱/心中一疼就出发了/被伤口划伤的人没有叫疼就出发了/……又一只冲向迷途的羔羊/在不可预知的结局中就出发了"，"青果尚未成熟/漂亮的手指不适合刷盘子洗碗/害羞的眼神也不适合当/宾馆和饭店的门迎/你还没有读好书呢/没有对付一个城市的经验"。

无可否认，王建兴是一个本分的公民，是一个尽职尽责的地方干部，所以在《在冼星海塑像前拍照》《在缓缓降落的缆车上》《我的爱在日夜倾听》和《三年前：所有的感觉都晃了一下》等诗中，人们能够清晰地感觉到他的公民意识、他的大局观念。但是同样无可否认，披着这一切的外在身份，回到一个人的本然，人们能够更为清晰地感觉到作为一个乡村人、作为一个清水人，王建兴发自肺腑的绿叶对根的一份深情。为此，他不仅常常祈祷，"假如还有可能/就让一盏宁静的油灯/来摇曳乡村的深夜/摇醒我在深夜里的/安详和富有"，而且在对家乡民歌反复的拟仿之中，他更是强调，"世上大不过的是长生天/嘴里苦不过的是黄连/羊儿不嗯喘/知道草根甜"。

诚实、素朴、充沛，歌者王建兴从其经验中发抒的感情，构成了一种本分的抒情所吸引人、感动人的先决条件，他由此写就的文字也便在本质上有别于时下许多的无病呻吟之作，显现出某种起自生命真实处的内在质感。不过，客观地讲，就我个人的感觉，王建兴迄今为止的诗歌表达，在体现出经由本然生命和外在道德所施予的感动之外，以诗歌自身或审美的眼光审视，他看似本然、素朴的抒情，却因为抒情者主体内化的不够充分、生活材料诗性提升的明显不足和诗歌话语表现功能开发的不够等因素，给人的整体印象是泛化的公共性抒情或类别化抒情较多而独到的具体化抒情或个别性抒情较少，诗歌的表达清楚有余但是却缺乏余韵深味，经不住反复咀嚼。

基于这样的感觉，因此我想，从本分的抒情到审美的抒情，从好人的诗歌到诗人的诗歌，这不仅应该是王建兴目前亟须认真面对的话题，同时也应该是他下一阶段努力奋斗的目标。

山谷间生长的诗歌

——欣梓和他新近的诗歌写作

今年春天，在欣梓母亲过世之后，我曾去过他出生的那个叫作师白村的庄子。师白村原先属于天水北道区南河川乡管辖，现在则隶属于天水麦积区花牛镇。说起来是很近的，村子距离秦城和麦积的直线距离都不到 30 里，但令人吃惊的是到师白村却要走许多的路——上坡、拐弯，下坡、拐弯，再上坡、再拐弯，再下坡、再拐弯，感觉是走到山的很深处了。到了师白村，站在欣梓家的院子里看南面的山时，诗人雪潇说：从对面直接翻过去就是东二十里铺！

粗线条的描述师白村，肯定很吸引人：铁路自头顶经过，渭河打脚下流淌，四面山峦的静静环抱，槐树、核桃树、柿子树覆盖着，一个典型的川地村庄。但这描述耐不住细化，走近去一打量，才会发现貌似真实的描述，其中所含的是对于真相的遮蔽：铁路是从头顶经过，但也只是经过，出了一个隧洞，喘了一口气，然后又钻进了一个隧洞；渭河是从脚下流过，但流过也就流过，土地太少了，渭河想停下来说一声谢谢都不行；四面的山——南面的山土多土厚，但有点远，是别处人家的；西南是一个陡高的靠背，沙石质地，难得开出巴掌大的一片地；东北山稍大坡稍缓，有些许的地可种，但山形太破碎，仿佛被山贼害祸过似的。这样的状况，也难怪在环视了四周之后，略懂点风水的画家张印生感叹：如此地方，出一个建平（欣梓的本名）不容易啊！

他的话是玩笑话，但仔细想想，也不尽是玩笑话，从某种意义上讲，诗人欣梓的写作就是从这里开始的。

没有问过，也不想问，但我能够猜想四面的山和呼啸的火车对于欣梓童年的梦所能给予的影响。风、鸟、马、流水、远去的背影、苍茫的西部，甚至公元 759 年诗圣杜甫走过秦州时的匆匆的脚步……在许多经意不经意营造的诗歌意象之中，读者可以轻易就发现小村之子欣梓内心深处持续不断的对于远方和广阔空间的向往。

这种向往可以做一般的意义处理：将它当成是正面、积极的追寻，但我个人却更倾向于另外一种意义，那其实是逃离——有一个影子跟在身后，就好像记忆中邻家的恶狗，它追着欣梓，他必须不断地跑。

逃离的慌张曾经极为典型地体现于欣梓诗歌的诗句建构：同一句型的平行排列，有时一首诗里他可以接连使用几个相同的句子铺排内心的某种激情。逃离的慌张也曾经极为典型地表现在欣梓对于诗歌的态度上：有一个时期，他的诗偏向主观，喜爱自我内心特殊体验的直接呈现，造句精致而且用词时尚，给人极为先锋的印象。逃离的慌张甚至波及了他的生活：他早就会骑摩托了，一副墨镜，衬衣不系扣子，风一样从远处来临或没入远方；开博客，主论坛，当版主，夜以继日地在网络上忙得不亦乐乎；甚至蛾子扑向灯火一样扎堆于各种各样的热闹——朋友们的红白事情，外来客人的迎来送去，但凡文友们的聚会，总少不了欣梓的划拳声音或酒后掏心掏肺的表白。

他一次一次让我感动并且感到心情。我有时因此不得不想：这个人，也许本质上就是个孩子。他要始终站在热闹处，他要马不停蹄地忙碌，他要生活中可能的各种孤独都远远地离开自己。

时间流逝，朋友们晃来晃去，看似不变的脸面，事实上已容不得仔细端详，欣梓也不例外——他的脸庞愈加消瘦，眼角布满皱纹，密密直立的寸头有一天我发现白了许多。"欣梓也老啊！"我不能不感叹。伴随这种"老"，有一段时间，具体地说就是 2005 年到 2007 年这一时段，他的诗歌连带着也发生了一些富有质地的变化：历史题材、文化审视、表达的素白、叙述成分的加强等等。和周舟坐在一起时，我们曾都这样感觉：欣梓的诗可能要进入到一个成熟期了。

但是，一个人的秉性是可以改变的吗？一个人生命根部的焦灼是可以被去除的吗？我的疑惑还没有完全消除，欣梓就给我了具体的说明。一个星期前，周舟、郭富平、他和我晚上吃饭，其间说到他新近的写作，我说那就让我看看吧，结果，当天晚上他就给我的邮箱里发了名为《欣梓近作选》的12首诗，并且在留言栏里附言说："元中：遵嘱寄来从2008年到今年为止写的东西，选了一些，应该说是我比较喜欢的，也是能代表我的写作想法的东西。烦劳你把脉了，我以为真正的批评应该是诊出毛病为好，批评是独立于友情之外的。"

他的话依旧真诚，让人感动。我将12首作品打印出来，反复地看和反复地沉思，个人的想法也就慢慢形成了：这12首诗的确能够代表欣梓现在写诗的想法，特别是写诗的状态。

他的12首诗可以分作三个类型。

第一种是《初春》《春分之前》《春日记游诗》类诗作。这一类诗是他从2005年到2007年写作的继续。那些自然景物的传神描绘、人生内容的亲切体悟，附着于婉转自如而又肌理谨严的诗句组织，在诗的开头总是给人非常好的印象。譬如《春分之前》的前两段，"春天的事物都是细小的/比如草，先是针尖大的嫩黄，再舒展成条状的绿/比如柳枝的新，好像是风漫不经心地涂抹上去的//那么玉兰花为什么要那样的出人意料呢？/肥硕，厚实。稠密的花蕾紧攥着拳头一样缀在枝头/然后突然如扑棱翅膀的鸟打开蜡质的花瓣/它是要衔雨而舞，还是要临风飞去？"又譬如《春日记游诗》之《5月1日：石莲谷》的头几句，"谷中岁月由此构成：/山花寂灭，野草荣枯/鸟声在群峰之间起起落落/——不远处/一个人临溪而居，晨起暮归/一个人埋锅造饭，娶妻生子"。这样的句子，不能不叫人拍手叫好。然而，让我遗憾的是，欣梓的这一类诗，无一例外的是开头漂亮，中间乏力，结尾无力，就像《春分之前》，那样好的开头，结尾却是："灯红酒绿的宿醉、贪欢，金碧辉煌的繁华和/一夜醒来的富贵，请归于过去和过去的梦/我还是一个因循守旧的文弱书生模样吧——"总结报告似的意义归纳，真的让人感觉不是滋味。

第二种诗作数目最多，如《问——贾樟柯作品〈安阳婴儿〉》《秋风辞》《汶川大地震周年祭》《十二行：写给湖北巴东少女邓玉娇》等。没有具体订正，但联系近年来欣梓常常谈论的话题，我相信这类诗作是他感觉能代表他的想法、也是着意想让我看的作品。

一位心中有所追求的诗人总是不愿意或者警惕着重复性的写作

的，欣梓也是。天水是一个生活的好地方，但这好地方同时也很腐蚀人的意志。这种腐蚀表现于诗人的写作，就是稍稍有点名声之后，许多人便停止追求的步伐。要么有诗人之名而没有诗人之实，不再写作；要么惯性写作，重复制造，不再有任何新的想法。不满于这种现象，近一两年之内，欣梓似乎格外看重周围朋友写作上的变化，在和他的交流中，我能够不断地听到他兴奋的报告：周舟变了！丁念保变了！苏敏变了！那兴奋给人的感觉，仿佛谁变了，谁就写得好了。这样的看重当然也会影响到他的写作，他的写作曾经特别注重内心、注重个人、注重表现上的节制甚至精致，但是，最近他却变了，变化的结果就是他从个人转向了社会，从内心转向了现实，从婉转转向了直白。

看贾樟柯的作品《安阳婴儿》，他便用诗歌给作品中那个叫冯艳丽的妓女鸣抱不平，"是谁/给了那个叫冯艳丽的女人/做妓女的权力"，"能不能问——/是谁/给了这个叫冯艳丽的女人/做妓女的权力"（见其《问——贾樟柯作品〈安阳婴儿〉》）；了解了巴东少女邓玉娇的案件之后，他更是直接用他的诗歌表达了他的愤怒，"你手中的刀。最初是/插在童年发梢上的那朵杏花吗/是打猪草时手中的那把弯刀吗/……/它是何时变成一道锋利的闪电的——/这被侮辱与被损害者的严重的火焰呵"（见其《十二行：写给湖北巴东少女邓玉娇》）。他的目的就是否定曾经的轻飘，将目光从个人投向时代的沉重，让自己的写作一如时下小说写作中受人关注的"底层写作"一样，粘附上现实生活的血肉气：

> 我想写下秋风
> 秋风似箭，大地苍凉
> 我知道这样的比喻贫血而又蹩脚
> 我想写下灰暗而又拥挤的街道
> 有那么多的行走绝望而又茫然如同
> 胡同的破败。我想写下秋风中的流浪儿、乞丐
> 它们衣衫不整，口袋空空，神色凄然
> 我想写下卖笑者，她们的身上并没有罪恶

我想写下失业者，街头等零活的乡下父兄

它们捉襟见肘的日子不是秋风的一次笔误

我想写下一辆秋风中的三轮车。骑着三轮车

回家的中年妇女，秋风吹乱了她稀疏的头发

模糊了她远去的背影。而生活依然迟缓凝重

……

秋风呵，如果你吹动那轮悬空的月亮

给它黑暗的余生做盏灯吧——

也请吹动我跟前的这个夜晚，让我的笔尖

和墨水更尖锐些，也带上生活的色彩。

——《秋风辞》

　　"让我的笔尖和墨水，也带上生活的色彩"，看到这样的诗歌，我首先体会到的是感动。在 20 世纪 80 年代之后，中国诗歌一路朝向技术化、知识分子化发展，许多时候，诗歌确实已经不再触摸一般人生存的艰难和沉重了，五四白话诗歌所力倡的"启蒙"主题也确实渐渐为强调"技巧""个人"的诗人们所不齿了。欣梓是个农民的儿子，师白村根根蔓蔓的缠绕、四邻朋友和远近亲戚生存的艰难，使他没有办法回避，同时也因此本能地认同写作对于底层或弱势群体愿望的承担。在他上述的诗歌里，人们可以感觉到来自民间的良知和草根生活的道德。在这一意义上，可以说，欣梓的诗歌写作，不再仅仅是写给自己的了，它们同时还是一种代言，发言者身后还站着欣梓所深藏于心中的父老乡亲以及正在受伤害、被侮辱的他们那些在城市讨生活的孩子们。但是，换一个角度，在立足于诗歌本体或本位立场的时候，我却知道，欣梓给我的感动在本质上是一种道德的感动而非诗歌的感动。诗歌不排斥道德的感动，从《诗经》到朦胧诗的接受，中国人反应最强烈、也最熟悉的就是道德的感动，可是，我还是要说明，道德感动只是诗歌继起或派生的功能，而诗歌之所以是诗歌，首要的因素则在于审美。正是在审美这一纬度上，我不仅感知到了欣梓对于社会大题材处置的无力和粗糙——他还没有将他人的、外在的题材内化为个人的、主体的产物，他有对于不幸的愤怒和同情，但还缺乏对于悲剧的体味和沉思，道德的呼唤还没有寻找到一种有力的语言表达；而且他的写作在追求变化时表现出来一种严重的问题——他太过急切地希望借助于社会公共题材，特别是焦点新闻题材制造个人发言时的尽可能广阔的社会接受面，从而使自己的写作能迅速地引起他人的注意。

这依然是太过逼仄的山谷人生的压抑而致的精神焦灼的一种表现，其中有对于功利时尚茫然认同的迷乱，也有对于梦魇记忆极力摆脱的努力，动机可以理解，但是方法根本不对。相比较而言，我还是更喜欢他的第三种诗歌，也就是以《一个傍晚》和《7月5日：许多麻雀不认识我》这一类诗作。

在这一种诗作中，读者既可以感觉到一种萌生于生活本原的亲切和感动，看见一个至情至性的欣梓本人，"它们熟悉我家的院墙/屋檐、瓦楞、窗棂/父亲的草帽和炊烟的味道/它们不认识我——/一定是我陌生的声音和面孔/把它们吓了一跳/现在它们三五成群地蹲在/墙肩、树梢/大声地议论我/这些刚出窝不久的麻雀/它们一定不知道/我其实离开只有100天的时间/它们的父母，那些同样熟悉我家的/院墙、屋檐、瓦楞、窗棂/炊烟的味道和母亲拐杖的麻雀们/会不会告诉它们——/我的母亲已经离开我整整100天了"（见其《7月5日：许多麻雀不认识我》）。阅读这样的诗，我们很少能不被感染：母亲离开了100天了，一个儿子强抑的哀痛无言但却摧人心魂；读者也可以感觉到诗歌自身因为节制、从容而致的美感，"就着洗衣盆里的月光/她在院子里洗衣/一件、两件、三件/我坐在屋檐下和她说话/无非农事、农时/更多的时候我默不作声/两个孩子在屋内的灯光下/埋头做作业——/她偶尔的叹息声里/有槐花缓缓老去的味道"（见其《一个傍晚》）。清晰的景象、冷静的白描、缓缓的叙述里拂不去的月光和生活袅袅而安静的苦味，素朴的语言引领我们回到经验的现场，被眼前温馨，又被表达忧伤。

这样的写作给人的是一种灵魂上的宁静，亲人、家、土地，以及熟悉的事物譬如麻雀、乡村洗衣盆里的月光等等，它们让诗人欣梓知道了什么才是自己真正的不舍。"在这个世界上，哲学让四处游荡的人们找回自己的家"，哲学是这样，诗歌其实也是这样。"人应该诗意地栖居在这土地之上"，诗歌的本质就是找到存在之本相，亦即海德格尔所说的灵魂的家园、精神栖息之地。以此为引导，我们看到正是在最后一类诗歌中，欣梓的诗歌消除了自己记忆深处本原性的焦虑，获得了一种心灵的平静。缘此之故，我以为，这一类诗歌实际上也就是诗人欣梓最能证明自己，同时也应当努力成为的诗歌。

　　由此，我复又回到文章开头的那个记忆中的春天。那是 3 月末的春天，看完了师白村四周的山川地貌，从欣梓家走出，曲里拐弯地走了几个巷道之后，我们来到了村东北一片高大的核桃树下，几只牛在 3 月的阳光中反刍，几个孩子迷离地远远地看着我们，核桃树的叶子还没有萌发，毛毛虫状的花却正在凋落，脚边青青的麦苗和黄黄的油菜花，像画面一样不断向宽阔的东南延伸，一阵风吹过，传来浓郁的泥土、牲口、青草和油菜花混合的香味，有一个瞬间，我记得我们突然都不说话了，轻轻地闭眼或远远地遥望。

　　我相信，欣梓肯定比我们有过更多的那种瞬间，所以，回家，不管母亲在不在，我想，这都是诗人欣梓应该做的事情。

双眼的注视和心灵的驻守

——李继宗诗歌感评

李继宗给我的印象一直是比较沉稳的。性格的内敛、身为人师的顾虑、还有基层工作的些许谦卑，同时又混合着在一个单位负一点责任之后的人的不自觉的矜持和谨慎，所以，虽然我们是早就认识了的，电话号码也是各自早就给过了的，但他和我，其实平常是很少交往的；偶尔见了——比如开会或者远方的写作朋友来了，借着由头大家聚在了一块，他也很少说话，人家发言他低着头听着，人家尽量往台前凑他却总是想着法子躲避于不被人注意的某一角落，即使聚会进入高潮——该吃饭了、该给客人敬酒了，他也往往因为自己的民族饮食习惯和我们的差异，更重要的当然还是性情，所以总是为欣梓或叶梓偷偷领走，神不知鬼不觉于某个小饭馆或朋友的家，寻求自己的宁静和自在。

但是这一次，事情却有些犯冲于我的印象。

先是他给我打电话，说自己想出本诗集了，希望我能给他写点评论。而后就是接踵而来的两封电子邮件。不等我回神，再后又是电话的叮嘱，希望我能写一个比较长的评论，而且要快，最好在 15 天之内。

他这是怎么了？一时间我有点反应不过来了——整整一本书，何况是诗歌，何况是电子文稿，更何况他又不是不知道，我原本就不是那种灵气十足、立马可待的写作高手啊！

莫非疯了！这个时代，一切都在飞速的变化，效率和速度都把人逼疯了，李继宗能例外吗？但这也只是一时的感叹，而感叹之后，因为李继宗的为人，因为李继宗一向的宁静，所以我便只好善意地推测，也许有个不错的机会，也许已经给别人答应了的时间，机不可失，李继宗有李继宗的难处——他原本就是个不愿意难为人的人啊。

但是打开邮件，诗稿前面如下的"作者简介"却吸引了我："李继宗，回族，1968 年生于甘肃张家川。1990 年开始发表文学作品。"仔细品味这段作者简介，复又参照自己的人生体会，慢慢地，对于李继宗先前的反常我也就有了一种自己的解释——也许是误解他了。

从 1990 年到现在，不知不觉就 17 年了，17 年一个李铁梅啊，人生是经不住算的。何况李继宗 1968 年生，今年过了，明年——2008 年，李继宗也就是 40 岁的人了！40 岁后，按民间的说法也就是中年了，中年是一个什么样的概念啊？日到中天，是要准备斜了的，所以，赶在 40 岁之前，李继宗莫不是要给自己、也给喜欢自己诗歌的朋友一个交代？

我没有向李继宗征证，我也相信有人会不以为然并视我有些神经，但是，因为大体差不多的年龄，更因为对于诗歌有相似的感情，所以，人们不以为然是人们的事，但在我自己，却更愿意相信，作为一位诗人，在人生一道极为重要的门槛之前，李继宗可能更需要用诗歌给自己过往的岁月做一个总结或说明。

不为别的，就因为按照常理，每个人都希望用自己喜欢的东西证明自己的存在——农民用秋天的果实证明自己的劳动，教师用学生的进步证明自己的心血，而李继宗呢？在教师、在一个学校的领导身份之外，作为一个更愿意以诗人身份标示自己存在的人，在甘肃天水那个叫张家川的地方，他还能用什么证明自己区别于他人的存在啊？

一　《场院周围》

理解了 40 岁于一个男人的心惊暗示后，李继宗在 40 岁即将到来之前的反常和焦灼自然也就没有什么不能释然的了。

但是，撇过年龄和心理的推测，针对诗歌，我该对他说些什么呢？

虽然此后不再有催促，但是我清楚，李继宗其实在等着，掐着、算着日子在等着。我理解他，我知道等待的难熬，但是，身不由己的牵掣，内心的浮躁而致的不能宁静，使我很内疚，但却一直无法动笔。

此前我曾看过一些李继宗的诗，在不同的场合也只言片语地说过一些看法，但那只是一些因为很有限的阅读而形成的很零碎的看法，而这一次，李继宗把这么多的诗突然都摆在了我的眼前，他是个很实诚的人，我自然也便不能信口开河或信马由缰。

和每一次给自己喜爱的东西准备做点说明一样，这一次，不管李继宗如何如何的着急，我还是想让我想说的话，一点点从感性的阅读中开始慢慢生长。

打开诗稿，赫然进入眼目的，自然首先是诗集的名字——《场院周围》。据我的经验，诗人总是一些对于词语特别敏感的人。"语不惊人死不休"或"吟安一个字，捻断数根须"——这是古人的说法，自然不足为信，写新诗的人没有这样用功，表达也不会这样夸张——但"诗到语言为止""写诗某种意义上讲也就是写词语"的话，也是许多人嘴边常挂着的。缘此之故，句子的营造、标题的设置、特别是作为书稿之"眼睛"的书名的拟制，诗人一般自然都很用心。天水富有声望的诗人王若冰早期诗作出版时取名《巨大的冬天》——"冬天"而以"巨大"去修饰，由此王若冰取材的内心化、风格的坚硬、表达的夸饰甚或词语的陌生组合所暗示的一种现代主义写作倾向，其实即此也便昭然若揭了。而另一位诗人周舟诗集出版时则以《正午没有风》命题——"正午没有风"，本来是个极为普通的叙述句子，仿佛是一个人晚上写日记或给人打电话讲述当天的天气，但是这个本来很普通的句子，因为一位诗人的讲述，因为一位有点风霜之痕的诗人的讲述，使得诗歌大的语境所提供的特殊的氛围，在周舟漫不经心的叙述中却奇异地产生了某种抒情味道：它不仅虚拟了某种悬念——"正午没有风"，但是后来……让读者因此有了自然的期待；而且将叙述一转而成回忆，回忆在将一个人的讲述打开之时，慢慢地又成为一种描绘——正午没有风，早晨的忙碌之后下午的忙碌之前，小小的一段时间的缝隙，别人都在午休，而一个上有老下有小的男人在一阵奔命似的忙碌之后，在一支烟袅袅的疲倦里，开始慢慢浮现自己的梦和内心，这梦和内心其实就是男人周舟琐碎日子中的优雅的诗，而"慢慢浮现"则更准确地显示了诗人周舟于平静和从容之中精雕细琢诗歌的一贯作风。而雪潇更绝，诗集要出版了，没有名字，出版社要作者的相片，他随便找了一张半身像，将半身像准备装进信封邮寄时，他的灵感突然就来了：干脆就叫《带肩的头像》吧！貌似随意之至，但其实也妥帖之至。"肩膀"是肉身，是形而下，而"头"却是肉身之上的存在，是诗人本自高贵的灵魂，虽然现实常常让它低下低下再低下，成为一颗"混头"，但雪潇就是雪潇，这颗"混头"没人了照样高高抬起，在最俗常的生活中发现并吟唱他高傲的诗歌。

《场院周围》，李继宗的取名大体内似于雪潇的聪明。从表面看，这只是一个很普通的名字，他的诗稿中就有一首诗名叫《场院周围》，而以诗名作诗稿之名，这原本是许多诗人都不约而同采用着的。但是一首诗之名而成为一部诗稿之名，这毕竟是一种抬举，是一种格外地看重，所以这诗名，在诗人也便往往别有寄寓了。

那么，李继宗借此要寄寓什么呢？《场院周围》，似乎没有什么特别的东西——安静、客观、简单，简单到连一个句子都构不成。但是且慢，《场院周围》，一个简单的词组，词组代表的是一个非常具体的对象。当诗人删繁就简，将一切多余的枝叶都取掉而只呈现这选择的果实之时，按心理学的常识，他多半也就在突出和强调这种果实了。

《场院周围》。先说这场院吧。它是农村人在村子外边自家田地整治出的一个夏秋打碾、冬春堆柴晒粮的场所。城里长大的孩子对此是没有记忆的。有童年农村生活经历的人，自然知道它是别的"院子""庭院"之类的词语所不能替换的。走出一个村子，接着就是走过一些场院；而走进一个村子，往往先要经过一些场院。童年和家，相信这会是许多生活在城市的农村人由"场院"而自然生发出来的联想。

乡土或乡情，李继宗诗歌的取材其实已经很明白了。但是"场院"只是一个修饰词，是一个台阶或一道院墙，拾级而上或者打开门，这个取名真正的中心其实是"周围"。籍此，我们可以慢慢明白，李继宗显然还不满足，站在场院中央，他还想或者最想给人们介绍的其实是"场院"的"周围"——譬如西梁山下的麻地、譬如关山上的月光、譬如土塬上的空旷、寺湾的寂寞……。在此深情而游移的目光之中，我们分明还可以感觉到某种态度，不经意的，就像陶渊明对自己隐居之家的介绍："方宅十余亩，草屋八九间。鸡鸣桑树颠，狗吠深巷里"，"没有什么"，但是平淡的口气中分明却有某种弥散着的优越和显摆。

我由此知道了，李继宗编辑此诗集之时潜在的交流对象。审阅、出版、发行和进一步的阅读，这都是他不能左右的远方的城市的事，所以，《场院周围》，在写作的姿态上，这应该是一个乡村人对城市人所进行的言说。乡村或许是诗的，但诗的现实之接受者——编辑、朋友或者更多用钱买诗、读诗的人，他们大多是一些居住在城市的人。

二　张家川或者关山

知道了他的话是说给谁的，继续阅读，我们自然很快就能够明白李继宗会说些什么或怎么说了。

我们还是先回到诗歌自身吧：

场院周围：烟叶干燥，蕨菜晒黑
有人挑走篓筐还没有回来

场院周围：七月里起了风，八月里落了雨
九月川道上灰尘模糊不清

场院周围：银叶杨合抱在一起
推开月下大门，像是让它们各自分开

场院周围：河水太低，天空太蓝
这时想一个人和两只篓筐走在它们之间

起初：他朝场院这边发一声喊

接着他蹲下去在河边洗手

后来，场院周围——一个人
整天就这样想着过她的日子

——《场院周围》

　　这是一个寂寞但完整、自在的世界。虽然是讲给不知道的远处的城里人听的，但是给他们讲，却偏不讲他们熟悉的生活——譬如单元、斑马线、肯德基之类的东西，而是完全低下头，不看他们的脸，自顾自地只说自己的事情——风、雨、灰尘、银叶杨，还有一个人和两只空空荡荡的篓筐。不懂的人自然会说：怎么这么没脸色啊！但是他们却真的是不懂，事情其实远不是他们想的那样。

　　中国经济正在飞速地发展，飞速地进行着现代化。现代化是什么？很复杂。但是这复杂在一个乡村人看来，其实也很简单，简单到可以用一句话来概括：乡村的城市化。乡村的城市化所带来的：一方面是大量乡村人的进城打工，以及城市的繁荣；另一方面却是乡村的迅速的萧条乃至消失。城市的问题就这样突然急剧地多了起来，城市对乡村的怀想同时也就这样强烈了起来。环保、旅游乃至最后无数的"农家乐"在大大小小城市的兴盛，在大量的城市人走入"农家乐"享受一盘盘野菜的清纯之时，文学中的乡村或民间也就这样悄悄地流行了起来。

　　先是西部高原奇异的自然，而后是江南烟雨中的民居，再而后呢？就是各种各样富有个性特色的地方自然、动植、建筑、食品和风情。

　　就以甘肃的诗歌来说吧——阿信选择了甘南、叶舟选择了敦煌，当有作为的诗人们纷纷寻找一片山水作自己的名号标识甚或灵魂寄寓的处所，并因此而骤然使自己的发言而有了一道亮色或一种厚实的底韵之时，我们能说李继宗的这种选择便只是一种不懂人情世故的木讷吗？

　　要让城市人感知真正的乡村，最好的办法当然是给他们上原汁原味的灰灰菜和麻皮洋芋，而不是相反。当人家问你都有什么时，你用变了调的普通话说：先生，我们有日本豆腐，有西芹百合。李继宗的聪明其实即此而来，他比我们想象的还要聪明两倍。

我们因此要感谢他的自顾自说的木讷。

在《场院周围》，"起初：他朝场院这边发一声喊/接着他蹲下去在河边洗手//后来，场院周围——一个人/整天就这样想着过她的日子"。一切都是自然而然的，像天老地黄的当初。这样的阅读无端地让人想起沈从文先生的《边城》——山水、白塔、小船还有翠翠的寂寞的成长和忧伤的爱情。"场院周围——一个人/整天就这样想着过她的日子。"这是一个悲哀但纯净的故事，城市的影子还远没有到达。

但是《场院周围》，还是一个更大的空间。诗中的女人看了看场院就低下了头，她的爱情只在心里，而李继宗还要给读者介绍更多的地方：走下杏花崖，走出前河沿、寺湾、丹麻梁上、西梁山下、关山、马鹿草原，甚至走得更远，经过陇西，来到甘南，来到康巴，来到金张掖银武威组成的河西走廊，来到想象中的新疆。他还有那么多的事物要给我们拿出来：奔跑的马、飞翔的鹰、逃命的兔子、吃草的羊、看羊的狗和吵架的麻雀；银叶杨、山毛榉、苜蓿花、秦韭花、羊蹄花，麦地、麻地和玉米地；砍柴的人、放羊的人、骑马的人、坡上挖土和掘地的人、井边打水和问话的人、上学的学生、过河的商贩、老人马世贵和朋友马丑子；自然还有枣叶落地的空阔、有炊烟和迷雾中一条板结的路的躲闪不及、有木桶在深井里的呐喊、有树林在雪地里很粗的呼吸和一个少年在麻地里的慌乱和秘密……

太迷人了！这么多的地方和它的褶皱样的沟沟峁峁，这么多的植物、动物和它们活动的细节，这么多的张望、聆听、感受和心事，当李继宗把这么多他看见、听见的东西和他看时、听时心里想到的东西如数家珍地向我们一一展示之时，我们不能不心怀向往同时又羡慕嫉妒甚至还有小小的恨。

和他相比，我们已经很少有自己的自然或者健康的眼睛和耳朵所需的内容了。忙碌、书本、电视、电脑还有手机、MP3 等等，一天结束，闭上眼睛复现生活的内容之时，我们已经很难让一棵树栩栩走出，让一朵花生动摇摆，让一声叹息月光样落下，让一片心事蛛网般展开。不要说一道山坡上声响稠密的春天的内容，不要说一个季节色彩缤纷的花草变换，更不要说一位敏感的诗人对场院周围清晨黄昏的皈依和逃离，多少的日子，单是窗外有没有月光这样一个简单的问题，就让我们在隔日的讲述里千难万难。

水泥楼房中上不见天、下不着地的存在，城市已然掏空了我们，对照于我们记忆的苍白和贫乏，我们不能不羡慕李继宗，他的沉默和内敛让他积攒了那么多的经验，所以遭遇荒年，别人的语言面黄肌瘦，而他的讲述却总是青枝绿叶。

黏泥带土，这原本是一位写作者使自己的讲述获得生命的基本要求——鲁迅于绍兴的熟稔、沈从文于湘西的迷醉、张爱玲于上海的清晰、昌耀于青海的投入，大师们走过的路，原本是很能说明问题的，但不幸，我们却总是忘记。李继宗不一定因为大师才有了写作的领悟，但受启于张家川——更具体点说，他作为自己精神根据地的关山动植的启示，他也有足够的理由走上大师所指给人们的这条朴实的路——一个脚下有土的人，一个心中有储蓄的人，他便是一个说话有底气的人。

三　眼睛和耳朵的讲述

许多树，把自己的子女献给飞逝
许多叶，从此被抛入漫漶和空虚

入秋，我坐在老家门口
仿佛被关山举在它的枝上
我的经历，身世
和对风的表达
超不出一个秋天的小孩的
愿望和想法

而关山端坐在黄土高原
被秋的宽广抚摸。簇拥

先是遍含霜迹，然后沉实无声
让我在它的对面
重新站起
又内心充满惶悚

那时，只有我知道：
关山，是我唯一崇拜的一种力量
无论过去，还是世纪末叶

————《关山的秋（之一）》

　　关山或者更大的张家川与诗人李继宗的关系即此也可见一般：前者是他眼中看见的事物，是后者的关照对象，同时也是让他坐着又站起、让他内心充满惶悚而又不能不崇拜的力量资源。

　　大自然的神秘造化，还有关山背后一个原本也骑马放羊的兄弟民族坚韧绵长的文化精神的注入，注定了李继宗在面对他的关山或张家川时的庄严和自在。因为庄严，所以他拒绝了戏谑乃至一切轻浮；因为自在，所以他很少夸饰甚至很少随意地比附和引申。他似乎只想用自己忠实的眼睛和耳朵，用他的所见所闻勾勒出一个生他养他且让他不能不终身厮守的关山世界。"城北黑了/前河沿黑了/积雪的田亩黑了/场院黑了/去年丝结椽头的蛛网黑了/堆在墙根的劈柴黑了"（见其《黄昏以后》）；或者"请说说我身边西梁山上待收的玉米/请说说那些沿山缠绕的羊肠小路/去了多少人/来过多少霜/请说说多少柔和与喧噪的声音/（鸡鸣；人的吆喝；犬吠；蜜蜂嗡嗡而过……）/光临过兀立的油菜花/和玄黄晕目的川地"（见其《秦家塬》）；甚至"我仿佛听见一个声音说——/村西有青砖黑瓦/村东是一眼泉水/不要离开她，不要失去/这屋后的山顶和对面的山冈之间"（见其《透过薄暮下的屋檐》）。如此这般的表达，你说它铅华洗净也罢，你说它语出本真也罢，李继宗用诚实的叙述为我们一一勾勒出的事物——自然、人事甚至内心，当它们已然成为他心灵和精神的一种载体之时，有关它们的表现，于诗人李继宗而言，似乎便只是注视和聆听，只是在耐心地等待之中，让事物自己走出来哭、笑或者介绍自己。

　　这种极为本真和简朴的表达让我们想到了一个时下很时尚的词语：原生态。李继宗写得好的一些诗——如《黄昏以后》《丹麻梁上的月色》《场院周围》《天凉了》《寺湾的寂寞》还有《西梁山下》系列等——都在一种近乎白描的叙述里，让我们感受到了他所看见和所听见的事物的纯粹和本色。

　　这是一种很像是现场报道的表现形式，虽然报道的并非一个机械物而是一个很具体和个性的人，但一切的讲述——讲述的所见所闻所感所想，却始终是落实在对象自身的，是着眼于诗人自己所欲呈现的那个世界的。即如"起初：他朝场院这边发一声喊/接着他蹲下去在河边洗手//后来，场院周围——一个人/整天就这样想着过她的日子"（见其《场院周围》）。"一个人/整天就这样想着过她的日子"，原本是很主观的臆测，"她"是不是就这样想着，而且是整天就这样想着，谁知道呢？但是让人极为着迷的是，即使是这样的主观的臆测，其却总是不破坏画面的整一，不给人强行介入或蛮横要求的无礼感觉，相反却使人觉得"她"本来就应该那样想着的，"她"原本就那样整天想着的。

　　这样的表现显示出了李继宗与天水另外两个优秀诗人周舟和雪潇的差异。周舟和雪潇也都是极具感性和现场感的诗人。周舟的表现——像《七星瓢虫》《甘草店》特别是《渭南旧事》，事物的出现总是要靠回忆的一遍又一遍地擦拭，精致和用心，无论怎样真切的眼前的事物，终了也总会成为在一种人心里或梦里存在的印象；而雪潇更是剑走偏锋——譬如他的《黑鸟》，"一只黑鸟/一颗汉字/一个孤独的黑衣人在舞蹈/两只黑鸟组成一个词/组成一个天上的小家庭/三只黑鸟中必有一只娇小而调皮/四只黑鸟/一个温柔敦厚的成语/而一群黑鸟呢　一群黑鸟/就是一个丰赡的长句子在飞翔"。这些更朴实、更本真的语言，在他的诗中却完全是从比喻中生长出来的，由汉字到词到成语到丰赡的长句子的飞翔，由人到家庭到娇小而调皮，看似随意之至，其实却往往机关重重，宛如旧时文人的山水画，平淡的皴染中总是别见聪慧和机智。和他两人不同，李继宗总是更喜欢紧紧围绕着现场，他发现了一个世界，他的一切便都起起落落于这一个世界，就像：

秋风吹过
四周突然铺排着庄严的寂静

一层沙土倏然揭开：蚁群受惊
藏伏不深的植物块茎裸露无遗

顺着回廊翘首的檐角
去年的蛛网松松散散
西南天际
——正悬着
半个清晰的白昼之月

不停地吹过……不停地吹过
是什么在其中怀着上升的期待
四周——
遂有不停铺排的庄严的寂静

——《场院周围》

四　我想和我

"本真""自然""原生态"等词语的高频率使用，极易使人产生误解，以为李继宗和许多落后地区的写作者一样，就是以对自己土特产一样的生活的出卖来吸引别人的眼球、也给别人开胃的。但实际的情况却并非这样，只要认真阅读过李继宗的诗，人们自然就会知道，李继宗从根本上讲就是一个新诗的风格培养出来的诗人。新诗和旧诗的区别，细分起来自然是很麻烦的事，但长话短说，也就是郭沫若的意见——新诗，更多的是自我和个性的。更何况李继宗给我们介绍的场院周围的关山、西梁山、马鹿草原之类，毕竟是栖息着他的精神的土壤，是经过他选择的，因而也必然是他心以为然的写作对象，所以，面对关山或张家川，我们可以看到，李继宗的抒写，在眼睛耳朵之外，其实更多的是他在面对或聆听之时的心理活动——即他的所感所想：

> 像遥远的回忆才刚刚开始。
>
> 我听见我一手提住的绳环已经松开
> 听见冥冥中呼喊的声音
> 像一阵由远及近的人的脚步
>
> 像漫长波动的钟——
>
> 无数薄暮之后的安静与睡眠
> 被木桶提上来
> 到了地面
>
> 但我听见深井中的人生——
>
> 一只怎样壮阔的木桶
> 才能使它摆脱
> 走出和抛弃无端的黑夜？
>
> ——《我听见深井中的木桶》

　　这是一种描绘但更是一种体验，是一种写实但更是一种想象，当对象早已成为主体的一种精神的存在之时，那么，反过来，精神的存在也就往往在不经意中纯然化作了一种对象的具体形态。所以，虽然往往是极纯粹事物的描绘——"静虚中有人梦里说话/前身后事/只托付一地烟叶/和一仓银闪闪堆放的莜麦"（见其《丹麻梁上的月色》），但却分明有叹息，分明有难以言说或不能言说的温馨和惆怅；虽然是极纯粹的心理活动——"前身后事……/我知道——/多少人今夜就这样在月亮一侧酣睡/嗯，一庄人今夜果然就这样在月亮一侧酣睡"（见其《丹麻梁上的月色》），有沉陷的迷醉，有体察的欣然，但说出来却只是村庄中的月亮和酣睡。

"一片风景一片情绪"，湖畔派诗人华兹华斯的话自然是不错的，但是反过来，"一片情绪一片风景"，这话其实也是很有道理的。正因为如此，所以李继宗极喜欢用"我想"这样的造句方式，"我想：/这寺湾初春的大地上还仍然横陈着残雪/像黎明前的黑暗，不仅散漫/而且与遍开山坡的迎春花相比/还缺乏时间的有力配合；我想：/这初春寺湾大地上的残雪地带/其犹如我——"（见其《残雪地带》）。这"我想"连带着许多与此类似的表达——"我发现""我注意到""我知道""我梦见""我怀疑"以及"你发现""你注意到"等等，都使我们真切而具体地感知到了李继宗诗歌在对象的主体化和主体的对象化自如转换中所产生的独自的写实而又抒情、抒情而又写实的动人魅力。

同时，在诗人高频率的"我"这样的第一人称限制性叙述之中，通过感性具体的对象描绘，我们也渐渐地发现了一个讲述者"我"的复杂而矛盾的形象。

他是一个坐在场院上观望的人，是听见麻雀吵架、是看见兔子逃命、是在麻地中惊惶、是在土塬上转悠的一个自称是山民的李继宗。这个李继宗是他所写的关山或张家川的一部分——用他的话讲，是它们用自己的树枝举起的一个果子。因为是其中的一部分，所以他的讲述就像是讲自己，像是肺腑的自语。即使是闭上眼睛，对象的面貌甚至心跳，在他也就都如数家珍了。

但同时他也是一个旁观的人，是一个将张家川或关山看作是自己的对象的人。他看着这块土地上那些放羊的人、砍柴的人、低头洗手的人、挖坡的人、掘地的人，但他却不是那些放羊的人、砍柴的人、低头洗手的人、挖坡的人、掘地的人。他有另外的名字，譬如行人、远客、皮货商、蹚河而来的有山毛榉气息的神秘人或者毛发黏结而衣衫褴褛的漂泊的旅人；他有更远的向往，譬如康巴、譬如甘南草原、譬如金张掖银武威之外的想象的新疆；他更经常地以读书人的身份出现，对于村校、课本、学生、江南和祖国；他所关心的东西不是这块土地上一般的人所关心的东西，譬如新来的领唱的姑娘、偶尔从村道上走过的女音乐老师的身影；他所喜爱的也不是这块土地上一般人所能喜欢的。除此而外，笛子、诗歌、甚至黄昏屋檐下的怅惘、夜晚月光中的聆听，他的奢侈和高雅也不是这块土地上的一般人所能够拥有的。

在许多的情况下，李继宗都想通过努力将这两种不同进行统摄。"耕、读、第"，这是乡土中国根深蒂固的愿望，蛰居于张川，这更是李继宗安居乐业的必然需求。所以，在他的诗歌中，我们能够不时发现这样的表达，"被水洗净的脏手使十指为镜的时候/它终于照出了我的企图——/一个秋风拂面的人/一个朝纸张里张望的人"（见其《安排》）。能这样，当然是最好不过了，但问题是，时代是这样的蛊惑人的意志，而一种旁观的纯净——不管是自然，山水，还是文化，久居其中，深入了看，却往往免不了展现出它纯净之外的单调和贫乏。这就像许多貌似理想的婚姻、许多的微笑和健康，你看但不要走入，否则，上述美妙之至的企图，展开了也便是，"他，把自己安排在瞬息即逝的一阵恍惚里/要与现实形成一种强烈的反差/和一种鲜明不过的对比"。色彩的冷暗、调子的低沉、月光、雾、土尘，李继宗诗歌中挥之不去的寂寞和忧郁由此而来。

五　问题和结语

这里分明有某种难以调和的矛盾和紧张。诗人是确实被吸引了，真实的流云飞雨和动植草木，它们见证了诗人晨起暮落的眼神和心情，而且也给予了他心灵的抚慰和力量；生于斯长于斯，现实中不可能分离的关系，在这儿一日，诗人就要为自己的存在寻找一份存在的理由。正是在这种意义上，我们理解同时也感动于诗人对于自己所置身的环境的一种发自心底的感恩，"哦，西梁山/一切发生的事都令人猝不及防/但你似乎一直把一个名叫李继宗的山民/当作你自豪的亲人/并坚持教他学会——/生存的处变不惊/哦，那黄昏雪中依依不舍的耐心"（见其《黄昏雪》），这是多么动人的诉说和表态！但是，且慢，一切果真只是这样吗？"一瞬/原来也很漫长——/你看，被它的青色暗暗收藏的往昔/正由它向我远远的打开"（见其《一瞬》）一时间的难熬，本起自于远方的诱惑，所以诗人不断地给我们讲与一个黑衣旅客的会面，讲远方的康巴、甘南草原和新疆，讲寂静中千万匹马的蹄声，讲看见一只山鹰时的感动和忧伤，"我想抚一抚，搂一搂/我想我应该看见你布满血丝的眼睛/同时，在你的眼睛深处/看见我那时的愿望"（见其《山鹰飞去》），这难道还不足以使人明白吗？李继宗所写的关山也罢、张家川也罢，原本就只是他美化或理想化了的一种存在，而在现实的世界中，这环境对于诗人而言并不是真正理想的环境——"我在这里写下并朗诵的诗歌是寂寞的/于低落河水，空阔群山/似乎无增也无损"，所以许多的事原本是无可奈何的结果，是不得已而求次之的产物，"我无意离开此地/我带着一道汹涌依旧的寂寞沉入寺湾/我日益聆听鸣禽和秋虫/自水边正弹奏一架能容纳百人穿过的木桥"（见其《寺湾的寂寞》）。

这其中有着某种不易看出的道德的完善倾向。于现实的层面，这完善是必要而且有益的，它可以使诗人躁周围环境的紧张精神得以松弛，使诗人躁动不已的心得以平静，这样写出的诗歌也对于一般读者寻求精神休闲的现实需求能够产生一种生产和消费的满意效果。但这完善对于诗人李继宗自己，却内含了一种于自己生存真实图景不愿或无力正视的软弱和平庸。紧张精神的轻易消弭，其所意味的就是诗歌张力——亦即诗歌丰富意蕴形成或意义生成结构机制——的消解。即如这样的表达，"光阴守着日子/双眼守着北方//一个相互倾诉，相互搀扶/相互守着的世界——/诗人说：为了追忆和想念/我随时都会整齐地站在你们身边"（见其《独白》）。语言所指的空洞、造句的拖沓、空泛的公共化抒情，还有刻意的点睛和提升，李继宗的慌乱和有时为了写诗而写诗的行为（在他或更多的人，这本是可以理解的，岁月流逝，人们总该有所交代），彰显了在一个缺乏思考、缺乏砥砺和缺乏倾诉、缺乏聆听的孤独环境里的他的迷失。

城市即在此意义上显示出了它对于李继宗诗歌写作的影响，他自己琐碎寂寞于此，而诗歌创作的朋友们热闹进步在远方，在文学特别是诗歌日益边缘化因而圈子化的这个时代，对于诗歌，只有诗歌能够理解和呼应，而在现实的环境里，谁是秋风来时颤抖的关山的聆听者？谁又是土塬上花开时知心会意的鼓掌人？寺湾的寂寞迷塞于天地，李继宗的眼神也便不能不晦暗和迷惘！

　　但其实，李继宗真正吸引人的诗歌本就源自于他内在矛盾而又紧张的精神存在的感性表现，在而不在，皈依而又叛离，眷恋而又远行，即如《过年》、即如《秋风吹过》、即如《寺湾的寂寞》和《黄昏以后》，"是疏远而临行驻足的一点回声//是一点希望，当我离你远行/让我再望你一眼/让我再记你一遍，一股灰尘的气息/一片蕨麻和油菜地/一股河水和一带远山"［见其《土塬》（之三）］，或者"我仿佛听见一个声音说——/村西有青砖黑瓦/村东是一言泉水/不要离开她，不要失去/这屋后的山顶和对面的山冈之间"（见其《透过薄暮下的屋檐》），情绪的纠葛和斗争，词语组织的悖反和亲和，这才是真正有力的诗歌表达，这才是真正能触动也能走进人心里的诗歌表达。

　　"独自成为"或者"为困难而写作"，这自然是很难的、也是更高的要求。而现实的喧嚣和诱惑正在加剧，毋庸置疑，当代中国诗坛正在不断平庸和堕落，这原本是没办法的事，天地玄黄，众神归位；反过来说，这其实也是好事，因为也许只有这样，当代中国诗歌才能真正经过有效的淘汰而有所沉淀。在孤独的环境里，通过数倍于别人的努力，李继宗的诗歌业已显现出了他极富特点也极具个性的潜质和魅力，但与他所从出的榜样——譬如阿信还有阿信背后的昌耀们的那些优秀之作相比，他的写作显然还有很大的提升空间。而能不能由此而清醒，正视、反省并勇敢地将自己的笔触伸向自己本就复杂且极具张力的生存语境——也即由自然与社会、个人与周围、汉文化与回文化还有更内在的皈依和批判、仡守和超越等关系组成的复杂关系网络，用诗歌的方式触摸一己生命存在的真实图景，于更大的层面与更为广大的人群对话，当是李继宗下一步要做的事。

　　"远在远方的风/比远方更远"，这是海子的诗句。李继宗喜欢写风，喜欢闭着眼睛看想象中的远方。缘此之故，我将这诗句说给他，作为结语，也作为希望。

　　兰州到天水，几百里的距离，希望他能够听到。

场院人生：经验的回忆和文字的建构

——李继宗的近作《会飞的场院》和我所以为的
李继宗的诗歌写作

公共场合的不善言辞，让诗人李继宗的交流倍显字斟句酌的艰难和认真。就是这样的一个人，当他执意要用"场院周围"这一词语命名他的第一部诗歌集子的时候，我知道，这词语肯定是经过了千思百想并且深具含义的。

"场院"一词由此为我所注意，"场院"一词也由此成为我理解李继宗这个人和他的写作的一个非常便捷和重要的切入口，在将他的出身经历、他的生存处境、他的人生追求和他的诗歌的美学表现联系起来进行整体的思考之时，我由此也便不断地想起他的"场院"意象。

他曾写过一首诗就叫《场院周围》，他的诗集《场院周围》的名字实际上就由这首诗而来。已经好些年了，但是迄今为止我依旧觉得《场院周围》是李继宗写过的能叫我反复赏玩的一首好诗：

场院周围：烟叶干燥，蕨菜晒黑
有人挑走篓筐还没有回来

场院周围：七月里起了风，八月里落了雨
九月川道上灰尘模糊不清

场院周围：银叶杨合抱在一起
推开月下大门，像是让它们各自分开

场院周围：河水太低，天空太蓝
这时想一个人和两只篓筐走在它们之间

起初：他朝场院这边发一声喊
接着他蹲下去在河边洗手

后来，场院周围——一个人
整天就这样想着过她的日子

——《场院周围》

看这首诗，我首先注意到的是一种生动的人生形态：七月、八月、九月，合抱的银叶杨苗壮高耸，一个人和两只篓筐在天地之间空空落落地走动。而后我又注意到了一种真切的精神存在现场："场院周围：河水太低，天空太蓝/这时想一个人和两只篓筐走在它们之间"，"后来，场院周围——一个人/整天就这样想着过她的日子"。对于前者，我想，场院对李继宗而言，应该是一种人生经验，它是曾经的生活在他的记忆中挥之不去的遗存，所以，借助于对它的描述，李继宗就可以熟稔地返归自己的童年、家和生长的历史；对于后者，我想，场院对李继宗来说，更应该是一种突出和一种强调，一种小心呵护和精心建构的意义家园，"场院周围——一个人/整天就这样想着过她的日子"，很显然，这是一种描述，但更是一种理解，一种心以为然。

如果说，我曾经的想法只是一种朦胧的感受的话，那么现在，当又一段忙碌枯寂的日子过去之后，当李继宗磨炼出这一组名为《会飞的场院》的诗歌之后，我知道，曾经的朦胧现在已然成为更为清晰的现实。

在《会飞的场院》组诗中，我看到的依旧是从那些经验或记忆中走来的生活遗存：水井、羊群、草垛、湿麻绳、白昼的月亮、夜晚的虫声、新栽的一棵树、走过的一场雨以及在岁月中头发愈来愈白的母亲和银叶杨树下两个人关于生死的一场谈话，甚至风中蒿草习惯的苦香、一个人坐在场院上凝望的"空""远""虚"和想事情时的"空""远"……我想，这些存在——特别是那些个人心理细节的自在从容呈现，看似随意，但其随意中的笃实和富有质感，却显然是非得有经年累月的凝望、端详、聆听、体会、承受作坚实的支撑才能完成的。只有旷野中的一棵树才能真正说清风的轻重和季节的冷暖，因为在太多的日常经历之后，不知不觉，那些风和季节就渗透到树的骨血之中了。

　　但自然，这种经验或记忆的呈现不是李继宗的《会飞的场院》吸引我的全部。"诗言志，歌抒情"，诗歌说到底是诗人对自我的一种表现，所以，在经验记忆之外、在生活呈现之外，我看到了李继宗相较于以前更为自觉和积极的对于"场院"的经营。

　　其实，早在第一次品读《场院周围》时，我已经隐约感觉到了在那首诗中作者有意建构的某种结构：起初的平静和平和，而后在想象中一个人和两只篓筐的出现对于平静和平和的打破，但是这种打破和想象也就那么一会儿，诗歌的结尾，"场院周围——一个人/整天就这样想着过她的日子"，一切复又归于平静和平和。这样的结构，于诗中的人物而言，自然是祖祖辈辈生活形态的实写，但是对诗歌的写作者而言，这却是一种发现、一种透视、一种审美主体积极的意义建构。而现在，延续品读《场院周围》的感觉，细细深入到《会飞的场院》里文本的内涵之时，我可以更为清晰地感知到，先前的那种意义结构的建构，对于李继宗而言，显然已经更为自觉和主动。

　　"今夜的场院，因为吮吸来自旷野的风，连缀蟋蟀闪亮的叫声，于墙头马上锅碗瓢盆之上遍布瘆人的光芒，因而是千变万化的"（见其《今夜，只有场院是千变万化的》）；"一棵树的场院，因为多了一寸土地，多了一个照射的对象，一个滋润的对象，所以它增加了自己的宽阔，它让害虫不得安宁"（见其《一棵树的场院》）；山间的场院，任凭寂静燃烧和岁月递增，它却始终能够"立在原地等严寒/站在时间中等开花结果/也等创伤"（见其《山间场院》）；而大地湾和马家塬邻近的场院因为居家，因为刚落过一场雪，因为才飞起一只黑鸟，所以也便"更逼真"（见其《场院短歌》）……很明显，因为这种积极主动的意义建构，所以李继宗写出来的场院，显然已经不再是他记忆中的场院，不是他诗中的天荒地老的场院，而是他以为的居所，是他守望的家园，是他希冀安顿心灵、处置灵魂的归宿。因为这样的原因，所以在李继宗看来，场院是千变万化的，场院是会飞的，场院承受得住一棵树年复一年的守望，场院值得一个人将自己幻化成为一条松土的蚯蚓，并且用一万年的时间，和黄土构造出永恒不变的秘密。

非常清楚，李继宗的《会飞的场院》组诗中原本就存有两个场院，经验记忆中的场院和文字建构出的场院。这两个场院一个客观，另一个主观；一个本真混沌，面露生活本原的丰富况味，另一个却存相虚幻，内含诗人主体的复杂寄寓。二者之间，有和谐一致的地方。借助于前者的还原，读者可以细绎李继宗诗歌内容形成的自来和依据，体味在主体和对象遭遇的时刻因为两个世界的和谐而致的诗人精神以及诗歌的宁静之美；而借助于后者的发挥，在两种场院距离的有意识强调以及对已有距离积极的主体消弭过程之中，读者可以感觉到李继宗诗歌在平静中不经意体现出的某种张力，还有诗歌的写作给予诗人化解现实苦恼所具有的意义。

所以，依旧是那一种结构：平静—平静的被打破—主体积极作为之后的再一次平静。这结构看似简单，但实质上它却因为揭示了无数人和事物存在的真相，因而更像是一种文化的"原型"——一个人或事物起初出现时，世界总是平静的，但是后来，在他或它的成长过程中却总是要遭遇许多变化，这种变化即成长。一个事物不会永远变化，不断的变化总是带来分裂的痛苦，所以无论变化有多少，在人或事物本身，却只有回到一种宁静，他或它才能固根守本，从而把握一种切实的幸福——这其实完全是一切存在本身的故事。

正是因为这种原型或故事的存在，所以我能够在李继宗貌似简单随意的诗歌写作中体会到某种认真甚至苦心的经营意味：即使所有的事物都不搭理或讽刺"我"，即使蒿草上的风不再给"我"吹来习惯的草香相反却吹来忧伤，"我也不去，还有遗忘"，"我还要干净整洁地留在场院/于百思难解中/回顾此生的追悔"（见其《留守》）；即使场院周围的积雪"埋住了它所能埋住的蒿草，地埂"，但它"埋不住傍晚进去/后半夜才出来的风声"，即使它"埋住了它所能埋住的/我的眺望"，但它

"埋不住眺望中时光的空、远、虚/起身，又坐下，那一个人/在场院上想事情时的/空、远、虚"，"北塬上，一个经常有人外出闯荡的场院/剩下的人，孤男寡女/难得能忍受得住"（见其《场院周围的积雪》）。拒绝和坚守，无尽的"空""远""虚"和默然的忍受，这里有一种大的辨正和体味，诗人以"阴郁和幸福"指称，但在其背后，我却清楚，其是有着诗人对于自己所从出的山地人生、民间经验和穆斯林文化的一种特殊感悟和理解的。

　　在这样的意义上，李继宗的写诗自然不同于一般人的业余爱好和职业习惯，它显见了诗人更多的自我修养和人生追求的意味。李继宗是一个欲望正常的人，是一个特别渴望真诚交流和走向远方的写作者，但是和他的心愿相反，在现实中他却留在了甘肃东部一个叫张家川的边远县城，在一所镇上中学教书谋生。他的处境不能说不好——张家川是一个回族自治县，那儿有他许多的亲人和同胞，而且他还是他所在中学的一个领导，但是，一般人所以为的不坏，在李继宗却有着他的问题：同胞的生活是他理解也极力想去理解的，那里存在着许多让他感动和敬佩的内容，但是无论怎样感动和敬佩，时代在变化，且不说一个又一个的场院都不得不因为逐渐荒芜而经历告别，单就那种场院生活而言，它本身也是和读书、教书的李继宗有着这样、那样的距离的。何况，他所在的环境中写诗、看诗的人原本就是那样的稀少！他向谁讲述他的诗歌呢？

　　所以，场院人生其实也便是诗人所感觉和呈现出来的一种孤独的人生，而在这种孤独的表述中，借助于诗歌的写作来承受、消化和反抗这种孤独，自然也便成了李继宗为自己寻找生存的依据和支撑的一条现实途径：

　　　　在场院上——
　　　　我时常把我独自忍受的那一份孤独叫雨天
　　　　叫扫掉又下上的雪
　　　　也没有谁留意

　　　　我坚持用周围的一切给孤独命名

并强迫自己

想尽一切办法

把我独自忍受的那一份

逼回到它的原处

······

冬至不远，越往前走

我就越想对我独自忍受的那一份孤独说：

让万里雪飘的雪

那天空的孤独

朝着大地场院上我的孤独

而气吞万里地下吧，下吧

——《我独自忍受的那一份孤独》

这样的寻找自然不是一般人特别是这个时代大多数人的选择，
"人各有志"，不能强求，但看李继宗的诗歌、但看更多优秀作家的
作品，我也知道，这样的寻找是可以作为那些执意要诗意生存的人的
生存方式的。

瑞士诗人阿米尔（H. F. Amicilli, 1821–1881）在其 1853 年 4
月 28 日的日记中曾写下了这样一段话：

> 现在是又一度享受到过去曾经享受过的最不可思议的幻想的
> 时候。例如早上坐在芬西尼城的废墟之中的时候；在拉菲之上的
> 山中，当正午的太阳下，横在一株树下，忽然一个蝴蝶飞来的时
> 候；又某夜在北海岸边，看到横空的天河之星的时候；似乎再回
> 到了这些壮大而不死的宇宙的梦。在此梦中，人把世界含融在自
> 己的胸中；而觉得满饰星辰的无穷，是属于我的东西。这是圣地
> 瞬间，是恍惚的时间。思想从此世界飞向另一世界······心完全沉
> 浸在静的陶醉之中。

"圣地瞬间"，非常吸引人的一个词语，它所指的也就是我们所说
的诗人和诗歌相遇的诗性时刻。李继宗心目中的场院就是他的"圣

地"，他的场院因此在本质上是理想的、远方的存在，这是他写不完的，所以他需要穷其一生；同时对于场院的不断迫近和建构，虽然在诗歌之外的人看来，似乎没有多大的意义，然而在李继宗自己，显然这却是一种趋近自己"圣地"的唯一有效的途径，也是使他超越现实的一切苦难而获得心灵宁静的可能手段。在这种意义上，我以为李继宗的场院诗歌写诗，与其说是一种经验推动，还不如说是一种存在所需，他如果能够写出他真正想写出的场院，他自然也就写出了自己的幸福本身。

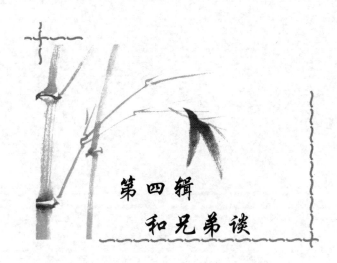

第四辑

和兄弟谈

絮叨而出的小忧伤
——苏敏近年来的诗歌写作

对于苏敏的诗歌，我身边的朋友看法是非常不一样的：有说好的，说好的人往往当着他的面就说了；但也有不以为然的，不以为然的意见多半是背着苏敏表达的，而苏敏真正在时，不以为然的人多半是什么也不说的。

不知不觉，我的周围便有了一种很奇怪的情形：背着苏敏，许多人常常爱说苏敏，但是若真正开座谈会或者苏敏要求批评他了，大家却较为出奇地一致，根本不怎么谈论苏敏。

苏敏外表看起来非常憨厚，大大的脑袋，粗短的脖子，相对显小的嘴巴，人一多说话时声音很小而且常常一说话就脸红，这让人觉得苏敏应该是一个很木讷的人。不过，在熟悉了苏敏之后，人们慢慢清楚，虽然外表木讷、待人也极为憨厚，但他同时也是一个非常聪慧而且说得上极为内秀的人。

以苏敏的聪慧，他自然敏感到了人们对他的不加谈论。2010 年新春伊始，王若冰和秦岭着手天水和天津两地诗歌界的联姻，在《诗选刊》上办了一期天津—天水诗歌特刊。为了办好这期特刊，天水诗歌界重点推出了 6 位诗人，苏敏就在其中，6 位诗人每人精选作品一组，并配发一篇专题评论。特刊组稿快结束的时候，其他 5 位诗人的评论都早早有人写好，但唯独苏敏却一时间找不到一个合适且肯为他写评论的人。没办法，最后他便只好自己提刀，自己给自己写了一篇名为《自拉自唱》的创作说明。

在这篇创作说明中，虽然他自己故作轻松地说："在给这组诗《我的小忧伤》配个短评的事上，请谁写，俺却犹豫再三，最后还是决定自吹自擂一番了事。下这样的决心，直接原因来自近一年突然迷上了盯着电视瞅戏，尤为欣赏自拉自唱的那份自在和独乐。那么，诗友们，跺脚为鼓、拍掌当锣，宽容宽容苏敏自拉自唱一出《我的小忧伤》啦！"但是，因为此前此后他和我的交流，所以在阅读这段文字时，我自是在他的轻松诙谐之中，能够感觉到他因为不被理解而不得不自说自话的那份孤独和苦涩。

是的，《我的小忧伤》——一如他为特刊所选的组诗的标题所示，虽然人们背后的嘀嘀咕咕和当面的客气冷漠不足以完全损伤貌似随和实际却自有主见的苏敏，但人是社会的动物，人对人的这种不明所以的不接受，我想还是给了苏敏一种说不清道不明的伤害，《我的小忧伤》即由此而来。

苏敏近来的诗所写的多半就是这样的一些小忧伤——妻子、"我"和教书的弟弟中秋赶到家准备过一个轻松热闹的团圆节日，但父母却在天完全黑了时才押着一拖拉机玉米回到家，草草吃过饭又不声不响地剥玉米；父母的辛劳让"我们"不得不"拧紧酒瓶，收起节日的各种设计"，即使儿子孩子气地将一个果盘置之于玉米堆的顶端希望复原讲述中的传统，我们也只能心惊胆战地担心那童真的倒塌和破碎（见其《中秋待月》）；愤怒的诗人、虔敬基督教的妻子、睡觉了也系着红领巾的儿子，我们本来有各自的梦想，但是现在，准时准点，《新闻联播》时间，我们却都日复一日地被定格于那小小的一方荧屏，完全沉迷于各种看似多样实际却一般的客观、准确、平静的新闻叙述（见其《新闻联播》）。羊肉馆旁的小小草滩，虽然天天在宰杀，但一群羊和它们出现的日子，却总是加起来不多不少是三十一，这是惊人的发现！而更让人惊异的是，羊只是在吃草，它们的脸上没有任何忧伤，它们的嘴剪短花丛旁边的蒿草，显现出各种各样的花，最后却又像遗产一样在夏天的灼热里将花留下（见其《城郊》）。一个醉酒的诗人，半夜醒来看见对面 8 个单元 96 个家庭 388 扇窗户一片漆黑，他想吃一颗雪梨，但跑遍一个 350 万人的城市他却找不到，醉眼蒙胧之中，他却看见 2000 年前从长安到敦煌最繁华的一个小镇上那一刻月亮就像一颗挂在天上的雪梨（见其《一首有别于"长安一片月，万户捣衣声"的反诗》）。还有土炕上热起来的一粒麦子和一粒高粱，正想彼此靠近时却突然感觉到了躺在一行斗大标语上的诚惶诚恐（见其《乡土建筑上的国策》）。父亲和难得回家的我，在相互亲热的谈话中因为父亲突然要钱而在两条被子中间突然拽出来的一条散热的宽缝，"我"由此也便体悟：在这个时代／父亲和我的贫困是一样的／就像他的遗传和我的继承／有好些东西／埋在土里没有挖掘（见其《两个农民》）。

被普遍、辉煌而又宏大的主流叙述所掩盖或遮蔽了的时代的小小的痛，许多人常常能够经历却旋即又迅速忘记的生活旮旮旯旯里的个人发现和感受，在慢慢阅读细细品味之时，我总是被一种真切的生存经验所划伤，并因之深深感动于其中藏匿的人性的涩枯和悲哀。不过，在我自己感动之时，我也知道在我的周围，有人却因此而不满。这些人趋步于时代却忽略人的心，忽略过渡转型的特殊时期中国乡村和城市的乡下人在"被现代化"的过程中所必然遭受的屈辱和伤痕，所以虽然不言，但是却总是有人想：为什么只有忧伤？为什么只有这些小的忧伤？

在我的阅读记忆中，我记得好像10多年前吧，苏敏似乎曾经写过没有忧伤的非常优美的诗：夜晚，星星的交谈和庄稼地里昆虫们的爱情，以及乡下戏场上乍明乍暗的民间情愫——素朴的文字里是一种又一种轻松和优美的精致表达。然而这只是曾经，而后，经年的风霜，一方面是生活的变迁和经验的变化，另一方面也是对于自己创作的自觉反省和审视，是对于不想再重复自己的警觉，在对自己的处境进行了认真的思考之后，苏敏开始有意识地选择了对于和自己更为亲近的当下个人生存经验的开掘和表现。

"我出生甘肃农村，父母至今还在那里务农留守，但住的已是新农村建设的两层楼，我结婚时的老院已平为梯田了。我和妻子、还有10岁的儿子，十一假日专门去寻那间曾是洞房的西厢房。没有了，什么都没有了，只有残墙烂瓦，还有半塌的土炕"；或者"我拒绝仅成一个纯粹的黏泥带水的乡土诗人，我常常给自己设难，自愿陷入这种现代感和生活化的困惑里"；还有"诗歌在我看来也就是这样一个描述心灵孤苦，讲述小百姓小忧伤的顺手工具。天水这个城市地处中国腹心，不南不北，不东不西，不高不低，不干不湿，非常中庸。在天水写作，可能没有多少地理优势。我的发现和挖掘，不是温情中的风景，更多的是一种漫不经心讲出来的故事和游戏，标识着我的性格和执拗。作为一个杂务缠身的上班族，留给诗歌的时间的确太少了，少年子弟江湖老，一个小才子不觉间容颜苍老，但还停留在写作的起步阶段，我主要的诗歌漫步来自早上步行三公里到马跑泉上班的途中"（见其《自拉自唱》）。明白了这样的背景和思考，我们自然也就能够明白《中秋待月》里工作的子女回家过节的沉重，明白《新闻联播》里一家人不自觉的异化，明白《郊外》里由一群羊所引发的惊人的发现和感动……

个人叙述对于公共报告的忤逆、生活细节对于数字概括的修正，苏敏不是不能写欢乐、优美、精致的诗歌，但是作为一个依然贫困的农民的儿子，作为一个真正黏根带土、感同身受、真切体验着这时代具体变迁的言说者，他显然更忠实于他的心，更愿意写他熟悉的乡土在"被城市化"的过程中所面临的问题和忧伤。和目前诗坛更多精致的纯粹个人经验抒写或单一优美的古典乡村抒写相比，我觉得在写作的内容设置上，苏敏近期的诗歌写作似乎更具有价值和意义。

除却内容的表现之外，苏敏的诗歌为一些人所不齿，更为重要的原因当然还在于他的表现形式。

天水乃至当前的中国诗坛，人们所喜欢的诗歌，更多是一些形式感比较分明、表意比较含混、造句比较精致和简短的诗歌，苏敏的诗歌却相反，他的许多诗从表面上看大都是平铺直叙的，结构比较松散，表意比较简单，有着较为分明的散文化特征。打个比方，极像是一个孩子絮絮叨叨的自言自语。举例如：

> 海政和尚在麦积山
> 养着一窝蜜蜂
> 绣花的方丈禅堂
> 书架腾空
> 码了那么多装过罐头的玻璃瓶
> 松花蜜
> 槐花蜜

枸杞蜜

狼牙刺蜜

黄芪蜜

漆树蜜

党参蜜

苜蓿蜜

五味子蜜

枣花蜜

油菜蜜

向日葵蜜

芦荟蜜

苦荞蜜……

百花百样味，斗室里也燃百种香啊！

——《和尚在麦积山养了一窝蜜蜂》

这是苏敏给我的一组他称之为"冗长垮拉的诗"中的句子。看这样的诗，许多人可能感觉：这也是诗吗？表现太随意了，记起什么，便写什么，特别是中间各种"蜜"的罗列，真的是太冗长而没有任何有规律的控制啊。松散，缺少必要的骨架支撑或节奏控制，诗味不够充足——我想，肯定会有人这样以为的。人们的这种以为，苏敏自己其实也是自觉到了的，在《自拉自唱》这篇文章的结尾，他谈到自己这类诗的写作，就讲："我试着写了些稍垮不好看的诗，其中就有《小忧伤》。几个诗友看了：'哇！怎么把诗写成这样了'，看来，在唐诗宋词的国度写诗，不能乱来，诗要永远简练、饱满、扎实，可能更要好看一些，离世俗气远些才对。"可见，别人的议论，他真的是听到过。

诗友的议论显然给了苏敏压力，所以在上一段引文中，他便有了对自己诗歌写作的检讨。对于苏敏的检讨，有人以为这种行为标志着苏敏看来也知道自己错了，接下来可能会有一个改正。但是，苏敏的人们的检讨我却很不以为然。

在做出上述检讨之前，苏敏还说过这样一段话："在戏角里，我顶喜欢丑角和花脸。花脸一般讲究高亢和暴烈的美，但当代一个擅演李逵的优秀演员在总结如何演好《李逵探母》时说：'主要是把握好松弛'，原来，艺术也需要松弛，需要平常心和抒情的舒畅放松。结合瞅戏，我专门琢磨了毕晓普和希尼他们将诗句拉成一条长长直直的皮筋一样的平铺直叙之趣，还有孩子般勾腿在绳上跳跃的飞翔之美，为此，我试着写了些稍垮不好看的诗"，因此，我也便知道，苏敏的检查听起来似乎诚恳，但其实却是"口是心非"，是横下心要和简练、饱满、扎实的唐诗宋词叫叫板呢！

支持我的判断的，自然还有我对这类"冗长垮拉的诗"阅读的真实感受。说实话，最开始阅读这些诗歌时，我也不怎么感兴趣，觉得太随便了，有骨少肉，一点韵味都没有。然而，不断地去读，读着读着，我却像喝清茶，感觉味道慢慢就上来了。即如前举的《和尚在麦积山养了一窝蜜蜂》，诗中的那些表达，将和尚和一窝蜜蜂并置在一块，本身就给人新颖的趣味，而且其句子的营造，比如各种各样"蜜"的罗列，看似随意任性，但是因为罗列之前有"书架腾空/码了那么多装过罐头的玻璃瓶"进行的预先统摄，后面又有"百花百样味，斗室里也燃百种香啊"句子的提升，所以这看似随意的罗列也便不再随意，不仅在不经意间具体建构了"书架"和"那么多装过罐头的玻璃瓶"形象，而且各种"蜜"的香味最终为"百花百样味"所织结，并和斗室中百种香的香味融会贯通，在味觉形象的巧妙变异之中体现出了特殊的美感和智慧。

由此，我的观点是，诗的写作原本就有不同的写法：有的人讲究句句是诗——如经典的唐诗宋词，起承转合，各有所依；有的人强调整体的诗歌属性——现代诗歌以白话入诗、以文入诗，局部的表达虽然往往不蕴藉、不精致、不像诗歌，但只要处置得当，只要它不损害诗歌整体的质地，这样的诗也便还是很好的诗。因此，重要的还是我们必须不断改变自己的观念，力求在不同的写作者身上发现超越传统和自身的启示。

需要强调的是，我这样的观点并不在于无原则地赞同苏敏的写作，客观地讲，苏敏近来的写作真的有他的一些问题：譬如用词造句的不够严谨，一些词语的选择往往和诗歌的整体语境以及前后的词语之间发生冲突，明明前面是"押着一拖拉机刚掰下的玉米"土话俗语，后面却搭配于"剥除玉米的胞衣"这样的专业术语或雅语，破坏了一首诗歌中语言风格的统一性；譬如在《妈妈的旱葱》中浅显的比喻使用和泛化的抒情所给人造成的矫情印象；还有一些诗歌材料内化不够、诗中句子的无限制铺成等等，这都是苏敏以后在写作之时必须给予重视的。

　　但是，问题归问题，由于天水诗坛有太多相互因袭的同类型写作，有精致、优美和不自觉的知识分子化，这样的诗歌好虽然好，但是大家都这样，旁观去看，也便自有它的问题。在这样的背景下，苏敏的写作，因为有着他真切的生活经验反刍和细致的外来诗歌阅读作基础，他所努力追求的，就是自己的一份独特，就是天水诗歌写作的另外一种可能，所以，无论最终的结果如何，对于苏敏的探索，我觉得我们都理应施之于一种"同情的理解"。

　　"条条道路通罗马"，这是事实，但真正的诗人总是选择独自的小径，这也是事实。

置身于黄昏的瞭望

——叶梓诗集《馈赠》读记

叶梓的诗集《馈赠》收录了他 10 多年所写的 200 多首诗作。由于时间的跨度很大，还由于作者自己也非常清楚"试图把时光碎片重新粘连起来"的编书意图，所以，从头至尾反复阅读，我对于他的诗歌写作，总觉得不太容易形成齐整的概括。

对于阅读者的困难，叶梓本人却似乎不以为然——《馈赠》，他的书名就仿佛是他的一种回答。

望文生义，顺此指示再加回想，书中自然会发现一些具体的印证：

> 写作让我轻手轻脚敲开深夜的门
> 用一只放马滩的银碗
> 盛住今夜被风吹散的月光
> ——这给了我光明
> 给了我舍弃一生跟住月光去路的写作啊
>
> ——《写作》

在这种接近"夫子自道"的文字表达里，人们可以清楚地看到，叶梓的写作，就是要在黑漆漆的夜晚，于门外搁置一只亮闪闪的银碗，盛接流逝的时间中那些被风吹散的同样亮闪闪的月光。在他所从出的乡土的记忆里，有如下的东西：少女一样的落日、兄弟一样的草坡、歌唱或哭泣般的鸟鸣、走路的月光、窃窃私语的草木和庄稼、货郎的叫卖和拐豆腐的歌谣，等等；有不能再有的亲情的重温：母亲曾经所唱的童谣、所养的小鸡、所看见的落日、拾麦穗时弯下的腰、隔着厨房的土墙催促吃饭的叫声和父亲当年所教的《节气歌》、老刀子割下的嫩韭菜，等等；有遭遇的一场爱情的怀想：大海的遥望、隐秘流动的倒淌之河、身体里的火、夜晚的闪电、林中的缠绵和心灵的欢愉，等等；有地域历史文化的遗留：古秦州诗歌中落下的雨、麦积山的心跳、仙人崖的静谧、郎木寺的安详、敦煌苦苦熬煮的一剂中药，等等；更有一次一次远行出游的踪迹：向西向西再向西，天祝、酒泉、阳关，一路而去的草原和沙子。南下南下再南下，三星堆、普陀山、明月湾、不断走来的阳光和大海……

　　这些月光，是亮闪闪的，所以，收集于《馈赠》一书中的叶梓的作品，当然也便不会缺乏优美和温情。"大地的美/被风翻开//白云、细小的绿和清清的河流/叶片上清晰的脉络，甚至/一颗健康的心/都是这本无字之书里巨大而细小的秘密"（见其《丙午年三月访茶记》）；或者"此刻，雨后的阳光/倾心、透明，有股淡淡的温暖/仿佛专门为它们而来的使者"（见其《茶壶盆景》）；甚至在秋天，"秋雨连绵/大地像一件脏衣服//被秋天之手越洗越白/最终被时间干干净净地放进雪的衣柜/捅旺的炉火/会照看你过冬"（见其《秋》）；在冷风吹着的乌鞘岭，"——哦，黑色之鹰飞来飞去的乌鞘岭/只有你知道，一个北方男人的心/也能从苍凉的极地开出一朵温情的小花：羞怯、满含爱恋"（见其《乌鞘岭小憩》）。但这些月光，我须得强调，同时也是被风吹散的，所以，在优美和温情之外，在《馈赠》一书中，叶梓所进行的表达，也便包含更多美好被风吹散的疼痛感受：黄昏里突然走失的羊群、在霜厚的早晨一切都白了的时候一位老人黑下来的命、在地震中黯然下去的孩子花朵般的脸、亲人的决绝转身、爱情的终了幻灭……诸多、诸多诗意存在的失去，仿佛月光的出现，不是为了给人指出天空的明亮，而是为了给人说出内心积储的生命的黑暗。

　　"风吹散的月光"，诗人在自己的表述里精心营造的这个意象，因此就像是一个幽深的隐喻，一个体现他自己诗歌意蕴存在的本原性结构，藉此，书中的许多作品，也就能够顺利地解读了。

　　"养花人把一盆文竹从院子里搬到屋檐下/看不见的落日/从远处的

山上回到了一个五十多岁女人的心里面//哦，碎小而平凡的脚步里/谁用一朵花的力量/练习和预演着死亡不紧不慢的节奏"（见其《黄昏》）；或者"驶向黎明的途中/笑容出现——/她们看到了比杨家岇更大的村庄/看到了比村庄更大的祖国/她们还看到，自己卑微苦难的生活正在退去的背影//哦，要去拾棉花的女人/新疆大地会因你们的手脚麻利而欣喜/——可我不禁要问：/谁/最终会摘掉有着巨石般重量的压在你们心头的棉花/让你们像《拾麦穗者》深深地弯下腰时/仅仅是出于对大地的谦卑"（见其《去拾棉花的女人》）。不同的作品，相同的结构，叙述的是美好的一件事或美好的一件事物，但是在叙述行进的过程中，风起了，风吹散了月光，美好的面孔逐渐暗淡或者开始沉重，诗歌的味道也因此慢慢趋向了苍凉。

　　是的，苍凉——生命过快的成熟，秋天到了，收获的季节也是田野开始荒凉的季节，一如张爱玲在20多岁的时候，就已然洞察了生命的本质，因此以为"生命不过是一个苍凉的手势"。20世纪70年之后出生的叶梓，在其文字里也便有了极多苍凉的表述：落日、秋天、慢慢深入的夜，他似乎非常喜欢将生命结合于他的各种珍爱之物——哪怕是极为新鲜的，都一一摆放于一种逐渐暗下来的光阴之中——譬如黄昏的回顾、老人的旁观或者历史的瞥视之中，从而让他所珍爱的这些事物因此都在骤然之间显现出某种陈旧衰老的面相：

　　　　他斜靠在落日的墙角眯着眼睛
　　　　一副谁也不在意的样子
　　　　也许，在他心里
　　　　一只羊，一头死去的雏牛
　　　　一个爱过的女人
　　　　已经远远不如天黑下来更重要
　　　　——我知道会这样的
　　　　因为岁月已经取走了他心底的万物
　　　　当躯体走在等死的路上
　　　　他的每一天都会弥漫着空空荡荡的幸福

　　　　　　　　　　　　　　　　——《致一位老人》

"我知道会是这样的"或者"当躯体走在等死的路上/他的每一天都会弥漫着空空荡荡的幸福"，都是让人读起来不自觉就感到疼痛的句子。因为这样的疼痛，作为现实中的朋友，我的内心充满了担忧。我知道时代的茫然和一位乡村孩子落脚城市的辛酸，特别是子欲养而亲人却接连转身的离开，以及一颗早慧、敏感的心所必然遭遇的多于他人的生命的划痕，都使叶梓对于生命、幸福、将来等等，产生了些许本然的不信任。酗酒、抽烟，过早地在一张白净的脸上留黑黑的髭须，或者追逐一种根本不相信但却十分具体的情爱，这些无疑都是具体的证明。但好在这只是些许，而在另一面，诚如诗集的跋文《仿佛一场告别》里所言："我知道，如此虚无的珍贵，并不能给我带来俗世的功名与利益，但我却以为以诗歌的方式可以实现对整个世界的认知、体悟以及理解，当然，也让我以诗歌的方式进入到其他文体的写作当中，深刻领会了写作之于人生的深远意义。"

"向死而生"，这是以存在主义哲学为指导的西方现代主义写作所提倡的一种写作姿态。这种提倡没有使写作者因此而放弃对于生命意义的追逐，相反，却因为死亡的黑暗背景而产生了有意味的反衬，所以他们所表述的生命价值寻找，反倒因之更加显现出了灼灼的光华。因为这样的参照，所以，对于叶梓，我便心怀更多的期待：期待他能通过自己文字的宣泄，出离生命真实的伤痛；期望他能通过自己诗歌的表达，给我们制造更多的欣喜和意义。如果能这样，哪怕他说，"在闪电的间隙/我只好提前写下自己的墓志铭：/请让我孤单的身躯歇息在月光和露珠里/请让我同样孤单的灵魂/和一朵野花开始一场永不结束的交谈吧"（见其《杨家岘·九》），我觉得这也没有什么可怕。因为，说到底，这只是一种文字的表达，而这样表达的目的，则在于穿透时间，在一种着意强调的张力结构之中，以生命本然的归宿为背景，为自己的生命和诗歌赋予更多也更加明亮的月光。

地域文化的抒情表达

——简评叶梓《天水八拍》

叶梓的《天水八拍》是为宣传天水而写的一本书。在书的内容简介里，编者介绍说："天水是一座有着两千八百多年历史的老城。伏羲始演八卦，拉开了人类洞悉宇宙机密的序幕。古人曰：无极生太极，太极生两仪，两仪生四象，四象生八卦。诗人叶梓以细腻的笔触，沿袭八卦生六十四卦的体系，用抒情的笔调写下了老城天水的六十四篇文章。这些文字共分八辑，每辑八篇，相当于一爻一文，涉猎了老城的风土、人情、美食、工艺、歌舞、名胜，既是一册天水人文手册，更是唱给时光的一曲哀婉挽歌，呈现出缓慢的优美和温情。"

对于这段话，不少人印象深刻的是它的前半段，其中有这么两点：一是天水这个历史名城的丰富的人文构成；二是作者书写这些内容的编撰设计。不错，这两点确乎是这本书甚为显著的两个亮点。前一点源自对象：于此，叶梓显然做了不少的准备，了解和参照了许多人研究的学术成果，他的努力和用心使其对于天水文化的介绍因之显得更为丰富和系统；后一点则关乎作者自身：叶梓是个极为聪明的人，他的聪明见之于生活的时时处处，这一次当然也不例外。点兵点将，历史名城天水的标志人文符号中的伏羲文化不用说是首当其冲的，伏羲创立先天八卦，其后文王演绎而成八八六十四卦，叶梓表现天水人文，书共八辑，每辑八篇，合起来八八也是六十四篇。随物赋形，这样的设计，当然不会是一种无意的巧合，其中的形式本身即已提示了某种文化内容的回忆，其不时引发一些读者的喝彩自然也当情理之中。

和社会一般读者不同，作为一个自己也写作且因为职业不得不时时关注别人写作的人，对于这段话，我所注意的却是它的后半段。具体点说，就是其中所提到的作者的"诗人"身份和文章的抒情效果。我个人觉得，正是通过这两点，该书表现出了和其他不少同样对天水进行宣传的书的区别，它因此在普泛、公共的知识介绍之外传达出了更多作者个人的声音，使该书所选用的文字因此显现出更为鲜明的文学色彩。

它是一位诗人所写的宣传文章！所以，相对于一些本地人耳熟能详的人文景观的介绍，叶梓的书写却更多是出自个人视角的审视和描述——如介绍麦积山石窟的壁画，和不少人力求客观、先环境描述而后引出对象的表现不同，叶梓的叙述却首先从自己的感受着笔，他说："2005 年深秋的一个上午，我有幸踏入了麦积山石窟的第 127窟。在此之前，不知多少次到过'望之团团'的麦积山石窟，却总是与这一珍贵洞窟擦肩而过——不是我不想去，而是因为该窟太珍贵而很少对游人开放——除非达官贵人到此一游，尽管他们不是很在意这些，但这却是他们登临麦积山的特别礼遇……洞窟外面，秋分乍起，连绵不断的雨一滴一点地加深着秋意，也在加深着这座洞窟的深不可测。"这完全是一种个人性的描述，通过这种极为个人化的眼神的打量和语言讲述，对象因之一跃而从客观存在变为主观的存在，本来熟悉的对象因之也便极为自然地显现出了远较一般公共宣传册更为感性和生动的内容。

这种极具个体特点的审视和处置，在书写文字上所带来的变化，就是让作者本应的客观说明因此而成为一种内在的心理描述，并由心理描述一跃而成为抒情；反之，作者生动、感性的精神流动也因之变得似乎可以用手去真切触摸——其中情形即如《天水版的〈清明上河图〉》所示："这只是猪羊市最普通的一角，或者一隅。右下角，堆放在一张条凳上的凉席，凌乱，却占据了整个照片的主角，有些鹤立鸡群；稍远一点，架子车的轮胎，竖立着，像是无助地等着一个买家的到来。低矮的店铺，已经打烊了，没有一个行人，让人觉着这是黄昏时分，人们纷纷回家了，让人觉着有一丝静寂的苍凉一点点往出渗。左侧的店铺，更脏、更乱，如果是现在，早被城管人员罚款了。但在那时候，这是一个小摊贩的正常经营方式。再远处，是青砖房；

有一栋高楼的一角，隐隐出现，像一双富人的眼睛，用鄙视的目光看着猪羊市。它们在一起形成了一种鲜明的对比，仿佛加深着猪羊市的古旧。"我想，正是因为如此这般的原因，特别是考虑到天水已然并且还在进一步发生的翻天覆地的变化，还有作者因为工作的调动现在实际只能对于天水远远观望的心态、乡愁，加上对传统不断消失的担忧以及对时间止不住地流逝的叹息，诸多、诸多隐匿在可见的文字背后的无形的意绪的抒情传达，自然也就真的如编者所言，该书"既是一册天水人文手册，更是唱给时光的一曲哀婉挽歌，呈现出缓慢的优美和温情"。

"只有对个体有意义的，它们才是真实存在的。"许多宣传天水的书，我个人觉得，看过了也就看过了，时过境迁，它们就像是从来就没有真正存在过似的。但叶梓的《天水八拍》，我看过很长时间，却不能轻易地将它忘掉，其中的原因，我以为，除了他所写的话题对象本来就是我所熟悉的之外，还在于透过他的文字，我可以看到他个人的性情、他的喜怒哀乐、他的远远但却同时又深情的目光。一句话，他让我感觉到了一个人精神和心理可能的真实。

真实的存在总是能让人在虚空的人世获得某种可以依靠的真切支撑。年关将尽，风从南来，西湖水一刹那仿佛也近了，再次将书打开之时，透过那清浅却又不断触及人心肺的诗性诉说，恍惚之中就像是叶梓又一次坐在了我的对面，吐了一口烟，透过那兀自光亮的镜片，他自顾自地给我讲起了他对天水熟稔之极的喜爱和不舍。

真希望这是我写的

——薛林荣散文集《一个村庄的三种时间》的读后感

"真希望这是我写的!"据说,这是海明威生前看到别人的好作品时常常发出的感叹。读过薛林荣在 2012 年 1 月由新疆美术摄影出版社出版发行的散文集《一个村庄的三种时间》,我也不禁发出如是的感叹。

我的喜欢有许多的理由:譬如原生态模样的生活选择,譬如内中各色人物的栩栩如生,譬如净省干练但却活泼生动的文字表达,等等,等等,到最后就是那种由散文写作时的小说笔法所带来的调皮自由的一个人的真性情的显露。

看书,并且从小接受各级语文老师的教导,我们都知道:散文写作重实,而小说写作务虚,所以,"车走车路,马走马路",散文的写作当然也便是不适宜用小说的笔法的;而且,环顾四周,充斥于我们视域的散文作品,无论名家的名作,还是地方小报上的豆腐块文章,我们都能够发现,大部分的散文,或回忆、或记游,真人真事是其基本,小说的务虚笔法一般是不被人所认可的。

但是,对于我们的不以为然,薛林荣似乎也同样地不以为然。"这是我的第一本书,收录了从 1994 年到 2011 年这 17 年间与故乡高凹村有关的文字。其中绝大部分是散文,有四个章节使用了小说笔法,但精神质地仍是散文。文字的组织形式以高凹村的过去、现在、未来为线索,故谓之《一个村庄的三种时间》。"这段话是他在该书的《后记》中所说的,其中即明确指出,在他的书里,他确乎使用了"小说笔法",而且不管用什么手法,散文的"精神质地"才是他真正想追求的东西。

何为散文的"精神质地"呢？对此的意见很多。散文之为散文，关键的就在一个"散"字。散文之"散"，人们更多地以为在于取材的广泛、表达的自由、技法的多样。这看法有一定道理，但并不准确。其实，"散"就是散淡，就是不拘章法，就是作者通过文字的组织所体现出来的没有束缚的自由心性的追求。

以昆虫作比，我觉得薛林荣就像只蜜蜂；以大地上最基本的事物作比，我则觉得他本质如风。他的骨子里藏匿了一种不因年龄而衰退的顽皮。这种顽皮以前表现于追逐爱情、写小说、打篮球、玩架子鼓，现在则转向了各种收藏，转到了散文、博客的写作。即如这本书的写作，本以他之生身故乡高凹村为对象，但在书的内容的整体设计上，和别人写此类文章时津津乐道于种种记忆的真实复原不同，他却出人意料地选择了以高凹村的过去、现在和未来为线索，将回忆看作是别样的想象建构，将散文的写作看作是他曾经的小说写作的另一种的延续，于各种夸张、自嘲、生动的文字组织之中，不仅使他对于故乡的表达，成为一个男孩永在的孩子气的宣泄，而且也使他的写作如汪惠仁先生所言，成为一种"家园故土的私人表达"，或如他自己在写作完成之后的自觉，书中"所写人事，文学色彩浓烈"。

被这种潜伏于心理结构深处的对于游戏的沉迷而起的写作动机所驱使，因此，在他的书写中，于纪实的故乡别作可能的设计，我们也便不时可见如下面的对未来生活场景之畅想，"公元 2044 年我 67 岁。清晨我在高凹村打太极拳，动作极其古拙，引来一大群挑桶提筐的乡亲，边看我白鹤亮翅边往嘴里塞干粮。由于我在高凹村风雨无阻地打了近 5 个月太极拳，可是乡亲们仍然饶有兴趣地围观我，就如同围观黑猩猩跳拉丁舞，这让我很生气，以至于我的太极拳渐渐变成了七伤拳，打起来呼呼生风，花园里的草都让我打歪了"（见其《67 岁的我》）。即使是交代自己的来历，写过去的历史，他的表述也很少正经，其中弥散着由他的榜样王朔、王小波而来的举重若轻的幽默和诙谐，"1976 年初春的一个下午，生产队召开会议，主要议题是讨论如何分配仅有的两个计划生育指标。会议开得十分激烈，但是意见最后也终于达成了统一：我父亲，当时的民办教师喜滋滋地获得了其中的一个指标。其时他膝下已有两女，能生一个儿子既是现实的需要，更是一个家族的心愿。我父亲脚下生风地回到家，告诉全家这个喜讯。一年之后，我没有辜负这个指标带给全家的期望，胜利出生"（见其《我的高凹村》）。

因为这样的原因，所以，阅读林荣的作品，我个人觉得与其说他写作的内容给我以吸引，还不如说他写作的方式给我以更多的快感。于此感受，以前因为被接受的"生活源泉说"等教育规囿，我总是人为地对其进行抑制，不敢轻易示之于公开的场合。但是现在，知道了更多的写作，对于艺术的审美之所以为美的问题不断有了体悟之后，我则清楚，在我们这个人们更多喜欢装模作样、喜欢将写作等同于个人生活原料贩卖的圈子里，林荣对于写作表达时的这种文学性或者说方式技巧的形式自觉，其实是非常地证明并且美好了艺术本然的属性。

在叙述话语中不断浮现的一位老男孩（有时甚至都有点像不正经的"嬉皮士"）的顽皮口吻；古老的"两小儿辩日"对话结构的设置，特别是虽然被不断挖苦、打击、嘲笑但却成为话题得以展开的文中人物王一元形象的塑造；对此林荣自己解释说，"我在书中有意写了一个人物：王一元。小说可以塑造人物，散文同样可以。王一元是我塑造的散文角色，出现在很多不同的场合，他不是一个人，高凹村没有王一元这个人，他是许多的我的同龄人的集合，有时候还是我自己"（见其《后记》）。

是的，"有时候还是我自己"，说到底，写作是一种个人的表达。而一本书，不管写了多少的事，不管其中出现了多少的人，它们本质上都是作者自编自演的一台大戏。但在现实的写作中，有的作者只是自己，而有的作者却永远没有自己，在许多人都难以自由进行这种真实和虚构之间的游戏转换之时，林荣的散文写作的"小说笔法"的理论自觉和实践追求，在其将黏滞、沉重的现实生活进行灵动的诗意提升之时，他自己说"很享受这种过程"，而读者在事实上也因此倍感阅读的兴味和快意。

"高凹村是中国西北一个沉默的小村，我有幸出生在这里"，薛林荣的话也可以另外造句，"高凹村是中国西北一个沉默的小村，它有幸生下薛林荣并为薛林荣所表达"。一种在之不在的存在，一个沉默的小村，却因为一个人的文学书写，变得美好而且为众人所知。这样的本事，我自己没有，所以再次翻看《一个村庄的三种时间》，我还是情不自禁地感叹："真希望这是我写的！"

兴趣的考证

——序薛林荣《鲁迅的饭局》

薛林荣要出他的新著《鲁迅的饭局》。他老早就给我说："这本书你要给我写个序。"我推辞说："我不敢写。你的文笔太生动了，我的呆板僵硬文字，配不上。"我以为他就是随便的一说，谁曾想这在他却是一件认真的事情。后来的一次聊天，他提出了三个我必须写的具体理由：一、你是我的老师，老师推介学生，责无旁贷；二、我的这本书是带有一定的学术性的，你在高校，专搞研究，这是你能做的事；三、最重要的就是你本身就是搞鲁迅研究的，硕士论文和博士论文都和鲁迅相关，出过鲁迅研究的专著，有鲁迅研究的国家项目，因此你是应该而且必须写的。话说在年前，话音未落，其间还有他的二女儿临世的前后奔忙，但大年正月初九，薛林荣就来到我家，在给我拜过年之后，就把一沓打印好的纸质的《鲁迅的饭局》搁在我的茶几上，没说几句话，走了。那意思却分明之极："师父，年给你拜了，书稿给你拿来了，你看着办吧。嘿嘿。"

我自然没有办法，"人之患在于好为人师"，写鲁迅的，而且还带有一定的学术性，其实他不说，我也觉得这事情我还真的能做。

一

无论是从外在的形态还是实质的内容上来讲——诚如林荣自己所言——《鲁迅的饭局》都是带有着一定的学术性的。

这些学术性首先表现于文章的标题创作：《一个人的餐桌——民国北京美食地图》《"醉眼"中的朦胧——鲁迅饮酒考》《教育部公

宴——公务员的官方应酬》《沪上美食风景——鲁迅光顾过的上海餐馆》《烹鹜沽酒作夕餐》《午宴买宅时赠物者》《与二弟小治肴酒共饮三弟》，等等，等等，不一而足。从标题上看，这本书所收的许多文章都像是鲁迅个人生活——特别是和饮食有关的事项的介绍，可以给予读者历史考据和知识建构的双重学术期待。然后再看看正文之后他赫然所列的一些参考书目：《鲁迅与北京风土》（邓云乡著，文史资料出版社 1982 年版）；《那些与鲁迅交往的民国文人》（王锡荣著，《新文学史料》2015 年第 4 期）；《民国吃家》（二毛著，上海人民出版社 2014 年版）；《时为公务员的鲁迅》（吴海勇著，广西师范大学出版社 2005 年版）；《文坛艺林备忘录》（蒋星煜著，上海远东出版社 2005 年版）；《鲁迅在北京》（陈漱渝著，天津人民出版社 1981 年版）；《我记忆中的鲁迅先生》（俞芳著，浙江人民出版社 1981 年版）；《和鲁迅相处的日子》（川岛著，四川人民出版社 1979 年版）；《在鲁迅身边》（黄源著，上海文艺出版社 1991 年版），等等，等等，凡五十几条。薛林荣过去写作，大都以小说和随笔为主，虽然其中不乏浓郁的知识趣味追求，但文献的征用，基本都是化而用之，很少交代来路出处；如此一反平日作为，详尽交代其所参考的著作文章，俨然学术写作的煞有介事，确乎有点让人刮目相看的样子。

　　翻开书中的文章，读者也能够随意、随处感知到其中因由学术的追求所带来的种种别样的阅读意趣：或是不厌其烦地进行知识的考据——譬如"东兴楼坐落在东安门大街路北，创业于清光绪二十八年（1902 年），是一座前出廊后出厦的大四合院，清廷大官僚歇脚休息吃茶用膳都喜到此处。进入民国之后，它的服务对象多为军阀政客。解放后更是文人墨客集聚的场所。东兴楼经营的风味属于胶东菜，特点是清、素、鲜嫩、油而不腻，不论南方人或北方人都爱吃，甚至有的外国人也慕名而来。生意兴隆最盛时，年盈利约 5 万两白银。1932 年，东兴楼的掌柜安树塘病故之后，他的长子安耀东不务正业，游手好闲，东兴楼因此衰败了下来，1944 年宣布停业。1983 年，沉睡了 40 年的东兴楼在东直门新址重新开业"，不管是复述还是转引，相关掌故的娓娓道来，还是给了人一种复原历史现场的考古的意味；或是耐心查找，仔细捡拾，进行极为细致的数字统计——譬如"鲁迅平生饮酒，喝醉者11次，其中1次小醉，1次甚醉，2次颇醉，5次大醉，但'回寓欧吐'者只在上海和李小峰等人吃饭时各有1次。绍兴会馆时期，鲁迅与许氏兄弟饮酒共醉3次，甚醉、颇醉、小醉各1次"，不嫌其烦的数字统计和事实辨析，让人恍惚忘记其性情写作之本真，俨然跟着老学究出入故纸堆，于蛛丝马迹的细致考究之中，还复了一回被遮蔽了的真相；或有文本的比较、互证，他人的观点引用、辨析，等等。从某些层面显现出了求实证理的学术研究所具有的内在精神。

在上学和毕业之后不短的一段时间里，薛林荣曾表现出了浓烈的考研兴趣，他平常于高校及相关的事宜，也断然不似身边一般人一样轻言薄语，相反却始终保持了他自己的一种真诚敬重。他的态度显示着他精神的一面，或者是更为真切的一面——我个人的感觉——但我相信这也是符合他实际的一种判断，如果能让他再进行一次人生的选择，进高校做学问肯定是薛林荣比较喜欢的一种。

二

但说到底薛林荣，究其实质，我感觉薛林荣是性情中人，所以他写的文章——那些他自己强调说是带有一定的学术性的——也便更多地可以归属为一种性情文章。

让对象生动、让文字灵动、让文章好看。我一遍一遍地翻越《鲁迅的饭局》的打印稿子，在整日的那些讲究逻辑和学理的哲学、美学书籍和研究性文章的阅读之后，翻看《鲁迅的饭局》一书的文稿，我因此也便心生着种种轻松、愉悦的别样阅读感受。

天水有两位典型的标题党的成员。一位是龙头大哥老王——王若冰。他第一本诗集取名《巨大的冬天》，突兀、大气、魔幻，一看名字就屏息了读者的呼吸，让他们不能不惊悚于文字所可能造就的精神景观。其后他的《走进大秦岭》《寻找大秦帝国》《渭河传》《仰望太白山》等，也都是以"大"字做文章，屡屡给人制造出重拳出击般的文学和商机的双重广告效应。他新近的第二本诗集，诗集还没有见到，但诗集的名字《灵魂的隔壁》却已经是听闻多次了。"灵魂的隔壁"，虚空的实体化，流行词语"隔壁老王"的巧妙借用，书尚未面市，却已然凭空营造出某种吸人眼球的阅读期待了。另一位是薛林荣。他的文章，标题的制作极少有四平八稳的，套用一句古语，真的可以说是"题不惊人死不休"。此前种种的表现，我们不妨一一略去，单看这本书稿中的标题，就已经够抓人眼球了：《夜饮于广和居——"北漂"的厨房》《绍酒越鸡之饭——鲁迅味蕾上的乡愁》《窗余壁虎干饭香——鲁迅的另类宠物》《教育部公宴——公务员的官方应酬》《和孙伏园饮酒甚多谈甚久——副刊的起手老店》，等等。它们或是大词语的小内含，或是旧事情的今说法，语言的陌生化组合总是能给人造成一种新奇、别致的效果，让人未见其文，便已生发种种急迫、强烈的阅读兴趣。

标题党在今天自然不是一个褒义词，但是写文章或者出书，标题的制作确乎是一件非常显见智慧的事情。上学的时候，老师总是说，"标题是文章的眼睛，而眼睛又是心灵的窗户，所以一个好的标题总是可以传达很多的信息的。"什么是一个好的文章的标题呢？我和不少人反复讨论过这个问题，较为一致的意见有如下两个基本点：一、别致，能抓住人的眼球，即如《绍酒越鸡之饭——鲁迅味蕾上的乡愁》之类；二、有意味，能引发人的期待，即如《窗余壁虎干饭香——鲁迅的另类宠物》之类。总之，既要新鲜，能吸引人，又要有意味，让人产生深度阅读的兴趣。而在这两个方面，薛林荣的表现都是很不错的，他的标题之制作给他的著述增加了不少的印象分。而制作者之所以能独具慧心或妙笔生花，一方面，可以说是他自己灵动、放松心态和认知自觉及其自觉之后追求的表现，但另外一方面，仔细思忖，也未尝不受他研究对象——鲁迅自身的影响。翻看《鲁迅全集》，我们每每能够看到特别抓人眼球而且意味深长的标题，如《以脚报国》《唐朝的盯梢》《为了忘却的纪念》《捣鬼心传》《文学与出汗》《大观园的人才》等等。因此，可以说，鲁迅自己就是一个标题党的党魁。薛林荣喜爱鲁迅，多年浸淫于其写作之中，耳濡目染，在此一途，受其影响，不用说也便应该是极为自然的事情。

标题之外，薛林荣的性情和机智随处显现于书稿内。他喜欢插科打诨，将本来极为正经的文献记述，以一种调皮的口吻叙述，使干燥的历史瞬间改头换面，还原为一种意趣横生的生活现场。如写许寿裳推荐鲁迅，蔡元培接受其推荐的事情，原文献只有短短的这么几句记述："我久慕其名，正拟驰函延请，现在就托先生代函敦劝，早日来京。"但薛林荣复述此事，却将文字的材料想象化，转换为具体的历史场景。他说："辛亥革命后，蔡元培任南京政府教育总长。新政权的开山者都是理想主义者，蔡元培还是著名的自由主义者，选干部首先考虑学问好的人。老蔡先请来许寿裳，说，你跟我混吧。小许道德醇厚，有了饭碗不忘故友，就对蔡总长说，我还有一个在日本一起留学的同学小周呢！蔡总长说，呀，小周啊，这个人我知道，快快请来。"这种说法不失事实大谱，但表述却完全是作者个人化的，让历史因之而成为生动的现实画面，读来让人不能不哑然失笑。他还喜欢强化对象身上原本微弱的一些矛盾因素，将它们有意识地突出出来，在强力的对峙之中，丰富人物精神的内涵，同时也昭显艺术表现的力度。如介绍鲁迅爱吃甜食的嗜好，薛林荣是这么说的，"鲁迅是 1918年随《狂人日记》一起出现的名字，而周树人的名字自 1881 年以来就有"，"一般意义上的鲁迅是怒发冲冠的，每天在战壕里擦拭锃亮的匕首投枪，'一个都不宽恕'的决绝姿态使人联想到他的牙齿都闪烁着钢铁的光芒，是一位纯金足赤的战士。而周树人则似乎平和得多，很长一段时间，他不过是一位在绍兴会馆中埋头抄古碑的小公务员"，"他爱吃零食，尤好甜食"，"他将来有一支辛辣的笔，却长着一个终生嗜甜的胃"，"抄古碑的周树人走向了作文时常常成为剑拔弩张的战士鲁迅，但面对零食时，鲁迅式的匕首投枪突然隐去了，只留下周树人先生嗜好零食的那个著名的胃"。鲁迅和周树人、辛辣的文笔和嗜甜的胃，这些原本散在的信息，经过薛林荣有意味地对比，于反差极大的张力结构呈现之中，因之清晰出人物精神构成的多面和多元，别见作者对于鲁迅的一种慧心独具的解读。除此之外，或有意地夸饰——如"笔者认为，鲁迅堪称民国'首席'气象记录师"等；或是有意识地小题大做——如"周氏兄弟的反目是现代文学三十年最大的隐痛，由于鲁迅、周作人之于现代文学的独特意义，它超越了周氏家族的个人恩怨纠葛，而成为现代文学自身的一次痛苦的变故"等；或是情不自禁地插入一些非常文学化的笔法——如场景刻画、人物白描、诗意点化等，让较为严谨的历史叙述和学术思辨由是而充满了浓郁的文学味道，显得富含情感、有趣、好读、耐看。

三

孔子曾言"饮食男女，人之大欲存焉。"在《鲁迅的饭局》一书的写作中，薛林荣对于鲁迅的关注，也更多地将目光落在了和饮食相关的活动区域。这样的选择，是他个人性情的表现。他喜欢鲁迅，心底里愿意着的鲁迅是一个亦师亦友的鲁迅，所以他想表现的鲁迅，也便更多的是一个不失敬意但却从根本上是常人的、充满着各种缺点又生动的鲁迅，这正如他对于他的老师丁念保的表现。书中有这样一段内容："1926 年，鲁迅作《马上日记》，自己曝料吃柿霜糖的情节，这在现代文学史上几乎传为笑谈——有朋友从河南来，送给鲁迅'方糖'，打开一看，'却是圆圆的小薄片，黄棕色。吃起来又凉又细腻，确是好东西。'许广平说这是河南的名产，用柿霜做成，性凉，如果嘴角上生些小疮之类，用这一搽，便会好。'可惜到她说明的时候，我已经吃了一大半了。连忙将所余的收起，预备将来嘴上生疮的时候，好用这搽。'留到夜间，鲁迅忍不住了，又将藏着的柿霜糖吃了一大半，'因为我忽而又以为嘴上生疮的时候究竟不很多，还不如现在趁新鲜吃一点。不料一吃，就又吃了一大半。'立场如此不定，理由又甚多，宛如孩童，读罢令人莞尔。"文中的鲁迅完全是孩子气的，而薛林荣所看重的鲁迅的东西，也正是这种高度日常化的生动而又独特的孩子气。

这是一件小事，然而将这样的表现提取出来，作为一种富有意味的个案放大出去看，人们则会发现其中内含了薛林荣有关鲁迅研究的一种个人想法：他不满于他人（主要是教师和许多研究者）所描述的那个剑拔弩张的战士一般的鲁迅，在对相关的日记和文学作品反复的翻捡之中，他发现了一个政治和知识精英分子在文化之外的性情，以及真实地生活着的鲁迅。我个人认为，由于战争和战争思维所造成的特殊的言说语境，在鲁迅去世之后，中国人——无论是领袖还是普通人，对于鲁迅的描述，多少也便有点非常态化；说得清楚一点，也就是神圣化。在很长一段时间里，鲁迅的形象被无限制地拔高，整天地忧国忧民、无休无止地战斗厮杀，在普通人模模糊糊的印象里，鲁迅仿佛也就成了一个不食人间烟火的存在。但是这样的描述，在事实上却是违反了鲁迅存在的基本属性的。鲁迅首先是人，是一个正常的人，然后才可能是其他的种种。也正是在这种意义上，薛林荣在《鲁迅的饭局》一书之中所进行的努力，其学术的意义也就是响应20世纪80年代一些有识之士所提出的"回到鲁迅"的学术主张，抓住贯穿其一生的"饭局"这个词语，从"饮食"这一最基本的生活内容出发，于种种细密的考据、举例和分析之中，还原当然也更是重建了一个生动、亲切、可爱和可敬的鲁迅。

这样的方法还可以进一步扩大，形成作家甚或整个历史研究的方法论示范。研究一位作家或一段历史，我们可以从宏观角度全面俯瞰，在整个时代的文化思潮之中抓住一些大的、重要的、特殊的历史事件，去用力挖掘其中所内含的对象的特殊意义和价值。但也可以像薛林荣在《鲁迅的饭局》一书中所做的一样，选择一些最基本、最常态的细小材料，从小的地方入手，以小见大，通过对作家或历史生活形态最为普通的肌体进行切片透视，发现其身上所附着的更为基本因而也更为根本的意义和价值。

一本书的序是对于这本书的介绍和吆喝，它应该是尽可能简短的，但不幸，我是个教师，"人之患在于好为人师"，职业的习惯让我逐日成了一个饶舌的人；况且，对于这本书的关注对象和这本书本身，我又确实有一些话想说；再况且薛林荣和我的关系平时又真的是比较密切，为了这本书，他又不惜曲其尊身，做了那么多的情感投资，所以，仿佛一个笨拙的答谢者，我没办法提高言说的质量，也便只好尽可能地增加言说的数量——拉拉杂杂地写出这么多很可能是废话的话。祝贺林荣。

是为序。

照亮内心的凝望

——李王强组诗《低处的时光》简评

看李王强发表在 2011 年第三期《人民文学》上的组诗《低处的时光》（共 5 首），相信大多数的人首先会对他的造句产生深刻的印象——"让一朵/尚未走丢的花香/扶起自己沾满灰尘的疲倦"（见其《缓缓放弃仰望》），抑或"一粒沙子喊疼了自己的喉/一排排白杨落光了叶子//像一把把扫帚/将空旷的天空扫出深深的伤痕"（见其《在渭北高远》），这样的句子，精致、考究，貌似随意的词语组合，尽显陌生化搭配所致的表意的新鲜。即使你是无意的浏览，你的眼睛也会被一次一次地点亮。

谈论一个人的诗，说一个人的句子好，这一点似乎现在已经不怎么被诗人所看重了。但是，在我大量阅读中外优秀诗人的优秀作品之后，仔细琢磨其中内含的规律和经验，我个人恰恰以为，关键就是在会不会造句这一点上——诗和非诗、优秀诗和一般诗、真诗人和假诗人之间，也便有了断然有别的区分。

汉语诗本来就非常重视句子的营造，"诗言志，歌抒情"，但诗人之志，却又是"在心为志，发言为诗"。因为诗歌和语言之间这种高度一体化的关系，所以一部中国诗歌发展史，从四言到五言，从五言到七言，从七言到词和曲的长短句，也便成了一种句子的变化史。而平起仄收、对仗格律等等的内在要求，也常常使得古代诗人进行诗歌的写作之时，往往极为自觉地追求非同于一般的句子表达效果，或"语不惊人死不休"，或"两句三年得，一吟双泪流"，养成了"炼词炼句"的良好写作习惯。缘此，阅读古典诗歌，我们极为突出的一种感觉，就是在一首诗中总是有几个精彩句子让我们过目难忘。然而令人遗憾的是，古典诗歌这种良好的造句习惯，在"五四"白话诗歌兴起之后，由于胡适等人标榜的"有什么话就说什么话，想怎么说就怎么说"的诗歌美学主张，加上其后中国现代诗歌愈来愈明显的散文化、口语化倾向和近些年来手机、电脑和微信等表述方式对于诗歌写作的强力冲击，所以，在不断的生活化甚至口水化的变迁之中，我们可以惊异地发现，时下的诗歌写作，甚至一些声名赫赫的诗人的写作，在我们费心费力阅读之后，竟然往往不能给人哪怕一个完整句子的印象。

"距离产生美"，文学在本质上是对现实的一种超越性的审视，而诗歌作为文学中的文学，它的美或者内在的艺术性即实现于其语言的表现。正是在这个意义上，"诗到语言为止"，诗坛上曾经流行的这句话，可以说准确地揭示了诗歌写作的实质，而李王强的诗歌因此也给人以别样清新然但又本然的审美冲击。

仔细考量李王强的诗歌句子营造，我们可以从中归纳出这样两种基本的方法：一是比喻，其主要的经验来自于他的老师雪潇先生的启示。雪潇曾有"沿着比喻前进"的名论，许多人知道这句话，但却并没有深味其中的道理，而李王强却于别人不经意之处，会心体悟，结果从营造一个一个比喻句开始，在诗人相互模仿甚或抄袭成风的当下写作之中，构建了一种别样的表达景观：因为赶路，"浅浅的脚印被风吹走，像瓷器/丢失了最初的釉/丢失了最初的眩晕和曼妙"；而月亮升起，"挂在一棵掉光了叶子的椿树上/像椿树提着一盏灯笼/暗黄的光缓缓被西风吹白/升起，藏在椿树的枝丫上/像椿树的内心，像椿树内心的一块玉/那么圆，那么亮"（见其《缓缓放弃仰望》）。二是在词语自然生发之中的陌生化组合，这种表现和他的另一个老师丁念保先生不无干系。李王强求学时和丁念保关系甚佳，曾有过一段就近读诗谈诗的接触。丁念保是一个对于词语的运用极为讲究的人，沐其诗风，李王强在大学写诗的时候，对于词语的组织也便已经显现出了某种格外的用心。这种用心体现于他的这一组诗歌之中，在句子的建构上，他便从两面下手：一方面，让词语自然生发，显见自由诗的自然和随意——因为说出了"往事闪烁"，所以便对"往事"和"闪烁"两词不断衍化，先是由"闪烁"而生发"尘埃荡起"，而后又由

"往事"化出"有些桥我们已无法过去"，再将两者结合，既照应前面的"闪烁"和"荡起"，复又反沓已有的"有些"，承续一种紧张张力的延续，"有些路已设下重重的埋伏"，为下文"暗器"和"奔波"等词语的出现，预先做好了铺垫；另一方面，将词性不同的词语在不断生发中悄悄进行完全陌生的组合——如"阳光洒进来，那些被单上的花朵醒了/睁开了明亮的眼睛"（见其《低处的暗》），或者"沙粒握紧了寒风的剑"，"一粒沙子喊疼了自己的喉"等等，生发确保了自然，陌生化组合带来了新鲜。新鲜的自然、自然的新鲜，他的诗歌，因此读起来，也便有了一种特殊的魅力和阻力浑然一体的舒服感觉。

但自然，说李王强诗歌好，不独在于其句子的营造或者话语的成功设计。"言以造像"或"言不尽意"，从其句子的精心建构出发，我们很快便能够发现，无论是比喻句的新鲜打造还是日常词语巧妙地陌生化组合，借助于语言的技巧，李王强所真正追求的表达效果，就是在"诗家语"的特殊引导下，让读者出离世俗经验的缠绕，从而通过其独特的诗歌意象的营造，进入他在日常生活中被深深藏匿的内心世界，体会在人生的种种颓败、荒凉和虚无的真实处境中，他对于温暖、洁净和幸福等诗意时刻或意义的期待或凝望。

因为这样的动机，所以穿过词语表面的遮盖，人们似乎可以从其诗歌中发现一个与勤奋、谦卑、严谨、总是低头走路的李王强，以及完全不一样的孤独、忧伤但却唯美、充满诗性、不断抬头凝望的诗人李王强：在《缓缓放弃仰望》一诗中，透过低头、吹走、丢失、疲倦等词语的表现，我们可以发现，于剑一样的寒风、疲倦的灰尘、掉光了叶子且被冻僵了的椿树等颓败的意象之中，诗人所藏匿的来自于现实生存的疼痛、暗淡和荒凉；同时也可以注意到在种种的疼痛、暗淡和荒凉的颓败情绪表现之中，他着意凸显的一朵花香对于疲倦的搀扶、一束蒿草抱紧了八个月的温暖、一管柔软的苇草轻轻吊起的湿漉漉的月亮并且在其光辉的辐射中慢慢丰盈和明亮起来的晶莹的虫鸣等人生意义或神圣遭遇；明晰他于种种现实负面感受中所进行的精神逃离和审美超越的努力。而《在渭北高原》一首诗的句子都集中在了一种对比性结构的有意建构：大地的明亮、富有和晚风中一个女人的单薄、病痛和贫穷。这样的对比有其现实的依据，其中我们可以隐约感觉到已在城市生活的诗人对于自己身后的家乡特别是母亲的牵挂，更能够体会到因为这种深深的牵挂而致的其良心的种种不安和沉重。"一粒沙子喊疼了自己的喉"，"一排排白杨落光了叶子/像一般扫帚/将空旷的天空扫出深深的伤痕"，注意到了这种结构的存在，然后再于这种结构之中细读上面的句子，他的诗歌语言也便具有了别样复杂的意味。其他三首，《落日的铜锣》《低处的暗》和《散了的鸟群》，其句子的表现也莫不是这样：先是漂亮的比喻或词语的组合，而后句子造出一个个或暗淡、或苍凉、或空旷的意象，于这些意象的特征性描绘之中，一方面给人显示他低调奔波于人生的劳累、伤痛、寂寥和沧桑，另一方面也强调他于这种奔波之中所努力寻找的花香、果实、意义和幸福。

"他走着，藏在衣服的后面。很深/他的犹豫，藏在暮色的后面。更深"，这是诗人李王强真实生存状态的描绘，但是借助于诗歌语言的精心打磨，在一个一个精彩句子的照射之下，透过日常生存状态的种种遮蔽，"穿过窗棂/阳光洒进来，那些被单上的花朵醒了/睁开了明亮的眼睛"，我们于尘埃纷飞的日常生活之后，亦能够发现他内心深处的明亮幻想和意义支撑。诗和生活由此有了判然的区别，但是因为始终坚守的这种幻想或对意义生存的凝望，所以，我也便明白，诗人李王强是足够支持中学老师李王强在生活的各种各样的"低处的暗"中奔波、担当和尽职尽责的。

"语言是在之家园"，海德格尔的话清晰地揭示了语言对于文学的根本但也是终极的存在意义。正是在这种意义上，李王强的诗歌明亮了我此前的一种模糊的意见。我个人以为，一条正确的诗歌写作道路，应该是：从造句开始，沿着比喻前进，敞亮内心，尽可能地对现实进行承担且努力触摸人生远阔的意境。

内心的战争

——杨逍小说的个人解读

近些年来，先是李彦周走来，而后是杨逍走来，不知不觉之间，张家川的文学表述，小说的声音分明了起来。

生于斯长于斯，无法抹去记忆的烙印，杨逍的小说因此自然且不回避他的地域元素，"皮毛市场就在这一带的边沿，和它相邻的便是石板川中学。因而这一带在肮脏、古旧、混乱的复杂局面下，自有着别处没有的繁华"，"在市场正旺的三两年里，小镇上的人大多都是和皮毛打交道的小老板，他们在一段时间里的确赚了钱，有人甚至在一夜之间因为倒卖了一卡车牛皮而富得流油"（见其《李想和他的小镇》）。他所写的地方以及地域中人们的生活方式、文化情调，相信去过他的家乡的人自然都知道。

杨逍小说的故事多半就发生于这样的地域环境中。一个女人的丈夫莫名外出之后便杳无了音信，一堵墙堵不住那些翻墙进来骚扰她的人——接受还是拒绝，他的公公在墙内墙外的误解中决定了叙述的走向；另一个女人从外面来到这里，她通过出卖自己的身体暂时安稳下来，但市场后来不行了，她打算离开的时候却舍不下一个叫李想的帮助着她的人，连带这个人所在的这个开始萧瑟起来的小镇，"树欲静而风不止"，走还是不走，就在她踌躇犹豫之间，本地的恶霸老哈骑在了她的身上，而瘦小孱弱的李想举起了砖头……很明显，作为一个讲故事的人，杨逍不仅极为注意营造他的故事环境，而且也更为注意于这样的环境中编造他关于这个时代的故事，他总是喜欢将他存在于人们名之曰"过渡时代"的各种人物搁置于人生的一种意义时刻——譬如《墙》里一个女人在丈夫不见了的时候的守还是不守，譬如

《李想和他的小镇》里一个女人的走还是不走，从而在一种经由悬念引导的猜疑之中增强叙述的张力，同时也调动读者的注意力。

他的做法使他的叙事和李彦周的叙事有了非常不一样的特点：李彦周喜欢在一个有较大跨度的时段中从容讲述人物的一生；而杨逍则更习惯于将故事凝聚，一如他喜欢的折子戏的展开，让人物的行动更经常地冲突于特定的时间点，夸张但集中地揭示人生的戏剧意味。为了凸显这种戏剧意味，杨逍经常将人物之间的矛盾冲突内化于人物的内心——即如《冯二的理由》一文，小说中虽然布设了诸多的情结线索：关于一本杂志的、关于我和女友苏琪的、关于我和网恋女子李然的、关于冯二对我的指责的……但诸多的情节线索终了却都集中在我对于冯二指责的辩解上，叙述由此成为一种辩白，故事中的种种人物，在事实上也便都成为"我"自己的种种替代——冯二和"我"、原告和被告，话语的你来我往其实也便更像是一个人在苦闷于一种现实情感之时所发生的一场内心的战争，战争的结果是：梦醒了，蛊惑退去，世界只有"我"一个人，撕了好不容易讨来的杂志，拉黑了李然，重归平静，然后"我"给远方的苏琪发信息说"我们结婚吧"。

不用说，杨逍的故事叙述因此更像是一种主观的表达，《墙》的守还是放弃、《李想和他的小镇》的走还是不走、《冯二的理由》里的离开还是回去，不管故事表面上写谁，但揭开故事的面皮，读者实际上发现的不过是杨逍个人清晰的精神心态，从而能够在其中真切地感知到他的不安、他的逃避、他的渴望背叛，以及在行将背叛或无法背叛之时的制衡、暴力的黑暗或慢慢的平静。

很显然，写小说的杨逍在进行他的故事讲述之时，并没有走出或者拒绝此前他作为一个诗歌爱好者写诗的经验影响。在谈到叙事类作品和抒情诗的区别之时，美国学者詹姆斯·费伦讲："叙事被解作一种模式，突出了能动地运行于时空中的一系列事件。抒情诗被解作一种模式，突出了一种同时性，即透射出了一个静止的格式塔的一团情感或思想。叙事以故事为中心，抒情诗则聚焦于心境。"但费伦同时也指出，不过，在许多作家的写作中，"每一种模式都包含着另一种模式的元素"。费伦的话，清晰地揭示了作家在写作时的文体夹缠或者不同写作经验互为借鉴的情况，自然也给我们在解读杨遒小说写作的审美追求时提供了一种必要的理论支撑。

　　当然，杨遒的这种接近于诗歌写作的主体表现化的叙事处置，给他的小说写作带来的不尽是正面的效应——有因浪漫化追求而致的人性内涵揭示的浅表化、简单化表现，也有因为缘发于相同认知而形成的情节设置的模式化状况（如内心冲突无法平衡时的极端暴力结局设置），更有因为受强烈的主体表现欲望内在规约或驱使，所以在无意识或不自觉的心理状态之下，叙述者的太过喜欢议论和概述从而使得叙事因之表现出的抽象化特征（这也是最突出的）。为此，在合理利用诗歌经验的同时，我个人觉得，在下一阶段的小说写作之中，杨遒应该特别注意培植如下两种叙事的能力：一方面向上走，力求从个人的意义故事发觉中，更为注意往人性的深广处开掘，建构更具涵盖性和指涉力的人性故事；另一方面向下靠，进一步加强作品的地域性表现，选择和提炼更为饱满的生活细节。籍此既让自己的小说能够亲切生动起来，提升人们的阅读兴趣，同时也能够丰富和深刻起来，给予人们更多的阅读启示，并因之开拓更大的接受空间。

从故事到叙事

——李彦周小说写作的历程观照

李彦周出生于 1981 年，在 2005 年大学毕业后被分配至天水市张川县龙山镇中学工作至今。在大学期间，李彦周所修的是物理专业，但是工作后，独居小镇的寂寞和程式化重复的中学教学生活的枯燥，促使他还是很快地进入到了更具生活湿润度和情趣的文学写作的行列。

谈到文学和作家的关系，奥地利精神分析学大师弗洛伊德讲，在至为根本的意义上，"文学是作家的白日梦"。而关于梦，他有一个广为人知的经典阐释，那就是：梦是一个人日常生活中被压抑的愿望借助于想象活动而完成的虚拟性满足。我个人觉得，李彦周的文学写作行为的发生，是非常适宜于在这样的理论阐释中进行理解和解读的。

翻开李彦周的小说，我们可以轻易地发现，在故事中人物因为不能或难以交流而形成的内心的孤独或者寂寞——比如《那是一道沟壑》里乡下来的"我"和小镇世界的不能融入，《莲花醉》里潇潇无论是在打工的城市还是在出身的乡间都不能获得的理解，《草滩深处的小伊》里因为"超生"而被父母搁置在乡村的小伊生长过程之中的无所依靠，《作家与刀锋》里儿子与父亲、弟弟与哥哥之间仇恨的发生，《空房间》里初来乍到的二槌的百无聊赖的臆想，还有《飘荡在陈家大院的鬼魅》里太太和下人们的心怀叵测……。总之，种种的人与人、人与环境的不能和谐之状况，催生了小说人物同时当然也映照出了写作者本人的一种又一种的苦闷（集中于性的苦闷），以及建立于这种苦闷之上的对于生活的臆想（主要是情爱臆想）。由此，读者可以明白，李彦周的小说，其实也就是这种苦闷和臆想的文学化呈现。

不过，对于其将近 10 年的小说写作历程，李彦周自己认为："我自 2006 年在《飞天》发表小说处女作以来，总共在《飞天》发表中篇小说 5 部，计 10 万字，分别为《那是一道沟壑》《草滩深处的小伊》《罗西的体谅》《莲花醉》《幸福门》，遵守了现实主义的写作路数"，而之后的小说，如《作家与刀锋》《空房子》《谁站在校门上》《飘荡在陈家大院的鬼魅》等，则"在文本的开拓和故事的讲述方式上探索较多"（这段话见于他给我写的一个名之为《说明》的短材料）。

这些"夫子自道"式的说明，参证于我自己的实际阅读感受，使我觉得，李彦周已有的小说写作可以明晰地划分为两个阶段：第一个阶段是较为传统的写实阶段，小说的写作重在给人们讲述自己和自己周围人的生活故事，用心点在于所讲的"故事"，所以可以名之为"故事阶段"；第二个阶段则逐渐趋近于文本和叙事技巧的形式探索，更为看重故事"怎么讲"的问题，所以可以称之为"叙事阶段"。

在"故事阶段"，李彦周在如下几个层面显现出了很好的写作潜质：首先，是亲切和饱满的生活细节的展现。如《草滩深处的小伊》里爷爷、二叔和二婶不同的"性苦闷"的细节表现和乡野风景的细节性刻画，《那是一道沟壑》里有关暴力和中学生初次萌动的情感描写，以及《罗西的体谅》里对于中学教师日常生活特别是单身教师内在心理的描绘等，都反映出了作者作为一名讲故事的人非常必要的生活积累以及对于既有生活材料较好的情感内化和意义化处置能力。其次，是紧贴时代生存现状的问题意识或主题的表现。如《草滩深处的小伊》里关于超生儿童成长问题的触碰，《罗西的体谅》里对于目下基层教育问题的揭示，《莲花醉》里关于乡下打工者的权益诉求，《那是一道沟壑》里对于社会转型时期黑恶势力对于学生生活的侵入等，都极为典型地表明了作者对于现实社会问题的大胆介入，显现出了文学对于生存现实的可贵的承担。再次，在展示人物的各种生活苦闷之时，作者还能够自觉地将人物的苦闷集中于主要人物的"性的苦闷"，不仅将人物的描写从根本上归置于人性的基本和根本，而且由此也将主要人物的故事发展都归拢成为一种具有极大涵盖性的"成长故事"的主题框架，从而赋予单个人物的单个故事更为丰富和广泛的意义所指，于表意的机制上巧妙地展现之同时也丰富了小说文本的意义内涵。在这一方面，《草滩深处的小伊》可以说是一个极具代表性的作品。小说不仅以生动的笔触令人印象深刻地展示了小说中的主要人物——爷爷、奶奶、二婶和二叔形态不一的性的苦闷（当然也是生活的苦闷），而且难能可贵的是，在对这些人物的性的苦闷进行生动的描绘之时，作者有意识地将其和主人公小伊的生长连接起来，在从奶奶、二婶到佟丽、最后的女友的身体过渡之中，隐喻式地说明了一个孩子和男人生长成熟所必需的历练途径、过程。

不过，这样的故事讲述不尽都是成功的，《罗西的体谅》里的故事设计的牵强和讲述的拖沓，《那是一道沟壑》里生活材料的未能有效提升，《草滩深处的小伊》里情节设置的不够连贯，包括前期所有作品的直线型、单线条叙述的简单和随意，都引起了李彦周自己的警觉。小说必须像小说，而且作为一个当代写作者，小说的写作必须体现出与传统的小说写作不一样的新的东西。我想，从第一个阶段的现实主义写作向第二个阶段的形式主义探索的变化，李彦周应该就是从这样的认知基础上生发的。

这一变化以《作家与刀锋》为标志。在这篇小说里，李彦周让叙述者直接出场，在观照和凝视自己的叙事之时，根据个人的印象对于叙述人——也即作者的写作——形成明显的干预或改变。文中不断地讲，"作家写到此处，他情不自禁。他不能容忍一个叛逆的少年将他的父亲杀死，尽管他的父亲太过霸道"，"故事重新讲述"，"作家写到这里，再次删除。他两手在键盘上乱敲。都是狗屁文字。这些根本不合情理"，"他不得不回到自己真实的童年"，在这样的叙述之中，叙述人完全成为一个自由的人，就像是从幕后走到前台的导演，对故事的行进说三道四并且随意进行处置。同时，李彦周让叙述人不断将自己的故事和人物的故事进行比对，从而在叙述人和人物故事内容的双线展开之中，将叙事行为本身展示给读者看。

但是，他的初步尝试依然有问题——叙述人的回忆和人物的故事交接夹缠太多，二者之间有时缺乏明晰的距离设置和过渡交代，往往使读者因此产生阅读的串混，且两种叙述在基本的比对关系的设置之外，并没有建构出更富张力和意义的关系结构，虽然表面看似时尚新潮，但其中却更多是对余华、叶兆言等先锋作家写作的青涩跟随，形式的探索略显笨拙且缺乏真正成熟的主体思考。不过，即使如此，李彦周的变化业已显现出了非常可贵的发展趋向和积极因素。因为无论在甘肃小说界或者更大的西北小说界，许多的小说写作者终其一生，但从根本上是缺乏自觉的文体意识的，所以其小说的写作，甚少经历认真的形式规训，更为经常的表现，则是"土特产"贩卖，有很好的生活原材料，但是没有或者缺乏良好的形式包装，因之自然难以逗引他人的阅读兴趣。

这种变化进一步发展，很快，李彦周也便写出了他自己较为成熟的小说。《谁站在校门上》一文，把主人公的内心焦灼和其所置身的外在环境的漫不经心反复进行对比，将个体之重搁浅于社会之轻的背景，以一种极为荒诞的形式夸张地揭示了一位教师的渺小、无助和尴尬，让小说故事在不知不觉之中成为一种接近于寓言一样的存在，象征着也指示着正统读书人于此强力时代的无能为力，以及难以避免被不断戏弄的存在面相。《空房间》用一个人唠叨不已的叙述，悬想了对于隔壁一处房间发出声音的种种可能，唠叨、泼烦且接近于自言自语的叙述话语，凭空在叙述者一种类似于精神意淫的话语形象的展示过程之中，生动地揭示了基层知识分子无聊、空虚的内心世界；小说虽然缺乏传统写作习惯的明晰故事框架，但声音本身即构成了一种小说叙事所必需的悬念，推动着叙事也吸引着读者，显见出了作者非常好的叙述控制力；而其结尾的"二槌喝了一口茶，看着我。他没有回答。过了大约五分钟，他突然对我说：我说也说完了，你也倦怠了，我就感到轻松了。你问我这种声音产生的原因，那我就告诉你，这种声音根本不存在，它是我编造出来说给你听的，因为我住在学校里"一段话，更是以一种出其不意的方式，在诱惑与否决的张力建构之中，揭示了小说叙事虚构的本质，同时也将小说的表意引向了一种荒诞和虚空并存的现代主题表达。《飘荡在陈家大院的鬼魅》更是极尽叙述技巧探索之能事，小说以苏童的小说《妻妾成群》为摹本，在毕肖原文且富于质感的文字叙述之中，通过对其的仿写和改写，在叙述者和小说人物之间形成了一种随意且自由的互动关系，不仅于仿写中解构了原文本，形成了新的叙事，而且也在不同叙事的关系对比之中，彰显了文学写作那种展延人的想象力的虚构本质。

从故事到叙事，至此我们可以明白，迄今为止，李彦周小说写作所经历的变化，完全符合一位优秀的小说写作者成长的规律，也与传统叙事向现代叙事的发展进程保持了很好的契合度。新的问题当然又会出现——譬如对现实社会问题的关注如何从叙事的角落亮相于叙事的中心，并藉此显现作者对于现实的勇敢承担也增加小说叙事的生活亲切度？譬如源自于个体真切生活体验的饱满细节材料如何与小说的文本实验和叙事技巧探索相结合，由此在保持创新探索的基础上也增加小说叙事的故事性和吸引力？譬如在对具体生活材料的组织之中，如何建构更富有意味的文本内在结构，使一个具体故事的自然秩序上升为一种更富涵盖性的象征结构，从而从根本上让自己的小说写作成为一种超越地域和个体经验限制，因而具有更为广泛指涉力的话语表达？

问题即是方向，从故事到叙事，经由对于小说文本和叙事技巧的自觉和实验，李彦周业已顺利进入到了将小说作为小说而写的较为专业的写作轨道，但是在发现了小说文本和叙事技巧所产生的审美形式功用之后，如何再跳出文本和形式的规范——诚如米兰·昆德拉曾反复推崇的奥地利作家布罗赫的"小说定理"所要求："小说唯一的存在理由是发现唯有小说才能发现的东西，作为一部小说而没有发现存在中迄今尚未为人所知的部分是不道德的"——在内容和形式的更为有效的结合之中，实现新的蜕变，将小说的叙事因之推向更为深远的意义地带，这，自然是关心和关注李彦周写作的人所期待的。

笸箩里的针头线脑

——序白尚礼散文集《泥土的味道》

继《岁月无声》和《泥土的声音》之后，白尚礼又要出版他的散文集《泥土的味道》了。写作是写作者生存的方式，热爱写作的白尚礼能不断地通过出版新的文集，来证明他对于写作的热爱和用心，他的做法自然是值得肯定的。

多年的接触，白尚礼给我的印象是谦卑、勤奋、热情、上进。虽然在言谈举止中也有一些努力随俗雅化的征象——譬如小分头越留越有了范，再譬如 KTV 唱歌点的歌新潮得我们都不知所以，但总的来说，城市生活多年，街面上的诱惑却并没有让他"走形"，除却公共生活所必需的装饰之外，他身上依旧保留了一位农家子弟本真的生活态度和方式。

农家子弟有各种各样，很难一以概之，但不管如何的不同，从乡村来到城市的人，大都有一个相对而言的优点，那就是：能吃苦，低着头做事，不挑肥拣瘦，不好高骛远。这一点白尚礼也不例外。他平常的写作，都是想写什么了就写点什么，并没有刻意的追求和设计，较为随心随性。我印象很深的一件事，是在不同的征文评奖活动中，曾先后数次看到过他的名字和作品。于他这般的行为，有人或不以为然，但在我自己，换角度理解，却总以为它就是一位农家孩子意欲勤奋耕耘，希冀在不同的劳作之后获得更多成果的一种努力体现。

杂，或者多种形式的写作尝试，由此也便成了白尚礼散文写作的非常鲜明的特征。他这次要出版的集子，收集了他近些年所写的将近 60 篇散文作品。它们被分成五类：第一类取名"回望相关"，可以看作是他前一本散文集《泥土的声音》的延续，主要写乡土景象，表达了他在时过境迁之后回望故乡时的种种隐约的乡愁；第二类取名

"且歌且行"，主要是一些生活随笔，着重抒发人到中年之后，他因为各种人事的遭遇而引发的人生感喟和思考；第三类取名"行走大地"，是几篇游记，主要写他游历天水、陇南一些自然、人文景点时的所见所闻和所思所想；第四类取名"南山夜语"，集聚了他看书、观剧之后的一些读后感和学术随笔；第五类取名"他山之石"，附着了几篇朋友对他的采访和评论。这些文章内容多样，体式庞杂，大都是他在正常的工作之外，于饭后睡前挤出来的，虽然它们不整齐，不精致，但是却极为典型地表现了在白尚礼身上依旧保留着的乡村子弟出门之后绝不空手而归的朴素的生活理念。

在集子里，白尚礼各样的散文写作，入眼去读，自然都有它们各自的读点。他是一个老实人，是一个认真的人，所以无论是写人忆事、描物绘景，还是说理发论、观书品剧，自然也都是老实地去看，认真地去写的。老实认真的东西，本色本然，在这个太多不老实、不认真的时代，自是具有一种特殊的魅力。但他最好的作品，和前几本散文集一样，却无疑还要数他写自己乡村记忆的一些文章，像《泥土的味道》《远去的乡情》《一个人的乡村》，等等：

　　我是农村长大的，小的时候对下雪是既恨又爱。恨是因为当时生活条件不好，家里没有充足的过冬的衣物提供给我们。学校的教室里也没有暖气，唯一的一个铁炉子，也是体无完肤。整整一个冬天，几十号人坐在冰冷的教室里，冷了就跺脚，"挤麻子"（相互挤着取暖），早上课间操和下午大扫除期间，结伴在操场跑圈热身。特别是到了下雪时节，寒气袭人的天气，把我的耳朵、手和脚冻裂了很多小口子，脓水顺着口子流出来，结成软软的疤，偶尔不小心，戴帽子、洗手时碰一下，冻伤的疤痕便张开一个小口，血沿着伤口渗出来。到了春天，天气稍微回暖，冻伤的地方就如同针刺，痒得人难受，挠又不好挠，不挠心里不舒服，只能怨那该死的天气。想着城里的楼房和教室有暖气，冬天住在里面，一定会很舒服。走出农村，走出大山，走出这块让人讨厌的地方，便成了我年幼时的心愿。

　　　　　　　　　　　　——《一个人的乡村·乡村的雪》

　　真切具体的生活体验、素朴真实的人生场景描述，内容的真和表现的本色结合，给了他相关的表达以一种吸引人的东西。翻看他发表和获奖的作品，大都也都是属于这一类的。

　　不过，以我个人的意见，以更为严格的要求观审，我觉得白尚礼的散文写作也存在着不少的问题：如所写材料内化的不够充分，从内在的审美机制上就影响了文章表达的质感；如太为关注他人的期许和认同，个人主体意识的不够分明，使得他的散文创作和一般的作文写作没有拉开明显的距离；如文体意识的自觉不够，没有形成一种良好的字斟句酌的写作习惯，语言表现太过随意，不严谨、不精致等。

　　好在，对于他自己写作的问题，白尚礼本自有清醒的认识。一次座谈之后，几杯酒下肚，他坐在我身边，白尚礼就曾很真切地对我坦言："王老师，我知道我的东西没写好。底子薄，没有经过认真专业的训练，有时候太过着急和功利。"说到这一次的出集子，他也毫不掩饰地告诉我："本来不应该，真的没有太好的作品。但是自己的工作也许近期会发生变化，以后可能很难再有机会写和谈论文学了。所以自己只是想做一个总结，一段时间的东西，打包处置，结个集子出来，目的就是告诉相关的朋友，自己还在写着，仅此而已。"

　　在更高的意义上，文学首先是一种活人的态度或方式，为此，热爱并追求，其实这已经够了，更何况白尚礼散文集子里的东西，不大、不重、不精美，但真着、本色着、努力着，即如乡下老太婆笸箩里的针头线脑，别人不以为然，但老太婆的这本却往往当它们是自己缝补时间的百宝箱，她们的花骨朵似的小孙女也看它们是一个趣味无尽的玩具店。为此，当白尚礼希望我能给他的这本集子写个序时，我花了不少时间，将作品认真看完，便写下了如上的文字——像序不像序，关系不太大，重要的是我对文学和他说了一些我想说的话，这就够了。

　　谢谢白尚礼先生的抬举。

在时间被擦去以前
——评王选的南城根系列散文

在没有看到王选写的南城根系列散文前，就有人给我推介，说王选写的南城根系例散文很好。后来看到了——先是在《天水日报》上单篇的看到，果然是好；而后，有一天，他把他写的44篇都发到了我的邮箱，一篇一篇细细地看，还是很好。

一篇文章的好，多半是一种总体的印象，但具化起来，又总是可以分层来说的。譬如王选南城根系列散文的写作，我个人的看法，便以为是可以这样讲述的：

首先是对象选择的好。

其一，王选的南城根系列散文，是以天水老城墙遗址——即南城根周围的人的生活为写作对象的。南城根虽然在天水城区的中心，但是由于被城区高大的楼房所遮掩，身在其中的人的如灰尘一般起落的生活却并不被一般人所知。缘此，南城根其实就像是天水城的一个"城中村"，身在闹市却又僻远荒芜，僻远荒芜却又身在闹市。其矛盾尴尬的存在状态，一方面可以将人们的视线引向这个城市真正的底层存在，了解那些往往被我们所视而不见的人——衰落下来的老天水人、到城市讨生活来的乡下人、刚毕业的大学生等——的真实生存状态；另一方面也可以将人们的思考引向有关现代化的深远命题——中国的现代化一直以乡村的城市化改造为其重要的内容，但是当一个一个乡村人离开了自己熟悉的乡村，来到了城市却又不能被城市所接纳之时，在不断变异、扭曲、挣扎的生活之中，他们的出路和幸福到底何在？将心比心，立足于那些卖烤红薯的人、摆台球案子的人、理发的人、租房子的人、蹭饭的人、生病了却没有钱疗治的人、怀孕了却没有爱人的人、不得不撒谎和不时小偷小摸的人的立场上时，我相信，南城根所给人的现代化一定是有着复杂况味的。"中国城中村的背影"，王选为其系列散文所拟的副标题，不由得使人想起朱自清的《背影》，在现实和历史双重背景上的父亲或者南城根的背影，因为其所承载的复杂的信息含量和意义联系，所以应该讲在本质上就是有价值的言说对象。

其二，诚如王选自己所言："我在南城根生活了好些年，恍惚间，我一度把这里当作了我的村庄。这里是慈祥的、寂静的，如破棉花一样，虽然旧了，但躲进去，依旧让人粗糙的心灵感到温暖。这里没有嘈杂，没有攀比，没有仰视的生活。在这里，梦可以放得很低，甚至可以摆在沾满垢甲的枕头上，塞进脚气翻滚的被窝里。于是我觉得，我可以在南城根生活得久一点，更久一点，把灼热的年华，交给这里的烟火，让它记住这人世间真正的味道。"王选的话透露了两层重要的信息：一、他是一个农民的孩子。大学毕业后在城市里讨生活，这不是他所喜欢的生活但却是他所必须过的生活，因此，虽然他的家距离天水城区并不远，但是他却在内心因之产生了浓烈、遥远的乡愁。这种乡愁的存在加剧了城市生活对他影响中的不亲切感，但与此同时，作为替代，破旧但却慈祥、寂静的南城根也便成为他记忆中新的家园。"折戟沉沙铁未销，自将磨洗认前朝"，藉此，通过南城根可以比对的一些事物——人、动物、植物、吃食、语言，等等，他也便能够不时地将眼前的生活和他的童年、他的故乡连接起来，感知温暖，同时也能够不断地体会到种种形态不一的精神上的回家；二、在很长一段时间中，南城根是他在城市中的家。在他从学校毕业走入社会之初，正是南城根收留了他，记录了他在极为困窘的一段人生岁月中的苦难、疼痛、欢乐和忧伤，不仅让他因此品尝到了"人世间的真正的味道"，而且也从苦难中体会到了种种来自心灵的温暖，看到了貌似陈旧、破烂、肮脏的底层生活中的种种的亮光：没有嘈杂，没有攀比，没有仰视的生活。

整合上述两个方面，王选的南城根系列散文写作所给予人们的启示，即在于文学的表现对象必须是充分的主体化、意义化了的写作对象。反过来讲，只有那些和作者个体的生存密切相连，承载着作者真切的血泪、汗水、疼痛、感知、体会和思索的生活，才可能是文学真正应该认真对待的写作对象。将这一点和天水其他一些优秀作家的写作——譬如王若冰的大秦岭写作、周舟的渭南镇写作、李继宗的场院写作等联系起来做整体解读，我们就会知道，成功的写作总是需要一个能够充分表达作者的意义化和审美化的特殊写作对象的，同理，在实际的写作中，许多作者的写作之所以不能在一定的时间段中有实质性的提高，很重要的一个原因即在于他们总是难以发现或者建构一个自己可以不断进行意义开掘的、属于个人的、独特的写作对象或者写作的根据地。

其次是表达的好。

和年少轻狂时期的成名作《葵花之远》相比较，王选南城根系列散文的写作，似乎已然有了几许风凉沧桑的味道。虽然从实际的年龄和长相看，王选依然处在青春年少时期，但读他的文字——譬如"这期间，她阿公来过一次，背着半袋面、半袋洋芋，腿搭在床沿上，抽了一锅烟，问孙子学习咋样？女人说，就那样，跟不上城里娃。阿公在地上磕了磕烟锅，说苦瓜放进蜜罐里，货，还是苦货。然后饭也没吃，佝着腰走了。阿公的气没消，他觉得高山出锦鸡，只要娃娃争气，乡下、城里上学都一个样"；或者"虫虫跟媳妇抱着煤炉烤火。煤火跳跃，像鲤鱼。很多隆冬的寒夜，他们都是如此，把煤炉散发的暖意，裁下来裹在身上，取暖。他们刚想张嘴，散漫的说说白天的琐事。隔壁的门开了，哐当，又锁上了。像一句话，掀开嘴皮，钻出来，消失在了炉火的舌尖上"——你总感觉他似乎已经成熟了，成熟得甚至有那么一点苍老。他有意地控制着抒情，没有多余的话，不铺垫，喜欢营造一个一个的短句子，就像是一个因为憋了一肚子的话因而反倒有点木讷的人……在他极富质感的文字表达中，写作者王选似乎真的长大了、成熟了，他说的话越来越少了，但分量却似乎越来越重了。

他的成功，以我个人的观点，从表达上看，如下两个原因应该被特别提及：

其一，写作的及物性追求。"言之有物"是所有成功的写作所必须的条件，但如何才有做到"言之有物"呢？看南城根系列散文，王选启示于我们的是：让语言尽可能地回到事物本身，亦即尽可能地让事物自己言说自己。他的做法让人联想起俄国形式主义有关艺术的思考，在《艺术作为首发》一文中，维·什克洛夫斯基曾深刻地指出："因此，为了恢复对生活的感觉，为了感觉到事物，为了使石头成为石头，存在着一种名为艺术的东西。"不过，和俄国形式主义所追求的语言的"奇特化"方法不同，在他的南城根系列散文的写作中，王选的做法似乎更为平实和素朴：抓住细节，通过细致的观察和感觉性材料的捕捉，引领读者回到遭遇和体验的现场，从而具体生动地为南城根绘形、立传——像"进巷子，右拐，一头扎进小巷，左拐，继续走，两边裸露着红砖的民房对峙着，留下一极窄的路，稍胖的人，走着都觉气闷。再走，到头了，最后一家，就是南城根77号"；还有"那些切碎的葱蒜，跳进锅，就焦在了油锅里。住惯了南城根，从蔬菜的叫喊声和锅铲的碰撞声里，就能听出谁家做什么饭。那尖细，干脆，油星四溅，铲子忙乱的，该是炒洋芋丝、虎皮辣椒，没一会儿，准会响起'咕噜咕噜'熬米汤的声音。那沉闷，'吱吱'细叫，铲子也漫不经心的，定是用肉臊子在炒，大概多是西红柿鸡蛋面了"。在如此这般的表现中，语言扩大或者突显了它们的造像功能。作者始终在场，引领和指导着读者的眼球和听力。但他却并不饶舌，不让读者注意到自己的存在，而是像摄像的镜头一样，让人感觉他所说的话似乎纯然就是为了让读者看到他所看到的东西、听到他所听到的内容。这情景容易让人想到他曾经在电视台工作的经历。而这种努力其实就是写作或表达的及物性追求。正是通过这种追求，王选让自己的文字有力地靠近了自己生存的经验，同时也自然地彰显了文学表达"立言造像，造像传意"的特点，营造出了一种看似节制、木讷但实际却含蓄、深沉的表达效果。

其二，自我的反观式叙述方式选择。看王选为南城根所写的系列散文，阅读的人很容易生发一种矛盾的、悖论式的印象——文中似乎有两个王选，一个要尽量客观，力求像一个旁观者一样不动声色地给读者冷静展示他所要介绍的南城根；另一个却不断地在客观本真的镜头中探头探脑，对前者的介绍和展示指手画脚，表达自己的看法，发抒自己的感受。这两者是非常不同的，但同时却又互相映照、帮衬，在不经意间形成了一种张力，使他的文本构成和语言表现因此在内在的质地上产生了一种特殊的魅惑：

> 茶凉了。太阳合拢了翅膀，黑夜渐渐包围了南城根。椅子搬进屋，风替你揭起了门帘。一个人，就这样把整个下午的光阴打发了。
> 剩下的凉茶水，就倒进花盆吧。
>
> ——《一个人的南城根》

这是写实吗？是的，一切都那么真切，仿佛就在眼前。这是写实吗？又不像，情景的太过真切让人仿佛置身于梦境或幻觉，一种欣然的满足混杂着另一种似乎已然被隔离的不舍，复杂的心境在不知不觉之中让叙述完全成了抒情。缘此，王选关于南城根的所有表达，也便同时成为他对于自己的表达，成为他对自己成长过程中的一段精神旅程的描绘。"很多时候，其实豆豆是把那种故作的虚张声势，收敛成一个午后，或者半个黄昏的沉睡。那些装腔作势，只是偶尔拿出来，练练腿脚罢了。它都一把年纪了，看家护院的担子，留给那只不知天高地厚的肥猫吧。再说，没几个贼愿意跑到 77 号院来偷个床单锅碗之类，这里是死胡同，好进难出。这些，一条把南城根生活旧了的狗，比谁都清楚。"这段选自《豆豆是一条狗》里的文字，写的是一条叫"豆豆"的狗，但同时，我们也能够从中看到作者自己为时间和生活所磨平了的一种心态。

细细辨认这样的表述，读者可以发现，写散文的王选对于写小说的王选一种经验的引介。他有意识地利用了现代小说叙事建构中叙述者和观察者之间的差异性存在——观察者是一个人，他给人们提供一种基本客观的观察视角，让人们能够尽量真实地感知和体验他所要讲述的南城跟；而叙述者是另外一个人，他站在故事之外，站在写作的现实语境中，将一个农民的儿子对于那些底层生活的感情、将一个已经走出了那段曾经生活的人的回忆、将一位诗人对于那段已然逝去的青春和生活的眷恋和告别，汗渍伤痕般地烙印在有关南城根的个人化讲述中。在时间被擦去之前，在时代日新月异的快速变化之中，让看着他文字的人蓦然回首，让他们再一次回忆并看见他们正在如水逝去的年华。

这种通过对一个具体时空对象的描绘以完成对于写作者自我现实心境表达的写作方法，我曾经在鲁迅的《从百草园到三味书屋》中看到过、在萧红的《呼兰河传》和《后花园》中看到过、在林海音的《城南旧事》中看到过、在韩少功的《马桥词典》和刘亮程的《一个人的村庄》中看到过，而这一次，我在王选的南城跟系列散文中也看到了。我个人认为，上述我提到的现当代诸家的这些作品，在真实与虚幻、主观与客观、散文与小说中间营造出了一种十分迷人的味道，和这一阅读谱系对照，我因此也便断定王选在其南城根系列散文中所展现出的审美追求是值得肯定的。

当然，王选的努力还只是初步——有时是因为不自觉、有时是因为不能够、有时则干脆是因为功力不济，所以，在他的文本中因此还存有明显的杂质，还不能将我们已经列举出来的好的东西做得更为充分。为此，正如他自己所言："……这样的架势是多么拙劣，虽然我在这里生活了三五年，可我毕竟不懂南城根。就如同我在故乡生活了15年，依旧不懂那里的人情世故和岁月苍凉一样。在南城根，三五年，我又能搞懂什么呢？我不过是一个过客，寄居的人罢了"；因此他的这种自觉是必要的——"我还是决定在南城根走走，认认真真走一遍，在南城根消失之前，让我记住，我曾在这里活了好多年，让我记住，这人世间真正的味道"。

是的，深入一个地方，如一棵植物一般，生出全部的根须去体味一块土地所有深藏的意义，即如海德格尔所说，让自己说出的语言成为意义存在的家园，这是所有写作者都应该有的努力。王选，自然也不能例外。

伤痛与救治

——杨玉林诗歌简评

　　2006 年某月，杨玉林总结自己的诗歌写作体会，写了一篇名为《独立苍茫，寻找骑手》的文章，他说了这么一段话："……当自己坚持的信念在生活面前突然动摇时，诗歌突然远离了我，像一个爱上我的姑娘在短暂的温情后突然弃我而去，这时，我不是一个富有的王者，也不是一个贫穷的诗人，那我是谁呢？与我对峙的日子突然阴暗地覆盖了所有的黎明和黄昏，我是一匹马，独立苍茫，寻找骑手。还好，我一直在路上，要经历无数个美丽的春天、阳光或者雪，经历人间的爱、痛或者挽歌赞美。这些都需要诗歌去倾听。"

　　"像一个爱上我的姑娘在短暂的温情后突然弃我而去"，不了解杨玉林的人，肯定以为这句话只不过是一个比喻的说法，但杨玉林的朋友们却都非常了解，这里面藏着一个故事，这句话原本是他人生的一种真实叙写：从农村出来，考学、上师范，然后经过自己的努力辗转滞留在城市。初始的杨玉林原本是快乐和阳光的，他的书生身形和总是喜欢眯缝着眼睛微微而笑的神情，清晰地说明了这个贫寒的农家子弟，他的内心原本是不缺少阳光的。他甚至有过短暂的幸福，真的有个同样喜欢文学并且看起来文静妩媚的姑娘爱上了他，虽然此中亦有过诸多的波折和阻挠，但他们还是走到了一块儿，组成了一个家庭。不过幸福的恍惚真的是太过短暂了，日子似乎还未能充分地打开，他们的幸福就到头了：天冷了，风吹过来，挂在杨玉林嘴角的微笑很快就凋落了。

　　措手不及的苦难和被愤怒撕裂之后的钻心噬骨的疼痛，加上慢慢麻醉之后的无言和逐渐弥散开来的心灰意冷，正是在这样的书写背景或语境之中，我被杨玉林如下的一段写给我的文字所触动并且突然明晰了我对于他诗歌写作的主题概括。他说："王老师，这几年写了上百首诗歌，真能拿出手的很少，尤其是近年来写的更少，真是羞于拿出手，感觉能触动自己的还是那些带着痛感的所谓爱情的诗歌，写了近三十首，我只选了部分……我所写的这些所谓叫诗歌的文字，都是一个文字功底薄弱的人在漫漫生活中随手采摘的一颗颗基调灰暗、味道青涩的甚至带些苦味的果实。每次写完一首诗歌，就像把体内的一些多余的东西通过文字之手搬运出来，让我获得了内心片刻的释然。"

自己的诗歌想写什么，自己为什么要写诗歌，在前面这段话里，我觉得杨玉林已然将自己诗歌写作的两个问题说得很清楚：伤痛和疗治。

关于伤痛。在杨玉林的诗歌中，他的爱情故事本身获得了持续不断且形态多样的讲述，"……一朵花开放的旅途/遭遇一场暴雪或者寒潮/春天抵达的脚步开始减慢"或者"阳光升温，在一座新建的工程面前/我停留，惊异于一块石头上的血迹"（见其《春天的秘语》）；"鱼突然死了　意味着/鱼缸里的水静止了/鱼死了　它的眼睛/仍然睁着"（见其《鱼死了》）；"死了的三娃爹，被众人抬出院落/齐鸣的唢呐声中，讣告之中/一个老人的生平简介短如歌声/远去的人啊，秋天只是个苍老的背影"（见其《葬》）；"我不能回答你，在这既定的僵持中/我只知道，当自己靠近/以尘埃的方式/落进黄昏浮动的一些暗中/我也必将成为另一些暗/碎成内心深埋的玻璃"（见其《死亡书》）；"让我把这些没做的事做完/把这些说出的话再说清楚一点/把我们的昨日再用记忆再现/然后，我会喝下你赐予的这杯毒酒/它最好是烈性的，如你的性格"（见其《毒》）……好了，用不着再列举了，太多的讲述，与贫寒相关，也与性格脱不了干系。玻璃碎了，鱼死了，死亡被抬出去了，在这种种反复且不断变着花样的讲述之中，深深打动且让我能够不断触摸的，不是故事本身，而是诗人在讲述这些故事时的具体的心理反应——那不能去除的疼痛、愤怒、绝望、寒冷和那依然久久不能忘却的眷恋。《走了》《远》《鱼死了》《葬》《死亡书》《诗歌的挽歌和颂辞》《恨》《时光之墓》《毒》《哀歌》《奠》

《碎了》《刽子手》，等等，真的，不需要看太多的作品，单是这些诗的标题，将它们连缀起来造句，我们就即刻清楚了杨玉林诗歌所要表达的内容了。

相较于这个喧嚣的时代的诸多诗人的无病呻吟或者追逐时尚的泛抒情，杨玉林的诗歌吸引人的一个地方，就是他真的是有话要说、有痛要表达。在他的言词之中，我们可以真切地看到他矛盾复杂的心理挣扎状态和生动的精神存在图像，感知到他沉默之后的慢慢调息、挣扎、努力和修复——"在春天，一些写过的诗歌/已经打上了沉默的封条/我慢慢脱去了关于冬天的棉衣"（见其《春天的秘语》）；"这关闭了的大地之门，尘味深远/村庄的一次消失总是语言的伤口/而我必须要在寒霜到来之前破译风的颂辞：/关于生死、秋夜或者静美深处虚掩的门扉"（见其《葬》；"不去惊扰你！我希望成为那一朵朵云/让你的梦，蘸着青春的雨露/把大片大片的蓝，一直深下去/有时候，我就这样，像一个无辜的孩子/希望一个个善良的心愿，简单实现"（见其《有时候》）。

关于疗治。在文字的丛林里俯身端详，我发现，这么多年在人们逐渐的淡忘之中杨玉林悄然实现了的疗治。他的伤口慢慢凝疤，他在艰难的反刍中将黑暗和冷寒消融，他的内心缓缓升温，他慢慢等到了自己所希望的宁静——"在三楼的小屋，我的女人唱起了歌谣/'月亮光光，吆到梁上……'/女儿睡了，是一朵沉静的睡莲/——像我的梦，遗忘了爱情"（见其《女儿》），他还在想，他称呼他的妻子为"我的女人"，是女儿的母亲，请注意，不是他的爱人；他的爱情没有了或者过去了，被遗忘在了梦里，但他显然渐渐从大病中缓过了劲，他开始有了新的希望——"其实，好多日子还在远方/好多美好的诗歌还没有去写"（见其《只想写下》）。当注意到文字中这些悄然的变化发生之时，我的心开始慢慢舒缓并落了下来，我知道一个坎终于过去了。虽然心中的痛还隐隐发作，但诗人杨玉林终于慢慢恢复到了生活的常态，为人之夫，为人之父，在他的腰弯下来俯身眼前的日子的时候，他回到了我们大家所置身的庸常但却健康的人间。因为这种恢复和回到，我因此能够放心地将关注的目光由诗人自身转到他的诗。

伤痛和疗治，我发现还是在这两种不同方向的力量展开较量的过程之中，精神的紧张和舒缓，正如生命所体现出的吸与呼的节奏，构成了杨玉林所有优秀诗歌的基本结构。《过桥》或者《让雪说话》，《有时候》或者《那么美》，《风跑着》或者《时光之墓》，即便是静默中的事物，仔细看，它们废墟似的脸面上似乎还记忆着一场曾经的战争：

　　　　　它们都不说话，保持可怕的安静
　　　　　从清晨默立到黄昏，我看见
　　　　　更多的尘埃像火焰之后的灰烬
　　　　　让青瓷失声、纸片破碎
　　　　　凌乱的床单和衣物烂在吐着泡沫的水中
　　　　　它们不是一个春天的模样
　　　　　是哽在春天嗓子中的鱼刺
　　　　　它们曾让日子发光。像那只杯子
　　　　　让一个人温暖，走向另一个人
　　　　　肩并着肩，面对一个世界的微笑

　　　　　此刻，我并不想说出：它们是离去之后的伤害
　　　　　就像我不再于等待、回忆和忏悔之后
　　　　　将阳光重新移植进你明净的窗口，低声地说出：
　　　　　"我爱你"

　　　　　　　　　　　　　　　　　　　　——《静物》

　　空洞地讲述"生活不幸诗人幸"，或者"磨难是诗人的财富"，自然似乎都没有多少力量。然而将这空洞的讲述具体化，对杨玉林的诗歌——特别是那些优秀的诗歌进行具体的阐释之时，因为力量和力量的对峙，我则清楚了中外诗歌史上那些爱情的蛊惑、诗歌的动人所由来的真正的缘故。

　　"他回过头，嘿——/自己已经穿过了整座的桥/多像被自己丢在了风中的一段人生"（见其《过桥》）。是的，艰难已经度过，在平静

下来之时，我希望诗人杨玉林能够尽快地回到诗，而且能够继续以那曾经的磨难和努力所构成的张力结构为抒情的中心结构，将一己的故事延伸出去，投射到更为广大的人间，在实体内容的不断虚化过程之中，在疼和痛及其其后的平静欣然的讲述之中，让更多的人抬头，看到他文字所散发出的光芒。

苹果点灯

——莫渡诗评

  2014 年，若要在天水诗坛推荐一名"新人奖"的候选者，我会毫不犹豫地推荐莫渡。我推荐的理由，不仅仅因为他是一位农民，他的身份让写诗成为一件有意义且有难度的事情；也不仅仅是在这一年里，他的诗获得了一些奖励，入选了一些不错的诗选集。这些当然也重要，但回到诗歌自身，我以为更为重要的是和"70 后"不同，莫渡以及他置身的"五点半诗群"的"80 后"朋友们，多年之后，他们终于写出了不同于"60 后"写作的天水诗歌。

  在一次"五点半诗群"成员所组织的活动上，欣梓曾经感叹说，天水诗歌的一个新时代终于到来了！阅读莫渡的诗，我觉得他的感叹叹到了问题的节点上。

  已经很多年了，天水诗坛一直是一帮"60 后"的天下，外界不时提到的"天水诗歌现象"，事实上也主要是指"60 后"的诗歌创作。"60 后"的成功，并非空穴来风。其中的原因，首先当然是天水诗歌多年来整体质量的不尽如人意，起点不高，写诗的人少，且功力有限，所以后起者努力了容易显见成绩。其次，这一帮"60后"——如王若冰、周舟、雪潇、丁念保、欣梓、李继宗等，都有着较好的高校学历背景，接受过较为正规的文学教育，且大都于毕业后就在学校和文化单位工作，平时较为注意相互间的激发批评，营造了较好的群体写作氛围。素养好，起点高，写作时又多半有着较为自觉的诗歌史意识、较高的参照对象和较为阔远的比较视野，所以虽然具体到个人，取向结撰往往并不相同，但是宏观审视，却又不乏整体的婉约、精致、含蓄的共同特征。其整体的优势加之个人的努力，作品频频刊载于各种重要文学期刊，获取种种文学奖励，所以"60后"的写作不断为圈里圈外的人所指称，自然也就是当然之事。

不过"60后"这帮人的写作也存在问题。一是彼此间较为趋同，风格比较单一，缺乏特征分明的异质对立，反向的参照和冲击不够，所以许多年来变化也便较少；二是太讲究技巧，太过注意用词造句，文人气和学院气太浓，曲高和寡，不容易和一般读者发生关系。而且更为重要的是，因为其强势所潜在或因为其不自觉压抑，使整个"70后""80后"的创作，即便是其中有一些至为优秀的写作者，如叶梓、李王强等，还是无意识地形成了沿袭有余、创新不足的问题。其间似乎只有苏敏一个人较为自觉地进行了批判和反省，也尝试过一些变革——主要是口语化和加强抒情中的叙事成分，但因为没有创作出太多成功的文本，加之他一个人的努力，势单力薄，冲击力度不够，所以对整个天水诗坛并未产生真正有意义的冲击和影响。

这种状况在2012年初春，随着"五点半诗群"的出现，才开始有了某种改变的征兆。经过3年多的努力，"五点半诗群"已经是一个旗下有着二三百人的诗歌爱好者的同盟了，成员遍布全国各地。但其主要的发起人如鬼石、柯轩、王选、郁空城、火星娃以及其后的参与者如王春龙、吉晓武等，却基本上都是天水本地"80后"的诗歌写作者。和"60后"相比较，这一群人有着极为自觉和鲜明的团体意识，且熟悉网络、善于策划和组织相关的诗歌活动，能够更为主动地在较短时间内迅速将其表达不断向外扩散。而在诗歌自身，由于文化修习、审美取向以及接触诗歌时的时代语境等的关系，因此与"60后"取法学习"朦胧诗人"以及其后的欧阳江河、海子、西川、昌耀甚至李老乡、娜夜甚至里尔克、博尔赫斯等人不同，除却个别的人（如王选，他是其中的一个异类，因为师承的原因，他的诗歌的写作其实和"60后"的写作更为靠近，是这一路写作的新的传承者），"五点半诗群"诸位学习取法的对象较为单一和明确，主要就是以于坚、沈浩波为代表的口语诗歌。这种学习和取法最初也许并不自觉，但是随着他们的日渐成熟，特别是意识到了他们只有鲜明地站在"60后"的对立面进行不同的言说才能确立自己的诗坛身份之后，天水诗坛一种别样的写作甚或一个别样的时代也才开始了。

当然，因为时间过于短暂，所以一切还只是个开始，现在就总结"五点半诗群"诸人的写作风格，以及预言一个新时代的到来自然还太早。但是有了开始，一颗种子就发芽了，许多的内容也就慢慢地被打开了。归纳"五点半诗群"既有的诗歌写作，我们可以清晰地看到，日常化、口语化和故事性以及与此紧密相关的通俗性、简易性等，已经成为他们诗歌写作较为一致的美学追求。而在他们的写作中，无论从文本的质地还是从业已获得的认可来看，莫渡无疑都是一位比较优秀且突出的代表。

莫渡目前写出和发表的诗歌并不多，但仔细阅读，从中却可以发现一些极具潜质的写作元素和发展方向。

首先，他的诗之取材大多来自自己生活的周边，是生活也是存在，那些言说对象的黏根带土的生活质感，使他的表达因此产生了显然较之一般同类诗人更好的及物性。举例如《遗照》《背对母亲》《助听器》《我保留着对马的记忆》，等等，它们或写小两口面对父母遗像之时夜间的私语，或写自己因为一系列的背叛而瞬间产生的对于父亲生前行为的追问，或写一位男孩在时过经年之后对于一次骗马经历的带血回忆。他所写的事都有着非常真切的存活现场和细节构成，所以其给人的印象，也便像是萝卜刚刚从田地里被拔出来一般，根须还在渗水，带出的土粒因为疼痛正在返身回望它们所从出的土窝。这其实就是表达的质感，是人们常说的语言的及物性，正是在如此这般的表达之中，莫渡将我们直接从生活带到了生存。

莫渡的表现，和他特殊的写诗身份有关。他是一位诗人，但同时也是一名农民——前者让他间离，得以和对象保持必要的审美距离，从而发现和捕捉到可能的意义；而后者则又让他介入，让他直接成为他所叙写的那些人和事，让他有关具体对象的描述直接成为他自身的表达。"不隔"或者"身在"，正是这种与乡村、土地以及其中、其上的动植物所保持的同生同在关系，给了莫渡有关身边生活表达的色彩和光亮。

此外，莫渡诗歌的可读性还来自于他在抒情之外对于叙事手段的有效利用。他写得好的诗歌，内中几乎都藏匿了一个有趣的故事。如在《仁兽医发家史》一诗，仁兽医酒后吐真言，自己揭底说：给人看病跟给牲口看病没啥两样；而在《乡村小学》一诗中，读二年级的侄儿留级了，打问原因，才知道原来三年级今年只有他一个学生，老师让他再等一等，等到低年级上来的人凑够数了，直接上四年级；在《我保留着对马的记忆》一诗中，前面种种关于施之于马的惨烈描写，写到后来，我们才知道原来只因为是发情的季节，马熬不住内心的冲动，扑倒了村中一个走过的女人。但自然，故事的存在并非诗歌的必要因素，而且不适当的故事内容的嵌入，往往会破坏诗歌的表达，使抒情的节奏不知不觉便陷入拖沓和迟滞之中，失去诗歌语言应有的简练精粹的特征。在这一点上，我觉得莫渡表现出了高出同类写作者的本事。他藏匿故事，让表述好读，但他并不真正叙事，他所藏匿的故事，更多只是一种故事性的结构——如《助听器》里的对比，如《背对母亲》里的"一波未平，一波又起"，如《遗照》和《乡村小学》里故意的拖延。因此，从某种意义上说，他只是借用了一些叙事的手段，并没有真正愚笨到要用诗歌去讲故事。叙事但却抒情，质朴但却灵巧，有意味但却好读，所以，叙事手段的运用在他的写作，其所产生的，也便更多是表达的正能量。

还有一点，那就是虽然师从"口语诗"一路的写作，但是莫渡显然对于这一路诗歌的写作并不完全模仿照搬，严重点说，甚至保持了些许的警惕。他的努力有两方面的具体表现：一方面，和其前辈"60后"一样，他在日常的诗歌练习之中，相比他的同伴，似乎要更为注重表达的修炼，对于用词造句并不像一般写"口语诗"的人一样随意任性，相反，他似乎更为讲究，在具体的对待上保持了足够的克制和内敛。他的努力给他的语言提供了一种内在的质地，为此，他的表达也便比他周围一些同伴们的写作似乎总是显得要更厚重、更又味道一些。如《困兽》，"我听见/它在/枕芯里//啃食/荞皮"，诗很短，但是很有味道，断句用词干净有力同时又蕴藉含蓄。还有《夜雨经》，这首诗只有一句，"狗终于将狗链数成了佛珠"，看似脱口而出的一句话，仔细回味，简单的表达中却寄寓了乡村十分丰富的内容——夜的漫长和难耐、时间的流动、黑夜过去之后黎明一粒一粒具体的冷寒、兽性的驯化、浪子的回头、乡村社会宗教幽微却普世的光芒，甚至某一位衰年的亲人穿越儿孙梦境的念佛诵经声音和天快亮时门边狗窝中看家狗的叫声的混溶，等等。另一方面，在写诗之外，在日常生活中，他还极为注意进行其他的修习——摄影、摇滚、朗诵、不断追踪各种艺术发展的动向、甚至在各种聚会中对于他人发言的认真聆听，除了喝酒喝多的时候，莫渡基本上是一个少言寡语的人，对此，我进行过多次有意观察。我相信，正是这种沉默中潜心而又多样的修炼和日常积淀，给了他诗歌写作基本的力度和智慧。

但是，正如我不断表明的，这还只是开始，认真来说，莫渡的诗歌写作自然问题还很多，其中突出而且主要的问题有几种——如表意还太过简单、诗意空间的营造还太过狭小、语言组织顺接太多而逆向的反接太少、结构的张力还明显不足等。所以，在期待之外，我们还只能耐心地等待，希望莫渡能通过更为潜心的修炼和努力，澄明自己写作的意义并和他的伙伴们撑起天水诗歌的另外一片天空。

我记得他有一首，诗是这样写的：

> 她牵着
> 五岁儿子的手
> 走出果园
> 嘴里哼着节拍
>
> "一哒哒
> 二哒哒
> 一哒哒
> 二哒哒……"
>
> 暮色已铺开
> 苹果点灯
> 在她心的舞池中
> 站着一个汉子
> 让她脸红

——《舞伴》

　　这是叛逆，但也是意义。苹果点灯，在生活庸常的劳作之中，不用说，一个诗意栖居的人——不管是谁，即便是一个拖着儿子的手的乡村的妇女，她也自有她心中的一片舞池，渴望着展现出一段属于自己的精彩舞蹈——无论是华尔兹还是探戈，抑或是大秧歌。我说过，因为在莫渡的诗歌中，叙写即是表达，生活即是生存，所以这位农妇藏匿于心间的秘密，我相信莫渡自然也是存在着的。

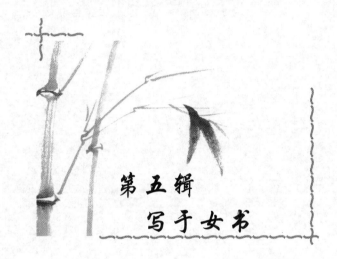

第五辑

写于女书

这些让我们回到生命现场的词语

——感评离离的诗集《旧时的天空》

翻阅离离的诗集《旧时的天空》，我不时会生发一种疑惑：她怎么会这样组织她的词语啊？

例如《在新华书店》，"此时，我多么小/任意翻开的一本/都可以藏住我/小小的舌头，迷茫的思考/……/这是下午三点的新华书店/我像一个和上帝妥协的/苹果。渐渐呈现出/无知的光芒"；又如《单数》，"我不断梦见鱼和骨头/远离枝头的玫瑰和/一片黑森林/我无数次在深夜坐起/翻翻灯光，理想和/一本蜡黄的线装书，我必须想起"。

陌生的组合、随意任性的断句和转折，等等，往往有着一个孩子和女人双重的不讲理。而且，更让我惊愕的是，对于她的这样的组织，她似乎颇为自觉并且还有点小小的得意，"许多词语都是在写作过程中一下子就蹦出来的，像雨点悬空而来，但又那么恰当地找到它们的灵魂的去处，似乎也是我的灵魂的去处"，"那些肩负重任的词语会在何时的时间找到我，或者被我发现，在清晨的鸟鸣中、争相怒放的花蕊里、轻轻流淌的河水里、或者满是泥泞的马路边，它们安静温婉。我内心里对它们一直都充满感激。只有它们才能把我想说的话准确地表现出来，它们努力营造的那种场，就成了诗歌"（见其《词语的去处》）。

我身边有的人因此而相当地不以为然。他们说：哼，什么呀？没有章法，缺乏设计，脱口而出的呓语，本质上不是成熟的东西。

我也有过这样的不以为然。但是，在不以为然之后，却总是不能真的"不以为然"，所以在"哼"过之后，又忍不住想再翻翻，再看看；又忍不住提醒自己：这样的不讲理、不成熟，不是也挺好，也挺吸引人的吗？

是的，挺好，挺吸引人的。什么好？什么在吸引人？顺着提问再次走进去的时候，慢慢地，我心里就产生了一些新的感触：原来好的东西，吸引人的东西，就是词语表达中的这一点——一些孩子样的、女人般的不讲理、不成熟。正是在这样的不讲理、不成熟之中，我们看见了人的性情，人的常常被掩饰、被遮盖的天真、纯净、孩子气和女人态——女人的敏感、细腻、苍凉、神经、浪漫甚至臭美。

不作、不秀、不装腔作势、不人云亦云，这些貌似没有章法设计的随意的词语运用，仔细想，它们却源自脱口而出和自由生发，不仅显现了现代汉语诗歌本真的口语化、自由化写作特点，而且也在个人几近原生态的内部语言呈现之中，就像苏联著名的语言学家鲁利亚所以为，因为"内部语言"和人的欲望、情绪更接近，与人的难以言说的审美体验更相对应，所以写作者若是能将这种中间性的"内部语言"直截了当地倾吐于纸上，那就可以以本初形态表现自己的欲望、情绪和种种审美体验，填平言语和审美体验之间因必然的疏离而形成的峡谷。

是的，诗歌语言根本的目的即在于将人们带到诗人曾经遭遇的情境，也就是离离在自己的《词语的去处》中所言的"努力营造的场"之中，让读者追随她的词语的引导，回到面对一种事物或者事件、时间时的感觉里面，体验沉迷、疼痛于生命中那些能够让人不断怀想起的片段细节，看见自己的存在，凝视自己一种又一种存在的方式。如《在新华书店》里的小和无知的光芒；如《不知所措》里的蜷缩和沮丧；如《气息》里的陈旧和腐朽；如《难过的……》里因父亲而起流下来又流下来的眼泪；如《鸽子》里因儿子的熟睡而起的俯下和沉入，等等，等等。

离离的诗因此在本质上都是即景式的，她用最大的努力给我们所要做的就是保留住自己体验"生命的意义时刻"的现场，让她的一切——欢乐、痛苦、迷惘、担心、感动、爱和恨等——感情都能够成为体验现场中可以触摸的事物，哪怕它们发生在旧时的天空下，像她诗中的表达：

风在深夜的电线上
说出 1983 年的事情，那年我 5 岁
村里刚通了电，夜晚成为
秘密的一部分
……风继续吹，它找出穷人的悲欢
掀开旧窑洞的窗户，像一个陌生人
发现自己……
被它吹到的地方，都在醒来

——《被它吹到的地方，都在醒来》

其所说的是 1983 年的事情和风，但这些事情和风，现在却都是读者眼前可以看见的事情和风。

哪怕它们发生在遥远的将来：

当我老了，草地如此陌生
我还想看着高蓝的天空，唱晴朗的歌
接着是夜晚
覆盖了草地，它爬过隧道和楼梯
我摸索着上楼，在我们生活的地方
也许你站在墙上，像一棵樱桃树悄悄地
嘲笑我的木讷，腿脚不便
时光从侧面照着我的脸

——《当我老了》

其所说的是想象的将来的生活，但是那些将来的生活却都现实地发生或展示于读者当下的视域，可视、可听、可以触摸，有着一种现场体验所致的话语所指的具体性或者丝毛质感。

这种抒情的即景特质，不仅使离离的《旧时的天空》里的作品，由此成了一种如俄国形式主义理论家什克洛夫斯基所言的"为了恢复对生活的感觉，为了感觉到事物，为了使石头成为石头，存在着一种名为艺术的东西"，使她的诗歌语言因为有着感觉经验的附着而显得

充满灵性而且富有质感，不轻、不飘、不打滑；也使离离诗歌中的诗意表现，因此更为经常地体现为一种由语言所建构而成整体性存在着的一种场或一种氛围。在这种场或氛围之中，她的许多原本极为普通的语句，也往往在不经意间一跃而成为诗意盎然的表达。

但自然，在《旧时的天空》中，离离的诗歌写作也表现出了一些问题——如对于材料主体审美情感内化的不够，如时不时出现的技法上的讨巧，如个别作品表达上的太过随意、粗糙等。不过，这些问题毕竟只是我更为苛刻的要求之下的发现，而《旧时的天空》出版发行之后，离离的诗歌写作还在继续，还在不断提高。所以，在对离离提出必要的提醒之外，我有信心期待她有更好的作品出现。

> 我只是想说我心里的话
> 把那些丢了的时间，再细想一遍
> 把那些曾经的物件，再留恋一遍
> 把那些笑着笑着就流出的泪
> 再悄悄擦去
>
> ——《失》

是的，悄悄擦去，然后再重新开始。因为说到底，这些"心里的话"，是我以及许多人都所悄悄喜欢着的。

从一已经验的抒写到
地域文化的代言
——汪彤散文印象

汪彤写散文应该有些年头了。好几年前吧，在我和汪彤还不是很熟的时候，她给过我几篇她的散文，装在一个大大的档案袋之中，用她一贯轻柔而又谦卑的口吻说：王老师，请你给我指导指导。

她的散文我看了，文章所写的，基本上都是童年中的乡村记忆：爷爷、翅膀透明的蜻蜓、黄昏时树枝拂动的天空、杂草疯长的田间路径、路径两旁稠密而且高大的庄稼——譬如苞谷，譬如高粱；还有一些细节——一个孩子成长中孤行的落寞。像身后拖着的影子，又像眼前逐渐加重的夜色。这些，都给我留下非常深刻的印象。

在盘桓于一些文字的间隙时，有一个瞬间，我想到过萧红、想到过她的《呼兰河传》。但令我遗憾的是，我的联想还未及完全展开，我就失望地发现，在汪彤的散文里，她越是长大，她的文字就越是没有了叙述者的个性和内心；而且我还发现，虽然局部特别是一些细节的地方，她的表述时时可见一些灿灿的亮光，但是，整体而言，对于作品的结构和文字的组织，汪彤当时还很少有自己清晰的想法。

在公共作文和个人创作之间，开始化蛹为蝶的艰难，我知道是需要时间的，所以，文章是看了，但当时我并没有给予她什么实际的"指导"，甚至，当她问我感觉如何时，我只是例行公事似的对她说：嗯，还不错！

此后，许多日子都不怎么见汪彤，我知道，我伤着她了。然而汪彤不是个对什么事都"耿耿于怀"的人，她虽然看起来非常文弱，但实际上，从事的却是一个非常男人化的工作——她是一个和犯人打交道的警察。因而在此后，我们又不断能够碰着了：开会、某一个文友比如彭有权的家中茶聚、打篮球、看一个熟人的收藏，在许多的场合，我都能看到汪彤；通过朋友聊天或者翻看《天水日报》，我也知道汪彤在更加勤奋地写作散文；有那么一次，我记得她获了一个什么奖，收到了一点奖金，因为高兴，她便请丁念保、薛林荣和我吃饭、喝酒。

天下太平，时光如梭，日子就这样过着。可是今年7月初的一个晚上，《人民文学》主编李敬泽先生到我们学校做报告，不知道怎么得到的消息，汪彤也来了。听完报告后，余音徘徊不散，加之夏夜凉风习习，有人提议大家喝啤酒去，于是，在目送李敬泽先生离去之后，一帮朋友便到我们学校南面马路旁的一个摊点上喝起了啤酒。酒酣耳热之际，汪彤让我给她写一篇评论，依旧的诚恳谦卑语气，推辞不得，我便爽快应诺，而应诺的结果，就是几天后我很快就收到了汪彤的又一个档案袋。

档案袋中共装了三篇文章：《苇子弥漫的雷台》《"鱼龙曼衍"砚小记》《天水酒歌：谁来传承？》。这三篇文章有一些共同的特征：地域对象、文化视角、随笔形式。我由此知道，汪彤的选择是有着某种特殊的强调的。

我不能不认真地阅读这三篇作品，但是，恕我直言，作品给我的初步印象并不好。许多年了，汪彤散文写作的不足依然存在：这三篇随笔依旧没有太多的形式设计，作品缺乏充沛贯一的整体气韵，给人的感觉是率性所为，是一段一段拼接出来的；还有这样的文字表述，"这是天水酒歌《黄羊坡》中的唱词，用方言唱出了一位送情哥外出的女子，舍不得情哥远去，惆怅无奈。在酒歌的唱腔中，寄托了无限的依恋相思之情，也深深刻画了那女子与情哥在一起最后时刻的情感体验，表达了相恋男女离别时，依依惜别之情。唱词饶有趣味"（见其《天水酒歌：谁来传承？》），称谓的模糊、用词的重复、句子的不完整、甚至不规范而且随意的断句和标点，无不说明着写作的匆忙和粗糙。

出手之前为什么不再打磨打磨呢？我有点恨铁不成钢！只是，看完作品，掩卷深思，慢慢地，我也真切地感觉到了这些还有瑕疵的文字中所蕴含的某种吸引。

这吸引首先来自于作者为意义事物立传的写作追求。辗转于文友之间的残缺的一方砚台、甘肃武威的历史文化遗迹雷台、雷台周围密密的苇子，还有虽然源远流长但却正在不断式微的天水酒歌，这些事物，有的大、有的小，有的有形、有的无形，但不管是哪样的事物，因为它们都承载了一点生活的意义——譬如人际的情缘、沙漠的希望，譬如历史的变迁、艺术的启迪，所以汪彤也便都不惜笔墨，给其以描述或绍介。从她的文字，我们可以了解到许多的知识——像传说、典故、历史、风俗、人情等等；也可以感觉到在面对着这些事物之时作者内心所引起的沉思和联想——"长者悠长趣味的歌声顺着山谷久久传唱，之后便是一阵阵欢呼雀跃的赞叹声，接着又是即兴的几首酒歌对唱。这样篝火的夜，听着动听的酒歌小曲，人们仿佛把对酒的向往和对歌的迷醉尘封起来"（见其《天水酒歌：谁来传承?》）。这种沉思和联想使描写的对象因此而附着了某种生命的内涵，所以，为它们立传，事实上也就像是为生命本身立传。

这吸引还来自于作者为地域文化代言的感人姿态。武威、天水，文章中所出现的这两个地方，都是有着极为丰厚的文化积淀的地理区域，其中武威是汪彤的祖籍所在，天水是她现在的身家居处。她热爱着这两块萌生、养育了她生命的土地，而这两块土地上的人们现在又正不遗余力地挖掘、弘扬着各自的地域文化，意图借助地域文化的宣传，招凤引凰，扩大影响，觅取新的发展生机。耳之所闻、目之所见，热心肠的汪彤自然便希望借助于自己的笔墨能为两处的文化代言，为两地文化的发展歌鼓呐喊，其诚、其挚，拳拳赤子之心，读来自然不时给人以感动。

汪彤是一个特别喜欢向别人学习的人。她对认识的搞写作的人，一概称之为老师。平日里，她不是拜这个，就是访那个；今天听学术报告，明天又参加文学座谈。对于知识和文学，她似乎有着一种别人远不能企及的渴求和热情。因为这样的缘故，所以我希望在接下来的写作中、在广泛的学习之外，她能更为注意对学习所得的内容进行细致的个体反刍和消化，注意在构思一篇文章时对于各种材料的内化、消融，并能于字斟句酌的细节打磨之中，完善表达，提高素养。

若能是，化蛹为蝶，攻石成玉，我相信她自会给大家制造更多的惊喜。

现实主义的梦
——武强华诗论

和武强华认识，是微信的功劳。朋友贴了她的诗，我无意中看了，喜欢；再看，还是喜欢；跟了一个帖，说了几句话；她看到或者朋友转了，她要求加微信朋友，加了；然后相互看对方转发的东西，点赞；然后就成了文学朋友。认识不久吧，我就收到了她寄来的快递，拆开一看，是《诗刊》社主编、漓江出版社出版的她的个人诗集——《北纬38°》。

诗集收录了她所写的100多首诗。这些诗的阅读，使我得以较为系统地了解了她的诗歌写作。个人的感觉，以为她应该是自娜夜、离离之后，甘肃诗坛目前另一位较有特点的女诗人。

一　有关诗人：从西部到女性

第一位听闻武强华时，我想当然地以为她是一个男性诗人。造成我误会的原因有二：一是她的姓名。姓"武"，而且还叫"强华"，姓名给人的印象，整个就是一句毛主席的诗——"中华儿女多奇志，不爱红装爱武装"——的诗意阐释。二是她的诗歌写作。她的诗多写西部，对象本身的粗犷、宽阔，有十足的雄性气质，加上她本人对于它们富有力量和质感的表现，其所造成的文字景观，十分突兀、奇幻——如"沙粒灼热，/古城在废墟之上蒸腾着火焰。/气流关联着某种古老的记忆。/马匹、走兽和市井的木炭在骆驼刺的阴影里/探触着流光。//天空痛饮食盐，蓝得澄澈。/风低吼，还原着一场战事腐败的气息。/我听见，我扔出去的石头被重新安上了木轮，/牙齿在奔跑。另一个世界的深处，/尘埃粗大的骨节/再次受孕"（见其《正午：和一块汉代子母砖的耳语》）；或者如"给我挑一千匹好马，让它们在草原上驰骋/夜晚，月亮升起的时候/要有一匹雪白的，从焉支山3978米的山顶/跑下来。在王的梦里/它以雪山之姿奔跑于八百里塞外疆场"（见其《焉支山》）。它们显见了一般女性诗歌写作极为罕见的力度和气度。在诗集封面的折页之上，编委会推荐说，她的作品以其"个人独特的精神向度，呈示了西部的辽阔和粗犷"。我想，这评语是符合她创作的实际的。

吻合于对象，在对对象不断主体内化的过程之中，为对象所充填、所承载，行走于西部隔壁、沙漠和雪山的武强华，由此自然也便成了对象化的、西部化的武强华。触景生情或托物言志，高原的阳光炙烤着、塞上的风沙吹打着，一路向西，经由敦煌和西藏坚硬、奇异的自然与文化淬火提炼，作为诗人的武强华，在她的文字里自然也便有了一种安居于城市或小资于内地的女人所没有的气魄和力量。

得感谢所遇！对于宿命于河西走廊祁连山下，在春风浩荡之中摇摆的一茎芦苇，武强华的表现也便和娜夜的表现显现出了鲜明的区别。娜夜的芦苇是这样的——"起风了 我爱你 芦苇/野茫茫的一片/顺着风/在这遥远的地方 不需要/思想/只需要芦苇/顺着风/野茫茫的一片/像我们的爱 没有内容"，它由爱而起，最后又落实于爱，虽然形态只有空茫，但其实质却依然是诗人柔美内心的一种外化，它是美的，茫然的，优雅和伤感的，充盈了特殊境遇之中一个成熟女人芳心微澜但却又适可而止的生命感喟；但武强华的芦苇却是这样的——"在湖边，我看不透一枝芦苇的内心/只能从她摇曳的腰肢上/看见那只手，野蛮的力/趁着她走神时的一丝心旌摇荡/打开了她身体的另一扇门"，"她"在"我"眼中，腰肢摇曳，心旌摇荡，它只是对象的，是诱惑人也被那野蛮的一只手所撩拨的，在这样的表现之中，因为对象所具有的女性的"她"的人称以及更多迎合男性期待的性别幻想，所以更为直接地讲，若事先并不知道作者的身份，自然的反应，我真的更愿意将它看成是一种出自于男性之手的书写。

而事实上，在最初阅读武强华有关西部的诗的时候，吸引我眼球的也正好是这些带有某种蛮性、速度、力量和阳刚意味的作品：

雪，白过它自己的骨头了
白得整座山看起来只有骨头
没有肉。肉藏在野牦牛的身上
它秘密地穿过山谷时，站在山坡上的那个人
嗅到了山的香味。据说
他三岁时就嗅到过同样的味道
现在他十七岁，像豹子一样
已经不能再等了

——《祁连山》

诗从"雪"写起，从雪的"白"生发出"骨头"的联想，自然但又突兀。骨头双向生发，一方面摹山，让整座山瞬间骨干，另一方面生香，让一个人像豹子一样急不可待，在山头伫立的瞬间便引发了十七年蓄势待发的速度和力量。

但后来我还是知道了武强华的女儿真身，而且这知道，让我在继续着对于她的西部强力写作的欣赏之余，慢慢也生发出些许不满："毕竟是女人啊，舞台下掌声不断，但生活中心底里真正喜欢女汉子的男人到底不多。"

好在，我的不满依然只是误会，西部给了武强华必然的一些生长烙印——那儿的大风粗暴地吹着、那儿的阳光强力地照着、那儿的沙粒飞起来生疼着生活的脸面，所以那儿的女儿——哪怕是纤腰的芦苇或红柳，自然也绝对不会是烟雨江南的弱不禁风。但是，毕竟是女人，所以沿着此前一些男性诗人的西部写作走了一段时间之后，因为自我的逐渐强大及其作为一个写作者相关的自我身份意识的逐渐觉醒，所以很快地，武强华笔下的世界也就相应地显现出更为本色的女人姿态了——堵车了，整条街上，她只听见了"一个女人在嘤嘤哭泣"（见其《堵车了》）；她希望人们充分意识到，"当然，她也是女人/因此不能忽略/她的生理期"（见其《云的四种抒情方式》）。就像是一个假小子突然开始向淑女的方向打扮了——她的头发长起来了，她的裤子成了裙子了，她的眼神妩媚起来了，一种随之而来的女性自觉让她的文字因此而具有了更多的女性特有的身姿和风韵。

　　"停车场对面的一间房子里/我的女儿在弹钢琴，她的手指上/还沾着微风摇曳的芦苇荡，那时的时光/热烈而柔软，童年仅有的情趣/依然在琴键上跳跃"（见其《震荡》）；或者"监护仪带来梦境的消息/每当心跳低于六十，它就替母亲呻吟一声/此刻，仿佛它才是母亲最亲的孩子//而我/除了忧虑/不能贴母亲的疼痛更近一些"（见其《胸腔外科病房》）。在类似的写作之中，她写为人之女的体恤和担心，写为人之母的怜惜和骄傲，写为人之妻的观望和戏谑，写她在剥掉了诸多外在社会人的装饰之后回到自身的生命经验的具体性：母亲切除的左乳给了她胸部隐隐的未来之痛；无奈中失去的那些孩子像刺一样扎在心上，不能不想但不堪再想；一名学医的女生接触尸体或人体器官之时的心路发展；一个女人的大现实和小浪漫；种种特殊场景之中的幻想、奢望、暧昧、撕裂、疼痛甚或欲望的背叛、心理稍稍的越位——"我嗅到他这个年龄才有的/成熟的荷尔蒙，适度而隐隐地弥散着/……他始终没有提到身体/我也没有去解释那令人尴尬的雌性激素//离开的时候，我以为他会拥抱一下/但他只是握了握我的手，说：再见"（见其《倾诉者》）。

　　女性意识的觉醒给了她一些写作方向上的变化。一方面，将眼神不断地定格于身边的一些人、一些物——譬如母亲，譬如广场上做扩胸运动的白发老太太，譬如美容院每天化不同妆的姑娘们，譬如雪花、云朵、鱼和芦苇，她从她们/它们身上不断地看到自己——有时是曾经的，更多时候则是未来的，看到女人无法挽留的衰老和凋谢；另一方面，她将自己不断地掷出去，光一样投射于外在的事物，让它们——草、树、花、河流、山峰等等，成为自己情绪或心境的载体，在主体充分对象化的过程之中，让对象生动同时也使自己虚体的内心和思想得以具体存在。

> 原野那么寂寞——
> 原野上正在开着花
> 一朵连着一朵
> 红色、黄色、蓝色、紫色和白色交织的

寂寞
像一片绚烂的海
一直
涌向天边

——《原野那么寂寞》

或者：

沙沙，它们唱着歌
优雅地倾斜　风在四十五度的腰身
变软，非刻意的美
连着一大片
顺从的思想

在此之前，天空空着
灰白的羽毛不吸收火焰
继续蓝着
千篇一律的清澈爱着草
也爱着一只白天鹅矜持的孤独

——《风中芦苇》

　　我个人的感觉，这样的诗是武强华作品之中最能赢得一般读者好感的诗。它们尊重着对象，具体了西部宽阔的视野，呈现出了西部特有的粗犷和美，但它们又是被充分女性化了的，对象的颜色、声音和形态的选择，特别是书写者说话时的音调、声态、句型等，又显现出了大风之中一种女性的优雅和玲珑。一位西部女诗人，是西部的但同时又是女性的，有着主体和对象之间的积极互动、人与环境之间的良性协调，当武强华回到自己经验和身份的双重具体性之时，我觉得她的文字也便因为内在的质感而开始摇曳生姿。

二　关于内容：从自然到体验再到心灵

阅读《北纬38°》，我首先产生了兴趣，武强华的诗都在写什么？《祁连山》《黑河大峡谷》《尕海》《郎木寺》《骆驼城遗址》《西夏国寺》《焉支山下》《傍晚经过米拉日巴佛阁》《甘南一夜》《唐古拉山口听风》《在大佛寺看罗汉》等，不用看作品，单是轻声念出这些诗歌的名字之时，我想，肯定有人也会和我一样，敏感发现西部奇异的自然和文化所给予武强华写作的佐助之功。

"黄昏/女人脱掉衣服，在河水的源头俯下身子/山褪掉豹皮，袒露出腹肌和胸部的肉/野兽只能在远处观望，却不能去打扰/这近乎野蛮的仪式……"（见其《山色尽》）；还有"暮色驾凌/黑河之墨于瞬间皈依于刀鞘//风吹草动/迅速抽走了一个人身体里的热//若有所思的植物望着，两束光/摘走果实，摘走紫色的云彩/将一声孤单的鸦鸣扔在了原处"（见其《黑河落日》）。无论是从"对象的异质化"存在来看，还是立足于"边缘的活力"立场去思考，我相信对于大多数非西部读者而言，武强华诗中粗犷、原始甚至带有些许蛮力的西部自然意象和景观，因为其身上散发出的陌生、异质光彩，所以必然引发他们内心某种不经意的向往和认同。

因为缺乏，所以喜欢。类似的情况，我自己身上也发生过。21世纪初，机缘曾让我在较短的时间里接连去了河西两次，由此写作了一些诗歌，奇异的动植、地理和风俗人情，似乎只是极为素朴的个人描摹，自己并没有特别期待，却一时间被不少的编辑所认可，出乎意料地发表了许多。后来换了题材写，自己感觉还不错，但编辑的认可度似乎明显不如以前了。一些编辑此后遇见了，坐在一起，他们有时还问我："你怎么不写河西和甘南了呢？那些东西很好。"将我的遭遇扩大出去，我发现，甘肃许多诗人（包括一些较为出名的诗人）之所以被文坛认可，很重要的一个原因，应该说写作对象帮了不少的忙。相反的一个现象似乎更能说明问题，也许正是因为对于这种期待的迎合，所以甘肃乃至西部诸多地区的诗人也便自觉不自觉地喜欢在自己写作中"秀"出或"炫"出西部特色。

　　我不能确定，武强华初期的西部写作与这种远方或他人的期待无关——一位边远、底层的诗歌写作初学者，她不会一开始就已经强大到可以自足和自在；路前面那么多人走着，她只能怯怯地跟随、模仿，这一点不用说自然都是可以理解的；但是我所要强调的是，和那些观光客和采访者行色匆匆的"经过"不同，因为生存所致的黏根带土的真切的"此在"感，使得武强华的西部诗写作从一开始就和梁积林等置身在西部生活中的人的写作一样，显现出了某种区别于一般人的饱满质感。"叶子密了就看不出它枝干的红，／就像伤口，隐藏在暗处，／疼痛不需要表达。／风在吹，河道一直在延伸，／圆形的树冠紧挨着爬行的光，／——暮色里，天际线同样需要传递孤寂。"经过者只能看见轮廓，看不见细节，但是武强华可以，她看见了密密的叶子下面隐藏的伤口和不需表达的疼痛；她看到了河流的执着、时间的空阔和孤寂。她超强的视力和感知，和她的专注、凝神有关，但更与她的浸淫其中、朝夕依存的个体经验密切相关。

　　心理学研究的结果显示，不管是虚构还是写实，一位作家在事实上却只能写自己所能写的。"随物而婉转，与心而徘徊"，格物的细致和感知的沉潜，让眼中看到的事物落在了一个人的心上，经由主体的内化而成一个人意义的山川地理存在，是西部本来的，但同时也是诗人武强华的，我想，许多人喜欢武强华之西部写作的原因，很重要的一点应该就在这里。

　　据此，我们可以清楚这样一个基本的事实：西部选材虽然给了武强华的诗歌写作初始和部分的帮助，但这些帮助充其量也只是初始和部分的，而一俟她的写作不断成熟、一俟外界的认同所引发的自信足以支撑自己写作的时候，人们便可以发现，其实不假借对象的特异，回到女性自身、回到一个人的日常，武强华的诗歌同样可以写得精彩。

　　各种各样的街头所见、学习和医院实习的回忆，一些相逢、一些观望，黄昏或临睡之前一些乱乱的思和想，在风里雨中、在阳光迷离的闪烁之中、在灯光的暧昧和酒的微醺之中，她对于一个女人的诸般发现和心绪的书写，于疼痛和欣然之间，她的文字表现因之而散发出了些许特殊的色彩和韵致：

雪片落下来
碎小的舞步，向上回旋
它们的裙子更像是小小的针尖
突然加速
突然，逆行

这个春天
我多么担心，再次怀孕
担心它们当中任何一粒没有名字的尘埃
穿透腹中，融化成水

我多么担心
一不小心
成为一片雪花的妈妈
转眼，只摸到我的孩子
融化的骨血

——《春雪》

　　雪花很美，它们有"碎小的舞步"、有小小的"裙子"，但是雪花回旋之际，它们的美却不容从容注视，只是一个小小的"针尖"的比喻，然后生活被刺破了，"突然加速，突然，逆行"。描叙之中突兀的变化，于美和疼痛两端悬拟出内心的疑问：到底怎么啦？"怀孕""穿透""融化""雪花的妈妈"，虽然依旧动人，但是当"只摸到我的孩子融化的骨血"出现的时候，谜底揭开，我们才知道了一位母亲身体和心理深藏的失去之痛。不忍、不堪但又无法去除，这样连筋带肉的疼痛表达，因为生命本真处的真切和具体，所以它们很难不让人因之恻隐、为之动容。

　　类似的表达还有许多。它们有的因缘于自己身体的经验——如《本命年》之"一个普通女人/不会有血泪史/她是守法公民/只爱一个男人/只生一个孩子/其他的五个，这些年/都被杀死在了子宫里//

今年，我为最小的一个写过一首诗/那是在麻醉之后。有那么几分钟/被掏空。我对这个世界撕心裂肺的过程/心知肚明/却又假装不知"；如《很多需要忽略的事情一直都在发生》之"我瞒着他们/吞下大量乳腺增生的中草药/捂着胃，深夜写诗/写下刀子、器械、伤口的走向/写下白色药片和褐色汤药对胃酸的中和度/写下一双手划过乳房，尖锐的拒绝/和莫名的渴求。写下/貌似坚强的背影和实际怯弱的命运/写下，我是多么害怕衰老/害怕遗传、基因这些被科学叫嚣的/纸老虎。害怕六十岁以后/就会和他们一样，把命/悬在两个残缺不全的器官上"。有的则是对于他人疼痛的发现——如《本命年》里父亲切过的胃和母亲切除了一面的乳房；如《乳晕》里诸多乳腺癌康复者画上去的乳晕所遮盖着的疤痕；如《精神病院》里那个曾经暗恋过的男生的"枯瘦如柴，面目呆滞"；如《相遇》里的白发老太太干瘪的胸部；如《手》之中的那些残缺的器官，等等。

但在身体的痛苦之外，作为一个有别于一般女性的女性诗人，借助于精神上对于地域和生活庸常形态的超越，武强华的诗中还写了一些现代和文艺女性所具有的绮思迷想。它们有时是一个女人走神之时的心旌摇荡，有时则是山坡上一袭白色裙子蝴蝶一样的惊恐翻飞；有时是对一种成熟的荷尔蒙的敏感，有时则是对于一个曾暗恋过的不幸男人的歉意表达；有时是对一种夜色和酒精中男性邀请的拒绝，有时则是对一对男女幽会之后各自蜘蛛一样沉默的描绘；有时是对高架上民工所唱的酸曲的聆听，有时则是梦中因由一个有着浓密胡须的男人而引发的对于另一种生活的向往……如此种种，表现了日常的状态之外她内心还存在着的那些被遮蔽和隐秘飞翔的内容。

"诗人需要一个异己者，以另一只手，另一双眼睛，另一颗悲悯的心，以无形之力游走在现实和理想之间，更真实，更自由，更大胆地接近事实的本质和真相"（见新浪博客《诗人文摘》文《张掖有一个女诗人，叫武强华》）。正如她那首叫作《梦》的诗所写，骑着黑马，跑了一夜，"爱情和自由/让一个平庸的女人开始相信/冒险，可以重新开始另一种生活"，但"天亮时，我已经筋疲力尽/人和马都饿了，到处都找不到吃的/我坐在山坡上，哭/直到醒来，都想抓住/那些深爱却已经消逝的东西"。生活僻静处的不安和反抗，释放着现实对于一颗向往远方的心的压抑，但这压抑的表述，又是被另一个有责任、有担当、好修养的人的伦理和理性所控制着的，所以一方面是些许的叛离、出位甚至迷离，但另一方面又是无奈、回归和释然，作用力和反作用力的冲突和解决，由是形成了武强华诗中极为动人的情感景观。"梨花两三枝，刚好/不刺眼，也不衍生联想"（见其《梨花白》），或者"整个夜晚，我都在和自己较劲/前半夜，在山顶窃窃自喜/后半夜，一直在为如何下山/忧心忡忡"（见其《现实主义的梦》）。"现实主义的梦"——武强华最好的诗歌，其实无不都是这种现实和理想（欲望）之间矛盾却又统一的关系的具体现实。因为矛盾，它们凸显了人性的真，产生了文字内部的张力冲击；因为统一，它们又表现了人性的善，再造出了生活本质的复杂形态。

寻求情感和精神对于身边现实的超越同时又渴望飞起来的心思，落实于一个人具体的所遇，让人找到了生活在此的安谧或者意义。顺延这一面向的表达，我的眼光注意到了西藏之行以及其后的西部文化景观描述——具体点说，就是一些和宗教相关的西部书写——对于武强华的诗歌所带来的表达之"新"。"庙堂之间，两个身影/并不能使石块铺就的小路从低沉的呢喃中/瞬间醒来。但渐渐呈现的温热/就要使十月的众神从经堂之上来到人间/……/其实，谈论什么都是多余的/这个上午，我和一个叫丹增的喇嘛/都试图从红尘中全身而退"（见其《红尘》），或者"从街道望过去，细小的尘世/银匠铺、旅馆、咖啡屋/一直到高处的晒经台、金瓦寺/以及更远/发光的器物都有比它本身更隐秘的轮廓"（见其《朗姆斯》）。一路向西，到西藏，到更为广阔的一座座寺庙仁守之地，在与各种景物、建筑、器具和人物的邂逅之中，其心灵为种种新鲜的光辉所照耀，或感动、或发现，像疗伤、像修行，从此前一些较为惊悚的意象和稍显过度的修辞之中解脱出来，散布在西部大地上的诵经之声和猎猎的经幡翻动的声音开始逐渐让她的心趋于宁静，显现出一个人灵魂深处的光芒：

一小团皂青色
洇染着。缓缓地
走散的欲望又幸福地相遇

一棵枯黄的树一直醒着
擎着更大的灯盏
试图叫醒一个人和他体内的灯

其实，我说的是光芒
偌大的体温
从旧时光中抛出檀香的灰烬
点燃了一柱透明的灰白

谁在诵经——
谁在人群中迅速交换了灯盏
将另一颗心
慢慢地揉软

——《西夏国寺》

诗中，有失散之后的重逢、有面对呼唤的回应、有光芒的慢慢照亮，而那些迅速交换的灯盏，使得一颗流离、烦躁的尘世之心因之而沉潜下来，变得温暖和柔软。这是意义本质的澄明，是自然和宗教相互结合而营造出的种种灵魂被牵引的生动现场。我喜欢其中激动的发现，但我更喜欢那些在发现之中所体悟到的作者体内的透明和柔软，它们在肉体之中，但却似乎只与心或灵魂相关。

三 关于表达：生发、对峙和思辨

武强华迄今为止的写作自然远未臻至突出和优秀，但是和许多诗歌写作者相比，她的探索和尝试却是多样的，且在多样的探索和尝试之中，显见出她个人极富个性且又基本稳定的艺术追求。

她的写作，那些可以初步沉淀为经验的表达者我以为主要有如下三点：生发、对峙和思辨。

曾经有人讲："每一首可以称之为诗的诗中，都藏有一颗诗的种子。"所以，一首诗的写作，在本质上就是诗人怎么发现这颗种子并让它发芽、生长的过程展示，而展示的具体手段，也就形成了各种各样的手法和技巧——即西人常言的大修辞。

在《黑河大峡谷》一诗之中，诗人从"山上的雪水"写起，起手做了一个比喻，说这些雪水在"白天汇合成刀子"。这个比喻就像是一颗种子，不仅长出了"切开山体"的动作，而且还长出了血液"哗哗流淌"的"二十七种黑色的回声"，且于这回声之中，让身体的化石复活，让自己变成鱼，柔软、冰凉，"有真正的绕指柔"。这种婀娜多姿而又水到渠成、自然生长的艺术，诚如康德所言："在一个美的艺术品上我们必须意识到，它是艺术而不是自然；但在它的形式中的合目的却必须看起来像是摆脱了有意规则的一切强制，以至于它好像只是一个自然的产物。"是艺术不是自然，但同时它的表现却使它显得好像是自然，这种辩证而又互转着的艺术表现，显见着作者分明的心机或者智慧，但同时却又像是一种自然的生长。武强华的写作因此往往能够从标题中、从初始的一个句子中或者从一个比喻之中，自然而又不经意地生长出整个文本的内容和面相。武强华写得好的诗都表现出了对于生命构成内部运行规律的深刻感悟，行云流水但又随物赋形，显现出了较好的艺术品相。

生发所显现的更多是事物和事物、词语和词语之间的一种顺应延伸关系，其好处就是可以让表达趋向连贯和顺畅，但是这也容易产生一些副作用，会使表达显得平顺有余而质感不佳。警惕于自己写作可能出现的问题，在大量运用生发技术的同时，武强华在许多作品中同时也有意识地设计了一些表达上的对峙，于不同事物和词语的紧张对立之中，使自己的表达产生了某种具有质感的停顿或滞涩，并因之使文本意蕴的表达趋于丰富和复杂。打个比方，生发让写作如山间蜿蜒流动之溪水，而对峙则给了它不断的阻力，平缓流动的水因之而得以生动，成浪花、成瀑布、成一路跌宕变化的奇异景观。

"一只鸟，落在溪水边/兀自张望。它小小的身躯/使整个山谷的寂寞显得异常硕大"（见其《山间集》），或者"突然响起音乐。屋子成为空旷的原野/大提琴的声音从遥远的地方而来，夹杂着一阵风"（见其《午后》）。它们有时是显在形态上的，有时则仅仅是内在感觉上的，大和小、远和近，作品内部所存有的各种对峙，或在局部、或在整体，或是单一、或是繁复，相反力量的作用和反作用关系形成，不仅给了表达以张力，而且也使异质的对方反衬并强化了对象的特征，在极端的两方之间相成了宽阔的中间缓冲地带，使诗作因之显现出了远较顺应式写作更趋复杂和丰富的意味：

　　堵车了
　　整条街上
　　只有一个女人在嘤嘤哭泣

　　灵车被堵在路中心
　　雪花落着，仿佛
　　人们都被堵在另一个世界的路上

　　很多人按喇叭，大声咒骂
　　都急着赶往天堂
　　只有灵车上哭泣的女人
　　怀里抱着的那个男人
　　一直微笑着
　　一点儿也不着急

　　　　　　　　　　　　　　　　　　　——《堵车了》

　　这是一首结构繁复的诗歌，文本内部藏匿着诸多的对峙：一条街和一个女人、灵车和其他车、现世和天堂、急着赶路的人和哭泣的女人怀里所抱着的一点儿也不着急的男人、死亡和活着……多层的对峙构成了文本复杂的网络张力结构，在喧嚣与安静、在空阔与具体、在形而下和形而上多层对峙关系的营造之间表现了诗人在一个特殊的时刻对于生活五味杂陈的感知况味。

　　如果说，词语和意象有意识的对峙，在外在形态上给了武强华的诗歌写作区别于一般女性诗人平顺、液体般随意流淌式写作而来的某种骨干、带有少许固体形态特点的属性的话，那么，在一般事物的描绘和情感的抒发之外，武强华随时随处而起的理性的沉思则从诗意生发的机制上给了她诗歌内在的质感和抒情的深度。

毋庸讳言，诗人内心世界的真诚表现永远都是诗歌本质的对象特征，缘此，抒情性也便自然成为一切诗歌根本的审美属性。在抒情一路，因为天生感性、情绪化的性别心理表现特征，所以女性诗人的写作只要率心随意、任性发挥，一般而言，就会天然地弥散出一种审美的魅惑。体悟到这一点，许多人在谈及诗歌的表现时，也便常常喜欢引用英国浪漫主义湖畔派诗人华兹华斯的诗学主张，将诗歌的表达简化为"诗是诗人强烈感情的自然流露"，以为诗人只要能自然地将自己内在的感情抒发出来，其诗歌就应该已经是很好的诗歌了。这样的理解有着现象层面基本的正确，但在实际上，在强调了对于诗人感情的自然流露之外，作为一个优秀的诗歌写作者，华兹华斯同时以为，"一切好诗都是强烈情感的自然流露。这个说法虽然是正确的，可是凡是有价值的诗，不论题材如何不同，都是由于作者具有非常的感受性，而且又沉思了好久。"是的，"而且又沉思了很久"，作为对于浪漫主义诗学理论的反驳和矫正，其后的现代主义诗学也便更多以理性的介入为新的美学追求方向，对于情感的抒发从内在的表意机制上给予了必要的控制，从而增加了抒情的深度和力度。

武强华的诗不回避情感的真诚表达，鲜明的抒情性原本就是她诗歌美学极为重要的表征，但是区别于一般诗人特别是女诗人的写作，在充分显示了她自如的情感表现技巧的同时，在抒情之中，她也有意识地糅入了一些理性思辨的成分，通过追问、疑惑、诘难特别是沉思，予自然的抒情以有效的自我控制，别增诗人主体对于生活的认知内涵，使诗意的表达因之而趋于深刻和复杂。"菩提想起石头/它为什么要飞呢"（见其《盘旋》），或者"他们似乎不与季节相依为命/庙堂深处，来自天上的声音/如波涛，一遍又一遍洗刷着人间/喧嚣的俗念"（见其《在拉卜楞寺大经堂听午课》），透过这些诗句，人们可以清晰地发现，正是因为这种不断的追问和沉思，所以和很多人的纯粹抒情不同，武强华的诗歌表意似乎更趋于冷静，更有味道。

风越来越大，她们仍在飞行

似乎没有风，她们就不可能成为这片湖水的女王
翅膀是骨骼的刺，抗衡着命运的漩涡
辽阔的水域，默认着高度
距离在流光中有恰到好处的规律

水在颤抖
白色的剑挥动着白色的火焰
突然坠落，刺入鱼被迷惑的眼睛
——杀戮被赋予美

风还在那里织网
晦涩的香气比乌云更潮湿
饱满的食欲移动得太快
谁的躯体都来不及戳穿真相

湖水归于平静
仿佛生命原本如此
不在乎高处盘旋
或者低处仰望

——《俯冲》

"翅膀是骨骼的刺，抗衡着命运的漩涡"，或者"辽阔的水域，默认着高度/距离在流光中有恰到好处的规律"，思辨、形而上的提升和理性的介入，给了武强华诗歌一种明显的硬度，所以，阅读她的诗歌，读者很难完全地随波逐流，他们需要不断地停下来，想或者沉思，打开词语组合的坚果，探取那深藏的诗歌的内核。

但自然，因为只是初步的成绩，一切还都在探索和继续的修炼之中，所以，仔细考量和品味，武强华的写作自然还存在一些问题，其中最为突出的有两点：其一是一些诗歌的诗材内化不够，缺乏充分的诗意发现和酝酿，现象的讨巧描述较多，而触及人深层心思的东西则往往不够；其二与其一密切相关，也许正是因为内化的不足，真正要

表达、想表达的东西并不充分，所以"饭不够了用汤凑"，于词语的运用一面，诗人便格外用力，一些诗作因之也便出现了明显的过度修辞的状况。例如《小雨》一诗里这样的表现，"两滴雨之间，街道显现出了它本身的宽阔/两边槐树滴下水来/擦亮的空气，只轻轻一晃/另一个孤寂的影子就会浮现在露珠的表面"。"两滴雨之间"，一条街道显现出的"它本身的宽阔"，雨水"擦亮的空气"，"露珠的表面"的"孤寂的影子"，类似的许多的表达，美则美矣，极为讲究，但拨开词语的遮蔽，其所附着的意义却并不充分。

"远方，河道还在伸向山谷/水流在寻找脉络的根"（见其《石中石》），因为这种不足，而且更为重要的是，因为其迄今为止的写作所显现出的多样的可能性和良好品性，所以在本文的最后，是寄语同时也是相信，希望武强华能不断寻求突破，在一路深入的诗歌创作之中，撰写出更为精彩的篇章。

几季梦深吟诗来

——王小敏诗简评

大凡中文专业毕业的人，心里都会有文学梦想的。在《论语》中，孔子曾说，"名不正则言不顺，言不顺则事不成"，由此，孔子以为君子做事，是应该"必也正名"的。中文专业，其规范的全称应该是"汉语言文学专业"，它和文学有关，也和语言有关。诗歌是文学中的文学，同时更是语言中的语言，所以，虽然现在许多高校的教师并不以和文学发生实际的关系为必要，相关的绩效认定也很少将文学创作纳入到一个教师的工作业绩认定之中去，但是在大学毕业近30年之后，王晓敏却执意出了自己的第一本文学作品集———本诗集，这貌似出力不讨好的举动，在我看来，却恰好有着双重的自我价值的确证意义：一方面，它是对于一个矢志不渝地热爱着文学的文学专业工作者的身份确证。俗话说得好，"在商言商"，在大学从事汉语言文学专业课程的讲授，以文学的方式来确证自己学历和职称前面的"文学"一词的身份修饰，原本是最合适不过的自我价值的一种确证方式；另一方面，王小敏在大学主要从事语言教学，算得上是省内语言学方面的一个专家，依照海德格尔的意见，语言是存在的家园，语言也是文学的家园，所以通过具体的文学实践而印证自己有关语言的思考和理解，我觉得是一个语言工作者最具说服力的自我确证方式。

一

王小敏给她的诗集取名为《几季梦深》，这名字是很典型的琼瑶式的。看王小敏的诗，你也可以发现，在琼瑶作品中熟悉的元素和味道。一路的风景、跑着的青春、爱情出没的山谷、翠鸟鸣叫着春日的黄昏，而后一口老钟从远处敲响静谧的心事，花落梦碎，回廊深处走出的人，告别残梦，一任梅子烟雨，弥散清愁淡恨。如此温软忧伤的调子和风轻云淡的情境，顺着琼瑶优雅才情的手指看过去，林徽因、戴望舒、李清照为代表的婉约一派的表达特征也便从一种经验的谱系中次第浮现出来，虽然其间也不时窜进了一些其他的东西——如台港流行歌词的风味，如席慕蓉还有《读者》杂志上精美诗文的表现等，但是，总体上的美学面相却依然是来路分明的。印制精美的明信片似的心理景观描绘，抚慰着许多人情感和聆听的痒痒之处，温婉、讲究，适度的出离和些许的小诱惑，同时又是内敛的，手中始终紧勒着神思的缰绳，有浮动但绝不臻至放肆，有恍惚但很少能够真的迷离，所以诸多诸多个人的出镜，也便终于都是人们期待中恰到好处的。"请容我懈怠这近身的暖/把翻看的书页当作/世间奇景/和一朵淡色的花/轻嘘微语/原谅我尚未入夜/便坠入迷梦/在近乎透明的光影中/游历/我怕思念生根，爱终会变成一出老戏/大开的心门内外/染过晨露的足音/飞也似抽离/于是/我用孩子的言语写下/上一季青春/年少的你"（见其《几季梦深》）。"请容我懈怠""原谅我尚未""我怕思念生根""我用孩子的语言"，这一连串有"我"的造句，是柔弱的，是惹人怜爱的；然而又是轻微的、适度的，是一个人的老戏，自言自语、自演自赏的。

二

王小敏的诗是明显的主观抒情一类的，她的诗多以"我"为造句的主词，通过"我不会""我愿意""我可以""我要""我渴望""我只想"等等的句式，清晰地表达了她对于生命和生存的体味，其中有一些诗间接指涉了当下的生活——如城市的喧嚣，如涌动的车流、漂浮的灰霾等，但总体而言，真切的人世只是一种抒情的背景，王小敏最喜欢写的，主要还是四季轮回之中她个人清风微澜的情感故事——具体点说，就是爱情故事。

这里面似乎有一些年龄的错位，爱的向往、爱的悸动、爱的分离、爱的思念、爱的离别、爱的痛楚、爱的回味反刍……关于爱的言说，在一般人的意识里，似乎更适宜于青春期的表达，但反复地观看、品读王小敏的诗作，这一般人的一般理解，也有它不尽合理的地方。一方面，人的年龄原本是有生理和心理的区分的，有的人，生理年龄很小，但心理年龄却甚为成熟；有的人则相反，生理年龄不小了，心理年龄却还停留于少女和少年的阶段。王小敏似乎就属于后一类表现，她本人的实际年龄肯定是不小了，但因较为平顺的遭遇建构而成的好的教养、好的心态的作用，恒温了她心性深处的少女情怀，所以在"我"对"你"持续不断的倾诉之中，王小敏诗歌所显现出的最为突出的精神面相，就是一个女人可以不管不顾时间提醒的爱的痴迷和青涩。"我皎洁，只为配合你的/热情，与众不同的亮/隔着光年，隔着夜，隔着蓝色的大地/遥遥相望//我是你视野里的雁/心系南国，保持飞的姿态/如同山坳里的杜鹃/兀自盛开，懂得自珍与静默//我是你一枚久远的传说/而你　是我五彩的/一天"（见其《月亮与太阳》）。

心门内外出现的只能是梦。王小敏因此给她的诗集取名《几季梦深》，从诗集的名字生发，将"几梦"的"几"具体分化，诗集中所选的225首作品，她分别以"幻梦""幽梦""乡梦"和"残梦"为题四辑类之。辑中作品，有不少直接以梦为题，如《梦之修行》《游吟诗人说梦话》《梦里飞花》《梦醒时分》《午安梦想》《雪的幻梦》《梦的空间》《寻梦人》《一个模糊的梦不能让我警惕》《梦之际遇》《梦里梦外》等；也有不少虽不直接以梦为题，但内中所写，也每每不由自主地就和梦相遇了。这么多的梦，一个人轻喃、独语，在无尽的睡与醒之间，文字里的王小敏，算得上是一个名副其实的"梦中人"了。

三

"站在普通读者的角度，她许多的诗，似乎都是梦的外延和内涵：和现实保持着足够的距离，谢绝庸常反复，她的诗构成的各个自足密室，有着独立的情理逻辑和内在关怀。"这段话是她的大学同学、评论者刘永锋说的，借助于这段话的提示，读者可以清楚的是，王小敏的诗就是梦，梦就是诗，她有做不醒的梦和写不完的诗。她通过诗和梦，想要做的，就是努力"和现实保持着足够的距离"。缘此，她的写作，是一种逃离。这种逃离，是针对庸常的——必然的政治、社会、时代甚至为人之女、为人之妇、为人之母；也是对自己职业的——职业不是不好，它给人提供了活着的饭碗，但是毕竟稍显枯燥的教学工作，时下愈来愈功利化的科研要求和利益诱惑，疲惫了人的心，厌倦了岁月的匆忙。所以，"生活在别处"，以梦为马，以语言为秘密的栈道，或是在一角异域的山水之中漫步，或是在一些身边的风景之前临窗远望、白日做梦，在对过去不断地呈现和对远方无尽地想象之中，淡然出离人群，别造一方幽静的个人世界，随意一个女人真切的闲愁淡恨，成慰藉、成平衡、成应诺、成补偿、成满足。

"我本微尘，来去匆匆/不必理会丛林里的煞气/还有人潮汹涌/我要轻盈在山谷之间/听一路曼妙的歌声/……/在无边的柔波里/凝视黎明……"（见其《穿越》）；或者"如果可以掌控时间/我要亲近万物/在彩霞消失的瞬间/亲吻它的深意/在梦开始的地方/留住温馨，万山红遍"（见其《晨雾里痴念的距离》）。"我要""我想""我喜欢""我感到"等等，借助于如此这般的造句，在自己的诗里，王小敏刻意地拉开自己和生活的距离，在车声隆隆的现代城市和柴米油盐的日常生活之外，别造了自己一方精神消闲和情感放松的山水家园。

四

心态的宁静、想象的飞跃、古典诗词意境的有意化用和流行歌曲词语的适度移入，不目▰▰▰是王小敏诗歌写作突出的特点。但回到诗歌写作本身，就我个人而言，我觉得，作为一位专门从事语言教学和科研工作的高校教师，王小敏在诗歌写作之时自觉而又彰显出一定个体特色的造词、造句技巧和新诗写作有意识的押韵习惯是必须给予表扬的。

"我说往事如刀/但现场的一切很妖娆""你的语调/衬得月亮很

粗糙/呼吸遥远/与文字不在一块儿"，或者"雨伴着风，而我/在晨雾里痴念成疾""我瘦弱的驼铃展翅/飞跃茫茫人海/唱响故乡万亩农庄"。新奇、大胆，有一种叛逆、出位的吸引，然则又是自然的、规范的，仿佛一种种修辞的试验和示范。教语言的，靠语言吃饭，在创作和实践双向区域的结合之中，王小敏较好地实现了日常化语言的诗意性改造。她的写作可以当成某种文学教学的案例，给学生提供了具体的参照标本。

新诗的不押韵有不押韵的道理，但是，反过来讲，为了便于诵读和记忆，新诗可不可以迎着读者的质疑而进行正面的回应？作为一个职业的语言工作者和新诗的写作者，对于这个饶有兴趣的问题，王小敏进行了自己的尝试性回答。她的答案是肯定的——通过她的写作，她告诉人们，和古典诗歌一样，现代新诗也是可以押韵的。譬如：

> 关上窗我发现
> 海有涯
> 心可以空间无限
>
> 童年是陈旧的新寓言
> 我坦然于路的纷繁
> 却理不清
> 一派诡异的慌乱
>
> 耳根清净
> 奈何喷嚏连连
> 天空有多少通透和鲜艳
>
> ——《近黎明》

她的诗是自然的，然而又有着自觉的追求，韵和韵的前后贯通，不仅让诗歌因此读起来朗朗上口，而且也在流畅、和谐的语调之中营造了一种婉约流利的抒情主人公形象。

五

但王小敏的诗歌也存在着很大的问题。她的诗歌给人的总体感觉是：读起来挺美的，可是读完之后合上书，却又很难留存太多太深刻的印象。

是什么原因给了人如此的印象呢？

我以为有两点：

一是诗思——不管是情感还是思想，都太雅致、太规范了。她的诗意表达，总是人们期待之中的，是能挠到众人的痒痒处的，所以，个体性不够、独特处不够、张力不够。"落红遍地/老松嘶鸣/似催促旅人即刻启程/可我/只想在夜的故事里慵懒/为爱留住最美的风景"（见其《境》）；或者"下弦月，/思念如芒刺在背/大地却依旧无语。/于是/我让耳朵复活/在山水之间/在九月的雨里"。类似这样的表达，感情的抒发有轮廓但是缺乏经验的具体性，似乎是可以被普泛到许多人身上的，另外，情感中的矛盾作者在文本里也都是自行解决了的。"落红""嘶鸣""催促"等被"我只想""慵懒"成了"夜的故事"，"如芒刺在背"的"思念"和"无语"的"大地"因着一个"我让"，转瞬之间也"在山水之间""在九月的雨里"得以"复活"。一切都太顺溜了，缺乏深刻的痛，也极少彻底的爱，不能极致和极端，所以给人的感觉便像是甜点食品，口感不错，但嚼头不足。

二是语言——虽然局部有一些创新和出位的尝试，但是总体而言公共语言使用太多了。作者或是化用自己喜爱的古典诗词，或是仿移自己看过的一些精美文句甚至歌词，其表现如"不做奴隶，不羡神仙/做一介农夫/骑马游山/听蝉嘶鸟鸣，品露珠星辰/和花儿一起歌咏爱情/微风醒后再会黎明"（见其《游吟诗人说梦话》）；或"白雪飘飘的黄昏/思绪在一杯热茶里氤氲/忧伤和阴郁远遁/不再忆起江南的绿萍，拱桥，乌篷船/不再忆起稚气的笑，迷醉的青春"（见其《那个深爱过我的人》）。很美，很顺，但缺乏生命黏根带土的质感，有点像畅销的青春抒情杂志封面的推荐语言或节日卡片上的情感寄语。

可以被许多少男少女所喜欢、可以被制作成节目在许多场合被人所朗诵，但是太多人可以接受的东西，对于诗歌而言，也许也是特别需要引起警惕的。古人有言说，"文似看山不喜平"，诗歌是文的一种，是文中的文，因此它的表达更为注重另辟蹊径或者另有所托。王小敏的诗歌多写爱，但她的爱更多是飘着的，是迷离的、是适度的、是许多歌曲和诗词里都咏唱着的。在作文的层面，这不用说是好的，是可以给别人做示范的，但在诗歌写作本身，这却是不够的，是很难确立作者清晰的审美面貌的，因此也是很难触动读者的内心或者深刻读者的内心。所以，该到蜕变和告别的时候了，在一个阶段的写作完成之后，凤凰涅槃或者化蛹成蝶，打破旧有的经验，有意识地对自己进行反叛和颠覆，在更为陌生的区域，开辟一片新的天地，建构一种新的自我形象，这是她的诗歌写作所需要的，也是我个人所期待的。

隔着时间的疼痛

——序董文婷散文集《幸福是一只青鸟》

年过40，和一般男性文友相比，1969年出生的女作者董文婷更为敏感于时间的流逝，所以，仿佛种地的农民希望用打碾好之后的粮食说明自己一年的劳动和辛苦一般，她将自己自1993年以来的散文挑选了59篇，分为5辑，编成一书，准备付梓——既总结她以前的文字生活，又藉此说明她对文学难以割舍的一种情怀。

她将她的散文集先题名为《如水年华悄悄逝》，旋即又改为《幸福是一只青鸟》，两个题名看似随意，但联系文章细加推敲，其实大体都可见出作者的用心。

《如水年华悄悄逝》自是不用特别说明，它让人自然联想起夫子"逝者如斯"之千古喟叹，想起普鲁斯特那深入人心的《追忆似水年华》。而《幸福是一只青鸟》，虽然"青鸟"一词因其惯有的"爱情信使"所指，容易给人以与爱情相关的先入为主之见，但是，打开作品，只要我们能够进入作者所表现的文章世界之中，我们自是能够很快就明白，此处的"青鸟"之"青"，原本没有什么特殊的强调，整个句子的意思即如我们常常听到的那首歌谣的表达："我的青春小鸟一去不回来，我的青春小鸟一去不回来。"

缘此，时间（特别是标示时间存在之意义的幸福）如水流过或者青鸟一样飞过的感受，以及由此引发的对于逝去时间的寻找和追忆，自然也就成了我们理解董文婷散文的主题线索。

一

"人是不能两次踏进同一条河流的",虽然古希腊哲学家很早就这样断言,但是人类的记忆,在本质上就是要通过回忆再次回到逝去的时间之中。"刻舟求剑",对于董文婷的写作,望文生义,我因此生发这样的徒然或虚妄的推想。

水已经流过,可是她却希望它能够再次流来;鸟已经飞走,可是她却希望它能够再次飞回。对于已然逝去时间的寻找,在这能够理解然而极为分明的悖论之中,我不禁惘然:董文婷会怎样领着我们走到那些已然逝去的曾经的时光中去?换种说法,我于是不住地想,她的回忆究竟如何可能?

说明作者的,永远只有她的作品。

首先,翻开董文婷的作品,我看见的是一些未被时间消化或淹没的事物:葫芦河,龙王嘴,三角梁,长满荒草的红土山谷,崖背里的梯田和祖坟,种植着桃、杏、李等各种果子树的自家果园,村校窗玻璃上的旧报纸,老槐树下的杂货小卖部,葡萄树叶上趴伏着的名叫"明明亮"的虫子,门前跑过的菜花蛇,大年的样板戏,元宵节的灯盏,女孩子穿戴的绒棉鞋、白围巾,纱线织成的玩具女孩,红胶泥捏成的小炉子,春天的野花和阳光,夏天的汗水和荫凉,秋天的果实和明月,特别是冬天一场一场或大或小、或薄或厚的雪……在她的笔下,一个又一个的事物就像是一段又一段时间的名字,已逝的时间本来是藏匿在遗忘的黑暗之中的,一如海水下的鱼,但是当董文婷将它们一一说出之时,就好像海水下的鱼被谁叫到了水面,人们看到了藏匿的事物,同时也便看到了它们身后原本失去的时间。

其次,是一些不断被想起的人和事情:穿着新鞋在雪地上印图案的小哥哥、穿着汗渍褂子的烈日下的父亲、疯了的 G 哥、戴墨镜的王三宏、将饭不断洒在胸前的饲养员老蔡、上了吊的地主转彩他爸、被男人甩了的漂亮三婶、无娘家可回的窝囊表姐、军来最早找的歪脖子老婆,看守自己香椿树的刘老大……这些不同的人,各有各的故事,小哥哥的赶集和生病、父亲的种瓜和扫填炕、G 哥的爱情和疯魔、王三宏的失学和不知所终、转彩爸的偷窃和自杀，加上一个又一个女性的不幸婚姻和悲惨的现实遭遇……他们和她们被作者想起或再次叙述之时，也便呈现出了曾经所置身的时间以及那时间中的生活世界——特殊的时代，贫穷与温暖交织着的一个人孤寂而又不乏快乐的少女时代。

二

只是，进一步阅读，我便慢慢发现，无论表面上怎样着意于山水自然以及他人他物的故事，但是，在她的笔下，董文婷表现最多的，自然还当是她以及她自己的故事。

接下来，有关冬天和雪的记忆，延伸到我高中毕业后又去复读的日子。

放寒假时，天又下起了大雪。雪雾迷茫着远近的世界。背着像磨石一样沉重的书包，我沿着崎岖的山路回家。

冬天来临的时候，我离开了家园和故乡。

——《冬天的记忆》

或者：

母亲还在厨房里收拾着饭后的碗碟。我和小哥哥就把"灯芯"插在"灯盏"上，然后点着火，在满院、满屋子、包括柴棚里到处乱转。嘴里还不停地念叨着："蚰蜒，寻着了没？没寻着，花马下来就把你踏死了！"等等的谚语。

……

蚰蜒，后来偶尔也见到过。但就没碰见过钻耳朵的事。或许是小时候类似咒语的找寻，一直在冥冥当中默默地庇佑着我？

但是，我的小哥哥已经去世很多年了……

童年很快地消逝。

——《元宵节的"灯盏"》

　　一双眼睛看着、一颗心静静地体味着，这样的表达使我们有理由相信，尽管表面上是写自己之外的他物、他事、他人，但董文婷所要真正表达的内容主要还是她自己：她作为一个女孩子在孩子很多的家庭中的位置、没心没肺的童年和少女时代，刻骨铭心的贫穷体验和一个女孩子本然的美丽追求，不断出现的关爱感动和伤害苦闷，乡间不堪承受的劳作之苦和补习生活说不出的压抑，成人不得不承担的烦恼和无法超脱的现实的黏滞，等等。所有经历的事情和人物的故事，本质上都像是她文字中一场接一场不断飞扬的雪，落下来，竟然全都是她自己成长故事的投影。

　　一位乡村孩子黏根带土的乡间体验、一个中国家庭一位女孩子的独自经历、一个追求文明生活的底层人的一路梦想、一个艰难求学的补习生的磨难辛酸、一个当代人转型时期的复杂遭遇、一个女儿的感恩、一个女人的悲哀、一个母亲的欣慰、一个书生的无奈和挣扎……在这种意义上，董文婷的散文写作便很像是一种个人的自传，通过对她的文字的阅读，我们不仅可以知道她曾经走过的路、经历的事，而且更可以看见她的孤寂、忧伤、欢欣、压抑、沉重、善良、敏感、不愿和不甘，一句话，可以看见她丰富、多彩的内心世界构成。

　　郁达夫曾说过：中国现代文学最为重要的特征之一即在于它突出的自我性，相较于中国古典文学的写作，它因此显现出了一种天然的亲切属性。看董文婷的散文，对于这种因为自觉的自传写作而致的亲切，相信读者是会有自己的切身体会的。

三

　　在董文婷文字的表述里，我们可以清晰地感觉到，她对于来自身边的所有温暖的异乎寻常的看重。她总是详细地记录着她所逢遇的一切人所给予的好：父亲的偏爱、兄长们的呵护、女伴的信任、老师的器重、儿子的理解、陌生人的帮助、甚至特殊心境中普通事物所施予的安慰：

　　一直走到学校时，夜幕还没有褪尽。四周笼罩在大雪时的寂静当中。但终于远远地看见了学校大门前亮着的灯光。

　　温暖的灯光，仿佛我久别了数年的亲人。

——《夜半雪明》

　　心存感激！正是因为这种温暖的支撑，所以虽然走过的人生之路有过那么多的磨难、发生过那么多的伤害，但董文婷还是坚强地走过来了，并且无论遭遇过什么具体的不幸，她在内心深处却都能坚守一种善良、一种美好。

　　但是，相较于这种人生温暖记忆的书写，我以为董文婷笔下最最感人的内容，还当数她对于过往日子里那些心理或精神的伤痛的表现。

　　这些伤痛有来自于植物动物的——如《永不消失的记忆》里所写的她们家所养的花草的不得"寿终正寝"，小狗"点点"的可爱以及痛苦死亡过程。

　　有来自于老人的——如《走失的村庄》里饲养员老蔡的死，《影像》里王家的婶子晚年的凄凉，《草芥一种》里何氏女人的病，《孤独雪飘》里因为媛的败坏家风而导致的她的父母的没脸见人以及《幸福是只青鸟》里许多老人的难为和难堪等。这些老人，或因年龄、或因遭遇、或因时代、或因命运，但不管因什么，其身体或心理之痛却深深地引发了作者的关注，而且更使她沉重的是，这些原本应该为人们所注意的悲剧，事实上却一如作者所言："生老病死，在我的村子里，就像日出日落一样静寂和平常。"

　　更多是来自于女性的——如《冬天的记忆》里的彩彩的故事，《三婶》里三婶的遭遇，《表姐》里表姐的经历和处境，《歪脖子》里的国风原来的女人的故事以及《沉默的青草地》里香、《孤独雪飘》里媛等人的故事。这些故事从多种面向揭示了在中国农村，在曾经的时代，在传统的绵延和市场经济利益的驱动之下，边缘或底层中国妇女的生存真相：愚昧，生长的青春，身体的欲望，被忽视、被凌辱、被荒芜、被原罪，熬干生命却不被尊重，她们的眼泪和哭泣，没有人真正给予聆听。

但最多的却应该说是来自于身边亲人的。如父亲的老，母亲身体的衰弱和痛，特别是大哥、三哥、姐姐、小哥哥、堂哥等一个个亲人的英年夭逝以及由此而带来的亲人们久久不能平息的伤痛，几乎弥漫了集子中所有的篇章：

> 毫无任何征兆，一夜之间，姐姐突然就撒手人寰，丢弃了她在人世间所有的牵挂和梦想。包括她最爱的母亲、最爱的孩子。然后，又是大哥、堂哥、小哥哥接连病逝……一连串的噩梦接踵而至，击袭得活着的亲人们脆弱的神经，都变得有些麻木。
>
> ——《手足》

> 小哥哥的逝去，对我的打击几乎是致命的。我目睹了他在生命最后时刻的一切。我的伤痛如此剧烈。生他养他的年迈的父母呢？他们的伤痛又是怎样的呢？
>
> 我只记得：母亲在床上躺了几个月。之后才慢慢地能够起身；我没看见过父亲流眼泪。只是明显地感觉到他变得更加沉默寡语。在夜间，在梦中，他会突然大叫着惊醒。有一段时间，他走路时，东一脚西一脚地乱踩。询问时说是老觉得头晕。想朝地倒。我赶忙陪着他去看医生。在路上走的时候，我和父亲看见了某个和小哥哥曾经常在一起的人。那人询问了我父亲。但我从父亲空荡的眼神里，读出了一种老年丧子的悲凉，以及今生无法弥补的伤痛……
>
> 那种烙印永远地刻在了我的心里。并将成为我想起父亲时永远的心痛。
>
> ——《永远有多远》

四

但是一切的疼痛终了只能是作者自己的疼痛，所以在董文婷的作品里，我们能够不断地看见"其情状惨不忍说""遗憾和伤痛，痛彻我的骨际"或者"父母亲咳嗽声中无奈的克制,在无眠中准确无误地击中着我的心脏"类的表达。

对于董文婷这个集子中的散文,我觉得似乎可以进行这样的概括,这个概括,内含两个基本的构件:一是疼痛,二是记忆。其中疼痛是对象,是被作者所记忆的内容;而记忆则是疼痛存在的方式。正是通过记忆那些沉淀在已经失去时间中的疼痛,疼痛或者说记忆才在文字的触摸和互换之下又一次呈现,成为一种穿过时间或者说未能被时间所消化的东西,提示也标志了作者目下的存在与久远过去的血肉联系。

对于董文婷这个集子中的文字书写,对于书写者个人,因此也便有了这样两种基本的价值或意义:其一,打捞失去。作者正是通过各种促使"疼痛"苏醒的手段,而让和"疼痛"筋肉相连的家园、少女时代以及亲人等美好的存在从时间的埋没中重新浮现,并以此表达自己对于失去世界的眷念和寻找。其二,确证现在。相较于对过去的寻找,作者更为重要的目的,显然还在于通过对往事的记忆,表达自己对于时下生活或自己日渐平庸化的生存状态的不满,希望藉此重新汲取温暖和力量,体现自己种种的心有不甘、心有所求。一句话,就是要通过真切的疼痛记忆,确证或者说建构自己当下存在的意义。

在《记忆的神话》一书中,学者吴晓东曾说过这样一段话:"人的无奈之处在于,作为个体的人,其'存在'的本性是飘移的,难以界定的。我们的此在其实一无所有,只能凭借过去的经验、阅历、回忆这些既往的东西确定,因此,只有过去的时间才成为我们唯一感到切实的东西。"我想,他所讲的其实就是记忆的本质,这种本质当然也符合我们对于董文婷所进行的"疼痛的记忆"的表达的理解。

五

我可以锁住我的笔
为什么
却锁不住爱和忧伤

在长长的一生中
为什么
欢乐总是乍现就凋谢
而走得最急的
都是一些最美好的时光

———《逝水》

这是在《逝水》一文的结尾董文婷所引的席慕蓉的几句诗，很显然，她是认同诗句中所表达的关于时间以及关于往事的看法的。

作为同龄人，我能够比较容易地理解董文婷的这种认同，但是在认同的同时，我的大脑中始终萦绕着一个问题：那就是作为一个写作者，我们怎么才可能用自己的文字将那些热爱但却又逝去的时光复现出来，并因此再次置身于逝去的时间，重新体味那曾经的美好呢？

不断翻阅董文婷的作品，她给我的启示有这样两点。

一是对于细节的注重。即如这样的描写：

我家的后院，有一个很大的碾麦场。小哥哥穿着二哥哥给他新买的雨鞋，在积雪很厚的场院里来回溜达，为的是在雪地上留下一串串美丽的鞋底花纹。我傻呵呵地跟在哥哥后面，双手捧着他给我用红胶泥捏成的"小炉子"，"炉子"里面放着燃着的干羊粪儿，外面的"炉壁"微微有些温热。我们的身上头上都落满了雪花。

———《雪飘依旧》

或者：

南门口有一个废置的大水坑，里面隐藏着无数个探头探脑的青蛙。闲着无事的时候，我和彩彩她们就在坑边上朝着藏在水里的青蛙扔石块。母亲知道了就骂我说："女子娃打青蛙，将来做出的饭，会有怪味的！"这当然不能成为阻挡我的理由——"将来"距离我还遥远着呢。

———《走失的村庄》

我觉得这样的细节，因为它们近乎白描似的真切，所以很容易在不知不觉之中就将本已模糊的往事复原为具体的图景，让人可以重睹它们曾经的面貌。

二是个体心灵现场的营造。即如这样的表现：

> 乡邻们以悄无声息的憩息，安养着白天因劳作而困顿至极的身心。旷大而又静寂的原野上，只有月光，静静地疏朗地照着。树木和庄稼，在寂静中发着拔节的声响。寂静疏朗的月光照耀中，似乎还有潮湿的地气，升腾并且悄悄地拂过你的脸庞和臂膀。叫不上名字的夏虫，还有青蛙，在此起彼伏地吟唱。形成一种伴奏或者风景。远远近近的村庄以及树木、庄稼之上，都有一层飘渺的薄雾，轻轻地笼罩。
>
> 如梦，似幻。
>
> 远远地听见河水。在深夜的静寂中，水流声清脆而响亮。河面上，水波粼粼。提灌的高台处，看得见静悬在天空中的月亮，沉默的果园，流淌的河水，笼罩着薄雾的村庄。
>
> 我曾经一个人，在静夜的月光下，沿着村道，去水轮旁的高台处，无语静坐。
>
> ——《思念》

在我看来，这样的现场营造，不仅复原出了记忆对象的情态形貌，而且也呈现出了作者和对象相遇时的具体心态，让人真的有身临其境的感觉并有与作者呼吸与共的印象。

真切的细节、鲜活的现场、毛茸茸的生活经验或生存的原生态情景以及作者描述疼痛时穿透冷风和时间的宁静叙述，正是在对这样的叙述的倾听之中，我感觉到身边城市的喧嚣逐渐远去，而董文婷所看见过的乡村以及它的荒芜复又具体生动于我的眼前。

六

但自然，在将记忆转化为文学的表现之时，董文婷的写作不都是感动和吸引人的。有些文章材料的内化不够，缺乏对对象的多面向体味，意蕴的寄托不是太过直接就是比较单薄，难以给人深刻的印象；有些文章材料的剪裁不尽合理，书写的内容有时太多，稍嫌冗长，有时又太少，感觉过于简略；有些文章粗看感觉有章可循，但是细推其内在的理路，则往往不是模糊便是松动，给人的感觉因此便往往是大体可以而深究则不免随意和粗糙；此外，还有一点极为重要，那就是在初始进行写作的训练之时，由于条件的限制，作者所选择的学习对象大多都是一些语文课本和一般现代作家的普通作品，这样的对象不是不可以，但是因为白话语言在成为文学语言之时本身蕴藉意味的不足，加之由语文而至作文，由作文而至创作，这一系列的不断提升，是需要作者于文章的构思和诸多表达层面有本质性的变化的，但是稍感遗憾的是，就目前情况看，虽然董文婷一直尽其可能地进努力着——譬如自觉到现代汉语写作自身的局限，她有意识通过文言或诗词甚至经典作家作品的恶补来进行写作的内功修炼，但在她的笔下我们还是能够不断看到不同语言之间的冲突和摩擦痕迹，看到作者在表达之时种种言不逮意的困窘之相。

当然，艰难时代中一个贫穷的农家孩子，原本没有太多太好的书可看，哪里又能够奢谈鲁迅、张爱玲似的教育和机缘，更何况董文婷所遭遇的问题，其实是现在所有用现代汉语写作的作家极为普泛化的问题，所以我的苛求本质也只能是一种姑妄之言。董文婷听之，将它内化为更高的自我要求，这当然最好。而如果感觉我说错了，不以为然，其实也没什么，一笑了之即是。

七

在这个太过关注包装作用和广告效应的时代，漂亮的表达太多了，多到了泛滥并因此而使人对漂亮已经没有了敏感的程度。物极必反，由此，文坛上现在有人开始强调让语言及物或者让对象本身说话，甚或如同一位思想者所言：在这个言过其实的时代，重要的不是看一个人说什么，说了些什么，相反，剥掉各种漂亮的言辞，我们更需要考察一个人言说背后或之下言说者本人的生存状态、行为状态。

　　说到底，在对文学价值的认定中，总有一些东西是要比精致或者成熟等更为重要的，所以，在文学的阅读之中，透过文字和技巧，我们实际上也便常常更为注重作品通过作者个人经验的书写而完成的对于人的生存和理想本身的表达。

　　正是在这种意义上，董文婷的写作可以说真的打动了我。她的写作没有繁复的结构，也没有华丽的语言，但是在作者有意设置的追溯性视角所营造的特殊的冷抒情氛围之中，鲜活细节和逼真现场所带来的穿透时间的疼痛，不仅让我看到了一个人所走过的心路，洞悉了她原本和我了无干系的精神世界，而且也让我真切地感知了在不断的都市化进程中中国乡村愈来愈明显的荒芜以及广大乡村许多人生命卑微的真实本质。缘此，虽然在她给我发寄电子邮件的时候我并不认识她，而且直到现在我也没有见过她本人，但是在匆匆阅览了她的作品之后，为其作品内在质地上的真诚和亲切所感动，我还是放下了自己手头应该做的课题和正在阅读的一些著名作家的作品，花了好几个星期的日子，反复细读，并遵她所嘱，写下上面这篇根本不像序的序。希望在将来的日子里，她的生活和她的文字都能够越来越好。

穿过尘埃的记忆

——序董文婷《暮雪飘散的村庄》

　　董文婷要出她的第二本散文集了，这本书中所收录的文章之内容，和她上一本书《幸福不是青鸟》里的内容大体相似。呈现于她笔端的，依旧主要是她身边曾经发生过的人和事——她的家族、她的亲人、她的村庄、她的伙伴、她的老师同学以及她自己于成长过程中的许多感受和遭遇。而且这些人和事，更多也依旧只和当事人有关，当事人的平凡、普通一如山坡上的草木，这些人和事也便更多只是一些个人内心曾经的真切——哪怕它们曾经也那么极端、尖锐，那么轰轰烈烈或者惊天动地，但是在天荒地老、荣枯兴衰之后，西北乡村偏远沉寂的一角村民们如蚂蚁一般的生老病死，说到底，他们充其量也只能是一些悄然因而也便很少为别人所关注的存在。

　　"荣也寂寂，枯也寂寂"，诗人阿信描述甘南草原草木存在本相的这一诗句，不断地回响于我对于董文婷书稿阅读的间隙。因此，我首先明白了，董文婷笔下所写的，更多是一种生活中的哥哥们的努力和梦想，在一次次失败和破碎之后，他们也渐渐将此忘记了；村庄曾经红火之极的大队部、电孵鸡房，后来都成了荒草萋萋的废墟；美丽女孩们的不幸遭遇；痴情者的被背叛；文雅书卷气质的被粗鄙化改造；贫、穷、傻、残、老者们的被戏弄和侮辱；甚至看着自己孩子的逐日长大，逐渐的放手之中也不得不慢慢明白的一种残酷的事实——一切的呵护疼爱，终了也只能是一种"苍凉的手势"。与此同时，通过董文婷所着意描述的 G 村生动而具体的存在，我也明白了她笔下所呈现出来的存在，其实也可以更多地指向整个的中国乡村或者民间。曾经的天聋地哑、自生自灭，现在的痛苦的转型，新旧对峙的张力和荒诞，虽然更多是通过一个人的眼睛和心灵而转述给人们的，但是借助于这些转述，人们依旧在那些草芥一般人物的身上和身后，能够看到历史、时代和社会投下的浓重的影子。

"一粒沙里见世界，半瓣花上说人情"，禅家之言，至为清晰地说明了生活书写的本来原则：大千世界，原本是无法遍历的，纷繁人情，又岂能一一尽说，所以聪明或者智慧的办法，也便永远只能是"以小见大"，即抓住自己所能写、所想写的对象，将具体的对象置放于广大的背景之上，从而不经意但其实却极其自然地通过一粒沙、半瓣花的书写实现或完成一个人对于广大的世界和纷繁的人情的言说。没有资料能够确证，但现实的表现却暗合了禅家的这种智慧，董文婷因此在我看来是一个聪明的写作者。清楚着自己的条件和局限，她也便没有强自己所难，刻意去选择那些主流、宏大、时尚的题材以彰显自己的与时俱进，相反，在时代的浮躁面前，她逆时光追寻，于当下的立足点上，将自己的笔触伸向内心所熟悉的那一片曾经的世界，她只写她所能写的，但她所写的却在事实上通向了她所不知道的更为广大的人群和世界。

在我看来，生命是一种时间的存在，所以，好的写作，在本质上也便都带有了某种回忆的性质，而正是借助于这种回忆性的书写，董文婷不仅将自己的文字安置在了个人经验的真切处，让它们通过与细节性材料和现场感受的结合，连筋带肉获得了某种切实的表现质感；而且也让自己的表达因之在不断重回现场之时，同时又能够不断出离，从而在真切的现场体验和清醒的事后追忆的双重观照之中，体现出某种难得的从容抒情的味道。

前者举例如：

> 集贤堡子山崖下那块曾经被我家耕种过的坡地，在我母亲给我指看的时候，坡地里正生长着残秋时分枝叶稀疏的玉米秸秆。秸秆上的玉米棒子早已掰掉。空长在坡地里的那些比人高出很多的玉米秸秆上的枯叶被渐紧的秋风吹过，当我的目光注视时，"唰啦啦"的响声有几分惊天动地……
>
> ——《和家族相关的人事》

或者：

> 已经下过了好几场大雪。
>
> 四野白雪皑皑。寒风凛冽刺骨。
>
> 每天早起，我在空屋子里念叨着要考的功课，也不知道时光过去了有多久，每天晌午，我二哥家院子里突然间就会"嘭"地响一声。是装着重物的背篼倒地时发出的沉重声响。探头看时，我父亲正奋力朝院子里倾倒着装满背篼的柴火。我父亲穿着的青色棉袄后背上，蹭满了泥土。我叫一声父亲时，我父亲就应答着向我转过他那两鬓斑白的头颅来，我看见他那被汗水浸湿的脸膛上，正冒着缕缕雾气……
>
> ——《雪雾飘来》

如此这般的表述，首先指向了所要描述的对象，观察的细致保证了语言的高度及物性，"格物致知"或者"言之有物"，借助于话语，人们因此可以真切地与具体的事物遭遇，从而进入作者所意欲表现的丰富具体的生活世界；其次也指向了面对和描述对象的主体本人，感知的真切凸显了文学语言"立像造意"的感性特征，借助于话语，人们因此不仅可以复原作者在具体的遭遇中所生发的心理，重回意义的现场，而且还可以在感性现场的营造之中，将心比心，通过联想和想象拓展更为丰富的意义空间。

后者则如：

> 几年前，我曾陪着我母亲去看望过和我大姨、外祖母住在一起的二舅舅一家。
>
> 在很冷的冬天，我二表舅舅穿着一件蓝布棉袄，他开口说话时，头和手不停地颤抖。二舅母人生得很瘦弱，在她家那柴火满地的灶房里不停地忙碌着。
>
> 现在，他们都已经辞世好几年了。
>
> ——《孩童笑问客何来》

或者：

> 这些字是我哥哥在 G 村的夜校里学会的。
>
> 崖背里山地的那道地埂至今仍在。
>
> 当你漫步走过曾经生长过青翠高粱和玉米禾苗的那些田间地块，如果你仔细聆听并审视，我哥哥当年刻在田埂上的那五个字迹，也许至今仍然会模糊可辨。只不过那些模糊的字迹之上可能早已经长满了斑驳的苔藓，刻满了岁月风雨经过的痕迹。
>
> ——《田陌禾苗青翠》

在董文婷大多数的文章中，时间总是以双重的属性而存在着：它们是曾经、是过去、是业已消失或不在了的存在，所以，回忆中愈是真切的存在，也便愈是让人在回忆之时疼痛，让人深感世事无常的惆怅和存在不能确指的虚空。在这种意义上，说实话，在翻阅并审读书稿的时候，对于作者董文婷，我因此充满了担忧：她太敏感，对于过去的聆听太多了，仿佛是一个深陷于梦魇中的孩子。我害怕积存于她心中的过去的影子将她的现实压垮，害怕划开那些黑暗的影子，她便不得不面对铺天盖地的内心的黑暗。但好在，进一步阅读，我知道我的担忧是多余的。穿过时间的隧道，董文婷又总是能够从回忆中坚强地回到现在，回到她的现实生活之中，让时间在她的文字中又成为当下，成为清醒的现在，成为她正在经历和面对着的无所畏惧的存在。

> 防空洞南侧的出口在夜色中同样张着阴森森、黑漆漆的洞口。
>
> 在黑夜中从洞前路径穿过，当然会感到无限惊恐。
>
> 但从来就没有多余的时间仔细去回味那种让人感到害怕和惊恐的程度。
>
> 在黑暗中，力所能及地唯一能够做到的，就是甩开脚步尽可能快地一直往前行走。

所有的黑暗和恐惧，都应该会被丢弃在距离越来越远的
身后。

————《旧梦遗痕·防空洞》

是的，"都已经过去了"，不管是怎样的沉重和伤痛，当它们被文字所追忆和呈现的时候，它们实际上已经都被消化了、被理解了，都能够被平静面对了，"被丢弃在距离越来越远的身后"了。

"心境非常宁静，当我书写这些文字的时候。顿笔的此刻，仿佛看见那些已从我生命里消逝了的、亲爱的影子，次第从我心灵里安静地经过。谨以此文字，献给我亲爱的祖母、我的双亲以及我的姑姑们"，这段文字是作者在书稿的开头为她的一组名为"和家族有关的人事"的文章所写的题记。在这段题记中，作者一再地说到了她写作时的心境，而且将它不断地和"宁静""安静"等词语进行链接，藉此，我们不仅能够发现年龄所给予一个女人经年之后的成熟，同时也能真切感知到作者在成熟的心境所潜在规约下那种逐渐清晰起来的审美追求。

正因为这种身在但同时又能抽身脱离所导致的书写的"宁静"或者"安静"，所以，虽然严格要求，董文婷的造句有时因为打磨不够所以也便显现出粗率、不能精致的问题，文章的写作也往往缺乏有力的结构谋划，表现出了任意、随性的散漫特征，但是，通过对于这本书稿中文字——事实上也是对她近几年写作的系统阅读，我相信经过更为自觉的努力和追求，不断地开掘下去，她通过女性特有的视域和心性所选择的对于一个家族、一个村庄和身边事物的"宁静"或"安静"书写，必将吸引更多读者的眼球。

列夫·托尔斯泰曾经在他的日记中写道："如果许多人的复杂一生都是无意识地匆匆过去，那就如同这一生根本没有存在。"时代喧嚣、日子匆忙，我们身边的太多人身在丰富生动的生活之中，但是却总感觉自己两手空空，什么也抓不住。在这一点上，董文婷是一个启示，她所经历的，她都刻骨铭心地记住了，而且在时过境迁之后，又能通过她素朴的文字将它们"宁静"或"安静"地呈现出来，确证自己存在的意义，同时也给阅读她文字的人们带来某种情感和文字的

慰藉。

　　缘此，在为她的第一本书写过序之后，我也非常乐意地为她的第二本书写出了这篇序。

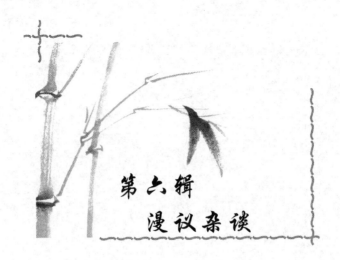

第六辑

漫议杂谈

甘肃文学的认同可能
——由"陇上文学八骏"活动的进行说起

　　最近甘肃文学圈子内人们热议的一个话题，就是关于"甘肃诗歌八骏"的推介和评选话题。有关此次的推介以及此前由"甘肃小说八骏"的推介所标示的整体的"陇上文学八骏"系列活动开展之目的，2012 年 6 月 27 日的《甘肃日报》代表举办这些活动的省委宣传部、省文联和省文学院三家单位阐明：就是"发现甘肃文学的'千里马'"，向全国推介甘肃的文学才俊。

　　实话实说，站在创作的立场，我以为这样极具公共性且带有鲜明"政绩"动机的推介活动，对于写作者个人的写作在事实上并无多大的推动作用。一个人的写作，说到底是他个人的事，要依赖于他自我的觉悟、修炼，所以外在的推介、包装——无论它给推介者、包装者能够带来怎样的现实利益和俗世的喜悦，但究其本质，充其量也不过是一种外在的促进，其能否通过利益的刺激和读者更高的阅读期待而产生正面的效应，关键的因素还在于写作者本身能否对这些外部因素合理地进行转化，将期待化为动力，将代表当为责任，自觉地树立更为远大的写作志向并进行更为勤奋、坚韧的创新探索，否则，若将他人对于自己的推介完全等同于自我写作的成功显示，过分满足于局部圈子内的这种暂时的认定，"陇上文学八骏"的称呼在事实上也便很有可能成为一种额外的包袱，反倒让一些入选者因此而止步不前。

　　不过，换一种角度，若是从学术或批评的立场出发，我则认为"陇上文学八骏"系列活动作为一种甘肃文学主管和组织部门积极主动的主体行为，它的发生（姑且不论其实际的表现是否能被人所完全认可）内含了许多区域文学发展的有益信息，其中突破自我的圈子，积极谋求更大范围的文学参与，通过政府部门主动的宣传和推介以求得外界对于甘肃文学的普遍认同，在我看来是这种活动最具价值和意义的内容。下面，围绕着甘肃文学的认同自觉这一话题，联系"陇上文学八骏"活动产生的背景、动机和存在的问题，我对于甘肃文学的建设和发展发表一些个人的看法，供大家批评指正。

一 "陇上文学八骏"推介活动所显现的意义正解

为什么要进行"陇上文学八骏"的推介？"仁者见仁，智者见智"，对于省委宣传部、省文联和文学院三家联合所进行的这种系列活动的意义，我相信不同的人是有着不同的理解的。但就我个人来看，从积极的一面出发，解读以"甘肃诗歌八骏"为代表的"陇上文学八骏"活动的进行，我感受到的最为强烈的印象就是，区别于以往一些文学活动——诸如黄河文学奖等的开展，"陇上文学八骏"活动的开展，其至为突出的目的即在于向全国推荐甘肃的文学人才，寻求在更大范围内对于甘肃文学的价值认同。打个比方，此前我们所进行的许多活动，更多是在甘肃范围内自家的兄弟姐妹进行比较——谈论谁的谷子打得多，谁的针线活做得好，但通过"陇上文学八骏"活动的开展，我们则是希望评选出我们最具代表性的劳动成果和最具潜力的人才，使其从甘肃走出去，并推介到全国市场上去，"墙里开花墙外也香"，让更多的人在描述中国文学的整体面貌之时，清楚地知道其中有一种"Made in Gansu"的构成。

说到底，这是一种甘肃人希冀甘肃文学被他人所认同的愿望和努力的表达。而之所以如此，理由在于：虽然在我们许多人的心目中，甘肃文学、特别是甘肃当代诗歌的创作似乎有着非常突出的成绩——如2012年6月27日的《甘肃日报》在其题为《甘肃诗歌八骏：以诗歌的名义领跑》一文中即不无自豪地说，"甘肃是中国诗坛公认的诗歌大省，诗歌文化资源丰富。无论打开哪一家专业诗刊或综合文学刊物，差不多都有甘肃诗人的身影。自20世纪80年代以来，《诗刊》的'青春诗会'，前后有22名甘肃诗人荣誉加身；我省还有10位诗人被《诗刊》的'每月诗星'进行了专题推介。此外，在鲁迅文学奖、骏马奖、闻一多诗歌奖等国家级诗歌奖项中，都少不了'甘肃面孔'"，但是，与我们自我的这种良好评价不同，走出甘肃或者在一些严肃的中国文学言说之中，我们则知道，相比于一些经济和文化发达的地区，甚至同属西部地区的陕西、新疆、宁夏，甘肃文学其实很少为人所看重。

为了说明问题，我可以随便举两个身边的例子。其一，前两天，我们学校举办了一次古典文学学术会议。在会议召开期间，我曾和一位甚具名望的学者谈到了地域性学术话题的选择以及国家社科基金项目的申报等话题，那位学者极为认真地告诉我：学术研究特别是国家级社科基金项目的申报，固然应该凸显所选话题的地域性特色，但是这一地域性具体到甘肃，可以以民族文化和语言研究为其根本的突破点，而甘肃文学——特别是甘肃现当代文学则在本质上因为缺乏影响较大的代表性人物和成绩，所以其作为研究话题的分量和可待开拓的空间，从根本上说是极为有限的。其二，集中翻阅手边的材料，我发现，在现有的中国当代文学史，以及整个 20 世纪中国文学发展通论的叙述之中，有关甘肃文学的内容总是非常有限，甘肃文学在整个中国文学版图中所占的位置也对应于我们实际的政治经济地位，常常边缘于人们话语言说的中心。

一种悖论性的认知态势由此而清晰呈现。一方面，我们觉得，自改革开放以来，伴随着西部开发的强劲政治经济动力，甘肃文学历经数代人的努力，由戏剧而小说，由小说而诗歌，确乎出现了一些即使置身于全国文学创作整体格局之中也颇具亮色的优秀作家和作品，而20 世纪 80 年代中期《飞天》"大学生诗苑"栏目的开设以及后来西部诗歌的倡导等，更是在某种意义上引领和促发了新时期以来中国文学美学建构的一次又一次风暴，所以，其所作所为，真的应该为人们所记取。而另一方面，背离于我们的愿望，在真实的文学描述和评价之中，甘肃文学总是被人们所轻视或者忽视，我们的期待并没有转化为具体的现实，我们所沾沾自喜或津津乐道的成绩，在别人的眼神里，却更多显现为无足轻重或者轻描淡写。

不甘于这种为人所轻视或者忽视的被动状态，"陇上文学八骏"活动的开展，其意义由此而凸显：通过切实的手段，具体地说，就是通过积极地向全国推介甘肃文学的代表人物以及创作，努力将我们自己的认知扩展成为更多人的认知，扩大甘肃文学的影响力，切实推进甘肃文学健康而有效的发展。

二 "陇上文学八骏"系列推介活动所显示的活动特征分析

甘肃是中国的一个省份，甘肃文学是中国文学的一种不可或缺的构成。这样的认知原本是一种常识，但是这种常识要成为一种能够切实指导人们实际文学活动的认知，却并非人们想象的那么容易。在更多的情况下，我们由此可以看到，无论是甘肃作家的文学创作还是相关人员有关甘肃文学的批评研究，真正能够自觉地立足于中国文学整体发展而谋求一种新颖且独到的表达追求的言说其实并不多见，相反，更多的人似乎更在意于甘肃文学圈之内相互间的模仿、跟随和攀比，出现了一种闭门造车或井底观天的存在格局和态势。

清楚了如此这般的情况，仔细思忖，我们自是能够明白，为什么在我们的身边能够真正立足于整个中国文学发展的格局且积极进行甘肃文学建构的人总是那么稀少？而与此前人们所进行的许多宣传活动相比较，"陇上文学八骏"系列推介活动所体现的价值认同特征也由此骤然分明。

首先，此前人们对于甘肃文学的推介更多显现为一种被动形态，人们总是习惯于自己的被发现——作家等着被编辑发现、批评和研究等着他人来进行，显见一种经济文化落后地区人们缺乏自信、唯他人是非而是非的消极态度。但是，和此前人们的做法不同，现在甘肃省委宣传部、省文联和文学院三家单位联手所进行的"陇上文学八骏"系列推介活动其所显现的，则是一种更为主动和积极的态度。它们将被动的等待变为主动的出击，将消极的适应转换为积极的自我展示，从而力求通过有意识的整体包装和整体推介，提高甘肃文学的影响力，扩大和深化人们对于甘肃文学认同的范围和程度。

其次，此前人们对于甘肃文学所进行宣传或推介，更多地显现出了一种个人自发的特征。作家通过一己的创作、评论家通过一己的批评、学者通过一己的研究，总之一句话，大家更多地以一种个人的方式率性而且零散地展示和介绍甘肃文学的具体生存情状，其他地区的人们由此对于甘肃文学所形成的印象，相应地也表现出了模糊化和浅表化的特点。但是和此前人们的做法不同，我们可以看到，这次"陇上文学八骏"系列推介活动的进行，其突出的特征即在于由三家文学主管部门联手，将此前个人零散的行为展示转变成为地方政府积极公开的包装推介，将此前自发而且率性的自我追求转变成为自觉和理性的集体认同，将此前个人的游击战转变为集团的阵地战，其对外界所进行的甘肃文学整体性的宣传和推介，无疑将会更为有效地加深人们对于甘肃文学的印象，提升人们对于甘肃文学的价值认同程度。

迄今为止，"陇上文学八骏"系列推介活动仅仅进行了三次（两次小说一次诗歌），而且在已经进行的三次系列推介活动的选拔标准制定和程序设计上还存在有一些明显的问题，所以其所推介的具体人选结果也并非能够为所有的人都认可，但是由被动、消极而至主动、积极，由个人自发而至集体自觉，我认为，正是在人们关于甘肃文学推介和包装活动的特征变化之中，蕴含了某种实现甘肃文学价值认同的扩大契机和扩大可能，所以，作为一个与甘肃文学保持有某种关系的相关人士，不管我们对于已经进行的"陇上文学八骏"系列推介活动有多少意见，我们都应该对于这种活动本身的开展给予积极的肯定和支持。

三　实现甘肃文学价值认同的可能途径

迄今为止的"陇上文学八骏"系列推介活动的进行还存有很多官方"政绩"建设的意味。要从一种体现官方意志的文化建设战略举措，具体转化为一种文学业内人士对于甘肃文学发展普遍而且自觉的认同，还需要一定的时间和过程，而且回归到关于甘肃文学认同的话题本身，我们更应该清楚，将我们自己对于甘肃文学的认知扩大转换成为全国范围内更多人士对于甘肃文学的认知，这样艰难而且宏大的工作不是甘肃文学主管部门所能承担的，它的顺利进行乃至成效，自然还应该依赖于和甘肃文学建设相关的各方通力合作。

　　首先，对于负责推介的部门，我觉得应该进一步完善"陇上文学八骏"遴选和推介的机制，更为广泛地听取各方特别是专业人士的意见，通过基层单位的推荐和聘请省外专家匿名评审的办法，将遴选的标准由注重数量向注重质量过渡，树立清晰的精品意识，真正将"陇上文学八骏"的系列推介活动打造成为宣传甘肃文学的品牌项目，通过持续编队和整体包装的方式，将"陇上文学八骏"的系列推介活动系统化和长效化，给外界以持续而且有力的触动，提高人们对于甘肃文学的认同程度。

　　其次，写作者应该抓住"陇上文学八骏"推介活动开展的契机，树立远大的写作志向，在广泛寻求与外界交流的同时，充分挖掘地域写作资源，以自己独自的方式进行艰苦的美学探索和富有个性的文字表达探索，积极建构甘肃文学的美学品相和内在精神，以清晰的声音和面貌参与到中国文学的合唱之中，充分展示也确证自己存在的价值。为此，还未入选"陇上文学八骏"的作家，应该以能够入选"陇上文学八骏"为近期奋斗的目标，积极写作、用心写作、艰苦写作，力求能够通过踏实的努力使自己的写作成为代表一个阶段甘肃文学成绩和特色的品牌。而已经入选的作家，则应该更为努力地潜心修习，要将入选看成是一种更高的责任，通过自己更为自觉的创新实验和更为深刻的写作思考，真正引领甘肃的写作者不断提高创作的质量，营造甘肃文学独特而且新颖的写作景观。

　　还有，批评者和研究者也应该积极地投身到"陇上文学八骏"的遴选和推介活动之中去。一方面，要能够真诚批评和认真研究，通过对更多文学新人的发现、奖掖、介绍和批评，为"陇上文学八骏"评选单位提供准确的信息和坚实的依据，使"陇上文学八骏"的遴选和推介因之更科学公正，也更具影响力；另一方面，还应当通过各种会议的发言、文章的发表、著述的写作和项目的申报等手段，积极地宣传和推介甘肃文学，扩大甘肃文学在甘肃之外的影响力，真正从内在推动甘肃文学快速而健康地向前发展。

　　总之，套用鲁迅小说《药》里革命者夏瑜所说的"大清的天下是我们大家的"那句话，甘肃文学也是我们大家的文学，甘肃文学的价值建构和认同也必然是甘肃各界人士都应该用心去承担的一件事，所以，从自己做起，从现在开始，关注、参与、介绍或者批评，不管采用什么样的方式，只要我们大家都能够真正用心于甘肃文学的发展这件事，营造适宜的写作氛围，完善合理的推介机制，开拓畅通的交流渠道，培养优秀的写作人才，那么，在不远的将来，甘肃文学自然应该能够等到被人们广泛认同的那一天。

起步于缺失和危机之处
——有关甘肃文学的一些个人思考

从《飞天》的"大学生诗苑"栏目的设立开始，甘肃有许多的人和事是应该被全国热爱文学的人记住的。诗歌方面的高平、何来、李云鹏，特别是李老乡，以及他们之后更为年轻的阿信、唐欣、娜夜，等等；小说方面的邵振国、张存学，特别是现在风头极劲的雪漠、张存学、王新军、叶舟，等等；散文方面的杨闻宇、铁穆尔、习习、雪潇……还有其他种种，恕我不再一一列举。所以。不同场合、不同人士对于甘肃文学的褒奖和赞誉，自有其一份依据、一份道理。

但是在聆听这种褒奖和赞誉之时，我们同时应该保持高度的警觉，应该明白这种褒奖和赞誉是有着种种的情景因素的。因为同样的话——譬如"甘肃是一个诗歌大省"的话，人们的表述在事实上是可以因时因地而发生变化的。有人到甘肃来，就赞誉甘肃，而到了其他省，就又会将甘肃省名改为其他的省名的。

对来自于外部特别是文化中心地带的肯定，我们是非常非常期盼和喜欢的，但是对于自己所具有的实力和所达到的水平，我们却一定要有自己客观、冷静的评判。

在谈及一种事业的兴衰存亡之理时，《尚书·大禹谟》曾有言讲："满招损，谦受益。"于此话，北宋一代宗师欧阳修发挥说："忧劳可以兴国，逸豫可以亡身，自然之理也。"以古训为戒，立足于更高的标准来要求甘肃当下的文学创作，在表面的成绩、繁荣之下，我们可以发现其内在存在的深刻缺失和危机。

这些缺失和危机最为明显地表现于下述四个方面：

第一，生活水土的流失。谈及甘肃文学，我们可引以为自豪的就是生活——奇异的山川地貌，复杂的风俗人情。从山清水秀的陇南、天水到戈壁沙漠的敦煌，长长的一个甘肃，我们一直以为，我们有的是生活而缺乏的是精神，但是现在，我们所自恃的独特而多样的甘肃人的生活，却在许多作家的笔下消失了。没有真切的山水，没有具体的动物、植物，没有独特的风土人情，更遑论边缘省份、不发达地区在转型时期艰难、沉重甚至屈辱的民间体验。越来越多的甘肃作家的写作正在追逐时尚洋气之风——俊男倩女、香车宝马、情人小蜜。不少作者的作品一如进了城、换了洋装的主人，在极力跟随、模仿他人以尽显现代、流行，不仅丧失了作者对于自己所从出的民间和底层苦难的关注，而且也使自己笔下的生活因为与现实人生的脱离而没有了血肉气、真切感。无论是表现乡村还是都市，表现前卫、另类的现代生活还是落后、守旧的传统生活，作者对于生活的一种夹杂着生命疼痛感的真实体验正在愈来愈少，许多作者笔下的生活更多地体现出了一种向壁虚构或闭门造车的意味。因为没有细致的观察和细心的体味，所以，其作品便常常显得粗糙、隔膜和做作。许多的小说更像是一种新闻故事的扩写，不能引领人回到一种具体的生命状态；许多的诗歌充斥着连篇累牍的道德说教或公共情绪表达，却极少给人提供一点点清晰的思想。那些没有生活根底的生活表达，于本质上是空泛的和肤浅的。

第二，过分的技术追求。以前谈论甘肃文学的不足，人们常常提及的一个问题就是不讲究技术，题材充足而形式、技巧的思考明显不够，所以有人说甘肃作家的创作有点像甘肃人做生意，多半是出卖自己的"土特产"，深度加工不够，太土，很难产生预期的效益。这种情况后来有了很大的变化。20 世纪 80 年代之后，随着越来越多的受过高等教育的作者的加入，以及中国文坛持续不断的形式、技巧实验思潮的影响，甘肃文学的质地也随之有了明显的改观。许多写作者开始有了明确的技术意识，强调叙述的视角、声音、节奏以及反讽效果的设置，注意抒情的意象营造、词语组织和文本的可分析性。甘肃文学也逐渐有了自己的探索作品、探索性作家。有的写作者甚至明确地以"唯美""技术"标示自己的写作方向。公平而论，这一变化促进了甘肃文学审美或艺术质量的整体提升，推动了甘肃文学从"土特产"向"艺术品"过渡的革命性变化。但是，现在的问题是，随着愈来愈多的开始自己创作的新人的增加，随着书本和学院对于创作的愈来愈明显的影响，还有就是许多有实力的作家逐渐中年化后阅读多而观察少、体验少的事实，所以，甘肃文学似乎又走向了另外一个极端——一些作者太过注重技巧、技术，在写作的时候，这一句是象征，那一句是隐语，句句有讲究，处处有说法。写出来的作品，精致有了，技术有了，但是考究的形式之下原生态的生活没了，生命的激情没了，痛彻的心灵体验没了，独立的精神思考没了，作品成了一个徒有其形的生命的空壳。我曾看过一位很有名气的诗人的、据说是其成熟之后的一本代表性诗集，富有词语、技巧、体式，甚至富有某种史诗意味的写作框架追求——我是在别人的推荐下慕名而买，尔后又慕名而看的，但是看完之后我却很失望。因为在将它与我所喜欢的一些诗人——如里尔克，甚或我们自己的阿信、人邻、唐欣、娜夜——的作品进行比较之时，我却发现了在技术之外那部诗集在质地上的致命的苍白，它甚至给我没有提供一点点的感动和联想。

第三，中年化现象。这一点我在前面已经说了，但我还想再加以强调。之所以强调，一方面是甘肃文坛新陈代谢频率转换得过于缓慢，年轻作家出现得太少；另一方面则是甘肃文坛目前有实力、有影响的作家大都出生于20世纪60代，不知不觉，这些人渐渐步入自己的中年时代了。人到中年，上有老下有小，琐碎的生活不间断地折磨人，一个人突出的变化就是感觉的钝化、激情的丧失和想象力的衰退。对于一般人，这种变化也许没有什么大不了的，但是对于写作的人，这却是极为致命的。如此这般的情景，若是作者能够在内心有一种警觉，有意识地通过自己的努力对抗这种变化，并着力于这个阶段人的其他潜力的发掘，情况自然另当别论。但不幸的是，就甘肃文坛目前的实际情形看，伴随着逐步中年化的足音，不少的作家相继出现了创作质量不断下降的趋势。一些作家逐渐淡出文坛，还有一些作家坐吃山空，更有些作家找不到感觉又不甘心放弃，所以便一遍又一遍地重复自己。

置身于甘肃文学实际的情形，我们能够清楚地感觉到文坛的这种中年化氛围。从小说、诗歌到散文，文学纯粹意味的不断淡薄，大量的生活琐屑的唠叨和文化知识的技术表达，开始对想象力产生排挤，作品越来越四平八稳，但却越来越缺乏生活的热情，缺乏内在的心灵和能够赋予事物生命的创新、探索精神。虽然不断有作家及其作品被推上大型文艺刊物，但是在全国范围内，我们却极少再有 20 世纪 80 年代"大学生诗苑"等那样的新颖和尖锐的表达了。客观地讲，甘肃现在还有作品写得比较好的作家，但是却没有能够引领新的方向的作家——就像新疆的刘亮程，就像陕西的陈忠实、贾平凹。

第四，身在边缘的焦灼。实事求是地分析，这不全是一件坏事，也绝非甘肃文坛所特有的个别现象。从本质上看，发展中国家现代化的进程，在事实上都伴随着一种身处边缘的焦灼，所以改良、革命甚或战争、流血，许多的重要和极端事件，其根源都与发展相对滞后地区、民族、国家内心恐为人后的焦灼有关。问题的实质因此不在于焦灼本身，而在于焦灼之后人的行为的选择。

置身于欠发达的西北边陲，远离北京、上海等经济文化的中心地带，甘肃的作家不可能不焦灼。这种焦灼本身是可理解的，也是一位有良知的作家在意识到自己的真实处境之后产生的一种清醒态度的反映。它本来是可以成为一种促人奋进的内驱力的，但遗憾的是，起于一种隐蔽而深藏的自卑意识，这种焦灼对于许多甘肃作家来说，却成了一种沉重的负担。因为不能进入到中心，所以我们有许多作家便丧失了自我的方向感和目标，许多人的写作并不考虑自己内心想表达什么，自己要实现什么，自己想表达和实现的到底如何表达、实现与否，而是唯他人之是非为是非，一切都以他人为标准，看自己写出的东西像不像谁的，自己一年发表了多少东西，发表在什么级别的刊物上。

香港诗人和诗评家黄灿然先生曾将这种焦灼命名为"影响的焦虑症"，认为它是欠发达地区的一种非常突出的文化特征，也是中国诗歌在现代代化进程中一种缺乏自信的心理表现，其对中国文学的发展是有着非常明显的副作用的。

不足和危机虽然明显，但是可能的出路依然是有的。躬身自省，并且以中外优秀的作家的行径为参照，我个人的思考可概括为下述几点：

一、我们的作家要进一步加强对于底层劳动者特别是社会弱势群体生存状态的关注，注意对于自己所置身的生活进行深度的体验。文学说到底是一种方式，是人类良知和真心的一种表现，所以"愤怒出诗人"也罢，"苦闷成文学"也罢，我们的文学若是要引起更多人的关注和共鸣，就需要从事文学的人真正深入到我们身边的生活之中去，真正去关注和了解真实的生命体在具体的生活中所遭遇到的心灵事件，了解那些无助的人在生命的磨难之中的努力、挣扎，在真切的生命体验之中表达生命的真实感动和深刻启示。在这一点上，甘肃文坛上一些成功作家的创作已经给我们提供了一些极为重要的参照。如雪漠在《大漠祭》中对于民间苦难的真切触摸、铁穆尔对于流落的草原部族精神的执着寻找、阿信对于草原的疼痛、唐欣对于日常和凡俗中所蕴藏的悲剧情怀的呈现以及娜夜在自己的诗歌中一以贯之所复原的那种内心生活现场。作品的生动总是与作家对于生活的真实感知和体味相连接的。在远离中心的边缘，特别是甘肃广大的待发展地区于现代化的进程中艰窘生存的背景上，面对许多乡村、工厂的萧条现状，面对成千上万西部青年南下打工的痛苦经历，我们的文学尤其需要真正的介入。

二、作者个性化追求和独立批判立场的固守及其强化。西方新马克思主义学者本雅明曾经讲过："小说的诞生地是孤独的个人。"这句话既揭示了20世纪以来现代主义小说的最根本的特征，同时也再一次说明了文学创作应该具有的个人属性。关注的对象自然是愈大愈好；所欲呈现的人生经验也要尽可能地贴近人类或人性的普遍和通约内涵，但是对于人性共同内涵的呈现本身却必须是个人性的，而且越是个人性的表达，便越能体现出艺术的创造价值。然而说到这儿，让人觉得不太舒服的一点就是，我们甘肃作家的创作中太多他人的影子，写作的模仿意味太浓，作者缺乏对于生活独立的体味和思考，无论是选材还是表达，个性化的追求都不明显。在这一层面上，我一直以为唐欣的创作是一个例外。他的写作，不仅通过貌似无事的日常生活遮蔽下的人生失意和忧伤的抒发，在内容的处置一面显现出了一种独特的智慧，而且还因为干净纯粹的口语表达，使他的诗歌在甘肃乃至全国现代汉语诗歌中，都体现出了某种特殊和个别，但可惜的是，长期以来，对于他的创作所具有的那种另类和特殊，他身边的人们一直没有给予应有的关注。

除了个性化的追求之外，在现代社会，写作者作为一位知识分子的代表，其根本的品质一如"新殖民主义"学者萨伊德所言：就在于独立的批判精神。无论是对于现实的人的生存，还是对于商品和市民趣味冲击下的艺术，一位现代作家很重要的一点就是要尽可能地回到自己的问题，回到人们当下所面对的真实问题，通过对生活的真实思考和可能性的揭示，体现自己对于媚俗人生的批判和超越。在甘肃作家中，铁穆尔和阿信在这一点上给我们提供了方向。他们一位通过对民族的寻根，另一位通过对草原的呈现，借助于民间和自然无声的吁求，表现了作家对于现代文明以及更大的现代化可能给我们的生活带来的毁损的沉思和担忧。在谈到现代小说的艺术特点时，捷克作家昆德拉曾说："小说不研究现实，而是研究存在。存在并不是已经发生的，存在是人的可能的场所，是一切人可以成为的，一切人所能的。小说家发现人们这种或那种可能，画出'存在的图'。"他谈的这种可能性即人在想象中对意义生活所进行的呈现，其起点就是对于无意的现实存在的批判和否决。昆德拉的话对于精神品位不高的甘肃创作，无疑是一剂清醒的良药。

除此之外，批评的有效介入也是促使甘肃文学尽快走出危机，实现质的突破的有效手段。我们很怀念谢昌余、管卫中、陈德宏诸位先生的那个年代。在那个年代。甘肃的文学批评是真诚的，同时也是引领时代风潮的。它不仅给我们带来了异域的新思想、新观念、新方法，同时也给我们营造了一种活跃、自由、健康的文学氛围。这种文学氛围是极其有助于甘肃文学的健康发展的，但不幸，随着那个时代的结束，我们的批评也失去了对于文学所可能给予的有效作用。不着边际的政治批评，不关痛痒的门外闲谈，再加上友情赞助、利益驱动，我们的批评逐渐沦落成了一种靠创作蹭饭吃的行当，既无助于读者的阅读，又无关于作家的创作，所以其为人所不齿，自然也就在情理之中了。但这实在是一种浪费，因为各种原因，作家——特别是我们甘肃的作家，事实上是极其需要与高素质的读者不断进行真诚、深入的对话的，除非有清醒的旁观，他们才可能有真正清醒的认识，才可能真正发现自己的问题，从而从根本上寻求可能的解决途径。

总之，甘肃文学是甘肃人的文学，提及甘肃文学的发展，作家个人的努力固然是根本的保证，但是除此而外，正如鲁迅先生所言："天才诞生之前，是先要有诞生天才的土壤的。"所以，我们每一个人——不管作家还是一般人，只要你是甘肃人，你事实上便应该身在其中。

我谈甘肃文学的品质提升问题

谈甘肃文学，特别是聚焦于它的"品质提升"，先在的一个方面，内含了人们对于甘肃文学目前现状的不满，而且这种不满，其所针对的，应该不是数量问题，而是它的质量问题。

不能说这种不满就是要否定甘肃文学业已取得的成绩，成绩是一种事实性的存在，它摆在那儿，只要它是实体而非虚构的，任何人也不能从根本上否定它的存在。多年以来，甘肃文学，特别是新时期以来的甘肃文学，有过许多的成绩——举例如《飞天》"大学生诗苑"栏目的被人所喜爱；如老乡、娜夜、人邻、古马、高尚、唐欣、阳飚、高凯等人的诗歌频频了出现了国内重要文学杂志并获奖；如叶舟、雪漠、弋舟、张存学等人的小说为外界所不断论道……只是，需要强调的是，虽然有过或有着这样多的亮点，但是从整体上讲，或者放到更大的全国文坛或文学史层面看，目前的甘肃文学依然显见出某种缺乏"高端作品"和"大作家"的质量问题。缘此，"品质"一词的出现，本身即是从数量到质量的"内涵式发展"思路的具体体现，而其后的"提升"一词，则是从更高的要求层面，表明了人们对于甘肃文学的进一步期待。

甘肃文学应该如何提高自己的品质？这是一个题目很大、内涵极为丰富的话题，关于它的回答，因为发言者个体的立足点以及相关的言说角度的不同，所以我相信必然呈现为众说纷纭的局面。这种纷纭，是好事，它可以让聆听的人接收到不同的意见和启发，多角度、多层面拓展关于甘肃文学的思考，从而在多样的选择和比较之中，清晰自己的思路，明确发展的方向；但也是不好的事，意见太多，不同的声音交织汇聚，成为一种纷扰人视听的喧嚣，我们可能因此陷入更大的混乱和迷茫。为此，在具体的表述之前，我觉得有必要申明这样一种观点：文学，不管是创作还是批评，有价值的思考必然是因由或针对文学存在的具体问题的，所以，从自己的发现开始，从具体的问题出发，说自己所能说的话，应该是有意义的文学交流进行的前提。

结合当下甘肃文学存在的问题，我个人觉得甘肃文学的品质提升，可以从如下几个方面具体进行：

第一，明晰甘肃文学可能言说的存在让域，警惕无意识当中的被期待心理，让无特点、无自觉的混沌写作成为具有鲜明个体意识和自觉的清醒写作。

反思当下的甘肃文学，极为突出的一个问题就是，许多作家在写作时缺少思考或者没有思考。或是不抬头、无比较、随性而发，甚至局限于自我的经验跟着感觉走；或是追逐所谓的热点和时新话题，不能清晰自己所拥有的资源，一味地揣摩经济文化发达区域编辑和读者的喜好，投其所好，从根本上忘记自己的所能和所应，失去写作者作为自主的个体所应该具有的独立性。因为前者，我们看到时代虽然已经发展到了今天，但是我们的一些写作者对于创作的认知，依然还停留在 20 世纪三、四十年代的水平，其所参照的对象，张口闭口还是徐志摩、戴望舒等。没有新的思考导引，不少的写作也便在一种极少参照的情形下不自觉蹈前人之旧迹，面相古旧，内容陈腐，今人而作旧人语，很难予人阅读的新鲜冲击。因为后者，我们看到我们有不少写作者，太过注意参加评奖的效果和他人的意见，在一种不自觉地被期待心理驱使之下，刻意强调或者渲染甘肃的边缘或前现代属性，制作拙劣的"农家乐"景观，既有违于存在的现实，又背离了自我的经验，让自己的写作成了一种甘肃印象的符号作秀。

因缘于此，甘肃文学要提升自己的品质，我觉得首要的问题便是：写作者要从根本上改变不独立、不自主的无思状态，变看人眼色成独自作为，立足于文学和自己，清晰值得写且自己能写的题材和主题。

考虑到甘肃语境所拥有的写作资源和文学表现特殊的价值要求，我个人以为，在文学的甘肃表现中，存在所给予的言说地域或甘肃作家可能的作为区域，大体有如下几处：其一，其作为有别于北京、上海等文化中心发达地区的边缘存在活力表现。中国新文学发生、发展于近现代中心城市，经过了近百年特别是近些年势头迅猛全面市场化的发展，因为杂糅人为的破坏，中心城市文化也便日益彰显出趋同、肤浅和单一化特征。在中心城市整体衰落和式微的情景下，依据"边缘活力说"理念，甘肃作为不发达但也较少同质化的文化区域，因为其所持存的较为异质和个性的文化精神传统，所以也便别显出一种可以作为中心城市文化参照、借鉴和补充的特殊活力。其二，其作为多元文化交织互补区域的张力表现。甘肃是一个东西狭长而南北逼仄的地理省份，因为地理跨度较大，所以不同地域的地理文化的构成也便丰富而且复杂。儒教、佛教和道教文化依然最有影响，但是除此之外，回族、藏族、裕固族、保安族等民族文化以及各种彰显地域特点的民间文化也信众甚多。各种不同的文化和文化所展演而成的日常生活，矛盾、对立但同时又溶渗、牵扯，多种力量相互交织，由此也便形成了极富文学表现价值的张力存在。其三，其作为具有特殊区位优势的地域文化的特色表现。无论是哪一种文化的存在——因为甘肃的地域构成特点，土地贫瘠，自然条件恶劣，所以人与自然的关系，特别是尖锐对立的关系，自然应该成为既有价值的写作对象。关于这一点，流行于甘肃大地的两种歌唱形式——秦腔和花儿，予人以极多的启示。唱这两种腔调的人，唱得好时，他们的歌唱中都能携带一种哭音，像江河的呜咽、像山川的啜泣、像行走在会宁山间或戈壁滩上的惆怅叹息，其长歌当哭的生存的艰辛和坚韧表达，确实是很容易就能够引发人深层的感动的。其四，其作为被现代化运动所强行带动的"被发展"地区所具有的特殊的艰难和沉重表现。现代化及其与此相关的市场化、城市化、全球化，等等，对于甘肃来说，是必然的发展趋势，但因为一贯远离东南沿海政治、经济文化中心，加上文化上的偏远、贫弱与滞后，所以其发展表现得缓慢和沉重。仿佛是被什么拖着，不愿却又不能，所以相较于政治经济文化发达地区，甘肃的改革便显得格外的艰辛和沉重。从现实的层面上看，这种状况也许有更多消极、负面的意义，但换一种眼光，立足于文学的立场审视，因为其间所内含的城市与乡村、现代与传统、被动与主动、情感和理智等诸多矛盾关系的存在，所以其也许隐藏了更多也更好的文学潜能——例如，在乡土诗歌创作日益陷入困窘之时，甘肃诗人高凯却独具慧眼，在城市的各种奥迪、奔驰和大众车流之中发现了拖拉机，将个体记忆和时代经验复杂调配，从而发现了在新的语境之下书写乡土诗歌的可能，籍此将乡土诗歌的写作引向了一个新的方向。

第二，注意积累各种感知的极度经验，细化、深化与对象遭遇的过程，通过具体、生动的细节饱满的言说，使作家的文字充满质感。

反思既有以及目前的甘肃文学表现，可以发现，大多数甘肃作家对于自己的写作对象缺乏深度的观审和玩味，匆匆遭遇，满足于浮光掠影的印象表现，既不能深入其中，和对象长相厮守——一如陈忠实对白鹿原或杨显惠对扎尕拉藏村那般，在深度观察和体验中让自己完全进入对象，在主客体的多重交融之中，使对象充分主体化、意义化；也不能敏感于和对象的意义遭遇，在意义发生的时刻让自己停下来、慢下来，注意细节的捕捉和过程的展开，强化极度体验——一如爱丽斯·门罗或刘亮程一般，在极为细腻和充分的深度感知和沉思之中，让一个具体的言说对象由是成为一种可以不断言说的意义世界，成为真正意义上的作家写作的家园。

关于这一点，甘南诗人阿信是一个很好的例证。阿信在大学毕业后被分到甘南工作，他在陌生且异质的环境之中，一方面积极融入，让自己很快成为其中的一分子，另一方面却自我间离，始终保持了其作为一个异乡人和具有强烈主体意识的存在者的独立性。在，却不在；不在，却在。在身在的体味和抽身的反视的张力设置之中，关于甘南、关于自然、关于自我，阿信因之获得了一种极具个性且别有意味的表达。其《山坡上》一诗说："车子经过/低头吃草的羊们/一起回头——/那仍在吃草的一只，就显得/异常孤独"，那只兀自吃草的羊就是阿信，在诱惑或意义时刻到来的时候，一方面他是羊，和羊们是一致的，都在吃草，但一方面他却是羊中极为独特或者孤独的一只，当羊们一起回头的时候，他却仍在低头吃草。联想到阿信作为一个从他乡来到甘南的"外乡人"特殊的身份，这种存在特征或意义方式，是可以看作阿信诗歌构成的内核的，而这种内核的形成，不用说，其中自然深含了阿信在甘南生活的深度体味和自觉反思。

天水诗人周舟也是一个例证。周舟近些年来一直在写一组叫《渭南旧事》的组诗，他已经写了一百多首了，写了都十几年了，但他觉得他还远没有写尽。这其中内含一个深富意味的事情：他所写的渭南——甘肃天水麦积区的一个小镇，他其实在那儿只待了4年，相对于他已经有50多岁，4年自然只是一段很短的时间，但是，令人奇怪的是对于渭南小镇，他却似乎有着太多的记忆，他的故事讲也讲不完。何以会如此？仔细想想，其实也很简单。写作的对象说到底，在本质上是一种充分意义化的存在，它和对象的大小、长短无关，相反却和写作者的发现与赋予关系至为密切。普罗斯特在《追忆似水年华》中关于一种面包的香味可以写四五十页文字，其中的原因即在于他在极度的孤独中对于对象感知和想象的超常发挥。"一粒沙里见世界，半瓣花上说人情"，任何一个对象，对于主体来说都可以成为一个宇宙，内中的关键即在于审美主体在遭遇对象时生命活动的丰富性。缘此，渭南镇虽小，但由于诗人周舟在不断的反刍之中对于它存在的敞亮，所以他心中所记忆的渭南小镇，也便成为他50多年人生复杂体味和反思的载体。从这一点上讲，他的回忆其实更像是一种建构，只要他的发现和创造不止，他的渭南小镇自然永远也不会写完。

第三，扩大写作能力修炼的范围，在与经典、异域之优秀写作以及批评的积极对话当中，开阔写作者的认知视野，提高实践水平。

从能力一域看当下的甘肃文学，制约其品质提升的一个很重要的因素是许多写作者的阅读较少、较差。这一点可以从几个方面具体加以分述：其一，阅读很少。不少作家非常相信自己的感觉和禀赋，在日常生活中很少阅读他人的作品，不比较，不参照，一条黑道上茫然地走，走到哪儿算哪儿。思之昏昏，必然导致行之昧昧。其中甚者，因为不知，所以不免坐井观天，不能识己，更不能清晰自己所要努力的方向。其二，阅读不好。这类写作者不是不阅读，而是阅读的选择不好。不是从高处着眼，选择传统经典作品或异域优秀作品去读，相反，却只看身边同仁类似的作品，于一个狭小的圈子之内，满足于谁高谁低的座次排序。其三，拒绝批评。只拣好听的听，容不得别人对自己的批评，总以为相对于创作，批评已然是低能的表现。为此，许多写作者不仅不愿意坐下来和批评者真诚对话，注意在相互的交流之中发现自己的问题，而且还不肯费心用脑于一些严肃认真的批评文章的研读，在积极的思考之中，敞亮自己的资源和能力优势区域，从而也不断清晰并上移自己的写作目标。

封闭，孤独，茫昧于外在世界的精彩而只醉心于自我的闭门造车，除却一些较为优秀的写作者如叶舟、张存学、高尚、弋舟、唐欣、周舟等之外，甘肃太多的作家阅读的不足，许多作者的写作因此成了一种低水平的"无脑"的写作。

反观古今中外诸多优秀作家的写作，可以发现这样一个基本的规律：只有立足于经验的写作，才能从根本上提供写作的经验。关于这一点，李白对于屈原的借鉴是一个例子、鲁迅对于果戈理的借鉴是一个例子、陈忠实对于马尔克斯的借鉴更是一个例子。不同的例子揭示了一种重要且基本的事实：对于文学写作来说，写作的价值或者说生活所提供于他的可能的写作的区域，真的只能在其与他人——特别是传统的交流之中形成。

关于这一点，在《传统与个人才能》一文之中，在谈到对一个艺术家创作价值的评定之时，英国诗人、评论家 T·S·艾略特坚持认为："诗人，任何艺术的艺术家，谁也不能单独的具有他完全的意义。他的重要性以及我们对他的鉴赏就是鉴赏他和已往诗人以及艺术家的关系。你不能把他单独的评价，你得把他放在前人之间来对照，来比较。我认为这是一个不仅是历史的批评原则，也是美学的批评原则。"艾略特的认知主要着眼于作品的鉴赏，但是事实上还可以扩展到作家、艺术家的创作。批评者的鉴赏批评如此，作家、艺术家的创作其实也是这样，任何艺术实践的参与者个体，只有立足于其所置身的艺术传统，在将个体和传统整体的对比之中，才能明白其他人所进行了的、自己所要进行的创作所具有的意义和价值。在西方理论界，有人因此以为，小说只有通过小说才能写成，诗歌只有通过诗歌才能写成。这是一种许多人不愿认同且常常发生误解的观点，但我以为，抛开其对于写作互文性的过分强调，在作家主体写作能力的培养一域，这种观点恰恰可以提示人们，一个有出息、意欲在文学史上留下他的名字的作家的写作，只有通过对于他人同类写作的深刻了解，才能真正发现自己的努力方向和可能的行为区域。

　　而要如此，除了积极主动且认真用心地阅读，努力体会他人的写作之外，似乎没有其他更好的办法。

　　上述种种的意见，更多是我作为一个甘肃文学的旁观者而提出的。不管我个人怎样强调自己思考的真诚以及如何努力切合甘肃文学的实际，但这些非作家本人的认知并不能直接地转换为提升甘肃文学品质的有效力量。写作的事情，说到底是作家个人的事情，是必须独自而为的事情，缘此，除了写作者自身要有意识地将自己对于写作的思考常态化之外，我也希望在甘肃文学实践的活动场域，写作能够和批评形成一种良性的对话交流机制，作家能够注意征求和搜集各种意见、批评，从而在不断的被挑战和回应之中，发现自己的优势和自己的问题，明晰下一步的努力方向，以期能够通过真正有思考、有追求的个人实践，从内在的质地上推动、提升甘肃文学。

寻找适合自己的写作

——以李继宗和离离的诗歌写作为例谈甘肃诗歌的发展

我们所处的时代是一个多元和多样的时代，一般而言，多元和多样所昭示的大都是生活的丰富和选择的自由，但是一般之下，或者说具体到每个个体，多元和多样实际上也未必总是好事。物质贫乏的时代，没有太多的选择，但我们吃什么都香；而生活富裕了，什么好吃的都有了，我们却没有了胃口，吃什么都不香了。

"生活是一袭华美的皮袍，里面充满了虱子"，张爱玲的话启示我们，每一个时代和每一种生活，都有它自己所隐匿的问题。我们时代的问题很多，但是择其主要，因为多元或多样所导致的选择的困难，应该说是许多人都曾经遭遇或者正在遭遇的问题。

这种困难表现在当下甘肃诗人——当然也是当下所有诗人——的诗歌写作上，我们可以清楚地看到，由于各种诗歌资源的空前开掘——主要是国外诗歌的大量引进和翻译，中国古典诗歌的不断再版和阐释，加之网络写作所带来的当下诗人们交流的空前方便，以前诗人感觉不是问题的一些问题——譬如诗人到底应该写什么和为谁而写等等，因为存在的太过多样和选择的太为丰富，对于时下大多数诗人而言，却已经成了一些必须面对和恼人不已的问题。

除此以外，这也是一个因为高度商业化而倍显文学的功利性的时代，功利性活动要求以利益追求作为人们行为选择的最根本准则，具体到诗歌的写作，就是诗人在进行写作的时候，必须有相当自觉的利益谋求，充分考虑到编辑的口味和读者的期待，努力制作出适合他们需求的诗歌作品，以此谋求个人写作利益的最大化实现：发表、获奖，等等。

利益永远是人类行为的最根本的内驱力。由此，文学写作对利益的追求也便无可厚非。时代发展到今天，将文学视作"经国之大业，不朽之盛事"的观念固然不足以再蛊惑人心，但是，在强化写作的职业意识之时，诗人追求作品的发表率，寻求各种奖金获取和名誉享受，原本也没有什么不对，只是当这样的追求日益自觉和深化，当许多诗人——特别是我们甘肃这样的边远不发达地区的诗人——纷纷都迷信于这样的追求之时，甘肃诗歌的写作也便出现了许多制约其自身发展且让人担忧的问题。

一　时下甘肃诗歌写作中的突出问题表现

甘肃诗歌是一个很大的范畴，其中包含着极为丰富的个体构成，泛泛而论，说甘肃诗歌这样或者那样，自然有失公允和准确，但是，依据我自己近些年来的阅读经验，特别是参照身边的一些诗人朋友日常写作的实际情况，论其大概或者就大多数诗人的写作而言，由于太过明显的功利性追求，加上商业时代商品属性无孔不入且日益严重的渗透，使得文学本然的无功利属性要求和写作者应然的主体内在要求开始丧失，并为他人需求所驱动或裹挟。在我看来，甘肃诗歌因而显现出了一些明显的问题。这些问题主要表现为：

第一，在题材选择上缺乏明晰的自我意识。不是根据自己既有的生存经验或生活积淀来进行写作。要么依从潮流，选择所谓的热点或大题材来写作，根本不顾及这些热点或大题材是否已经内化为自己的经验性存在，自己是否真的对此有话要说，有感情要抒发，一切只看主流媒体的眼色，报纸上讲云南干旱自己就赶紧跟着写云南干旱，广播中说玉树地震自己就迅即转向写玉树地震；要么揣摩大众心理，迎合他人期待，别人需要什么就制作什么，根本不管自己的制作是不是有助于诗歌美学品格的建构，是不是自己所愿意、也能够进行的。

这样的选择表面上看似乎比较聪明。在商品时代，人们活动极为重要的一个特征就是不断制造新的产品，通过不断地制造新的刺激来满足人们日益钝化的消费需求，文学活动作为精神生产活动不乏它的特殊性，但是环境或者社会整体属性的影响，跟随时尚，寻求所谓万众关注的热点或大题材，避免为主流或时尚所"Out"，从而以较快的速度和较为便捷的方式发表作品，获得他人的认可，也便成为时下许多诗人的自然反映。在这一点上，由于我们甘肃长期在经济地位和话语权力上所处的弱势地位所导致的民众（当然也包括我们的诗人）或轻或重的自卑心理的作用，所以诗人——特别是近几年新起的、未获得同仁广泛认可的诗人的表现也便更为突出。我曾经历过这样的事情：现在许多人看诗歌杂志或浏览博客专栏，目的根本不在于对他人诗歌写作方法或审美智慧的学习体悟，也懒得花费丝毫的精力去琢磨研究文本，寻求别人在题材内化、组织构思或语体设置上的经验；相反，其主要的兴趣却只在于了解潮流或时尚，搞清楚自己写什么才能尽快引起他人的注意，才能进入到人们话语热闹的中心。

　　第二，写作动机上的唯编辑眼光是从。说得严重一点，也就是程度不一的投机取巧。我们不能否认许多刊物编辑在来稿评审编发上的认真和负责，"质量是刊物生存的生命"，相信这样的理念是许多文学编辑都内心认可的。认可是认可，但是同样不能否认的是，随着利益对于文学刊物编办的全方位的渗透，还有电脑网络时代写作的随意化所导致的选稿工作难度的增加，在一首诗的发与不发上，编辑的重要性愈来愈突出。被这种刊物编辑的变化所影响，我们便能够看到，时下许多诗人写作诗歌考虑更多的问题不是自己想写什么，而是处心积虑地揣摩编辑到底喜欢什么。

　　这种现象在目前的诗坛普遍存在，可以说到处都有。但是值得一提的是，因为受制于我们既有的文学生存环境限制，我们甘肃能够发表诗歌的刊物和能够进行诗歌交流的平台极为有限，所以我们甘肃的诗人在这个问题上也便表现得更为突出。许多文化大都市的编辑看多了那种现代城市缤纷而又不断变化的市井人生写作，太多的都市抒情让他们反感了，他们便希望我们甘肃诗人能表现他们想象中的甘肃的历史——如甘肃西部的丝绸之路、敦煌，如甘肃东部的麦积山、大地湾，我们的诗人不管自己到底有没有经验的积存，也便纷纷去写丝绸之路、敦煌、麦积山和大地湾；再由于编辑腻味了城市的富足和斑驳陆离的复杂，他们心生了对于单纯、原始的乡村和道德的向往，受其趣味以及有意识在刊物所营造的氛围的影响，在不知不觉之中，我们甘肃的诗人也便争相炮制各种各样的乡土诗或伪乡土诗，不管现在自己对乡村还有多少了解，还有多少感情，却往往装作真诚和深情的样子，不遗余力地展示别人想象或虚拟的乡村的贫穷、原始、简单，看似形象逼真，但其实却像城市周边人们所刻意营造的"农家乐"，土鸡不是土鸡、热炕不是热炕、大叔不是大叔、妹子也不是妹子，面貌相似，而真味却早已走失。

第三，写作方式上的跟风模仿。谁的写作被推崇了，就群起跟随，根本不认真思考人们所推崇的写作是不是适合于自己，反正只要人家说好，杂志上老能看见人家的作品，于是人家写什么自己就写什么，人家怎么写自己就怎么写，使自己的写作在本质上等同于他人写作的仿真或再版。这种表现和音乐界的情况非常相似，谁成功了就模仿谁，模仿可以非常逼真，逼真到简直能够以假乱真，但是模仿毕竟是模仿，再像的周杰伦毕竟不是真的周杰伦，再像的凤凰传奇毕竟不是真的凤凰传奇，它虽然能造成某种局部或短期的利益或名誉，但却在本质上因为缺乏自己的个性和风格而难以在艺术发展史上留下自己的名字。

甘肃诗歌，给外界的不好印象多半就是由这种跟风或模仿而形成的，老乡写作被推崇时许多人模仿老乡，娜夜获奖了许多人模仿娜夜，阿信的藏地诗篇出名了许多人就去模仿阿信，如今高凯的陇东乡土诗、周舟的渭南写作获得了认可，许多人便又纷纷模仿高凯、周舟。总之一句话，我们自己看似极为热闹喧嚣的甘肃诗歌写作，因为其中清晰可见的类型化写作模式，所以在许多外人看来，却不过是为数不多的几个人写作的翻版或扩大。

上述种种的问题表现，形式虽然不一，但究其根底，实质却是非常相似的：那就是不管哪一种表现，我们甘肃诗人的写作往往因此更多为他者的存在所影响甚至规范，或取巧于编辑的兴趣、或迎合虚拟想象的受众的需求，市场因素看不见的手，彰显出了它无处不在的威力，诗歌写作这种最为强调心性、性情、个体和创造意味的精神生产活动，因此也倍显它的"非主体"属性，表现出种种面貌不一的审美活动本质的异化、迷失和耗散。

二 李继宗和离离的诗歌写作

"非主体性"写作最为明显的特征，就是诗人听命于他人，以别人的口味、兴趣和期待为依据，使自己的写作和自己脱节，生命主体为外在的某种力量所规范，难以在清醒的自我目标设计和实施之中，让自己的诗歌独自成立，并标示自己生命之具体而独特的价值和意义。

虽然，这种听命有时明显，有时不明显；有时直接，有时不直接，但不管怎样，它们都像是文学的有害病毒，从肌体的内部腐蚀着写作的生命。

回到自我，如鲁迅一样，将外在于己身的各种口味、兴趣、期待和思想、理念等收归于个人，甚至进一步内化为一种个人的生命感觉，且以这样的生命感觉为基础，让写作者的写作立足于具体的现实语境，并由此将自己"从异己意识中振救出来，抓住了真正的个别性，是对自己的个性、自己的责任、自己的工作的发现。对于鲁迅来说，这种发现，就是文学"（见伊藤虎丸《鲁迅与日本人——亚洲的近代与"个"的思想》，李冬木译，河北教育出版社 2002 年 5 月版）。

"条条道路通罗马。"但是，每个人却只能选择自己真正所能走的路通向罗马，生命的个别性由此凸显出它的意义，这一点，对于视个体特征为价值之根本的文学写作而言显然更为典型。在将中国现代作家和当代作家进行比较研究之时，学者郜元宝曾在一篇文章中说："现代作家（'五四'至 1949 年）与当代作家（尤其是 20 世纪 70 年代末登上文坛的）相比，显著的差别在于前者多写自己与时代的变故、征途与庶务，不啻'自为年谱'，而书中其人宛在，宛然有一个鲁迅、一个周作人、一个胡适之、一个陈独秀、一个郁达夫、一个徐志摩、一个朱自清——活在无数读者心中。当代作家则反是，'自为年谱'的很少，读其书想见其为人，也颇不容易。他们的作品或各具风格，所塑造的人物，所描写的世界，或许多有可观，然而由于种种难以备述的缘故，鲜能直写出自己的全人，鲜能将清楚的精神印记留在作品中。他们仿佛脱离了作品，只为家属留下了版权……当代作家在某些方面或者赶上乃至超越了现代作家，但他们已越来越丧失将真实的自我写入作品的能力"（见郜元宝《一个偏见》，《文汇读书周报》2008 年 5 月 2 日）。

"真实的自我"含义自然比较广泛，但是立足于自我、写自己所能写、表达自己所想表达的东西，不啻也应该是题中应有之意。在甘肃诗坛许多人都纷纷追逐潮流和时尚，特别敏感于编辑和大众的口味之时，"真实而具体的自我"——正是在这个意义上我发现了李继宗和离离的诗歌写作。

李继宗是甘肃天水张家川县的一位回族诗人，他平时的身份是中学教师，并且还兼一点行政职务，和诗歌不怎么搭界。但是于教学行政之外，他却更为醉心于诗歌的写作。在诗集《场院周围》出版之前，他曾尝试过各种各样的写诗路径，然而后来，在冷静地对自己所身处的生存环境以及所可能拥有的写作资源进行了分析之后，他遂将"场院"这一意象作为自己写作的原型，将大千世界的万般风云和复杂多样的人生集聚起来，借此呈现也建构自己的伤感、惆怅、悲哀、欣喜、欢乐、回忆、追求、向往和诸般的精神意愿。为了说明问题，我先介绍一首他的"场院诗"：

> 场院周围：烟叶干燥，蕨菜晒黑
> 有人挑走篓筐还没有回来
>
> 场院周围：七月里起了风，八月里落了雨
> 九月川道上灰尘模糊不清
>
> 场院周围：银叶杨合抱在一起
> 推开月下大门，像是让它们各自分开
>
> 场院周围：河水太低，天空太蓝
> 这时想一个人和两只篓筐走在它们之间
>
> 起初：他朝场院这边发一声喊

　　　接着他蹲下去在河边洗手

　　　后来，场院周围——一个人
　　　整天就这样想着过她的日子

　　　　　　　　　　　　　　　　——《场院周围》

　　看这样的诗，我不禁想，每一个人都有他自己生活的世界，他的世界在另外的一个人看来，也许是不值得一提的，但是只要生活在其中的人驻足于他的世界，那么，他的脚下自然就是世界的中心，他所生活的地方就是他精神和灵魂的家园，储存了他全部的生命意义和价值。

　　确立了写作的取材方向和言说对象之后，我们发现，在这个浮躁和焦虑的时代，诗人李继宗的心境由此变得格外宁静。这么多年来，不为外界的时尚变化所诱惑，在庶务杂事之外，他只管静心埋首于自己的场院。李继宗细细聆听四野而来的风，感受事物游走于自己心灵的轻微声响，给我们写出了一种又一种的场院：春天吹风的场院，冬天下雪的场院；一棵树的场院，几只鸟的场院；落了一场雨的场院，走过一个人的场院；早晨的场院，黄昏的场院；妻子择菜的安静的场院，母亲不在的空旷的场院；孤独的场院、欢闹的场院、回忆的场院、等待的场院、幻想的场院、甚至会飞的场院……

　　置身于这样丰富并因这种丰富而写之不尽、道之不完的场院世界，在精神的富有程度上，相比那些总是感觉自己因为走了许多路、知道许多事因而当然拥有更为丰富的生活的人，我想，李继宗自然有理由感觉自己并不怎样的贫穷和匮乏：

　　　几生几世
　　　我住过的院落，晚风
　　　窗口，还有彩云，一群鸟
　　　两个人围坐的石桌，春夏秋冬，还有你
　　　这么丰富充实的周围
　　　让我从生到死领有，因此

我不能原谅我与你们

曾有过的小争吵，小怄气，小出走

小残忍，在时光容易抹去

只留下伤痕

背影和回忆的地方

我醒转于几生几世，然后

才能再次看到你们的笑，嬉闹

和让我眼睛潮湿的沉静

——《偶记》

满足、愧疚、感恩，几生几世的故事加之希望，李继宗诗歌中的场院，由此而成为世界安静的一角，成为生活的一种意义构成，吸引读者喜欢并向往。

和李继宗一样，离离曾经也是一位中学老师，不过，和李继宗不一样，她是一位女性，曾在通渭一所中学教英语。我和离离曾有过一面之缘，但没有交谈，所以并不曾留下什么深刻的印象。后来能知道她，只是因为阅读她的博客，具体点说，就是因为喜欢她在博客上所发的许多诗歌。

她的诗歌并没有给人们讲述什么大的或重要的事情，她写的基本都是一些个人生活中小小的诗性或意义时刻，譬如：

我画肖像，给远方的人

写信，信还没有寄出

我突然又后悔，把地址写在手心里

紧紧攥着，怕它们鹦鹉一样飞出去

这样的情景出现在无数个黄昏

也出现在梦里

我在脑海中勾勒出

多年不见的海，暗礁和

风浪中摇曳的小船

船上的人带头篷，穿蓑衣

给他画忧伤的眼神

忧伤的天空下

我轻轻挪动自己

岸边的石头

像等待中开白的花

我继续写信，在石头缝里

藏针，我

掩住头，轻轻抽泣

——《肖像》

或者：

她在读一本书，她从

别人的口中发现自己的心

童年，纸飞机，旧磁带和伞

相继出现，雨点和更小的水珠

相遇，她在轻轻升起的薄雾中

识别一切苦难，疏离

她像一个痛恨自己的人

点燃自己，拼命吸了几口

她看见指尖的火光

仿佛是众多人

是另一个人

——《她》

　　这样的诗，空间不大，但是它们性情、随意，容易将读者带到生命的具体现场，让读者直视诗人的内心切面或人生的某种具体的经验。在这个喜欢复制和移植、缺乏真诚和真切的年代，离离的诗因此为许多读者发自内心地喜欢，许多的文学杂志一直以来也非常青睐她的这些抒情短作。而且在大家的喜欢之中，离离难能可贵的一点便是她始终不急不躁，依然我行我素地执着于她甚至都没有标题的一首又一首的即景之作，给我们讲述她的小忧伤、小感动、小兴味、小体会。

"弱水三千，我只取一瓢。"有些人可能不屑，但是这样的话在我看来，却分明着某种清醒和智慧，因为，在生命或写作的根本处，只有具体的存在才是真实和意义的存在。

三 李继宗和离离的诗歌写作对于甘肃诗歌未来发展的启示

我给大家推介李继宗和离离的诗歌写作，自然不是要强调他们的诗歌写作有多成熟、有多深刻、有多优秀，相反，在向别人推介反他们的诗作之时，我内心充满了许多质疑：一个场院母题在一次又一次的抒写之中怎样才能避免可能的重复？个人的场院人生表现怎样才能不脱离我们生活的时代，并且承载更多更重的社会含量和始终保持某种先锋意味？即景式的人生小场景和小幽思、小感受的写作怎样才能让读者由此不仅仅止步于某种优美但清浅的小感动？短小的人生独白怎样才能因主体丰富的精神意愿和词语的复杂组织营造出某种必要的艺术张力，并因种种张力的存在而使作品更能让人回味？我想，这些问题是要求李继宗和离离在今后的写作中必须认真思考的。

不过，在警惕和质疑的同时，我之所以还推介李继宗、说离离，很重要的一点即在于在将他们的写作搁置于当下中国诗歌写作的大环境，特别是在将他们的写作和甘肃诗歌的写作以及未来的发展联系起来进行整体的解读之时，我觉得在事实上可以给我们提供一些有益的启示：

首先，从生命存在的本质意义上讲，任何生命的存在都是个别性的因而也便总是他人无法重复的，缘此，任何关于生命经验和想象的描述，无论作家怎样强调和夸大其普遍属性或全人类属性，但事实上，它若要获得别人的接受和认可，也便只能是个别性的，是从出于作家个别的经验和体会的。我想，李继宗和离离诗歌写作的价值首先就表现在这一点上，他们的诗歌虽然建构出来的只是他们的小世界、小发现和小体会，但是借助于这些各自不同的小的表现，在时下诗坛种种的仿制和批发式写作之外，读者才能感受到一点实在、新鲜和独特，看到两位诗人与众不同的精神面貌和性格特征。

甘肃是一个经济欠发达的区域，在这个一切看钱的看眼色行事的时代，经济的欠发达容易使甘肃的诗人将经济比较发达地区的诗人关于生命的描述看成是自己应有的生命描述，这种情况就像中国球迷看世界杯足球比赛，将人家的幸福看成是自己的幸福，将人家的追求当作是自己的追求。而在许多诗人自觉或不自觉地被影响、被粉丝化的过程中，李继宗和离离的诗歌写作却以他们对于自我经验和特征的强调，给未来的甘肃诗歌以启示：若要在全国取得一席之地甚至引领风潮，甘肃诗人就必须立足于诗人自我生命经验的个别和独特，始终坚持独立自主的个别性写作，突出自己的特色，形成和完善能够清晰凸显甘肃诗人精神面貌或自我年谱的个性和风格。

其次，回到诗歌的本根，中国古人讲"诗言志，歌抒情"，或者"劳者歌其苦，饥者歌其食"，由此推衍，评价诗歌好坏的一个基本标准，即在于诗人写作是否能够积极主动地对于具体、真切的人生经验或存在真相进行表现。"如果艺术之宫里有这么麻烦的禁令，倒不如不进去；还是站在沙漠上，看看飞沙走石，乐则大笑，悲则大叫，愤则大骂，即使被沙砾打得遍身粗糙，头破血流，而时时抚摩自己的凝血，觉得若有花纹，也未必不及跟着中国的文士们去陪莎士比亚吃黄油面包有趣"（见鲁迅《〈且介亭杂文〉序言》，见人民文学出版社1981年版《鲁迅全集》第6卷第3页）。鲁迅的话清晰地告诉我们，在未来的发展中，甘肃诗人若要真的有所作为，就必须不为各种权威和概念所规范，应该直面自己的生存，在自我生命的具体抒写之中，一切以自己感受体验的表现为主，完全不必趋什么潮流、攀什么名流。正是在这一点上，我们同样能够看到李继宗和离离诗歌写作的某种启示，他们的写作不时髦、不先锋、不宏大，但是却具体、本真、率性，容易让读者感觉到他们真实的内心，并因此心生感动和敬重。

还有，那就是考察诗人诗歌写作的真实意图，我知道无论是李继宗的场院执着还是离离的即景偏爱，他们的选择都是他们认真思考的结果。离离曾给我的博客留言："大题材我没能力写，所以也就只能写各种'小'了。"李继宗在选择场院意象作为自己相当长的一个时期内努力建构的对象之时，更是反复向我表明，因为自己的生活环境和工作性质，加之年龄，他没有办法写都市生活或其他的世界。"走自己的路，让别人取说吧!"明白了自己的局限，所以他也就不再想赶什么时髦或潮流，只愿意如井底之蛙一般安静地体味和固守自己的一方天地，在场院世界的建构之中，呈现自己对于生活的感受和想象。

他们的想法让我自然地联想起周作人当年所反复强调的一种主张："每个作家都应该寻找适合自己的写作。"甘肃是一个地貌多样、文化构成极为复杂的省份，从东到西绵延极长，在这样广大的区域，生活在不同地域中的诗人的诗歌写作，自然不必也不可能强求一致，缘此，甘肃诗歌要发展，自然也就需要更多的诗人如李继宗和离离一般，清醒自己的处境和能力，挖掘可以挖掘的资源，建设自己所能建设的家园。"人立而后人国立"，20世纪初鲁迅所说的这句话同样也适应于当下的甘肃诗歌的建设，只有个体诗人的独自成长或者自我建构的完成，才能在真正的意义上落实"甘肃是一个诗歌大省"这样的描述。

寻找适宜于自己的写作或者努力经营好自己的园地，周作人所讲的这些话，我个人感觉实际上是比较贴近于人生或写作的本质的。

自然视域中的天水诗歌
——兼论杜甫"陇右诗"与时下天水诗人创作的关系

　　和甘肃其他地方的人交流，天水人一般都很为自己的自然条件自豪：空气湿润，山清水秀，这是笼统的说法；再详细点和专业点，秦岭山脉"阴阳隔昏晓"的奇妙、长江黄河两大水域"一檐分二水"的神奇、麦积山植物园的丰富植被、三阳川渭河水的蜿蜒曲折、武山山的高大、甘谷土的浑厚、清水温泉的滑腻、张家川秋色的沉醉……总之，树多、水多，天水的山水迥然有别于人们影响中的土山荒岭或沙漠戈壁的西部印象。

　　一方山水养一方人，天水有如此这般的山水自然，生活于其间，风雨沐浴，山川滋养，天水人也便自然在面貌性情上印记了这一方山水的特征——麦积山石窟的佛像总是要比其他地方的佛像更清秀一些，而天水的女孩子，更白、更净，所以素有"白娃娃"的美称。天水诗歌作为天水诗人情志的表达，自然养育了诗人，自然也必然养育了诗人的性情，获益于自然——自然是它的对象、是它的灵感的资源、是它的参照、是它的标准，所以从自然的视域看天水诗歌，自然也就成了理解天水诗歌的一条必然途径。

一　杜甫的示范

　　天水诗人对于诗圣杜甫大都怀有一种特殊的感激之情，这种特殊，首先，是因为在公元 759 年的秋天，杜甫曾来到天水，在天水居住了近百天时间，他的来临提升了天水在历史记忆中的知名度。其次，更在于虽然杜甫于此只有短短的三个月时间，但在滞留天水期间，他却为天水留下了许多诗歌作品（这些作品加上离开秦州进入蜀地之前的作品，人们称之为杜甫的"陇右诗"），在诗歌对于地域的表现上给了人们极多的启示。

杜甫的"陇右诗"歌写了许多的天水自然风物：地形、地貌、山川、气候、动植等等。翻阅作品，人们不能不感叹，在这么短的一段时间里，竟然有那么多的天水自然风物走进了杜甫的诗歌，成为他吟诵的对象。杜甫的表现让后来生活在天水的诗人不能不惭愧，同样的对象，更长的时间，自杜甫之后，再也没有一个人能够用诗歌那么频繁而且全面地表现天水了。

在对天水风物的吟诵中，杜甫"陇右诗"让人惊叹的地方，不仅在于他观察的准确、描写的生动，而且还在于他对于自然风物的表现，往往附着了伟大人格和深广宽厚的人文精神内涵，风物是风物，但风物又不止于风物，更是一种精神的寄托、情感的象征、志向的载体和心灵的归宿，借助于地域却又超越地域，通过具体的写作而达到对于富有意味的人生普遍生存状态的揭示，他的成功即在于限制与自由、具体与普遍关系所营造的诗歌意义所表现的内在张力机制的设置。

"无风云出塞，不夜云临关"或者"莽莽万重山，孤城山谷间"，天水是一条狭长的谷地，四面都是重重叠叠的土山，谷地太长又太窄，黄昏或清晨，便常常可见东边新月、西边夕阳或东边新日、西边旧月的奇异景象；南北两面的山包围着，城里一片风平浪静，但是俯身即拾的小城，坐在山坡上却总是能够感觉到山坡上猎猎的阵风。到过天水的人，因此都不能不叹服杜甫文笔的准确和老辣。当然，准确之外，还有那细节的生动，如"苔藓山门古，丹青野店空。月明垂叶露，云逐度溪风"，如"檐雨乱淋幔，山云低度墙。鸬鹚窥浅井，蚯蚓上深堂"之类，多少年了，依然历历如在目前。品味这些诗，借助于诗歌语言的想象性还原，重回诗人曾经经历的历史现场，读者不能不感叹，昔日天水的自然风物，因为遭遇杜甫，所以不能不说是有福了：世间原本有过多少的奇伟瑰异的山川自然，但是它们不被人所知，时间走过，大地寂灭，它们也便随风而去，不再有任何生存过的迹象，但是，在公元 759 年，天水的自然山川却幸遇失魂落魄的伟大诗人杜甫，"李杜文章在，光芒万丈长"，结果，穿越历史的隧道，诗歌不朽，寄身于诗歌的那一年的天水自然也因此而流传千古。

"老树空庭得，清渠一邑传"或者"乱水通人过，悬崖置屋牢"，无论是南郭寺还是麦积山，当人们阅读诗歌而重新感知一千多年的时间之中不变的一份熟悉的亲切之时，对于古人所言"文章乃不朽之盛事"获将"立言"划归于人生"三不朽"的做法，相信当有一种真切的理解。

但是，需要说明的是，这些自然的不朽不仅仅是因为走入了杜甫的诗歌。不朽是一种价值评判，价值评判事关人主体的需求，所以，单从自然本身寻找杜甫"陇右诗"的意义自然难以破其玄奥。"夫玄黄色杂，方圆体分，日月叠碧，以垂丽天之象；山川焕绮，以铺地里之形；此盖道之文也。仰吐观曜，俯察含章，高卑定位，故两仪既生矣。惟人参之，性灵所钟，始谓三才。为五行之秀，实天地之心"（见刘勰著、周振甫著《文心雕龙注释》，人民文学出版社，1981 年版，第 1 页）。刘勰的话清楚地表明，自然于人的滋养教化，是自然的给与，但更是人自身对于自然的领悟和吸收。

所以"应物斯感"，"遵四时以叹逝，瞻万物而思纷。悲落叶于劲秋，喜柔条于芳春"（见陆机撰、张少康集释：《文赋集释》，上海古籍出版社 1984 年版，第 14 页），诗歌获益于自然——自然是它的对象、是它的灵感的资源、是它的参照、是它的标准、是它的种种，但是种种归一，山川事物之所以能让诗人叹思悲喜，关键的一点还在于诗人自己对于自然的加工和提升。"借景抒情"或者"托物言志"，说到底，诗歌中的事物本身的表现并不是诗歌写作的目的，它的意义即在于"借像传意"，所以作家的内心或精神世界才是诗歌意义产生的真正来源。

由于"边""远""偏""老""孤""险""荒""野"等等的修饰限制，自然风物显然并不仅仅是纯粹的自然风物，其中更多是诗人主体精神的投影。借助于这些投影的分析，读者自会清楚，这些自然的景物，不仅表象着天水这方独特的地域，而且也说明着诗人当时的生存境遇：异域他乡的种种不适、渴望能够身安心定的努力、对于家乡亲人的思念、对于战事和国家前途的担忧、对于前程未来的茫然。自然的表现，既是对象，显示着一份具体和独特所致的陌生新鲜，同时又远远超越对象，连接着文本之外更为广大的空间和人生内容。

"清渭无情极，愁时独向东"，很明显，诗句中的河不仅仅是一条自然中的河，它同时连接着诗人况味复杂的乡愁。"露从今夜白，月是故乡明"，不用说，眼前的事物总是通向更为遥远的牵挂。"风连西极动，月过北庭寒。故老思飞将，何时议筑坛"，风动心起，潦倒衰残，依旧不忘拳拳报国之心。诗歌对于自然景物的表现，能具体，格物致知或者描形见性，这已经是功夫；而具体之外，绘山川之貌却又能别见事物之外的人情事理，"一片风景一片情绪"，这更是上一乘的功夫。

关于天水自然之于杜甫诗歌的意义，霍松林先生曾在《〈二妙轩碑帖〉序》作评说，"唐肃宗乾元二年（759）秋，杜甫辞去华州司功参军之职，携眷西行，客居秦州。他游胜迹，览山川，访民情风俗，觅隐居之地，其后经同谷入蜀，所见所闻，具有迥异于关中的陇右特色，为抒发忧国忧民的情怀找到了新的突破口，诗风一变，历来受到杜诗研究者的高度重视"（见霍松林《二妙轩碑帖序》，《南郭寺艺文录》，甘肃人民出版社 2002 年版，第 284 页）。反过来，杜甫的诗歌对于天水的意义，清陇右道金事宋琬——这位极富文化眼光且十分热爱天水的清官——在勒石刻杜诗之时则评价道，"呜呼！先生之诗，虽童子能诵习之，而余独区区于此者，其意何居？夫陇山以西，天下之僻壤也。山川荒陋，冠盖罕臻，荐绅之士，自非官于其地者，莫不信宿而去，驱其车惟恐不速。自先生客秦以来，而后风俗景物每每见称于篇什"（见宋琬《杜诗石刻题后》，《南郭寺艺文录》，甘肃人民出版社 2002 年版，第 286 页）。山水滋养诗歌，诗歌名称山水，二者相得益彰，互为辉映，他们的话是不错的。

二　当下诗人的表现

时过境迁，在时间的洗涤之后，作为后人，天水诗人自然明白，现在的天水人虽然极力和杜甫套近乎、拉关系，想借用杜甫的名声提升天水的声望，但是客观而言，当年杜甫来天水时，天水人——除却个别的亲友之外——却没有给他及他的一家人多少的温暖，"此邦俯要冲，实恐人事稠。应接非本性，登临未消忧。谿谷无异石，寒田始微收。岂复慰老夫，惘然难久留"，或者"我生苦飘荡，何时有终极……马嘶思故枥，归鸟尽敛翼。古来聚散地，宿昔长荆棘。相看俱衰年，出处各努力"，诗中显见诗人所深感的一份凉薄和失望。仔细梳理，那些慰藉过诗人、让诗人心生过留恋的东西，依然只是山水自然。"传道东柯谷，深藏数十家。对门藤盖瓦，映竹谁穿沙。瘦地翻宜粟，阳坡可种瓜。船人近相报，但恐失桃花"，或者"近闻西枝西，有谷杉漆稠。亭午颇暖和，石田又足收。当期塞雨乾，宿昔齿疾廖。徘徊虎穴上，面势龙泓头。柴荆具茶茗，径路通林丘。与子成二老，来往亦风流"。从诗中可以清晰看到，因为这一方山水的吸引，所以杜甫曾经是很想终老于此处的自然的。

杜甫的做法是无声的示范。有宋以后，杜甫的声誉日渐兴旺，天水的山川景物也便自然多为后来诗人所吟诵。从明代到中华人民共和国成立后，特别是近年以来，随着天水文化界对于杜甫"陇右诗"认知的逐渐深刻，天水诗人对于天水自然的表现日益显得自觉和积极。写古体诗的诗人如董晴野、张举鹏、李蕴珠、王廷贤等自是多受杜甫启示——他们本是杜诗的心仪者和浸淫者，又都是对于天水自然风物烂熟于心的人物，所以，承续杜甫诗业，为这一方山水绘形名称，自然也就是情理中的事了。写新诗的诗人，王若冰是天水地方文化热心的倡导者和鼓吹者，周舟、雪潇、王元中、欣梓等身在高校，杜甫"陇右诗"原本就是他们关注和研究的对象，所以，杜甫"陇右诗"的恩泽，依然流淌在他们诗歌的血液中。

"纵观杜甫在秦州的诗作，在悲苦之音之中，我们依然能够听到'哀鸣思战斗，迥立向苍茫'的不屈之旋律。而其'穷秋正摇落，回首望松筠'的眼神、'天寒翠袖薄，日暮依修竹'的姿态以及'相看俱衰年，出处各努力'的'死而后已'的进取精神，都使我们在深处商品海洋之时，面对金钱的腐蚀和人格的消亡等问题，起深深的思虑"（见王元中《杜甫秦州诗中的空间感受及其意味》，《杜甫陇右诗研究论文集》，甘肃人民出版社 1995 年版，第 232 页），"此外，在艺术上，杜甫对于生命流逝而起的痛彻生命体察和强烈反应，与他对于生活理想的苦苦追求相互对峙、相互促进，便形成了他秦州诗的一种张力。其运动作用，便使其作品具有了一种悲剧性的崇高意味"（见王元中《杜甫秦州诗中的时间意识》，《杜甫陇右诗研究论文集》，甘肃人民出版社 1995 年版，第 330 页），不用说，这是一种来自于诗人个体的内心体悟和理论自觉，对应于这种体悟和自觉，写天水的山水景物，为此处的自然地理进行诗歌的命名，自然也就成了时下天水诗人们的自觉追求：

> 从一口水塘开始吧：
> 它没有水，只长满荒草
> 像个没魂的人
>
> 或者，我干脆从塘沿下的草坡说起
> 它的角度，刚好适合
> 也刚好适合一场爱情的速度
> 比夜更轻的风经过
>
> 我还是从水塘本身说起吧——
> 它是霍家坪的
> 就像你是我的
> 就像我的伤心回忆总是从霍家坪开始一样
> ——《对霍家坪的一次回忆》

这是青年诗人叶梓的一首诗。他在个人记忆中所要呈现的就是一个藏在心中的叫霍家坪的村庄。叶梓曾说过，每一位诗人都应该有一片土地做自己写作的根据地。他的话代表了天水诗人的某种艺术自觉，天水优秀诗歌的根基和特点其实就源自于诗人所自觉到的自己的"根据地"的支撑：阎虎林的春柳抚摸的村庄、雪潇的大地之湾、欣梓的师白村、叶梓的杨家岘、王若冰的大秦岭、周舟的渭南、李继宗的关山……将人生和文本参照阅读，读者可以清晰地感觉到一方水土和一种诗歌的血肉联系。

从自然视域中观照时下的天水诗歌，有三位诗人的写作是必须给予特殊的强调的，这三位诗人就是王若冰、周舟和李继宗。

王若冰的诗歌写作原本不以自然的表现见长，在诗集《巨大的冬天》以及其后许多日子的写作中，读者所看到的他的诗歌的写作对象，更多是想象所编织的躁动不已的内心存在，但是时日渐久，热情内敛。

将天边的目光收拢回来，于平淡日子中养殖诗歌的精神，那时，王若冰发现了地域自然的丰美养料：先是自己的家乡——春天犁开的土壤、秋天割倒的庄稼、雨水中生锈的铁……而后他更是由此开窍，历经艰辛，深入秦岭沟壑的褶皱深处，"追寻、梳理秦岭在中西部与东部、北方与南方在政治、经济、文化上相互征服、相互影响渗透的历史脉络，思考秦岭铸造一个民族精神、情感和灵魂的历程，并提出了'秦岭文化'的文化学概念"（见胡晓宜《王若冰〈走进大秦岭〉出版》，《甘肃日报》2007年12月7日）。实事求是地说，王若冰的发现和思考迄今为止还没有培育出更多的诗歌成果，但是他的取向，特别是弥漫于他的《走进大秦岭》一书中的将诗歌和自然结合的努力，无疑是给人以方向的启示的。

相比较而言，在诗歌与自然关系的处理上，周舟和李继宗的成绩要更为分明。

周舟的《渭南旧事》是一组写了好多年但到目前还没有写完的作品。在这组诗的写作里，他本来写的是"旧事""恋爱旧了""婚姻旧了"。现实让人无话可说，所以他想寻找、想复原曾经的青春和早晨，他想在诗歌的记忆——其实完全是一种新经验的建构之中，揭示一个人可能的意义之所：

> 在渭南镇
> 有一条铁路是为火车预备的
> 铁路下面有一条沙土路
> 是为拉粪的架子车
> 和走亲戚的自行车预备的
> 从学校到车站

（我的活动范围不过五华里）

一条小溪兔子一样

从铁路桥底下蹦跳而出

将小南河变成一条通往渭河的路

一个涵洞　南北相通

是农民通往土地的路

再往远处走　一面山坡

指示出部分春天的路

从其中一株无名无姓的草开始

三两个蚂蚁找到蚂蚁的路

多半个下午

我凝神专注

在我伸起腰来仰望天空之际

一架飞机响自云层深处

我看不见它

但我还是看见了

一只燕子的路

————《但我还是看见了一只燕子的路》

他本来是要表现自己的，但他的表现依托了他极为稔熟的那一片山水，结果，那个叫渭南的地方也便和诗歌遭遇，成了一片真切和幻美相交织的精神栖息之所。

如果说渭南是周舟的一种精神和情感的寄托的话，那么，关山则更像是李继宗的一种灵魂和信仰的家园。李继宗孤居于基层的一所中学，每日面临繁杂的工作和应酬。看李继宗的诗歌，人们很容易感知他的作品中极力压抑着的孤独和不能孤独的矛盾撕扯：远望朋友，他难以去除那种被遗弃的难过；环首周边，他又不能不感觉到被喧嚣覆盖的恐慌。

山啊

山啊，我企图在你面前重新站起

是因为我至今在自己的内心那样渺小
是因为你暗夜中覆盖的月色是光明的气息
让我嗅见　让我日夜沉湎在改造自己之中

也让我重新审视那些高大的麦垛
俯首的建筑　以及一朵带着黄土高原肤色的小花
我常常在梦醒时分听见她呼吁明天的声音

山啊　为什么狂风袭来时你会交出你
细小结实的灰尘　为什么我所看见的灰尘
要蒙住眼睛和我的喉咙

山啊山啊山啊　我企图在你面前重新站起
是因为我一生的积蓄是力量　不是别的

——《山啊，山啊》

　　他重新站起的方式就是遍踏张川四周的山水，并且将自己的手放在需要终生仰望的关山的肩头，"当人与自然处于一种相互激发的状态，李继宗通过自己的意象系列将本来地方色彩颇浓的西部情上升到一种具有普遍意义的人文境界，创造了自己沉稳凝练的诗风。当我们走进李继宗的诗歌境界就会发现：场院周围、空巢、落日、陇西、西梁山、秦家塬、丹麻梁上的月色、蛛网、寺湾……这一个个寄寓着诗人内心世界的诗歌意象是质朴裸露的，这不仅表现在意象色彩的冷色调，情绪的明暗交融以及象征意蕴的多元多维层面上，更为重要的是诗中的意象、是作者主观情绪外化的产物，涵纳着强烈的个性感悟和人文意蕴，从而使原本容易流于单调呆板而又难以驾驭的意象，幻变得极具情感冲击力和审美感召力"（见李继宗《场院周围》，甘肃人民美术出版社 2007 年版）。

　　惠特曼在他的《〈草叶集〉初版序言》里指出，"陆地和海洋、动物、鱼类和禽鸟，天空和星辰，树木、山岳和河流，都不是小的主题——但是人们所期待于诗人的不只是指出那些无言的实物所具有的美和尊严而已——他们期望他指出沟通现实与他们的灵魂的道路"
（见惠特曼《〈草叶集〉初版序言》，《草叶集》，人民文学出版社
1987年版，第1081页）。而在上述诸人的写作之中，人们可以发现，
他们对于自然的表现，其成功的地方正在于他们写出了自然事物的具
体特征但又绝不拘泥或满足于这种具体特征的描写，超越具体，让自
然事物在不丧失其个性的前提下，承载诗人主体更多的追求和智慧：

> 南郭寺的雪
> "俯仰悲身世，溪风为飒然。"
>
> ——杜甫《秦州杂诗·十二》

> 来到山上
> 和这些雪一起坐下
> 我不说话
> 能和这些雪
> 来自一个老人泪水中的雪
> 颠沛流离的雪
> 贫穷的雪，内心的雪
> 诗行里纷纷落出的雪
> 一起坐下，目光
> 能够紧挨着目光
> 我就是一个最幸福的人了

　　"贫穷的雪，内心的雪／诗行里纷纷落出的雪"，在对自然和杜甫
诗歌关系的会心的体悟和感知里，欣梓的诗其实已经清楚地说明了杜
甫诗歌的当下意义，说明了时下天水诗歌意欲发展自己时的一个可能
营养资源。

希望还在更新的人

——有关天水诗歌和诗人的一次访谈

采访对象：王元忠，诗人、评论家，天水师院文学与文化传播学院教授

采访人：麦穗，西北师范大学传媒学院研究生、诗歌爱好者

时间：2015 年 8 月 19 日

地点：西北师范大学旧文科楼老核桃树下

麦：王老师，很凑巧，近来我对天水诗歌发生了浓烈的兴趣，知道您就是从天水来的，写诗，也研究诗，于天水诗歌别有一种身在其中的亲切和见解，您可以给我坦率地说说天水诗歌和天水诗人吗？

王：好……吧。在你之前，其实不断有人曾让我谈谈天水诗歌的，天水诗坛的大哥大若冰先生有一次也对我说：你就狠狠地说，不妨极端些，让大家都感觉到痛。但我却一直保持着沉默，其中的原因，一是自己阅读有限，有些情况不了解；二是许多人自己太熟悉了，低头不见抬头见，反倒有很多顾虑。

麦：哈哈。这些原因今天都不是原因了，我们现在不在天水，您就不妨放言一回吧！

王：那……好吧。我们从什么地方开始呢？

麦：近几年看杂志和参加一些座谈会，常听见诗人和编辑提及甘肃诗歌甚至中国诗歌的"天水现象"，对此您做何感想？

王：这样的说法我也听到过好几次了。就我个人的看法，此说之出，自然有它的因缘。相对于甘肃其他地区，天水无论在自然地貌还是人文环境方面，都有它极为个别的地方。独特的山川和深厚的历史

文化积淀不是孕育诗人的直接因素，但却绝对是极为有利的因素。于这样的环境，加之外界有意识的扶植（主要是《飞天》《星星》《诗刊》等杂志的编辑），特别是诗人多年来对于诗歌较为纯粹的态度和执着的努力，所以天水形成了较好的诗歌创作氛围，出现了一小群诗人，其诗作频频地刊诸省内外一些大刊物，且先后有数人被不同的刊物重点推荐，今年张家川回族诗人李继宗又以高票当选为第二届"甘肃诗歌八骏"，所以引起他人的关注其实也便在所难免。

麦：相较于甘肃其他地方，您觉得天水诗歌有何特点？

王：无论是经济还是文化，在今天中国内地发展的格局中，甘肃毫无疑问都是个相对落后因而不太显眼的地区。发达地区总是能够以时尚引领潮流，甘肃没有这方面的优势，所以甘肃文学（自然包括甘肃诗歌）多年来也便主要以出卖"土特产"——即展示它独自的山川动植（如沙漠、隔壁、胡杨、骆驼等）和人情风俗（如干旱、饥饿、换亲、土匪等）来给现代化的中国，提供种种的"农家乐"（或"农家悲"）。但在这样的乡土和伪乡土的背景上，天水诗歌却别见一种主体化、内心化、讲究技巧的书卷或现代之气，这是它难能可贵的地方。

麦：何以会如此？

王：我说过，这首先是山川自然。没到过天水的人，想象天水就在敦煌的身边，脱不了一派的沙漠戈壁景象，但是一旦来了，看了麦积山，再游一游石门曲溪，他们就会真正明白甘肃在地图上为何那样长？虽然都是甘肃，但这里原来是别有天地。其次更重要的，自然还是诗人们自身的修养。天水现在较活跃的诗人普遍有着较好的学历背景，这虽然不必然的成就好诗人和好诗歌，但却从认知的视域以及对诗歌的理解上给天水诗人以潜在的影响，使他们有了一种看不见的书卷或学院气。

麦：这一点是不是像兰州的诗人？

王：是的。有时候甚至太像了，结果也就有了许多问题。当然，这是另外的话。

麦：这样说来，外界的看法原本就是"无风不起浪"啊！

王：是，世界上没有无缘无故发生的事。但也不完全是，因为这只是表面的看法。

麦：此话怎讲？

王：愿意听别人说自己的好，这是凡人的通性。但是亲莅了一些场景，仔细审视了一些夸奖天水诗歌的人说话的时间、地点和语态之后，我却明白许多的夸奖原来更多是一些情境之语——有时候是因为我们请了他们来，有时候是因为我们有人是他们的朋友。

麦：我觉得您有点"酷评"了？一些人的话我看还是很真诚的。

王：也许我有点危言耸听。但促使我有如此感受的，不是别人，却恰恰是我们自己。

麦：愿闻详述。

王：虽然泛泛而言，在外人看来，天水诗人的整体素养是不错的。但好不好，眼下真实的情况怎么样，天水诗人其实自己更清楚。

麦：他们有哪些不足？

王：不足有许多，但撮其紧要，大体有二：一是态度上的。文学边缘化的时代，加之年龄、思想的变化，随着时间的推移，天水写诗的人许多已经淡出或正在淡出。远的角巴、罗巴姑且不论，单是现在还负诗人之名的人如王若冰、丁念保甚至包括更年轻的郭富平、闫晓鹏等，事实上现在已经很少有什么诗作了。

麦：可以详细点吗？

王：王若冰出道很早，在思想解放、主体张扬的时代，他的诗一如他诗集《巨大的冬天》的命名一样，因其想象力的尖锐、组织的紧张和表达的晦涩夸饰，给人留下了极为深刻的印象。此外，他的被人所尊重，还因为利用自己主编《天水日报》副刊之便，他策划、组织了许多有益的诗歌活动，奖掖扶植了许多后进诗人。但是进入21世纪之后，他虽然依旧保持了对于诗歌的热爱和感受，也写出了一些希冀有所超越的作品，但是由于忙碌加之后来对文化散文的兴趣，使他更多的精力显然转在了散文随笔、评论、其他文化活动的策划和成为名人后的各种迎来送往的应酬之中，诗作是明显少了，偶有所见，也是很难再见其早年那些迥然有别于他人的卓异特点了。

丁念保对诗歌原本是极有感觉和品位的人，这一如他不亚于专业歌手的民歌演唱。他的诗有的也写得非常之好，诗情高度内敛，建筑谨严，词语考究，但也许是把自己包得太深了吧，加之过于注重用词的知识分子习惯，所以他的诗没有取得本来应该有的认可。这多少影响了他的情绪，但他渐渐很少写诗的原因，更多还在于他的生活给他的压力，心不能平静，自然难以有心思奢侈写诗，加之他太爱玩，太爱热闹，所以即使内心里对诗歌——写诗发诗，依旧保持着宗教徒一般的虔敬，但实际上他因为忙——脚忙心忙，因此很少真正有时间和情绪写诗了。

郭富平是更年轻的一代，1978 年末生的人，他的诗质也挺不错，诗写得不多，但写作时能逼视内心的冲突，文本内部感性和理性的调配很具张力，且诗句组织极得章法，极为讲究遣词造句。他原本是很有潜力的，但可惜的是处境让他心性近来渐趋他途，忙碌于现实和心之各种纠缠，所以眼高手低、看得不错、评得极好，但要自己写一首，却是难产而几近于要命。

麦：其他的人呢？譬如周舟、雪潇、李继宗、欣梓、叶梓等人。

王：你所提的这几个人都是天水诗坛最具实力的诗人。他们的情况稍好一些，但也各有各的问题。

其中周舟是目前天水诗坛最用心于诗歌写作的人。他所处的环境并不特别适宜于作诗——一个变化中的学校、一个事情很多的家，偏偏他又是一个负责任、热心肠的人，什么都想做好。他出了一本诗集，名字叫《正午没有风》，很恰切地表达了他对于生活的感受和写诗的状况。正午，忙碌之后忙碌之前的一点小小的空隙，别人不以为然的，但周舟却能够合理利用。他的法宝就是间离，在别人的午睡之外，他通过间离离开他为校长、为丈夫、为父亲为等等的职责，从而悄然回到自己诗人的身份。他的诗大都是在生活的缝隙中写的，所以他总是回忆，起先是对童年的，而后是对天水的往古的，近来又是对渭南旧事的。身在现在，但是他的心却总是想回到过去。他的回忆因此很像是某种逃避，这是他诗歌的好处，他因此得以借助诗歌醉心于自己心爱的事物和世界，就像一个孩子在七星瓢虫翅翼的折叠里看见了梦想的宫殿；他写作的目的因此似乎只是为了让现实的酷热远去，让心中的清凉走出。他格外看重技巧，看重词句的组织，就像一个高超的艺人，他写诗很少在意时尚或别人的口味，面对周围更多的改变和放弃，他却于精致的手艺展示之中，希望呈现也沉醉于自己发现的事物——温情、美或诗歌。在时代浑浊的背景上，他身上的这贵族式的幽雅自然也是一种内容，是一种贴近于文学本质的审美的反抗。但幽深的诉说毕竟需要同样幽深的心聆听，所以，一如艺术史上一切形式主义者的命运，他本质上是一个给诗人写诗的人，他为诗人喝彩，但却孤独于民众的热闹之外。

麦：这就是他的问题？

王：是的，一个人在清晰于内心的明亮之时，多半也就茫昧于外在的现实了。因为真实世界的某种无可奈何或于心不甘，所以，我们可以理解一个诗人的高蹈，但是无论怎样说，回忆和技巧毕竟太多个人经验的痕迹了，而生存的世界是更大而且更需要坚强，在各种现实的烦恼和人到中年的身心疲倦之外，我们因此要理解周舟自己的表白：现在，我感觉更幸福的就是看一会电视剧，和朋友坐着随便聊聊，或美美地睡一阵。这依然是"难得糊涂"的苦恼，内心的优越和自持还在，但毕竟这里也有一种怀疑，细细地品味，语言缝隙之中的迷茫还是悄悄弥散的。所以，正如他的好友欣梓所言：我们应该问一问，接下来的生活，周舟到底会需要什么？若不能以超越自我确证，他写诗的路还会走多久？

麦：雪潇怎么样？他是我很喜欢的一个诗人。

王：很不错，有这感觉的不止你一人。其实从效果看，雪潇是最为编辑和一般读者接受的天水诗人。

麦：他的诗有一种特别的吸引力，这种吸引力我能感觉到，但却不能清晰说明。

王：这原本是很难说的，但依我个人的感知，却以为这吸引力简单概括其实就是亲切。它显见于两个不同的层面：一是取材上的日常和平实。雪潇写诗，极少关注大、重之事，也很少酷审或拷问内心的矛盾冲突（虽然现实生活中，他其实是一个内心极不平静的人），他的诗多于庸常普通之物用力，写的都是你我他素见之事之物之情，他的过人处在于他的表达，很平常的人事，但经他法眼一看、慧手一写，平常的事物也就闪闪发光起来了。譬如这样的开始"女儿上学 妻子上街 我上班"，太日常的景象，但他偏能点石成金，漫不经心的一转，一切就都是另外一个样子了：三朵花开放在生活的三岔路口。他的神奇在于他对于比喻的深刻体会和独到运用。他曾说"写诗就是沿着比喻前进"，正是通过比喻，他不仅让自己的笔端充满了奇思妙想，让事物自己开口说话，而且也使本来极为贵族化的诗歌鲜活通俗，就像一道春天来临时的山野菜，成为一种真正雅俗共赏的享受。

麦：那他的问题呢？

王：无论是写作、教学，还是生活，雪潇都是个很用心的人。众人表现时他一般都沉默，但他一旦表现，众人的表现也就肯定都褪色成了背景。我要说的意思是，虽然表面上谦卑内敛，但事实上他是个依恃自己的聪明和勤奋什么都想得到的人，什么都想干好的人。并逐二兔甚或三兔四兔，他虽然已经很不错了，但毕竟难使他臻至某一方面的顶尖。而雪潇对自己是有大要求的人，所以近来他的用心似乎更在于能使他感觉到自由和自在的散文写作和更为现实的科研奖励了；此外，寻找到一种"点金术"，这自然是写作的人梦寐以求的事了，但当比喻不能更进一步指向写作的深度世界和创造时，写作者的勤奋也就往往成了某种自我的繁殖和重复了。手艺而成方法，精细的手工活而成批量的生产，一般人渴望的丰收，现在却更多是诗人雪潇的危险。

麦：哦，是这样。剩下的人呢？

王：剩下的人各有各的情况，但有些问题却有共同之处。

麦：譬如……

王：譬如李继宗。他原本是天水诗人中极有天分和质地的诗人。他的诗有别人不具有的两份独自的背景：一是他的穆斯林文化——态度、情感、价值观、语言以及表达等等，二是关山地区地理自然。这两份背景给了他诗歌十足而独异的一种空间，他的诗歌表现的就是一个主流文化边缘但也是自然人对自己所置身的世界的一种聆听、感恩和细微深远的担忧。事物表面看起来似乎是天荒地老的，但平静中有某种看不见的流动，譬如月光、譬如时间、譬如一个人的眼神，平静中不平静的一颗心，它的鲜活逼真的精神现场刻画，在我看来是李继宗诗歌最有价值的构成。但这样的表现只出现在他的一部分诗里，而在另外的一些诗里，虽然轮廓和面貌一样地动人，但由于边缘的孤独，由于渴望现实成功的一种无法抗拒的蛊惑，因此诗人的心有时也是乱的，是容易在写作的一些层面为其他诗人——如阿信、李志勇等人所侵扰的。李继宗原本是独自的，但当他置身于一个中学教师日常的教务工作之时，他往往也就大众化成为一个到市里开会来的中学老师或领导了。不过值得欣喜的是，随着今年入选新一届"甘肃诗歌八骏"，随着交流视域和诗歌传播平台的不断扩展，他的自信，他对于自己独异追求的一份自持也似乎更为自觉和明晰。成绩特别是荣誉往往会不知不觉消损一个人的清醒，我愿意入选新一届"甘肃诗歌八骏"能够给李继宗更高的自我期许和更好的内在推动。

欣梓也是天水诗坛很有实力和特点的诗人，他原本走的是主观化、内心化写作一路，其好的诗，感觉尖锐，想象力丰富，语言的运用精练、富有张力，我非常喜欢。近年来他有所变化，诗情逐渐内敛，表现也增加了叙述、客观甚至口语化之成分。但在我个人看来，这也是他的问题，当他忘记了自己个性之独异而想办法让自己像阳飏、周舟之时，他也就暗淡于他们的身后了。欣梓是个对朋友掏心掏肺的人，但喝些酒他就太沉浸于语言的数量了，说话没有标点而且不断重复，他使人感动之极，但事后却不再能记起他说的话。其实，他更需要的是聆听，是在纷乱的喧嚣中听见自己的心进而坚定地走自己的路。

许多人分不开叶梓和欣梓，但事实上他们两人的面貌差异是非常大的：欣梓年龄大但瘦瘦的脸面总是刮得精光精光，叶梓年龄小但白白的脸面却总是留着黑黑的髭须。他们两人的区别就典型于这个细节。叶梓是天水诗坛聪明之至的人，他虽然年龄小，但对于诗歌有着非常老辣的眼光，所以他总是能找到非常好的标本做自己努力的参照。这使他在天水诗人中有着很高的投稿命中率，也为许多编辑所喜欢，但他的问题也与此有关，聪明人总是难以执着，所以他总是变，让人不大容易能记住他原本特点分明的脸面。不过，因为生活和更高的追求，欣梓现在到南方工作去了，虽然还经常来，对于自己所从出的这块土地的感情和表达的欲望还依然强烈，但是他毕竟渐渐远了，远得人们逐渐稀疏于关于他的谈论了。

　　天水还有一些潜质不错的诗人，譬如苏敏，他虽然是 20 世纪 70 年代诗人，但同时也是天水诗人群中为数不多的对于诗歌特别爱思考、也不断寻求着尝试和变化的人，这一点和他师傅周舟有点相似。他尝试过很多写法，初期的学习周舟，简短精致。后来的讲究叙事和口语化、生活化追求，也都体现了它个人关于诗歌的思考。但他的写作也存在一些问题：一是所有的尝试都不能做到底、做透，建构出真正属于自己的诗歌景观；二是他后来的尝试没有拉开诗歌和生活的距离，写得过于平实和絮叨。

　　麦：那你呢？

　　王：我嘛，是不必要再说了的。虽然写了也发了一些诗，但其实我自己非常清楚，在更多的意义上，我自己还是一个学习者和旁观者。我的毛病其实和很许多人一样，想的不能落实到纸上，所以在本质上是眼高手低。此外，写作的态度上也有点不够严谨，造句和措辞有时多少有点太过随意，许多的诗，大体可以，细究则破绽不少。

　　麦：你过谦了。

　　王：没有。说到底天水毕竟是一个小地方，空间虽不能必然地决定空间中人的志向，但"池多大鱼多大"，这毕竟也是一种更为普遍的现象。缺乏更高的参照，加之自我的省察意识的不足，所以在我看来，天水诗人更多地隐在了娜夜、阳飏、阿信等人创作的阴影中了，从某种意义上讲，天水的诗人只是继承和延续了上述诗人的流向，但并没有走出甚至寻找到自己的路。所以希望还在将来。

　　麦：有这样的希望吗？

　　王：不多，但有。苏敏、郭富平年龄都不大，李王强、王选等虽然很年轻但潜质非常不错。此前有过一个叫李祥林的年轻诗人，他的诗我看过一些。他是个对民间很有体味的人，曾经因为工作僻居于大地湾一段时间，在山川寂寥的聆听中对生命积存了一份非常动人的感受。令人遗憾的是他后来也调到别处工作去了，和天水诗坛逐渐失去了联系。现在还有两个年轻诗人名字叫杨强和杨玉林，他们积极参与各种各样的诗歌活动，对诗歌的写作心怀了一种非常虔敬的态度，极为注意在不断地对话和聆听中明晰自己的思路，近期所写的一些诗有着非常鲜明的质的突破。另外，近几年天水诗坛还出现并活跃着一帮叫"五点半诗群"的诗人，他们以莫渡和鬼石为代表，触角则扩展到了大江南北、祖国各地。莫渡是一个农民，他用心于他的苹果园和对周边生活的细心感受，在表面的口语化和生活化追求之外，他极为注重诗意的捕捉和文句的表达，在实体具象的写实描述之中每每能作巧妙的隐喻延伸，将人的思维引申到更为阔远的空间。鬼石至为聪明，他对于网络媒介运用非常纯熟，继王若冰之后，他是对于天水诗歌的向外推介做了不少有益的工作的人。他总是能敏捷地捕捉到日常生活中的一些有意味的题材，以纯正的口语表达，迅速地制作出自己想写的诗。他的问题是太躁动，有敏锐的感觉，但对于所欲表现的对象不能充分地内化，写作太过随意。虽然远未成熟，但是实话实说，"五点半诗群"给了多年异常稳定的天水诗坛带来了极大的冲击，群中的诗人们的写作更为轻松、现代和富有当下生活的质感，若是他们能注意聆听不同的声音，能够警惕口语写作自身的局限，假以时日，我相信他们将会有更大的作为。除却上述的诗人之外，天水五区二县还有不少的诗歌写作者和爱好者，它们是天水诗歌始终能保持持续努力的基础，更何况还有天水师院和天水职业技术学院两个摇篮，前述的一些诗人虽然大都因年龄而发展空间有限了，但作为其诗人生命的延续，他们是可以培养一些人继续做他们想做的事的。所以，虽然将来不能期许，但我还是期许将来，愿新的一代比我们更好、更强。

好了吧，今天我已经说得很多了，以后还有机会，我们慢慢谈吧。

麦：谢谢王老师。

王：不客气。

鸣　谢

一个生命的发生和成长总是要承受无数的关爱，这本书的写作和出版也是这样。

感谢书中谈及的所有作者，感谢他们（她们）的文字给了我言说的冲动、灵感和由头。

感谢我的学生，他们（她们）的期待给了我不断思考和言说的动力。

感谢我的同事和文友，他们（她们）的鼓励和意见给了我更好言说的鞭策。

感谢我的家人——妻子和女儿，她们的辛苦给了我静心写作的保障。

感谢天水师范学院文学与文化传播学院、科研处及其相关的领导，它们（他们）最终促成了这本书的实际出版。

感谢中国社会科学出版社，特别是郭鹏编辑，他的选择、督促、校对和各种提醒，都确保了这本书得以以现在这样的面目和大家见面。感谢生活的机遇，让我们相识，成为朋友，在这本书的内容之外，依然保持有诸多的人生交流。

王元忠
2018 年 4 月